Los Amantes Encuadernados

Jaime de Armiñán

Los Amantes Encuadernados

ESPASA

ESPASA Ⓔ NARRATIVA

Director Editorial: Juan González Álvaro
Editora: Constanza Aguilera

© Jaime de Armiñán, 1997
© Espasa Calpe, S. A., 1997

Primera edición: mayo, 1997
Segunda edición: mayo, 1997

Diseño de cubierta: Tasmanias
Ilustración de cubierta: *Retrato de Vanessa Bell,*
                          de Duncan Grant

Depósito legal: M. 18.095-1997
ISBN: 84-239-7668-8

Reservados todos los derechos. No se permite reproducir, almacenar en sistemas de recuperación de la información ni transmitir alguna parte de esta publicación, cualquiera que sea el medio empleado —electrónico, mecánico, fotocopia, grabación, etc.—, sin el permiso previo de los titulares de los derechos de la propiedad intelectual.

Impreso en España/Printed in Spain
Impresión: BROSMAC, S. L.

Editorial Espasa Calpe, S. A.
Carretera de Irún, km 12,200. 28049 Madrid

*A María Elena y
Mari Carmen Santonja
y a sus hermanas
pequeñas Elena y
Carmen Santonja.*

ÍNDICE

I.	Un pétalo marchito	15
II.	La fundación Gimeno Coes	21
III.	Un padre entre los doctores	33
IV.	El mapa de San Pelagio	45
V.	El duende mariquita	61
VI.	Un capítulo de mi vida	75
VII.	Un hermoso cuerpo	105
VIII.	La abuela Margot	121
IX.	Aquellos días felices que no volverán	135
X.	Kay Francis	151
XI.	Rosa	169
XII.	Sueños de agosto	177
XIII.	Una foto de gitana	191
XIV.	Del amor al odio	201
XV.	Un cazador de otras épocas	215
XVI.	El caso de las tres doncellas viejas	225
XVII.	Una página de sucesos	235
XVIII.	El club de los payasos	251
XIX.	Nunca más	265

ÍNDICE

XX.	Levita roja	277
XXI.	Mía o de nadie	293
XXII.	Rose cocktail	305
XXIII.	Final	319

Felipe Garza, de quince años, y Donna Ashlock, de catorce, se conocieron y se enamoraron en la escuela de Patterson, un pueblecito cercano a San Francisco. Afectada de una enfermedad irreversible, Donna moriría en breve si no encontraba un donante dispuesto a cederle su corazón. Así que Felipe le dijo a su madre: Voy a morir pronto y quiero que mi corazón sea trasplantado a Donna Ashlock. Felipe era un chico sano y fuerte, y su madre no dio importancia a tan romántico deseo. Sin embargo, Felipe Garza murió de una embolia cerebral dos días después y su madre recordó la voluntad del muchacho. El pecho de Donna alberga ya el corazón de su amado. ¿Es posible que el chico haya muerto voluntariamente de amor?

De los periódicos, 7 de enero de 1986

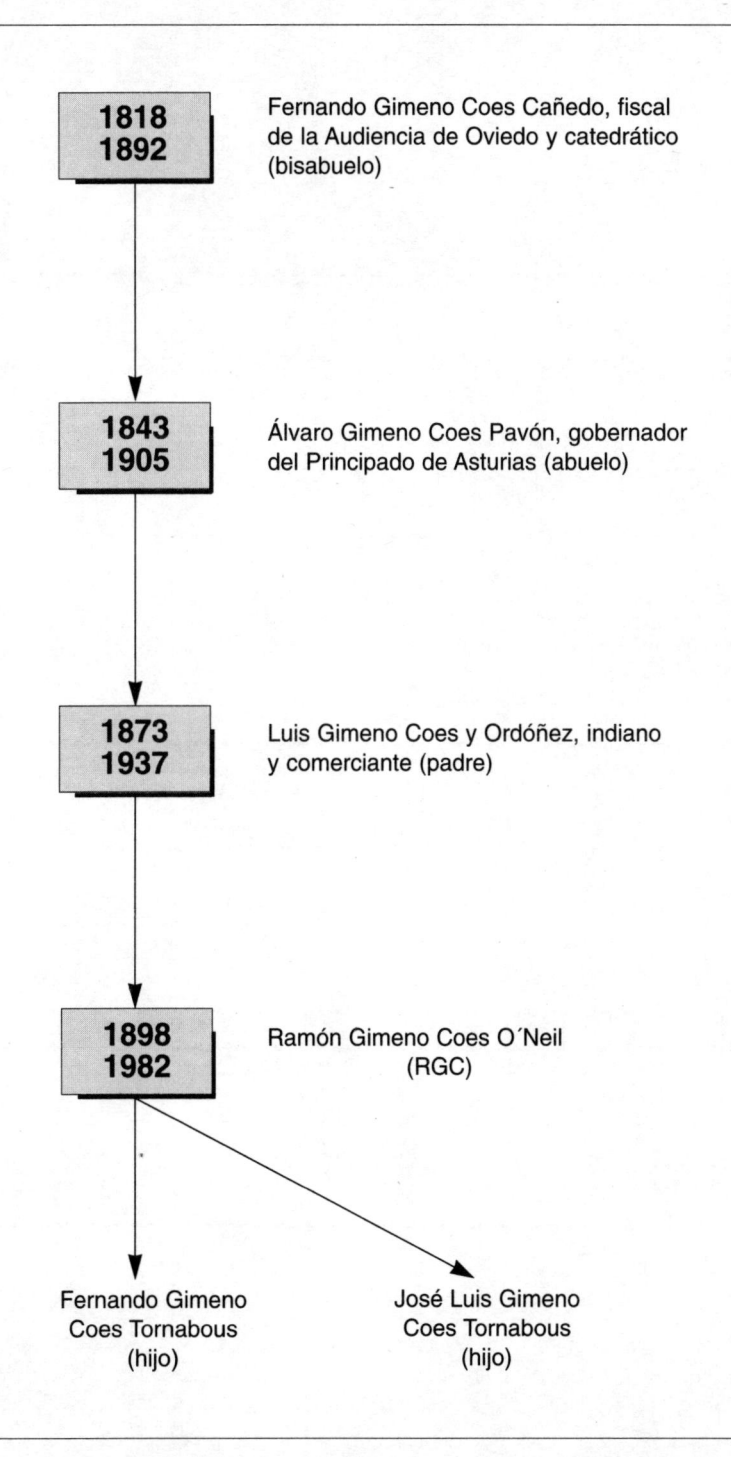

I

Un pétalo marchito

Me coloqué en el centro, afirmé los pies en el suelo, alcé la mirada hasta donde podían alcanzar mis ojos y me puse una mano en la frente, para que no me deslumbrara la luz. ¡Vaya una hermosura!, y se me escapó una sonrisa. Aquel olor era el mío, el que yo había buscado. Abundaba el verde, pero también el ocre, el azul, el amarillo, el paja o pergamino y el rojo, a veces confundiéndose, pero también juntos, reunidos en familias. Poco a poco, recreándome en lo que veía, llené mis pulmones de aire y comencé a subir. Al llegar arriba, sin ninguna prisa, entorné los párpados para mezclar los colores y conseguí un efecto de fotografía de vanguardia: se me juntó el rojo con el paja y el verde y todo se desenfocó. Después seguí hasta alcanzar lo más alto y no me dio miedo, porque nunca tuve vértigo de las alturas. Apoyé la espalda en un saliente y miré en torno mío: más de veinte mil volúmenes me contemplaban, los había de todas clases, desde una *Ética* de Aristóteles, editada en Zaragoza en 1525, hasta el tomo octavo del *Cossío*, Madrid, 1980, pasando por *Las maravillosas aventuras de Pipo y Pipa*, Editorial Estampa, 1932. Libros de gran formato, encuadernados en pasta española, en rojo y en dorado, en rústica, en tela, medio deshechos, cien veces leídos y otros sin abrir: más de veinte mil volúmenes cuidadosamente desordenados. Como una madre, contemplando al querido bebé, como sir John Hunt en la cumbre del Everest, miré hacia abajo. Aquella biblioteca iba a ser mi territorio. Era espléndida, yo creo que estaba fabricada de madera de castaño o quizá —no entiendo mucho de carpintería— de roble. Pensando en pasos largos y midiendo a ojo, tendría unos ciento veinte metros cuadrados. Abajo, catorce estanterías de diferentes tamaños, a la derecha una zona protegida por cristales donde se guardaban con llave dorada los libros más valiosos, y a la izquierda, otra cerrada por sutilísima tela metálica llena de raros ejemplares. Una escalera móvil, que recorría toda la biblioteca deslizándose por un carril de acero, daba a un pasillo con balaustrada brillante y resobada, donde otros cinco anaqueles aparecían repletos de libros. La escalera de respeto estaba en medio de aquella gloria: nueve peldaños llevaban a un pasillo que se podía recorrer indefinidamente, igual, igual, que la muralla de Lugo. El techo era de madera oscura, una especie de artesonado falso mudéjar que sin razón alguna —o quizá por reflejo— me recordaba a la plaza de toros de Madrid. Las ventanas estaban cubiertas por lienzos de lino crudo, con objeto de tamizar la luz del sol, muy perjudicial para los libros. La biblioteca —hay que tener en cuenta que se trata de una biblioteca privada— era lo que se dice una habitación de *estar:* con su chimenea, con sus muebles ingleses, *morris* por más señas, mesa de escribir, mesita para tomar el té o un oporto, buena iluminación artificial e incluso un pupitre para leer, quizá del siglo XVIII, como si lo hubiera puesto allí el mismísimo Voltaire. Mucho para Sherlock Holmes, desvarío del pobre Oscar Wilde encarcelado en Reading y quizá realidad de Bernard Shaw en sus buenos tiempos: en cualquier caso, aquello iba por el mar del Norte, aunque estuviera censado en la calle de María de Molina de Madrid.

Desde arriba todo parecía más pequeño, como un valle de colores o un decorado de teatro. Sin mirar atrás busqué con la mano y fui tanteando los libros, que tendrían unos veinticinco centímetros de altura, hasta dar con otro más chico, de un palmo apenas, que debía de estar mal colocado. Entonces se me

CAPÍTULO I

cayeron las gafas, que fueron rebotando hasta chocar contra el suelo, pero no se rompieron los cristales, porque eran cristales irrompibles. Quise saber quién tenía la culpa: *El viajero universal*, Madrid, 1797, Imprenta de Villalpando, tomo XI, *Continuación del Congo*. En la página 179, que se refería a *Pico de Teyde*, había un pétalo marchito. Pensé: *la primera en la frente*, y corrí en busca del señor Muñoz sosteniendo dentro del librito el pétalo que se volaba:

—Señor Muñoz... Si encuentro un pétalo, ¿qué hago con él?

El señor Muñoz me miró sorprendido, aunque intentaba parecer natural y desparpajado.

—Ya le he dicho a usted que se archiva todo, absolutamente todo, un pétalo, un décimo de lotería o un recordatorio.

La respuesta me pareció una bobada, pero lo cierto es que allí acabé encontrando pétalos, décimos de lotería y otras muchas cosas variadas, insólitas, provocativas, misteriosas, siniestras, trágicas, divertidas e inolvidables.

El 12 de noviembre de 1954 vi por primera vez el *Tenorio* y el 14 murió mi madre. No me impresionó nada el acto del cementerio, ni el espectro del *Comendador*, no me cayó bien la cursi de *doña Inés* y el famoso *don Juan* me pareció un imbécil. Quizá tuvieran la culpa los actores o yo, que a los trece años ya no me creía nada. Tampoco me impresionó la muerte de mi madre, y eso sí que es gordo, porque del *Tenorio* se pasa, pero una madre es una madre. Llegué a casa a las diez en punto, apurando el minutero tal y como estaba mandado. Me extrañó mucho que el portal estuviera cerrado a medias, y aún más ver allí a mi tío José Manuel, el rico de la familia, hermano de mi padre, que me agarró de la mano y me ordenó:

—Ven conmigo.

Yo intenté resistir y le dije que me estaba meando y que me dejara subir, y él, que no, que en el restaurante donde pensaba llevarme a cenar. Aquello era rarísimo: mi tío José Manuel nunca se había ocupado de mí ni poco ni mucho, y menos en invitarme a cenar. Traté de explicarle que yo tenía que estar en casa antes de las diez, porque en cuestión de horarios mi mamá era una maniática, pero él me metió en un taxi. No habló nada, me cogió una mano y me la apretó muy fuerte. Yo recordé entonces conversaciones del colegio, historias de esas de tíos que violan a sus sobrinas o las venden a los extranjeros, pero el tío José Manuel no parecía ser de aquella especie, y así llegamos a un restaurante donde le conocían y le llamaban don Manuel por aquí y don Manuel por allá. Un señor vestido de etiqueta —ya sé que se dice *maître*— nos llevó a una mesa muy discreta, o sea, apartada de las demás, moviéndose como si estuviera en una procesión. Cuando nos sentamos murmuró algo con mucha solemnidad, dándose importancia, y mi tío José Manuel, incómodo, le dijo que sí, que muchas gracias, que le trajera un *campari* con un poco de ginebra.

—¿Y la señorita?

Me dio un vuelco el corazón, porque era la primera vez que me llamaban señorita y no supe qué contestar. Mi tío sonrió y, volviéndome a coger la mano, preguntó:

—¿Quieres tomar algo?

—¿Puedo comer langosta?

—Eso luego... ¿Un refresco?

Dije que sí, que me trajeran un refresco de limón, y seguí pensando en la langosta: si me violaba mi tío José Manuel que, por lo menos, fuera después de comer langosta. Cuando se fue el *maître,* mi tío —casi sin voz— me dijo que tenía que ser valiente. Entonces pensé que me iba a vender y que las historias que contaban las niñas del colegio eran verdad. Otro camarero, este venía de blanco, le trajo una copa roja y a mí un vaso muy grande de zumo de limón. Él se bebió media copa y yo medio vaso, sin hablarnos. Nunca le había visto tan nervioso, ni tan asustado, parecía que al que iban a violar era a él. Por fin, carraspeando, dijo otra vez que tenía que ser valiente y luego lo soltó todo de un tirón:

—Mira, Mari, tú ya eres mayor y tengo que decírtelo, porque después de cenar te puede sentar mal... Más vale que lo sepas ahora... Tu mamá se ha puesto mala, está muy mala... Por eso te he traído a cenar... Tu papá no quiere que vayas ahora y te vas a venir a casa esta noche, a dormir... Mañana seguiremos hablando.

Intentó sonreír.

—¿Se ha muerto?

CAPÍTULO I

El tío José Manuel dijo que sí, y yo creo que se le quitó un peso de encima. Carraspeó, sopló, se bebió el resto de la copa y sacó un pañuelo. ¿De modo que era eso? Se había muerto mi madre... ¿Cómo? Por la mañana, antes de ir a misa —era domingo— estaba muy bien. Ninguno hablamos. Yo no sabía qué decir, y el tío José Manuel mucho menos. Creo que estaba asustado, que le daba miedo de mí, de que fuera a ponerme a llorar a gritos o a desmayarme o cualquier otra cosa rara.

—¿Puedo comer langosta?

Mi tío José Manuel me miró como si estuviera loca o hablara en otra lengua y tardó mucho en contestar. Carraspeó y dijo que sí, que desde luego, que podía comer langosta.

—¿Y pollo?

Volvió a mirarme, esta vez furioso, pero pudo contenerse.

—Come lo que quieras, y de postre también.

Cuando vino el *maître* pidió un caldito ligero, él era incapaz de tragar porque tenía como una bola en el estómago, y una botella de vino blanco bien frío y la langosta y el pollo para mí. Ahora que han pasado los años debo decir que en aquellos tiempos yo no iba a los restaurantes, y mucho menos a comer langosta y pollo, que ahora, sobre todo el pollo, están al alcance de cualquiera. Mi casa era muy modesta, como decía mamá, y teníamos que estirar el sueldo de papá, pero al tío José Manuel le debí de parecer un monstruo y para vengarse se recreó contándomelo todo mientras se bebía la botella de vino blanco:

—Tu madre volvió a eso de las nueve, quiso abrir la puerta de casa y no pudo. Entonces llamó al timbre, que es lo último que hizo. La Felisa se la encontró muerta; la pobre chica casi se desmaya y le dio un ataque de nervios.

Yo seguía comiendo langosta y escuchando a mi tío, que dejó de hablar.

—Si yo fuera tu padre..., ahora mismo te cruzaba la cara.

Después de cenar, sin cogerme la mano ni mirarme siquiera, me llevó a su casa. Le dijo algo a mi tía Tere, que se abrazó a mí llorando y, llamándome Rosina pobrecita y otras cosas, me llevó al cuarto de invitados. Lentamente me desnudó, me puso un camisón muy grande, cerrado al cuello, y me metió en la cama, un poco mosca por mi silencio. Me dio las buenas noches y me dijo que si necesitaba algo o estaba asustada, llamara al timbre. En el pasillo esperaba mi tío José Manuel, yo me levanté de puntillas, abrí un poquito la puerta y escuché lo que decían. Mi tío, que yo tenía el corazón de hielo y que había comido langosta y pollo y dos flanes con nata y que no había llorado, ni una lágrima siquiera, que no era de este mundo, y mi tía que eso podía ocurrir y que algunas personas reaccionaban comiendo y que todavía era una niña, y mi tío que ya no era una niña, que era una mujer, y mi tía que no se preocupara, que tiempo tendría para sufrir. Así que me tumbé en la cama y me puse a pensar en mi perra *Pipa*, atropellada por un camión en octubre. Pobre *Pipa*, pobre *Pipa*, está muerta, nunca más la veré, la mató el camión porque era una loca y se escapaba siempre que le venía el período... Ya no jugaremos nunca, ni nos veremos en este mundo... *Pipa*, bonita.. ¿Por qué te has muerto? ¿Por qué me has dejado sola? Y la vi despanzurrada, en medio de la calle, con los ojos abiertos y un charco muy grande de sangre que manchaba su pelo blanco.

Pipa, te lo dije: no cruces sola sin mirar... Noté que una congoja irremediable me subía por el pecho y me alcanzaba la garganta, grité de dolor, como las mujeres de los pueblos, aullando, me agarré a las sábanas y empecé a llorar, sin pausa, sin respirar. La tía Tere entró en el cuarto de invitados y me abrazó, llorando también asustadísima y diciéndome que no llorara, que mamá estaba en el cielo. El tío José Manuel no sabía qué hacer ni cómo remediar el estropicio, y la tía le dijo que era un salvaje y un animal, una mala bestia como todos los hombres, que carecía de sensibilidad y que le pidiera una tila a la Juli, que estaba en la cocina, pero corriendito, y que trajera agua de azahar, si es que sabía lo que era agua de azahar. Después me dijo que íbamos a ir a París y que si yo quería me llevaban a estudiar a París, para que aprendiera el inglés y el francés. Lo de París me dio muchísima pena, y tanto lloré que por poco me trago la lengua y no pude parar hasta las siete de la mañana, cuando me quedé dormida, agotada. Pobre mamá, tan guapa, tan lista y tan suya, y pobre papá, tan triste y tan débil, que no hablaba nunca y me miraba como si estuviera perdido en el mundo, y estaba perdido, y por eso se murió el año setenta, porque tenía miedo de dejarme sola y no sabía cómo decirlo.

II

La fundación Gimeno Coes

Quisiera dejar todo bien preciso en esta historia, que yo me atrevo a calificar de rara, aunque a otras personas pueda parecer morbosa o disparatada. Guardo las notas en un *disquete* y las borro del ordenador de reglamento, porque nunca verán la luz del sol, y hago un resumen, que reservo, como los caldos, en lo alto de un armario y dentro de un viejo maletín que fue de mi abuela. Como en esto de las fechas soy un poco pesada, quiero dejar constancia de que el viaje empezó un 7 de junio de 1984. Aquel día precisamente, Joseba Elósegui, senador por el PNV, robó una ikurriña en el Museo del Ejército de Madrid; fechas antes se declaró un *pavoroso* incendio —eso decían los periódicos— en la discoteca *Alcalá 20* y poco después el alcalde don Enrique soltó un selecto grupo de patos y de peces en el Manzanares. Los socialistas gobernaban, en mayoría, desde 1982, y el 23-F, por fortuna, era sólo un recuerdo. Yo había cumplido cuarenta y tres años y, justo es decirlo, estaba de muy buen ver. Desde que me separé de mi marido —Francisco Pascual—, con el que no tuve hijos por gracia de Dios y previsión mía, vivo con mi amiga Carmen Rodrigo en un ático de la calle de Quintana, 15, del barrio de Argüelles de Madrid. Carmen hizo la carrera de Económicas, ahora es funcionaria del Ministerio de Cultura y trabaja en la antigua y noble casa llamada de las *Siete Chimeneas*, en la plaza del Rey, donde estaba el Circo Price, al que mamá me llevó más de una vez. Carmen, que es gordita y manejable, sólo tiene un defecto: le privan los hombres y siempre está hablando de lo mismo. Un día me confesó que era una *calienta-pollas* y, al ver mi cara de asombro, aseguró que aquello era más bien virtud que desgracia. Bueno, tiene dos defectos, el otro es ella misma, porque se cree irresistible. Por lo demás cocina muy bien, ordena lo que yo desordeno y lleva las cuentas con limpieza y buen resultado. En nuestra casa hay una regla fundamental: está absolutamente prohibido llevar hombres, al menos cuando las dos ocupamos el piso. A mí no me cuesta ningún trabajo, pero Carmen —según sus propias declaraciones— apenas puede soportarlo. El comportamiento de esta chica, que tiene más o menos mi edad, resulta muy masculino, pero me parece que hay más ruido que triunfo en la lista de sus gloriosas conquistas y que casi siempre fantasea, y en esto es de lo más femenino y virginal. Ahora le ha dado por contarme chistes guarrísimos y por ver a escondidas películas porno duro en la *tele*. Cuando trabaja esta zona, en realidad se quita años y casi se convierte en adolescente, aunque, según la opinión de Curra Montejo, una tía de verdad y además graciosa y psicóloga de profesión, lo que le ocurre a nuestra desdichada amiga es que chochea al borde de la ancianidad y ya no tiene remedio ni con pastillas.

Aunque no hace mucho calor y he estornudado tres veces, hoy me he puesto mi traje de chaqueta de hilo crudo, abundando en la frase de Adolfo Domínguez *la arruga es bella*. De maquillaje, lo mínimo, porque no conviene asustar, ni mucho menos provocar a las once de la mañana. Voy peinada con discreción y sencillez, pero con estudiado desorden, porque no me gustaría parecer ni *progre* advenediza, como mi desgraciada amiga Julia Garrido, empleada en las oficinas de *Galerías Preciados*, ni señora de la calle de Serrano, y renuncio a dar ejemplos. Hace tres días recibí una llamada de la Sociedad Gimeno Coes, a punto de convertirse en Fundación, rogándome que fuera a

CAPÍTULO II

ver al presidente en funciones, señor Joaquín Muñoz, para un asunto de sumo interés. Tuve que pedir permiso en el Archivo de Villa, porque estamos en horario de trabajo, pero nadie me dio pista alguna de que existiera la fundación Gimeno Coes; sólo el ordenanza Medina, lector empedernido de periódicos, había oído hablar de aquel tema, aunque no sabía cuándo ni dónde.

La verdad es que el señor Muñoz estaba *para mojar pan*, una de las frases favoritas de mi amiga Carmen: era alto sin exagerar, de ojos verdosos, rubio un poco teñido, tres idiomas, uñas pulidas, tez amorenada, deportista discreto, quizá mujeriego, oliendo a colonia cara y con sonrisa de benefactor. Parecía un ejecutivo de agencia de publicidad; en resumen: un hortera. Me miró de arriba abajo, como si yo hubiera ido a empeñarme y fuera el tasador. Crucé las piernas, dando aire a la falda de hilo para que imaginara más de lo previsto, y le sonreí con inocente torpeza. El señor Muñoz no tembló, y, después de preguntarme si sabía quién fue en vida el señor don Ramón Gimeno Coes y de recibir mi respuesta negativa, pasó al meollo del asunto. En aquella casa —la futura Fundación— había una biblioteca de veinte mil ejemplares y él necesitaba una profesional que ordenara el negocio. Le dije que honradísima, pero que ya trabajaba en Archivos, Bibliotecas y Museos del Ayuntamiento de Madrid. El señor Muñoz insistió: sólo me ocuparía de seis de la tarde a once de la noche. Le respondí que me gustaba descansar y tener tiempo para mis cosas y que no estaba dispuesta a morir por un salario de más, ni siquiera por un salario de fundación cultural. El señor Muñoz me preguntó entonces si sabía idiomas, y yo le dije que no tenía don de lenguas. Me sonrió con asquerosa superioridad, miró un papel y murmuró: no son esas mis noticias. Cuando iba a levantarme, alzó una mano regordeta y un poco ordinaria: ¿Cien mil a la semana? Ya no pude levantarme y de milagro no me traicionaron mis ojos. La biblioteca debe estar clasificada en año y medio como máximo. Hice un cálculo: siete millones doscientas mil. Apenas pude articular palabra: aquel hijo de puta, mal nacido, maricón, hortera, me había ganado por donde siempre se gana. Sin embargo, sostuve el tipo y, sacando la voz del fondo de los tacones, dije:

—Lo pensaré.

—Hasta el viernes —contestó el muy cabrón.

Mientras me dirigía a la puerta, segura de donde llevaba puestos los ojos del señor Muñoz y acentuando el cebo, pensaba: te delataron las manos, ya sé que de tus tripas, aunque quieras disimularlo, te sale el fontanero, con todos mis respetos para los fontaneros decentes.

Al salir de la Fundación crucé la calle de María de Molina dispuesta a obtener un plano general del edificio, que estaba rodeado de una sólida verja de hierro cubierta de yedra vieja, con más años que el difunto Gimeno Coes.

Mis amigas y yo nos reuníamos los jueves en el Gran Café de Gijón; almorzábamos una vez al mes en casa de cada una y por turno, y si todo iba bien, hacíamos un viaje juntas al año, sin maridos, novios, hijos, sobrinos o amantes. Ya eché cuentas de Carmen Rodrigo, Curra Montejo y Julia Garrido, pero aún me faltan Luisa Ibáñez Castelló de Pellón y Candela González Anaya. Luisita Ibáñez Castelló no trabaja en nada, ni siquiera en su casa, y tiene un marido juez —Alberto Pellón— que sale en los periódicos, está acostumbrada a mandar, es culta y refinada y sabe mucho de formas sociales y educación en general. Además es guapa y atractiva, emprendedora y, como es lógico, muy voluntariosa. El juez Pellón prefiere ocultarse y, según las malas lenguas —sobre todo la de Carmen Rodrigo—, tiene una amante bruja, pero bruja de pitonisa, no de mala. Candela González Anaya es malagueña y sobrina nieta de un novelista muy querido en aquellas tierras, Salvador González Anaya, que fue amigo de mi tío José Manuel. Ha montado un estudio de proyectos y decoración y sabe tela de vinos y comidas. A mí me gusta hablar con ella, pero casi nunca me dejan las otras, sobre todo la pobre Julia Garrido, que es tenaz, pesada y siempre cuenta cosas que no te interesan, reclamando un protagonismo que no merece e impidiendo que participes —que la víctima participe— en una conversación general. Aquel jueves, cuando más barullo había en el Gran Café de Gijón, conté a mis amigas la entrevista que sostuve con el odioso señor Muñoz, aunque me guardé mucho de calificarlo así. Mis intenciones no eran buscar consejo, porque ya había decidido y consejo no busca nadie, pero me interesaba una pequeña encuesta entre mujeres de mi confianza y, sobre todo, observar sus reacciones. Cuando me hice oír, después de un cuarto de hora inútil, luego que Carmen Rodrigo dejara de hablar de pollas, que era lo que le gustaba, y Julia Garrido plantara la plasta cotidiana, noté que ganaba el silencio. Así que terminé con un adorno y una pregunta inesperada: ¿Por qué me ofrecen ese dinero?, en vez de: ¿qué haríais vosotras? Al ¿qué haríais vosotras? hubieran respondido a coro. El porqué pedía respiro.

CARMEN.— Eso es que se te quiere tirar.

CURRA.— Con todos mis respetos, me parece mucho dinero por esta, sobre todo a la semana.

JULIA.— Hija... Aquí hay algo que me huele mal.

LUISITA.— Ese tío es un grosero y un maleducado.

CANDELA.— Déjalo correr.

Me marqué un silencio de fin de acto, una falsa reflexión para dar más énfasis al desenlace y me sentí dueña del escenario como pocas veces ocurría en el café.

—De todas maneras, pienso aceptar.

Las cinco —nerviosísimas, tal vez con la excepción de Curra Montejo— hablaron al tiempo, pero a mí ya no me interesaba la respuesta.

Me puse las gafas de lejos para verlo mejor y acentuar mi aspecto de ardorosa bibliotecaria. El señor Muñoz llevaba una chaqueta de *sport* a cuadros, camisa de rayitas y corbata, en los mismos tonos, con hierros de ganaderías de toros bravos, pantalón claro —de línea a la última—, mocasines de marca color cuero y, ¡horror!, calcetines blancos. Ya no eran sólo las manos: la corbata y, sobre todo, aquellos innobles calcetines lo delataban. Debió de observar mi mirada, porque se estiró los pantalones temiendo, sin duda, que sus pantorrillas quedaran a la vista. Yo, que de ninguna forma quiero ser impertinente, me quité las gafas y le sonreí por dar confianza:

—Señorita...

—Arana.

—Vendrá usted, señorita Arana, todas las tardes en cuanto salga de su trabajo habitual, hasta las once en punto de la noche. ¿Sabe cómo se maneja un ordenador?

—Desde luego.

Asintió levemente, me ofreció un cigarrillo que yo rehusé y encendió el suyo con un mechero de marca, de esos que da tanta rabia perder. Yo le pregunté de qué forma quería clasificar la biblioteca, si por autores, por géneros, por épocas o por colecciones, y él me dijo que de todas las maneras, que el ordenador se encargaba del trabajo sucio, que para eso era el último grito y además carísimo. Luego, añadió algo:

—Seguramente encontrará usted notas del señor Gimeno Coes en los libros, recuerdos de sus viajes, detalles al parecer sin importancia, huellas, marcas, cartas, no lo sé...; pero todo, todo, y si digo todo quiero decir todo, lo consignará en la ficha correspondiente del libro. ¿Me comprende?

—Todo —dije con escondida intención.

—Empezará usted a trabajar el lunes próximo; yo vengo algunas tardes. Mi secretaria le presentará a Mateo, el guarda de la casa: él le abrirá la puerta a las seis y la despedirá a las once. ¿Alguna pregunta?

Volví a ponerme las gafas, dije que ninguna pregunta y el señor Muñoz sonrió.

—Tiene usted una pregunta, pero no se atreve a hacerla.

Las gafas no me sirvieron para ocultar una leve turbación, que luego me avergonzó, mientras JM ganaba terreno y lo sabía:

—¿Por qué le pagamos tanto dinero por un trabajo que podríamos conseguir por menos de la cuarta parte? —no me molesté en contestar, y él añadió, triunfante—: Como acabará enterándose, más vale que lo sepa ahora: viene recomendada del Ministerio de Asuntos Exteriores: usted o nadie.

—No tiene ninguna gracia.

—Tómelo como le parezca.

Se puso en pie, me abrió la puerta sonriendo y su sonrisa me recordó a la de mi ginecólogo. Entonces me ofreció el coche de la Fundación para llevarme a casa, yo —un poco violenta— in-

CAPÍTULO II

tenté negarme, pero él insistió alegando que le pillaba de paso, y luego, casi en voz baja, remató la suerte:

—Le prometo no volver a ponerme calcetines blancos.

Debí de encenderme como una bombilla de verbena. JM cerró la puerta del despacho y yo pensé: joder con Muñoz... Y a ver si te enteras de una vez, guapa, nunca desprecies a tu adversario. ¿Pero en realidad era mi adversario, mi patrón o mi aliado? ¿Quién era Muñoz? Una secretaria, que se llama Nieves, un poco ordinaria, pero que está de miedo, me sacó del barullo mental y me presentó a un anciano, pequeño y consumido, que me hizo una reverencia casi palaciega.

—Este es el señor Mateo Carrasco, guarda de la Fundación: estará a sus órdenes durante el tiempo que dure su trabajo.

Mientras escuchaba las palabras de Nieves observé a Mateo Carrasco, que me miraba a hurtadillas, me atrevo a decir que con expresión burlona: pequeño y consumido, arrugado como una chufa, pero con unos ojos diminutos y negros que parecían de veinte años. Él me enseñó la biblioteca como quien descubre un tesoro, se le humedecieron los ojos, palabra de honor, y me dijo que en aquel recinto, magnífico, único, inolvidable, había pasado su señor los dos últimos años de vida, encerrado, escribiendo, subiendo y bajando escaleras, riendo y hablando solo, como si no contara el tiempo o fuera a terminar al día siguiente. Me contó que estuvo a su servicio desde el cuarenta y dos, cuando salió de la cárcel, y que jamás lo abandonó. Me miró entonces de una forma distinta, como si reconociera en mí a una amiga añorada, y terminó con una frase que me puso los pelos de punta: *usted ya lo sabe*. Luego, me acompañó a la puerta cruzando el amplio vestíbulo y me condujo hasta el *Mercedes* —no podía ser otro coche— de la Fundación.

—Lléveme al hotel Palace.

Aquella orden absurda me salió del alma, sabía que iba a oírla Mateo y que le gustaría, porque estaba segura de que Gimeno Coes frecuentaba el bar del Palace, y me temo que Chicote e incluso El Aguilucho. Mientras bajábamos por la Castellana, hasta llegar a Colón, para seguir luego por lo que siempre fue paseo de Recoletos y nunca paseo de Calvo Sotelo, pensé en los extraños personajes que me había encontrado en aquella

nonnata Fundación: en el desconcertante JM, en el viejo criado mariquita, estaba segura de que era mariquita, pero fiel y valiente como un dogo, en la fastuosa biblioteca que me tocaba organizar y en don Ramón Gimeno Coes, el gran desconocido de aquella historia disparatada, y en la tía buena, la secretaria Nieves, que si llego a ser hombre me la como en dos bocaos. Me fui directa al bar del Palace y pedí un martini seco, pero muy seco, de los que se tomaba William Powell en *La cena de los acusados*. Mientras lo preparaba el *barman*, escuché una voz a mi espalda:
—¿Qué haces aquí?

Era Federico Sañudo, un caprichillo que tuve en los años locos del setenta y seis o setenta y siete, al que luego perdí el rastro y que ahora había salido diputado por Badajoz, aunque él vivía en Santander. Le abracé y lo besé con ese amor que se tiene por quien nada importa y luego le conté mis pasos en la rarísima Fundación. Federico era del PSOE y estaba muy puesto en Asuntos Exteriores. ¿Quién me había recomendado y por qué? Me prometió averiguar lo que pudiera a condición de que cenáramos juntos el sábado. Acepté la cena, sabiendo que no se iba a enterar de nada y que era una coña tremenda lo que me dijo el señor Muñoz: de Asuntos Exteriores, nada; el secreto —si es que lo había— estaba en otra parte.

Eché a andar, sobre todo para despejarme un poco, y se me ocurrió ir al Ayuntamiento: me quedaban dos días por delante, el sábado y el domingo, y yo tenía que enterarme antes del lunes de quién fue Gimeno Coes. Ya sé que la Hemeroteca Municipal no se abre el fin de semana, pero, teniendo en cuenta que era funcionaria de la casa y que manejaba llaves y ciertas influencias, mintiendo al señor Castro, conservador del recinto, a punto de jubilarse y celoso guardián de millones de periódicos, tal vez pudiera colarme en compañía de dos bocatas y una botella de vino. Señor Castro —pensaba decirle—, el alcalde me ha encargado unos datos y los necesito antes del lunes y, fíjese usted, me parte el fin de semana... ¿Y no puede esperar al lunes? No, no puede, está haciendo un bando de los suyos. Necesito la orden por escrito. Déjese de órdenes, señor Castro, que esta casa funciona ya de otra manera. Basta con que el conserje de turno me abra la puerta. Pero es que aquí no hay conserjes de turno.

CAPÍTULO II

Me arreglo con un municipal, en la antigua hemeroteca no digo, pero ahora en el Conde Duque... Señor Castro, si no colabora usted, mejor para mí; lo pongo en conocimiento de la secretaría del alcalde y santas pascuas. No, de ninguna manera, si hay que hacer un esfuerzo se hace: tendrá un municipal el sábado y otro el domingo. Este diálogo, que iba diciendo en voz alta por efecto de los tres martinis, ante el asombro de madrileños y forasteros, lo solté por la calle Mayor y se reprodujo casi exactamente en la plaza de la Villa. El señor Castro, que tenía que lavar ciertos pecadillos desde los tiempos del conde de Mayalde y de Arias Navarro, entre otros, cedió al fin, sin hacer mayores averiguaciones. Por suerte, nadie nos pilló, que si vienen torcidas le forman expediente y eso me hubiera sabido mal, aun teniendo en cuenta que era un miserable y un chivato y que lo fue toda la vida.

El sábado a las nueve de la mañana comencé mi busca bajo la mirada de reproche del municipal y de un ordenanza que el celo del señor Castro puso en el paquete. Lo del ordenanza no me sentó bien, en primer lugar porque no servía de nada y, en segundo, porque, falta inútil, abuso burocrático que te cargan. Le dije que se fuera, y él me contestó que de ninguna manera, que el esfuerzo se considera horas extraordinarias y que a él le daba lo mismo quedarse leyendo el *Marca* y el *As*. Mal rollo: encima, dinero al Ayuntamiento, me la jugaba y ponía en evidencia al señor Castro, que, aun chivato, en aquel asunto era legal. Los remordimientos me duraron hasta después de la una, ya rodeada de periódicos, cuando encontré una esquela, que copio a la letra, del *ABC* del 18 de abril de 1943: *Don Fernando Gimeno Coes Beltrán, estudiante, falleció en la Sierra del Guadarrama, el día 18 de abril de 1943. Su familia, sus profesores y compañeros del Ramiro de Maeztu ruegan una oración por su alma.* En el número del día 19 de abril venía una pequeña noticia en el periódico: *Desgraciado accidente en la Sierra del Guadarrama. El joven deportista Fernando Gimeno Coes sufrió un accidente de montaña el sábado pasado. En la ascensión al risco de Claveles, cayó de manera fortuita y fue recogido por sus compañeros de cordada, para trasladarlo a un centro sanitario. Por desgracia, Gimeno Coes falleció antes de llegar al Puerto de los Cotos. El joven pertenecía a la sección de montaña del*

Club Alpino Español, era un atleta consumado e hijo del Doctor Exmo. Sr. don Ramón Gimeno Coes y O'Neil, miembro de la Academia de Jurisprudencia y presidente del Club Alpino Español. Mala suerte, pensé, el primer dato que encuentro es negro. La esquela no me decía nada de particular, ya que sólo se refería a *su familia,* ni la breve noticia, que don Ramón era doctor en Derecho y académico, aunque me brindaba la novedad de la presidencia del Club Alpino: Gimeno Coes fue un deportista, y su hijo, ignoro si tenía otros, por desgracia, debió de seguir sus pasos. El segundo dato me vino de forma casual: ya medio aburrida —o aburrida del todo— hojeaba los últimos periódicos, cuando di con una encuesta en el semanario *Dígame,* que firmaba el periodista Castán Palomar: *¿Es usted partidario o enemigo de la corbata?* Entre las opiniones negativas —rarísimas— estaba la de don Francisco Segovia, a quien se llamaba *el caballero sin corbata,* y entre las eclécticas, la de don Ramón Gimeno Coes, que decía según y cómo y en qué circunstancias, o sea, sin mojarse: *don Ramón Gimeno Coes, embajador de España en la República Argentina, se pone corbata cuando lo manda el protocolo, pero se siente libre si puede disponer de su cuello, que se jugó muchas veces sin ofrecer nada a cambio.* Venían dos fotos, pero con errores que luego advertí: don Ramón era un hombre de ojos maliciosos y nariz de ex campeón de boxeo, sin corbata, y don Paco Segovia, un tipo de unos sesenta años, fino de cara, de sonrisa un poco cínica y que me recordaba a Rex Harrison en sus últimas películas. Como es lógico, estaban cambiadas: don Paco era don Ramón, y don Ramón, don Paco. Pero tenían una última seña: Gimeno Coes fue un personaje campanudo por obligación, pero en realidad cachondo; académico y doctor serio y estirado, malaventura por la muerte de su hijo, rico y deportista, embajador en la República Argentina y, mirándolo con lupa, y así lo hice después, maniático y jugador, adepto al régimen sin pasarse y liberal por instinto; pero, según supe más tarde, enamorado y verbenero. Una alhaja para una charada.

La noche del sábado, cuando sólo veía titulares, sueltos, avisos, esquelas, notas, anuncios por palabras y carteleras, me encontré con Federico Sañudo en *El cenador del Prado,* un restaurante encantador que pilla cerca del Congreso. Yo conocía a

CAPÍTULO II

Tomás, el cocinero, y a Ramón, más o menos relaciones públicas del local. Pedí crema fría de melón y pasta fresca de carabineros, y Federico, dado a las recias comidas del Cantábrico, se quedó en sopa de pescado y solomillo al hojaldre con pera. Me confesó su fracaso: nadie sabía de mi existencia en el Palacio de Santa Cruz.

—Yo te voy a dar un personaje —le sonreí por encima de la pasta de carabineros—: ¿Has oído hablar de Ramón Gimeno Coes?

—Creo que fue procurador en Cortes o algo parecido en tiempos de Franco.

—Embajador en Argentina alrededor del año 1956.

—¿Por qué quieres saber de él?

—Porque ahora soy detective, encanto —le respondí poniendo cara de Nick Carter.

Y como advirtiera un brillo de desconfianza en los ojos de mi amigo Federico, le informé de lo fácil, es decir, de la verdad: que el tipo me interesaba más allá del encargo, que me pagaban una pasta por el trabajo y que me habían contado un cuento del Ministerio de Asuntos Exteriores. Federico, dentro de sus posibilidades, que no eran muchas, me prometió darme un perfil del personaje y a cambio decidió llevarme a una discoteca muy negra que él llamaba *El Adulterio,* destino al que yo rehusé, aunque tuve que ceder prometiendo verle el sábado con la condición de que me trajera una información digna de tal nombre. El pobre Federico Sañudo dijo que de acuerdo y, aunque intentó meterme mano en el taxi, acabó educadamente resignado. Hay hombres que no comprenden que si alguna vez alcanzaron la categoría de caprichillo, resulta muy difícil recuperar el tono, porque, sobre todo en caprichillos, las mujeres somos un poco especiales. No me molesté en explicarle que un gran amor, para desgracia de sus protagonistas, puede rebrotar, pero que un caprichillo no vale la pena.

Por mucho que busqué el domingo en la hemeroteca, sólo di con la pequeña nota necrológica que despedía a don Ramón Gimeno Coes y O'Neil: *Ayer murió, en el Hospital Puerta de Hierro, don Ramón Gimeno Coes O'Neil, embajador del antiguo régimen, decano que fuera del Colegio de Abogados de Madrid, académico de Ju-*

risprudencia, ilustre cervantista y creador del Museo del Emigrante en Asturias. Y en las páginas de atrás, la más barata de todas las esquelas, la más chica, la más humilde: *Exmo. Sr. don Ramón Gimeno Coes. Falleció cristianamente en Madrid el día 31 de mayo de 1983. D. E. P. Su fiel servidor M. C. ruega una oración por su alma.* Luego mi jefe, aquel funesto día de 1983 —y nunca mejor dicho— sólo contaba con el cariño de su fiel servidor M. C. Por lo visto, el Colegio de Abogados, la Academia de Jurisprudencia, el Ministerio de Asuntos Exteriores y el público en general lo habían olvidado. Rarezas de la vida, porque RGC debía de ser riquísimo o, al menos, bastante adinerado. Para mí la misión estaba cumplida, y así pude entrar en aquella casa de María de Molina sin preguntar a nadie, sobre todo al liante señor Muñoz, quién fue Gimeno Coes O'Neil, que me contrataba por encima de la tumba, como si fuera mi bien amado, el mismísimo conde Drácula.

III

Un padre entre los doctores

El lunes diez de junio llegué a las seis en punto a la Fundación, después de haberme comido un *sandwich* mixto y un yogur en la cafetería de siempre. El *sandwich*, porque tenía hambre y me gustaba, y el yogur para adelgazar, que de ilusión se vive. Al bajar del autobús y mientras esperaba que un semáforo se pusiera verde botella, se me acercó una mamá con un niño. El hecho en sí no merece ser contado, pero la pareja tenía lo suyo: la mamá era una especie de foca, embutida en unos pantalones rojos que valoraban su enorme culazo; el niño —canijillo él— sudaba a morir, y no era para menos, porque iba vestido de *pierrot*, la carita pintada de blanco, cargado de lentejuelas y con un gorro hasta las orejas. Quizá en carnaval hubiera pasado calor, pero en junio y en la calle María de Molina, estaba a punto de cascarla. La mamá me preguntó entonces por el estudio de un fotógrafo y me enseñó una tarjeta, que decía *Naranja y Oro, fotografías artísticas, bodas, bautizos y orlas*. Yo no sabía nada del mentado estudio y así se lo dije a la gorda, que se alejo calle abajo arrastrando al sofocadísimo *pierrot*.

Porque aquel fue el primer día de verano, lo que se dice verano, y aunque teníamos aire acondicionado en el Archivo de Villa, estaba cansada y más que arrebatada. Soy un poco pelma en esto del calor y me priva la ducha y, sobre todo, cambiarme de ropa después de un día de trajín gordo, pero ya me podía ir acostumbrando, porque no me daba tiempo a volver a casa y luego a la Fundación, que para eso tendría que vivir en Palencia o en cualquier otra ciudad pequeña. El tema es que la blusa blanca que llevaba puesta se me pegaba a la piel de una forma un tanto asquerosa y pensaba, seguramente sin razón, que olía a chota. Maldiciendo mi mala suerte y los errores a los que conduce el desmedido amor a la pasta, llamé a la puerta. Dentro ladró un perro y, al cabo de unos instantes, Mateo Carrasco me abrió. Sus ojillos volvieron a sonreír, me dedicó la correspondiente zalema y me condujo a la biblioteca como si no hubiéramos hecho otra cosa en la vida. Antes de abrir la última puerta del castillo me atreví a preguntar por el cuarto de baño, así, *por el cuarto de baño*, y no por el *servicio*, palabra que me horroriza. Mateo volvió a inclinarse y me llevó a uno, que debía de estar de recurso para la biblioteca. Observé entonces que me había puesto una toalla rosa en el lavabo y otra, más pequeña, en el bidé, y digo que me había puesto porque estaba segura de que eran para mí. En el lavabo brillaba el negro de una pastilla de jabón La Toja sin estrenar y en un estante se lucía un frasquito de colonia Álvarez Gómez sin abrir. Rica colonia esta, y además, barata. Suspiré un poco liberada de mis angustias, hice pis como si estuviera en casa y me lavé tipo mano de gato. El espejo me transmitió una imagen más tranquila y menos sofocante. Al salir del cuarto de baño me aguardaba el señor Mateo —desde entonces le llamé señor— como un perro fiel. Me dio vergüenza darle las gracias, y él, que debió de olerme con orgullo y satisfacción, me condujo a la biblioteca.

—El señor Muñoz —anunció con voz que quería parecer neutra— dice que, cuando tome contacto con la biblioteca, vaya usted a su despacho. Si llama al timbre..., este de aquí..., si llama dos veces, vengo yo.

No me hizo ninguna gracia la presencia de JM en la Fundación, porque no iba preparada para un nuevo encuentro ni estaba bien vestida, pero qué remedio. Antes de cerrar la puerta, el señor Mateo me dedicó un reojo que confirmaba mis sospechas. Mejor para mí: siempre me entendí bien con los mariquitas, sobre todo cuando eran decentes y educados como éste.

Así que el innombrable Muñoz no sólo viene a fisgar, sino que me recomienda que tome contacto con la biblioteca, a calentar como si fuera un futbolista, y luego me manda que vaya a su despacho, tipo cuartel de infantería. Mari, guapa, no te pases: aquí cobras un dineral y los jefes siempre dan órdenes, que para eso son jefes. Fue entonces cuando admiré aquella gloriosa estancia —me gusta lo de estancia—, subí a las alturas, se me cayeron las gafas y me apoderé de *El viajero universal, tomo XI*.

—Ya le he dicho a usted que se archiva todo, absolutamente todo, un pétalo, un décimo de lotería o un recordatorio.

Yo aguardaba como una niña modosa, febril y un poco baja de forma, así que no lo miré de frente, aunque había advertido que llevaba impecable traje de ralladillo, sin calcetines blancos.

—Quizá encuentre desordenada la biblioteca: en tal caso, la deja usted desordenada hasta el final de su trabajo.

Abrió un cajón y se acercó a mí con una carta en la mano, y yo di un paso atrás, no por miedo, sino por aquello del olor a chota, que, mezclado con Álvarez Gómez, quizá resultara perjudicial. La muerte antes de rendirme a JM: te jodes si huelo a chota, pensé, pero estaba hundida.

—Es para usted.

Y me tendió la carta. Otra vez el muy cabrón ganaba el envite, porque yo, desconcertada, repetí:

—¿Para mí?

Joaquín Muñoz lo estaba pasando divinamente.

—Para la persona que se va a ocupar de la biblioteca.

Me dispuse a abrir la carta, pero él se adelantó.

—Llévesela: es una fotocopia.

Al salir del despacho, y sin poderlo remediar, murmuré:

—¡Me cago en la leche puta!

Quiero dejar constancia de que no tengo la boca sucia, ni soy grosera, ni ordinaria, pero no me gusta perder: he nacido para ganar y, aunque hasta ahora nunca pasé del primer juego, algún día voy a romper la mala racha. El señor Mateo reapareció y en silencio, oriental a mi juicio, me condujo a la biblioteca otra vez. No me gusta el señor Mateo, no me gusta la puerca biblioteca, que ni siquiera es jaula, es trampa. Me quedé sola otra vez y pensé que no había firmado nada, que me podía escapar en un plis-plas, pero también pensé que aquel plis-plas se lleva siete millones, por lo menos.

Después de un segundo de duda, incluso de inseguridad, me senté ante la mesa grande, la que podía servir para juntar a ocho o nueve lectores. Miré entonces la carta: en el sobre, que venía abierto, con los bordes remetidos, estaban las señas particulares de la Fundación y el membrete que la identificaba. Saqué el pliego, fotocopia según Muñoz me había dicho: era una holandesa o folio, nunca sé la diferencia, sin marca alguna y escrito a mano. Lo transcribo exactamente porque, al ser fotocopia y entregármela JM, se entendía que era de mi uso exclusivo o, al menos, de quien se encargara de la dichosa biblioteca:

Madrid, 29 de febrero de 1983. Muy señor mío: ha sido usted elegido (y así consta en las órdenes que dejé escritas en su momento) como bibliotecario jefe de la B. de mi Fundación. Si fue escogido usted es porque reúne ciertas condiciones:

1) Conocimiento de electrónica y de estos aparatos que ahora comienzan a utilizarse y de los que yo desconozco usos, entrañas y aplicaciones. 2) Su amor a los libros. Se le supone, ya que es usted bibliotecario. 3) Su instinto y sagacidad para interpretar mis directrices, que pueden parecer arbitrarias, pero que responden a una lógica que (y mucho lo deseo) nos compenetre. Observará usted que en la biblioteca hay un pequeño desorden, debido a falta de tiempo (ya me queda muy poco), y no conseguirá remediarlo si utiliza el fichero convencional, que tiene a su alcance y que va de la A a la Z, registrado por autores y también por géneros. No intente arreglar el desorden hasta que llegue el momento preciso. Empiece usted a trabajar por M-1, E-1: es decir, módulo primero, estante primero, que los verá numerados en chapas de metal. Los primeros libros que encontrará usted son los antiguos textos de los padres y de los doctores de la Iglesia. Luego, la Leyenda dorada *o vida de santos, escrita por fray Santiago de la Vorágine, texto revisado y publicado por el doctor Graesse en 1845. Esta edición es una de las alhajas de la B. y observará usted que consta de doscientos cuarenta y tres capítulos. Está fuera de la zona que protejo con cristales, porque quiero (y no es ningún capricho) que el orden comience por las obras descritas. Siga adelante hasta terminar el módulo. Advertirá entonces que los únicos libros sagrados, por llamarlos así, son los textos de los padres y doctores de la iglesia y el Vorágine. La culpa es mía: soy un gran chapucero. El señor don Joaquín Muñoz, presidente de la futura Fundación que llevará mi nombre, le habrá advertido que consigne todo lo que encuentre en el interior de los libros, y debo señalar que hay documentos o rastros muy curiosos. Más tarde, aunque ya no sea de su incumbencia, ese material será fichado o destruido según el criterio de mis albaceas. Le deseo, desconocido amigo, un buen trabajo y espero que las condiciones económicas en las que ha sido ajustado le parezcan bien. B.s.p.* Y la firma, recta y clara, sin disimulo, ni engaño: Ramón Gimeno Coes.

Me quedé largo rato contemplando aquella carta, que curiosamente, estaba escrita a mano. El señor Gimeno Coes había muerto meses después, en mayo del mismo año según la esquela y a una edad más que respetable y, sin embargo, su letra parecía la de un hombre joven: redonda, legible, de fuertes trazos, puntos muy separados en las íes, tes rotundas, ges retorcidas y largos acentos. Me extrañó el uso del paréntesis y lo atribuí a su edad. En esto de la escritura hay modas, y ahora ya casi nadie utiliza el paréntesis. Los renglones descendían un poco, pero los márgenes eran generosos. Una carta limpia, recién lavada. Me alegré de poder conservar la fotocopia, porque pensaba enseñársela a Curra Montejo, aficionada a la grafología. Releí la carta cuatro o cinco veces, hasta casi sabérmela de memoria. Algunas cosas me rechinaban. Iba dirigida a un hombre y, sin embargo, habían llamado a una mujer de una forma muy precisa. O el señor Gimeno Coes quería engañarme o Muñoz le desobedecía... Pero en este caso, ¿por qué me pagaban tanto dinero? En la escritura existían ciertos matices que me sonaban de forma familiar, como si antes ya los hubiera visto o los tuviera muy oídos, aunque no sabía dónde estaban colocados. La despedida era absurda: B.s.p. Besa sus pies. O estaba chocho don Ramón o besaba los pies a un archivero o era un guiño para una mujer, que no podía ser otra. Era yo misma. Me dio un escalofrío, no lo pude remediar. Yo nunca jamás, nunca, había visto a don Ramón Gimeno Coes, ni en fotografía, a excepción de la del

Dígame, en el reportaje de Castán Palomar. Dejé transcurrir unos minutos y toqué dos veces al timbre. Poco después llamó discretamente a la puerta el señor Mateo y tuve que hacer un esfuerzo para gritar ¡adelante! El señor Mateo entró con la suavidad de una nutria, quizá de dientes afilados. Yo le pregunté —luego me sentí horriblemente estúpida— si el señor Muñoz permanecía en la fortaleza. Él me dijo que no, que había volado en el *Mercedes,* y me dedicó una tranquilizadora sonrisa. Le pedí que se sentara junto a mí y me contestó que de ninguna forma, que en aquella biblioteca sólo se sentaban los señores. Me puse en pie y se le llenaron los ojos de lágrimas, de tal modo que no tuve más remedio que ocupar el puesto de señor. Entonces, le di la carta:

—¿Reconoce esta letra?

—Claro: es la letra de mi señor.

—¿A qué edad murió?

—A los ochenta y cinco.

—¿Y cómo se puede escribir así a los ochenta y cinco años?

—Mi señor no era de este mundo.

Le dije que si le podía hacer alguna pregunta, y él me contestó con discreto asentimiento que a nada comprometía.

—Tuvo un hijo, ¿verdad?

—Tuvo dos, el señorito Fernando y el señorito José Luis; el señorito Fernando murió en un accidente de montaña y el señorito José Luis se fue a la Argentina, donde murió en 1978.

—¿Y su mujer?

—Nunca conocí a la señora.

—¿No trabaja usted aquí desde el año cuarenta y dos?

—Puede que fuera el cuarenta y dos o el cuarenta y tres.

En aquel momento comenzó a ladrar un perro en el interior de la casa y el señor Mateo echó una mirada fugaz al reloj y se disculpó con suavidad: seguramente era el relojero. Todos los lunes, a aquella hora, venía a dar cuerda a los relojes. Aquella noticia me dejo patidifusa, sobre todo porque le había oído contar a mi abuela, la de Sanlúcar, que los lunes siempre iba un relojero a dar cuerda a los relojes de casa. El señor Mateo huyó de mi presencia, asustado e incómodo, temiendo que le hiciera más preguntas, y yo no se lo podía reprochar, porque no me co-

CAPÍTULO III

nocía de nada. Decidí entonces no abrir la boca y seguir las instrucciones de la carta. Por lo pronto, volví a recorrer la biblioteca, olisqueando y acariciando algunos libros. No me gustó el rincón donde me habían puesto el ordenador: me parecía frío, de oficina. Intenté ver los libros que contenían los armarios y que, como era lógico, también debía clasificar, y descubrí uno cerrado. Aquel armarito misterioso, ignoro la causa, despertó mi curiosidad: era pequeño y de llave antigua, profundo y estrecho. Metí en la cerradura unas tijeras, con la esperanza de poder abrirlo como un ladrón de guante blanco, pero el truco no resultó. Tampoco lo pude abrir con otra llave. En aquel momento sonaron los relojes de la casa, y así, dando campanadas, graves o agudas, estuvieron más de un cuarto de hora. Al fondo de la estancia —da gusto decir estancia— estaba el rincón del señor Gimeno Coes: muy cerca de una chimenea francesa de mármol negro había una butaca de orejas de cuero también negro y gastado con ligeras estrías hechas por el tiempo. Siempre he oído decir que esos butacones, donde se dormita o se lee, se llaman *chippendale,* pero cualquiera sabe. Me incliné para olerlo y me gustó: olía a cera recién dada, a limpio, a buen lustre, era noble y sabio. Lo acaricié y luego pregunté en voz alta:

—¿Me puedo sentar?

El sillón no dijo nada y, como quien calla otorga, me senté, apoyé la cabeza en el respaldo y puse las dos manos en los reposabrazos. Seguramente estoy loca, pero me dio la impresión de que el sillón me aceptaba y por primera vez me sentí a gusto en la hermosa biblioteca. Allí descansaba el señor Gimeno Coes, allí dormía la siesta y leía sus libros. O escuchaba música, porque muy cerca vi un tocadiscos de modelo antiguo, de 1970 más o menos, y un montón de discos, de los que llamábamos *long play* y de los otros, de los de setenta y ocho revoluciones. Les dediqué una sonrisa, pensando: os miraré uno a uno cuando llegue su momento. Le di dos palmaditas al sillón y me puse en pie, para dirigirme a un mueblecito modesto donde había libros apiñados, que no eran muchos. Aquellos libros también podían hablar, así que, arrodillándome, los repasé. Cito algunos de los que más me llegaron: *El libro de las tierras vírgenes, Los apuros de Guillermo* y *Guillermo el incomprendido, Azul...,* de Rubén Darío,

1 L	2 K	3 B	4 N	5 N	6 A	7 M	8 H	9 O	10 C	11 D	12 O	13 H	14 P	15 R	16 K
S	O	L	O	T	U	M	I	S	E	C	R	E	T	O	N
17 U		18 R	19 Q	20 L	21 U	22 Q	23 A	24 I		25 E	26 C	27 K	28 Q		29 A
O		C	O	N	O	C	E	S		P	O	R	M		A
30 R	31 H	32 R													
S	Q	U													
33 M	34 S	35 A		36 F	37 G	38 T	39 F	40 U	41 P		42 N		43 D		44 J
E	E	L		A	L	M	A	C	O		N		D		J
45 Q	46 L	47 E	48 A												
T	I	D	O												
49 H	50 R	51 O	52 N	53 I	54 C	55 T	56 K	57 T	58 A	59 F		60 S	61 O	62 E	63 M
A	R	D	I	E	N	T	E	S	I	N		Y	O	Q	U
64 T															
E															
65 Q	66 C	67 U	68 O	69 U	70 F	71 U	72 H	73 E	74 D	75 R	76 U	77 A	78 I	79 C	
R	E	R	O	O	T	E	L	O	D	I	G	A	A	V	
80 R	81 L	82 Q	83 O	84 G	85 L	86 N	87 Q	88 E	89 B	90 J	91 N	92 D	93 B	94 M	
O	C	E	S	Y	A	C	A	S	O	H	A	S	D	E	
95 U	96 T	97 C	98 P	99 D	100 T	101 M	102 N	103 B	104 C	105 U	106 E	107 H	108 Q	109 D	110 D
I	G	N	O	R	A	M	N	O	E	U	T	R	A	A	M
111 S	112 J	113 Q													
E	N	T													
114 E	115 I	116 R	117 F	118 D	119 P	120 T	121 F	122 I	123 J	124 J	125 D	126 M	127 E	128 L	
E	C	O	M	O	L	A	S	O	N	D	A	S	D	E	
129 D	130 O	131 I	132 J	133 L	134 A	135 T	136 S	137 J	138 N	139 N	140 S	141 T	142 U	143 L	144 K
L	A	M	A	R	V	E	L	O	C	E	S	L	A	O	F
145 T	146 P	147 H	148 S	149 I	150 J	151 R	152 S	153 K	154 B	155 O	156 U	157 A	158 H	159 O	160 R
R	E	E	D	A	I	R	E	K	B	O	N	Q	U	E	L
161 Q															
E															
162 U	163 N	164 S	165 J	166 E	167 I	168 E	169 G	170 C	171 M	172 F					
S	D	A	L	A	F	U	E	N	T	E					

CAPÍTULO III

Cosecha roja, de Dashiell Hammett, *Charlie Chan en Egipto, The sonnets,* de William Shakespeare, *Las obras completas* de Cervantes, *Las calles de Madrid, El secreto de Barba Azul,* de Fernández Flórez, *Cien años de soledad, Cara de plata,* de Valle Inclán, *El muerto de Maigret* y *En los bajos del Magestic,* de Simenon, *Alicia en el país de las maravillas, César o nada,* de Pío Baroja, *La sierra del Guadarrama* y *La conquista del Everest.* Exceptuando *La sierra del Guadarrama, Las calles de Madrid, La conquista del Everest* y algunas de las muchas obras de Cervantes, todos los había leído y releído. También eran mis libros. Me sorprendió encontrar a Charlie Chan, el sagaz detective chino, y a Guillermo Brown y al comisario Maigret. La mayoría, menos las *Obras completas* de Cervantes y los sonetos de Shakespeare, eran baratos, estaban editados en rústica, algunos con las hojas dobladas y, a veces, anotados. Volví a sentarme en la butaca, esta vez sin pedir permiso, y me quedé mirando aquellas dos o tres docenas de libros queridos: también vosotros —les dije— pasaréis por el aro. Y ahora, Mari, guapa..., ¡a trabajar!, que para eso cobras. Módulo uno, estante uno. Los padres y los doctores de la Iglesia y el dichoso Vorágine. De mis tiempos de la oposición, ya hace años, y de la época de Filosofía y Letras, que hace más años todavía, recordaba que los padres eran cuatro de Oriente y cuatro de Occidente y los doctores muchos más. Entre los padres, Agustín, Gregorio Magno, Ambrosio, Jerónimo, Hilario y León Magno. El primero de los doctores, sin duda alguna, era santo Tomás, y allí estaban sus libros, *La summa theologica, Los comentarios, Sobre la esencia y la existencia, La summa contra gentiles,* hermosos libros, bien encuadernados, dignos de la biblioteca del señor Gimeno Coes. Pero algo fallaba: entre los doctores me llamó la atención la presencia de un padre, san Agustín, y precisamente *Las confesiones,* colado entre los dichosos doctores y de formato más pequeño. Buena te espera, Mari, guapa. Saqué *Las confesiones* y me dispuse a poner el libro en su sitio, pero me detuve a tiempo: *no intente arreglar el desorden hasta que llegue el momento preciso.* Quien manda, manda. Observé el libro, recordando ahora al comisario Maigret. Lo miré como si fuera el sospechoso y ganas me entraron de convidarle a una caña traída directamente de la *brasserie Dauphine:* a san Agustín, digo. Estaba escrito en latín, bonita edición encuadernada en pasta española: Valencia, imprenta de Cabrerizo, 1858. No recordaba la imprenta, pero tampoco me las voy a saber de memoria. Pasé las páginas, todas seguidas, de una vez y luego en dirección contraria. Había un recorte de periódico que me dejó un tanto perpleja: era un chiste de Enrique Herreros, publicado en *La Codorniz:* una chica vestida de rojo acaricia a un manco y le dice: «Qué lástima que sea usted manco... ¡Me gustaría tanto morir en sus brazos!» ¿Qué tiene que ver *La Codorniz* con san Agustín? Un manco, morir en sus brazos... A mí no me habían contratado para descifrar jeroglíficos, yo estaba en la Biblioteca de la Fundación para ordenar —en su momento— y apuntar todo lo que encontrara. Entonces, y por simple reflejo, di la vuelta a la página: en grandes letras decía: ¡LA PÁGINA DEL DAMERO MALDITO!, y abajo: por Conchita Montes. Me gustaba mucho resolver el *damero maldito* y también me gustaba Conchita Montes, a quien no podía olvidar en *El baile*, con Rafael Alonso y Pedro Porcel, o en *La otra orilla*, de López Rubio. La otra orilla era la muerte, y mira por donde la primera señal de RGC venía desde la otra orilla, suponiendo que él hubiera guardado el damero o el chiste entre las páginas de *Las confesiones*. Estaba ya resuelto, el autor era S. del Palacio y la poesía-clave se titulaba *Amor oculto*. La repasé:

> *Sólo tú mi secreto no conoces,*
> *por más que el alma con latido ardiente,*
> *sin yo quererlo, te lo diga a voces*
> *y acaso has de ignorarlo eternamente;*
> *como las ondas de la mar veloces*
> *la ofrenda ignoran que les da la fuente.*

Pues muy bien. Anoté el hallazgo en un cuadernito y volví a meter el libro en su sitio. Entonces alguien llamó a la puerta con encantadora suavidad: era el señor Mateo, que ahora se había puesto una chaqueta blanca, absolutamente blanca, y llevaba una bandeja de plata con un largo vaso, un frasco de cristal tallado y una servilleta de hilo.

—Me he permitido traerle a usted un granizado de limón.

CAPÍTULO III

Parecerá una bobada, pero me turbó la cortesía. Yo fui jovencita huérfana y luego mujer divorciada. En mi trabajo —y lo conseguí a pulso— nadie me ayuda y nadie me regala nada. Mis relaciones con los hombres son más de guerra que de amor y siempre ganó el sexo. Si pienso el tiempo que llevo en este mundo, me atrevería a decir que nunca jamás me enamoré de nadie, ni de hombre, ni de mujer, y casi nunca nadie —a excepción de mamá y de papá, el pobrecito— me trató con cariño. Ahora vivo con Carmen Rodrigo, que no es precisamente el ideal, ni siquiera un mayordomo eficiente. Por eso, el detalle del señor Mateo, su dulzura y su buena intención, me turbaron, como dije antes, porque no estamos acostumbrados a la sensibilidad del vecino y muchas veces preferimos —al menos yo— marcar las distancias para no agradecer favores y, sobre todo, para evitar sobresaltos y decepciones.

—Si quiere le echo unas gotitas de ginebra, que siempre animan.

—Es usted muy amable, señor Carrasco, pero no tenía que molestarse.

—No es molestia. Y no vuelva a llamarme señor Carrasco, por favor.

—A condición de que usted me llame María.

—No puedo, lo siento mucho, señora: uno tiene sus principios.

Misión imposible: el señor Mateo es un racista y me lo hace ver por las claras. A un lado los siervos y al otro los licenciados, aunque sean más pobres que las ratas y que los mismos siervos. Le dije que muy bien, que me pusiera las gotitas de ginebra. El señor Mateo asintió con justificado orgullo, me regaló una de sus miradas pillas, mariquitas y certeras, y con un ligero toque enriqueció el granizado, volvió a colocar el frasco sobre la bandeja, agitó el líquido con una varilla y me tendió el vaso acompañado de reverencia. Yo recibí el granizado ceremoniosamente y, por ponerme a la altura de las circunstancias, alcé el vaso y brindé: ¡Salud y libertad! Por poco se le cae la bandeja al señor Mateo. Me hice con un buen trago y agradecí de nuevo la gentileza. Cuando se repuso de no se qué, me preguntó si estaba a gusto y yo le contesté que muy a gusto, sobre todo por su amabilidad y que, puestos a pedir, me encantaría cambiar el sitio del ordenador y colocarlo más cerca de la chimenea. Mateo me miró esta vez con ojos profundos:

—¿Junto a la butaca del señor?

—Aquí, cerca de la chimenea.

—Es el mejor sitio de la biblioteca.

Con movimientos precisos, sin hacer ruido ni abrir la boca, en pocos instantes cambió el pesado aparato y lo puso en una mesita auxiliar, lo conectó a la luz, le dio a una tecla, le arrimó una silla e, inclinándose levemente, me señaló el escenario que luego me sería tan familiar. Al hacer aquel gesto —más que invitación, aquello era una orden— descubrió la muñeca izquierda: una profunda cicatriz iba de lado a lado por encima de la venas. Bebí un sorbo del refresco y le miré; luego, me senté en mi sitio. El señor Mateo se estiró las mangas de la chaqueta y, como si llevara patines de plumas, se deslizó hasta la puerta de la biblioteca, abrió en silencio y con las mismas cerró. Pensé que valía la pena trabajar allí, aunque sólo fuera por conocer al señor Mateo Carrasco, y con la sensación de estar debajo del agua empecé a escribir: M-1, E-1. *Las confesiones* de san Agustín, Valencia, Imprenta de Cabrerizo, 1858. En la página 216 hay un *damero maldito,* de Conchita Montes. En el reverso de la página, un chiste de Enrique Herreros. Ya sólo me faltaban 19.999 volúmenes.

IV

El mapa de San Pelagio

El martes, a las seis de la tarde, no había nadie en la Fundación excepto el señor Mateo, que me trajo los papeles que yo debía firmar. Faltaban tres datos esenciales: mi nombre completo, el DNI y mi domicilio actual. Yo misma los rellené: María Rosa Arana Miranda, DNI 781.937S, Quintana, 15, Madrid. Comprobé que la suma era exacta, que cobraría todos los lunes, y eché un garabato en cada una de las hojas, rematando la suerte con la última cláusula: *En caso de disputa respecto al cumplimiento o interpretación de este contrato, de sus efectos o cualquier otra cuestión derivada del mismo, las partes renuncian al fuero propio que por razón de domicilio pudiera corresponderles, sometiendo sus controversias al correspondiente arbitraje de derecho.* Fecha y firma. Poco me importaba lo de los fueros, porque yo no tenía ninguno. El señor Mateo me prometió entregármelo el miércoles, ya con la bendición de Muñoz. Siempre ocurre lo mismo: los jefes firman después, cuando ya tienen enganchados a los siervos. Además, yo, en esto de los contratos, no soy experta y me he llevado más de un disgusto por no leerlos a fondo y por no fijarme en la letra pequeña, como todo el mundo.

En los padres de la Iglesia y en los doctores —ya sabemos que estaban al revés— apenas encontré nada interesante: un artículo de Astrana Marín, que hacía referencia a santa Sofía y sus tres hijas, una postal de Adelina Patti, una ilustración del árbol de Guernica y la Casa de Juntas, un grabado de Jerónimo Savonarola y una curiosa fotografía de un manojo de presos abigarrados con un Cristo detrás, que decía lo siguiente: *grupo de presos acusados de pertenecer a la Mano Negra, en el patio de la prisión gaditana. La mayoría de ellos sufrirían la pena de destierro en las islas españolas del Pacífico y algunos volverían años más tarde, al ser revisado el proceso. Los verdugos de las audiencias de Madrid, Burgos y Albacete cobraron, además de su sueldo oficial, una onza de oro por cada uno de los agarrotados.* Observé con atención la letra y, comparándola con la de la carta autógrafa del señor Gimeno Coes, llegué a la fácil conclusión de que se trataba de la misma, tal vez con cincuenta años de diferencia. Luego el señor Gimeno Coes había trabajado de lo que fuera, fiscal, abogado defensor, juez, testigo o perito, en el famoso juicio de la Mano Negra. Todo lo anoté en la sección correspondiente, cuidándome mucho de hacer preguntas indiscretas. Cuando terminé con el M-1, E-1, seguí —como estaba previsto— M-1, E-2, donde se alineaban los sesenta y un tomos de la Biblioteca de Autores Españoles, conocida popularmente como el Rivadeneyra. Tercera edición, Madrid, M. Rivadeneyra, editor, 1864. El primer tomo, dedicado a las obras de Miguel de Cervantes, tenía entre sus páginas un artículo de don Ramón Gimeno Coes, *Cervantes y los famosos vinos de Málaga*, publicado en *ABC* el uno de mayo de 1948, cuando yo aún no había cumplido siete años. El segundo tomo era el de las obras de don Nicolás y don Leandro Fernández de Moratín, y en la página 392, donde empieza la comedia en tres actos y en verso titulada *La mojigata*, di con una hoja de papel rayado, donde había una especie de croquis con mensaje misterioso. Con un lápiz azul y rojo —me figuraba aquel lápiz, gordo, la mitad azul, la mitad rojo— estaba dibujado un ingenuo mapa que arrancaba del pueblo de Bayona. En azul, Bayona, de donde salía una carretera que iba de Ramallosa a Gondomar, y allí otra de trazo más fino con dirección a Alhoya, que terminaba en una cruz y un nombre, Pazo Cerveira. El camino, o lo que fuera, seguía luego señalando Porriño como punto de referencia y otra cruz más grande en rojo, Pazo de San Pelagio. Debajo, escrito con tinta ya un poco descolorida, decía: *sigue por el camino de tierra, a la izquierda, al salir de la aldea y encontrarás fácilmente el Pazo de San Pelagio, después de un castañar muy bonito. Teléfono secreto de mis papás en Madrid, sólo para usarlo en caso extremo, 56951. Acuérdate: Pazo de San Pelagio. ¡Muaj! ¡Muaj!* Los trazos eran de mujer y de mujer bien educada, con toda seguridad, en colegio de monjas de primera clase. Por detrás, y ya con la inconfundible letra de RGC, ponía: *me fue de gran utilidad.* Aquel mapa era un mensaje amoroso y, por las cinco cifras del teléfono de Madrid, de antes de la guerra o de los años de posguerra. Iba a transcribir el hallazgo cuando sonaron dos golpecitos en la puerta. Era el señor Mateo con el vaso de granizado de limón. Yo me levanté, papel en la mano, como si estuviera distraída, le agradecí el refresco y al coger el vaso procuré que viera el croquis y así lo hizo: estoy segura de que no era la primera vez, aunque cerró el pico y se refirió sólo al granizado, diciendo que llevaba las gotas de ginebra. Mientras bebía le sonreí, moviendo apenas los ojos en dirección al armarito secreto. El señor Mateo agarró el mensaje por los pelos y así lo advertí en su mirada maliciosa, pero se fue a otro asunto, preguntándome si quería un ventilador. Muchas gracias, pero le dije que no, que se me podían volar los papeles.

—¿Por qué no se trae usted una muda?

Aquello sí que me sorprendió.

—Puede usted traerse un maletín con una muda y sus cosas y al llegar aquí se cambia y se refresca: a mí no me importa lavarle la ropa.

—¡De ninguna forma! —le contesté—. Es usted muy amable, pero no quiero abusar.

—Me haría muy feliz, señora.

Dio por terminada la conversación, fue hacia la puerta, abrió en silencio y antes de cerrarla me dijo:

—Ese mapa le salvó la vida a mi señor.

Lo último que vi, como en las películas, fueron sus ojillos riendo alegremente. Entonces me senté en la posible butaca

CAPÍTULO IV

chippendale. Aquel mapa le salvó la vida a RGC. El señor Mateo me había regalado el dato, pero estaba segura de que no era un regalo para el ordenador, aunque tampoco me importaba mucho. No se le pregunta y habla; se le pregunta, calla y se altera.

—Menudo pájaro estás tú hecho —dije en voz alta.

Me refería al señor Mateo, que aquella tarde en el pequeño cuarto de baño de las toallas de color rosa, me había puesto un tubo de pasta de dientes, un vaso de cristal y un cepillo nuevo y ahora me proponía lavar mi ropa y cambiarme en la Fundación todos los días, y no era mala idea: una duchita y ropa limpia estarían pero que muy bien. Si no fuera tan marica y tan viejo, pensaría otra cosa. Mari, nena, te estás metiendo en el terreno de Carmencita Rodrigo y además eres una desagradecida. Intenté imaginar las relaciones entre el criado y el señor. Sin duda alguna, Mateo estuvo loco por su amo y me la juego a que sin la menor esperanza, aunque supongo que fue protegido por RGC, porque en caso contrario el tortuoso Muñoz lo hubiera puesto de patitas en la calle. En un reloj de graves campanadas, en el fondo de la casa, sonaron las nueve, y otro, agudo y cantarín, repitió la hora. Aún había mucha luz en la calle y hacía calor en cantidad. Los vencejos y los aviones, que mi amiga Candela González Anaya llama *avionetas* y a mí me agobian, gritaban antes de acostarse. Traté de concentrarme, suspiré, volví a mi trabajo y guardé el mapa, reseñándolo brevemente, sin dar detalles ni noticia de más: aquella novedad quedaba entre el señor Mateo y yo.

A las once y veinticinco estaba de vuelta en casa y al cerrar la puerta del ascensor percibí olor a quemado. Intenté abrir la del piso y, de nervios, no me entraba la llave, por fin logré pasar, no sin antes tocar al timbre repetidas veces: no se veía en el vestíbulo y la claridad de lo que llamamos *living*, salón o cuarto de estar, según las ocasiones, hacía un efecto de película o de catedral con incienso cuando el sol se filtra por las vidrieras y la luz parece sólida. Corrí a la cocina y no pude evitar una mirada al *living*, salón o cuarto de estar: en el televisor dos señoritas en pelota hacían guarradas. Donde no se veía ni una leche era en la cocina, invadida por un humo espeso que me hizo toser: bueno, se veía fuego, porque una sartén estaba ardiendo como *El coloso en llamas*. Aun a riesgo de morir en la empresa la quité con la mano izquierda, mientras con la derecha abría la ventana. Saqué la maldita sartén al patio, al tiempo que llamaba a gritos a Carmen. A los pocos instantes entró aquella insensata, que tuvo el morro de preguntarme:

—¿Pero qué haces?

—¿Qué hago, imbécil? ¡Apagar el fuego, que por poco ardemos!

—¡No entiendo nada!

La agarré de los hombros y sacudiéndola, quise saber qué rayos hacía en la cocina, y ella, por primera vez consciente, dijo que huevos fritos con patatas y que se le fue el santo al cielo.

—¡Se te fue el santo al cielo entre polvo y polvo, so cerda!

—¿Pero por qué lloras?

—¡Por el humo! —las lágrimas resbalaban por la mejillas de Carmen Rodrigo—. ¿Y tú?

—¡Porque me humillas!

Corrió a su cuarto y yo me tranquilicé: aquella ridícula escena, que no terminó en drama de pura casualidad, era el digno broche de una jornada agotadora. Resoplando abrí la nevera; el frío del interior me sentó bien y lo agradeció la cocina. Destapé una cerveza y me la bebí a morro porque tenía la garganta en carne viva, y luego cogí una tartera con restos de pollo y me llevé un muslo al *living*. En la tele estaban dando un documental que se titulaba *Salvad al panda*. La gorrina de Rodrigo había cambiado de canal en una décima de segundo. De mala forma puse el vídeo y apareció *Las sandalias del pescador*, con Anthony Quinn y Laurence Olivier. Aquello me dejó de piedra: o era un auténtico ejercicio de prestidigitación o yo veía visiones. Pero el hecho seguía siendo el mismo: con guarras, con papas o con cardenales, habíamos estado a punto de incendiar el barrio de Argüelles. Entonces volvió Carmen, que parecía una heroína de Bernanos, y me dijo que no me preocupara por ella, que al día siguiente se marchaba de casa; como es lógico, yo contesté que no fuera imbécil y no le sentó bien,

CAPÍTULO IV

alegando que le había llamado imbécil dos veces. ¡Cuarenta veces! ¿Te enteras? ¡Cuarenta y me faltan treinta y ocho! Apenas sin voz me aseguró que estaba viendo *Salvad al panda*, homenaje a *Chu-lin*. Y yo, que me daba exactamente igual, que ahora teníamos que pintar la cocina y que si la casera no nos echaba del piso sería de puro milagro. Entonces, Carmencita se arrodilló junto a mí, me cogió una mano y me preguntó si la quería. Sí que te quiero, eres lo que más quiero en el mundo, imbécil.

—Pues te voy a dar una buena noticia... Como estás trabajando y no vas a poder venir el jueves al Gijón, hemos decidido reunirnos el sábado.

Y con tan excelsa novedad se levantó, me regaló una dulce sonrisa donde no había rastro de resentimiento y abandonó el *living,* cuarto de estar o salón. Al cabo de unos instantes la oí gritar:

—¡Hay que ver cómo se ha puesto la cocina de humo!

Yo, callada.

—¿A qué no sabes tres cosas que no se pueden ocultar?

Yo, callada.

—¡El humo, el amor y un hombre en el desierto montado en un camello!

La insustancial risa de Carmencita Rodrigo se perdió en el cuarto de baño.

Al día siguiente llegué a la Fundación a las seis y diez. El señor Mateo me dejó pasar con expresión grave, que yo atribuí a la ligera tardanza, por lo cual me excusé alegando tema tráfico, como de costumbre: él dijo que no tenía importancia y me llevó a la biblioteca. ¡Menuda visión! ¡Muñoz estaba sentado en mi mesa y había encendido mi ordenador! Al verme se puso en pie y, con distinguido porte, se disculpó:

—Perdone la libertad, señorita Arana: le estaba echando un vistazo a su trabajo... Siéntese, por favor.

Le obedecí, sentándome en la silla más alta y más incómoda. Me sorprendió cómo iba vestido: vaqueros de marca, mocasines de buena clase —sin calcetines, ni blancos, ni negros— y camisa a cuadros, de algodón bueno. Pero aún me sorprendió más verle utilizar mi ordenador con una precisión y una velocidad que yo no alcanzaba ni en sueños. Me felicitó por las fichas —según él, llevaba más de las previstas—, por la calidad de mi trabajo, y me rogó que no hiciera interpretaciones, añadiendo que yo estaba contratada allí para archivar. Luego, me leyó la ficha que correspondía al croquis gallego. Por desgracia yo había puesto que *los trazos eran de mujer bien educada, con toda seguridad, en un colegio de monjas*. Me recordó las películas de abogados y me pidió que aquello no *constara en acta* y que lo borrara yo misma, aunque lo de *los trazos* sonaba muy bien. Encima se burlaba de mí, y lo peor es que tenía toda la razón del mundo y que yo había metido la pata hasta el corvejón, como decía mi tío José Manuel. Pero no acabaron ahí mis males. Muñoz, con benévola simpatía, me dijo:

—El señor Gimeno Coes no pudo intervenir en el juicio de la Mano Negra por el simple hecho de que aún no había nacido: si quiere ampliar algún dato sobre tan misteriosa y desgraciada organización, busque *El anarquismo en España*, de no recuerdo quién, pero anda por aquí en algún sitio.

Fui incapaz de hablar: aquel tormento tenía la gracia de la adivinación. Se levantó y vino hacia mí.

—Sé que le voy a dar un disgusto, pero tenemos que separarnos: me voy a Praga y a Budapest.

—Bueno..., pues que tenga usted buen viaje —respondí como una estúpida.

El señor Muñoz, con toda naturalidad, me dio dos besos, agarró una bolsa de piel, llena de cremalleras, se la echó al hombro, fue a la puerta y se volvió:

—Ya he visto su cuarto de baño, señorita Arana: ha cambiado mucho. No se quejará usted de Mateo. Buenas tardes.

Me dejó seca; más que seca, agostada. Casi temblando de furia, mucho más humillada que Carmencita Rodrigo, incapaz de moverme y a punto de aullar, esperé hasta oír el portazo que rubricaba la salida de Muñoz. Entre tanto blasfemé y dije toda clase de procacidades. Mi ordenador, mi archivo, mi baño... Me había pisoteado el muy cabrón. Entré en el cuarto de baño, donde aparentemente nada ocurría. Sin embargo, cerca del retrete advertí sus asquerosas huellas: el hijo de puta se había meado fuera, como las hienas, como los machos de cualquier jodía especie, se había meado para marcar su territorio. Estuve a punto de vomitar. Corrí a la biblioteca, llamé dos veces al timbre y vino el señor Mateo, que se llevó un susto tremendo al verme. Le conté todo y él procuró tranquilizarme. En un plisplas reparaba el estropicio:

—¡No se moleste! ¡No pienso volver a ese cuarto de baño!

En el reloj del fondo dieron las siete. Yo me dejé caer en la butaca *chippendale*, murmurando: Y menos mal, menos mal que no se me ha ocurrido traer la muda. Minutos después reapareció el señor Mateo y, sonriendo, me pidió que fuera al cuarto de baño. Yo le dije que no, que por nada del mundo, que antes reventaba, y le dolió tanto la respuesta que apenas se lo podía creer. Rectificar es de sabios, y el señor Mateo no era culpable: así es que volví al cuarto de baño. Un suave olor a esencia flotaba en el aire y un ramo de rosas lucía en el estante: me había cambiado las toallas, que ahora eran negras. Sin pensarlo dos veces me abracé a Mateo y advertí que le sacaba la cabeza.

—Hoy soy el jefe, señorita, y le ordeno que se vaya de aquí, que mucho hemos padecido.

Notaba sus huesecillos y lo apreté: era como un pájaro sabio y generoso, jefe por un día y dando órdenes. Así que a obedecer y punto en boca, bonita, a la calle sin rechistar. En María de Molina se derretía el asfalto. Pasó una moto y un chico que iba medio en cueros me gritó algo, amparado por el ruido y en el asqueroso humo del tubo de escape. Yo le devolví el piropo: ¡Vete a tomar por el culooo! Por arte de magia, o por arte de alguien, se me había pasado el berrinche, que casi alcanza la categoría de patatús.

Sin pensarlo dos veces me fui a casa de Curra Montejo, que vive en un piso precioso de la calle Montalbán con su marido Isidoro Olaya —arquitecto florentino, según dice él— y sus tres hijos, de catorce, doce y diez, metódicamente paridos por la Montejo. Desde el portal apreté el botón del cuarto izquierda y al escuchar la voz de mi amiga Curra me identifiqué. Me estaba esperando en el descansillo y un poco preocupada, aunque sonreía de manera superficial, porque era raro que yo fuera a su casa y aún más en horas de trabajo. Le dije que me habían dado libre en la Fundación y que quería hacerle una breve consulta, y Curra pareció tranquilizarse, porque los psicólogos es que no viven para sustos. Al entrar en el piso, que estaba casi a oscuras, el frescor de las plantas que llenaban el vestíbulo y el olor a cera actuaron como un bálsamo. La casa de Curra está maravillosamente abigarrada, llena de recuerdos de viajes, de cuadros buenos de fin de siglo y otros modernos, grabados ilustres, almohadones orientales en la frontera de lo *kitch*, pero sin traspasarla jamás, muebles antiguos y en invierno alfombras y kilims. Todo lo contrario de la casa de un arquitecto, que suele ser fría, exacta y medida como un plano. Siempre pensé que Isidoro estaba muy enamorado de su mujer o se dejaba manejar por ella o le importaba un pito la decoración: o las tres cosas a la vez. Sólo protestaba por la colección de nácares de Curra, porque decía que aquello era más de *cocotte* que de cegata liberada. Lo de cegata era una maldad, porque Curra veía menos que un gato de porcelana. Me llevó a su salita particular y me dijo que estaba sola, gracias a Dios, y que hasta las diez no empezarían a llegar los huéspedes, o sea, su familia; tropezó con un comedero de perro y protestó preguntándose cuál de los tres mamones —sus hijos— se había dejado allí el cacharro de *Chelo*, una preciosa *bulldog* francesa, variedad codorniz, berrenda en blanco y negro, hija de *Paquiro* y de *Manuela*, que le regalaron Blanca Luca de Tena y Aurelio Torrente en Pedraza. Se disculpó un momento y me dejó en la salita, a conciencia árabe, pero con piezas notables. En la pared se contoneaba el manto de boda de una beduina que compramos juntas en Kairouan (Túnez) y algunas acuarelas del abuelo de Isidoro, que fue diplomático y soldado en la triste guerra de Marruecos. Las acuarelas eran preciosas y recordaban mucho a las de Delacroix, aunque Curra —de boquita para afuera— les quitaba importancia por joder a su espléndido marido, uno de los pocos hombres que valen siete polvos y un amor, pero al que no me puedo acercar por decencia, valga la frase, y por fi-

CAPÍTULO IV

delidad a mi amiga Curra, valga la palabra, que el amor está muy desacreditado, pero sigue siendo una de las cosas que cuentan en este perro mundo, con permiso de *Chelo, bulldog* variedad codorniz. En el centro de la sala había una gran bandeja de cobre con cuatro pies que hacía de mesita árabe, y muchos almohadones, algunos con espejitos, y en el techo una lámpara, también de cristalitos, que nadie se hubiera atrevido a poner, a excepción, claro está, del general Sanjurjo, de Alí Bey o de Lawrence de Arabia.

Me tumbé en los almohadones, suspiré de placer, di las gracias a Alah, el Rey del Tiempo, el Misericordioso, por haberme concedido tan singular amiga y aguardé tosiendo por culpa del humo de Carmencita. Minutos después reapareció Curra con dos vasos y una botella. Lo normal hubiera sido té moro con hierbabuena, pero las reglas de la lógica no tienen por qué mandar en la psicología: mi Curra traía una botella de clarete Chivite (Navarra), aceptando las ventajas de dos civilizaciones y jugando a tres bandas, la oriental y la cristiana, sin olvidar nunca a la otra, digo la judía. En esta tierra tenemos la suerte de mezclarnos con talento y que se junten, vaya lo uno por lo otro, el jamón, el vino, una plegaria en el desierto, las yemas de santa Teresa, las babuchas amarillas y una poesía de Ibn Hazm de Córdoba. Las cosas se ven de otra manera con dos vasos de Chivite bien frío, y me pareció que mi visita a Curra era una gilipollez, que le estaba haciendo perder el tiempo y que el calor me tenía embotada la cabeza, así que traté de contar una mentira, que no me valió de nada porque Curra, que es listísima, adivinó que yo había ido a otra cosa y me pidió que no me anduviera por las ramas o que me largara en minuto y medio como máximo, por falta de confianza y de valor. Como aquello era una provocación y yo no consiento que me provoquen, ni siquiera una amiga del alma, decidí hacerle un pequeño resumen de lo publicado, sin olvidar a Mateo ni al señor Muñoz y sus artimañas. Le conté el desorden de la biblioteca y el hallazgo de *Las confesiones de san Agustín* entre los libros de santo Tomás. Creí que Curra se iba a reír, pero me escuchaba muy seria, yo creo que por deformación profesional. Un poco más animada le dije que había encontrado en aquel libro un damero maldito de Conchita Montes y un chiste de Enrique Herreros. Me pidió que le contara el chiste y lo apuntó en una libreta y después me preguntó si yo era aficionada a los criptogramas y si había resuelto el damero. Soy aficionada a criptogramas, crucigramas, jeroglíficos y charadas, pero no he resuelto el damero, porque ya está resuelto. Pues sacas una fotocopia y me la traes. No pienso volver sobre ningún libro registrado y mucho menos sacar fotocopias. Cayó entonces el segundo vaso de clarete y yo le pregunté a Curra que si todo aquello podía ser grave:

—Yo creo que es una chorrada —me contestó Curra—, pero, ya que te preocupas, entérate bien. ¿Recuerdas en qué capítulo estaba?

Saqué del bolso un cuadernito, busqué y respondí, orgullosa de venir preparada:

—Libro V, capítulo primero, página 207, Ofrecimiento de sus confesiones.

—¿Y qué más?

Le conté, entonces, lo del mapa encontrado en el Rivadeneyra y la nota misteriosa de don Ramón: *me fue de gran utilidad*, y le hablé de la Mano Negra. Curra no tenía la menor idea de aquel tema, pero se desternilló de mi metedura de pata y de mis apuros con el miserable Muñoz, al que prestaba singular atención. Encontré otras cosas y algunas inesperadas: un recordatorio de *Manolete* dentro del libro de *Los tres cerditos y el Lobo Feroz*, una foto de María Mayor y Jesús Tordesillas en el estreno de *La Marquesona*, de los señores Quintero y Guillén, que por las trazas sería de 1934 o 35; una curiosa página con el título de La Pandilla y caricaturas de Jardiel Poncela, José López Rubio, Edgar Neville y Francisco Vighi, que decía: *He aquí los héroes humorísticos que, bajo la dirección del gran Ramón, actuarán el próximo miércoles para resolver el importante problema «encefálico». «¿Qué haría usted si perdiera la cabeza?» Se suplica la asistencia de los sombreros*. Y, sobre todo, notas, observaciones, juicios o subrayados de RGC.

—¿Tú lo conocías? —me preguntó Curra.

—No, yo no lo he visto en mi vida, pero ahora me parece que nos acostamos juntos.

—Estás muy sola, Mari... Lo que debes hacer es buscarte un chico.

—Vaya una mierda de psicóloga.

Nos bebimos otros dos vasos y recordé el pétalo encontrado en *El viajero universal*, y ella me preguntó de qué flor era y qué color tenía.

—No lo sé: estaba a punto de romperse y no se nota el color por lo transparente; quizá tenga más de cuarenta años, pero haría falta un forense botánico.

Por fin saqué la carta de RGC y se la di. Curra me advirtió que no sabía nada de grafología y que la llevara a un profesional, y yo, que de ninguna manera, que a eso se le llama traición y es una facha, y ella, que me iba a decir cuatro vulgaridades, y yo, que menos da una piedra. Se caló las gafas de emergencia, leyó la carta un par de veces y me preguntó qué edad tenía RGC. Al enterarse de que había cumplido ochenta y cinco se quedó de un aire. Por último quiso saber qué significaba B.s.p. y sonrió ante la noticia de que aquellas letras querían decir *besa sus pies*.

—Vete bebiendo este último vaso, que traigo otra botella y por el pasillo voy pensando.

Curra me dejó sola y yo también me dediqué a pensar: la biblioteca de la Fundación me estaba comiendo los sesos y no valía la pena; me arrepentía mil veces de haber ido a ver a Curra y me sentía manipulada por los vivos y por los muertos y, ya que no podía romper el contrato, por aquello del fuero, me prometí no actuar como un robot o como si fuera una archivera alemana. Sin embargo, escuché a Curra cuando volvió con la carta y una segunda botella de Chivite.

—Voy a mezclar la grafología, tema del que sé muy poco, con la psicología y con la inducción como si yo fuera el mismísimo Sherlock Holmes.

—Lo que tú eres es una pedante, guapa.

—Si quieres, lo dejamos aquí mismito.

—Sigue, zorra, que pareces gozar con las desventuras de un ser humano.

Curra Montejo me sonrió encantada, se quitó las gafas y, supongo que entre brumas y desenfoques, algo vería:

—La letra es de un hombre que quiere parecer joven, que además quiere dar esa sensación, porque es presumido y vanidoso. La carta está escrita más de tres o cuatro veces. Yo diría que, o por viejo, o por arrepentido de algo, estaba en una profunda crisis y se sentía pesimista y triste o quizá tuviera miedo a la muerte. Es la carta de un hombre generoso, acostumbrado a gastar dinero, incluso a derrocharlo. Es también la carta de un hombre ordenado y limpio, y es curioso, porque habla de desorden, seguramente provocado por él. Si te interesa el tema como juego, no olvides que en el desorden estará lo que buscas; si es que buscas algo. Te encuentras frente a un personaje que se burla de su sombra y que tiene un agudo sentido del humor, un poco anticuado, recuerda los paréntesis, y que juega, porque escribe la carta a un hombre, pero se dirige a una mujer. Siempre le gustaron mucho las mujeres y no lo puede disimular, admira a quien se dirige, no sé por qué razón, y se esconde en la firma, que quiere parecer clara. Ha sufrido mucho y tiene mala conciencia.

—¿Cómo sabes todo eso?

—No es difícil: basta con tener sentido común.

Recogí la carta y el cuaderno y los guardé en mi bolso. La verdad es que, sin necesidad de estudiar psicología, yo había llegado a parecidas conclusiones, pero me gustaba escucharlas de boca de una persona inteligente y certera como Curra, que me preguntó:

—¿Y sabes otra cosa? Tú le gustas a ese señor Muñoz.

—Por eso se mea en mi cuarto de baño.

Ella asintió divertida.

—Como un mono.

—Exacto.

Pensé que ojalá fuera cierto, porque así tendría ocasión de tomar la revancha o al menos la iniciativa. Luego estuvimos calladas durante unos minutos, nos bebimos otros dos vasos de vino y yo le pedí a Curra que de aquello, ni una palabra a las niñas.

—No te preocupes: las niñas no saben nada.

Curra Montejo quiso que me quedara a cenar, pero yo no podía con mi alma e insistí en marcharme. Salimos al descansillo y

CAPÍTULO IV

el ascensor venía de camino: cuando fui a entrar alguien quería salir, así que caí en sus brazos: era Isidoro Olaya, el marido de Curra, que me preguntó si me pasaba algo y yo le dije que sí, que estaba completamente borracha. Intervino Curra, insistiendo en lo de la cena y ampliando la oferta, por si quería pasar la noche en su casa y añadiendo que podía dormir con Isidoro. Lo malo es que lo decía en serio y que estaba, como servidora, completamente borracha.

V

El duende Mariquita

El viernes, al salir de casa, encontré en el buzón del portal una carta del Congreso de los Diputados y la guardé en la bolsa hasta llegar al metro de Argüelles. Me gusta mucho leer en el metro y, como me horroriza conducir por el centro, siempre viajo armada de libros, de periódicos e incluso de papeles del trabajo. Es curioso, pero las mujeres son quienes más leen en el metro, que yo lo tengo observado: puede que sea literatura despreciable, revistas del corazón o apuntes de academias, porque muchas estudian a última hora, pero —al menos— se ocupan en algo. Los hombres o bostezan aburridos o intentan fumar o miran el culo a las chicas o, como mucho, se tragan periódicos deportivos.

El último libro clasificado en la biblioteca de RGC fue *El diablo cojuelo*, no el de Vélez de Guevara, sino el de Lesage, Madrid, 1842, imprenta y librería, calle de Carretas, 8. Me gustó mucho la descripción del ilustre protagonista, con el que me había identificado desde que me lo regaló mi padre el día de mi primera comunión: *era un hombre con una capa, de dos pies y medio de alto, poco más o menos, apoyado en dos muletas. Las piernas de aquel cojo y pequeño monstruo semejaban a las de un macho de cabrío: era carilargo, puntiagudo de barba, de color cetrino y negro, y tenía muy aplastada la nariz: sus ojos, que mostraban ser muy pequeños, parecían dos brasas de lumbre; la boca se puede decir le llegaba casi a las orejas, y con dos labios tan gruesos que no los había visto iguales: finalmente los bigotes eran rojos.* Aquel personaje era nada menos que Asmodeo, el diablo cojuelo, favorito de mi padre, en quien pensé mucho ayer. Asmodeo, en colaboración con el estudiante don Cleofás Leandro Pérez Zambullo, se dedica a espiar al prójimo y levanta los tejados de Madrid y enseña sus miserias al mencionado don Cleofás: mujeres lavándose, amantes lujuriosos, avaros contando sus monedas, ancianos solos en la agonía, locos aturullados o suicidas a punto de ahorcarse. No digo tales horrores, pero a mí me hubiera gustado tener un *asmodeo* particular. En el café Gijón o en cualquier restaurante o lugar público adonde vaya, si estoy sola, me dedico a observar a los vecinos y, sin el menor rubor, confieso que intento oír sus conversaciones. De noche, en casa, si no es verano y la plasta de Carmencita Rodrigo está fuera tirándose conquistas imaginadas, me armo de gemelos, me engaño a mí misma, hago que me interesa el firmamento y luego enfoco al patio, por si alguien se dejó la ventana abierta y la luz encendida. Como mi buen padre sabía mis vicios, que arrastro desde chica, me regaló *El diablo cojuelo,* sutil advertencia en el día que alcanzas el uso de razón, el más importante de todos, jodía costumbre de andar clasificando la biografía de niñas y mocitas. A mamá le sentó como un tiro la broma y no digamos a mi tío José Manuel y a mi tía Tere, y eso que el padre Lizanas, que me preparó para el dichoso evento, se quedó a la luna de Valencia, como se suele decir. En este libro —que leí años después— encontré un recordatorio de Carrero Blanco, un billete de la lotería nacional de 1971 y una carta autógrafa del hijo pequeño de RGC que, por inexplicable discreción y contradiciendo todo lo que llevo dicho, consigné sin leerla. Iba yo pensando —entre las estaciones de Ventura Rodríguez y Plaza de España— que no sólo el dinero había ejercido influencia en mi contratación en la biblioteca, sino también el afán de meter las narices en los negocios ajenos, y antes de llegar a Callao era consciente de que la sombra de RGC me inte-

CAPÍTULO V

resaba más de la cuenta y que, como decía Felisa, mi chacha de los años cincuenta, allí había gato encerrado. Abrí entonces la bolsa, saqué la carta y la leí: era de Federico Sañudo, que se excusaba por no poder cenar conmigo el sábado, ya que le tocaba echar un pregón en Torrelavega. Me alegré muchísimo y pensé que eso le ocurría por ser diputado y meterse en política. Luego —con membrete del Ministerio de Asuntos Exteriores—, me adjuntaba una pequeña biografía del Exmo. Sr. don Ramón Gimeno Coes: *Ramón Gimeno Coes nació en Buenos Aires en 1898, de padre español y madre irlandesa. Cursó estudios de Derecho en la Universidad de Oviedo y trabajó en el despacho de don Santiago Alba. Casado con la Exma. Sra. doña Beatriz Tornabous y Suñé, está en posesión de la Cruz del Mérito Civil, la Orden de Alfonso X El Sabio, el Victor de Oro, el Cóndor de los Andes de Bolivia y la Orden del Sol de Perú. En la actualidad es embajador en la República Argentina.* Entre paréntesis escribía Sañudo *(1959)* y luego: *lo siento, no hay más: queda pendiente la cena para cuando tú mandes.*

Año 1959, cinco después de la muerte de mamá. No me aportaba mucho aquella nota fría y desganada y menos aún lo de las órdenes del Cóndor de los Andes y del Sol del Perú; si acaso me hacían gracia los rimbombantes apellidos de la señora Gimeno Coes, Tornabous y Suñé, nada menos. Supuse, creo que con toda la razón, que aquello, y por tema protocolo, era lo único que les interesaba en el Palacio de Santa Cruz. Y seguí adelante, bonita coincidencia, porque ya sabía bastantes cosas de mi difunto jefe, protagonista en el punto de mira y casi fantasma querido: el Exmo. Sr. don Ramón Gimeno Coes.

En el Archivo de Villa mis compañeros me gastaron alguna broma con motivo de la bolsa de viaje que llevaba: que adónde iba a pasar el fin de semana, que con quién iba a pasar el fin de semana y cosas así. El señor Castro fue quien más interesado se mostró, y a él le dije que iba a pasar el fin de semana con un muerto. El señor Castro pegó un resoplido, se agarró a un pupitre y huyó murmurando que no tenía ninguna gracia hacer chistes a costa de los muertos. Castro era muy supersticioso, y digo era porque una tarde de domingo murió de patatús al corazón en el estadio Bernabéu por efecto razonable de un gol fantasma del Real Madrid. Pero, volviendo a lo que estábamos, a las seis en punto, y a pesar de que Muñoz seguía fuera, llamé al timbre de la puerta del palacete de María de Molina, ladró el perro y me abrió el señor Mateo. Yo, que sin razón alguna me sentía triunfadora, optimista y muy pagada de mí misma, entré como si aquella fuera mi propia casa, expresando un deseo:

—Me gustaría mucho conocer al perro, señor Mateo.
—¿Qué perro?
—El que ladra cuando llamo al timbre.
—No hay perro, señora: cuando suena el timbre yo pongo en marcha un magnetófono que reproduce ladridos y lo hago para ahuyentar a los ladrones. De madrugada, antes de coger el sueño o si me despierto, también suele ladrar el perro.
—¿Cómo se llama?

El señor Mateo se limitó a reír misteriosamente, y yo me tragué la lengua, porque me había prometido no hacerle ninguna pregunta. El viejo gnomo miró la bolsa de viaje con la avidez que pueda mostrar una serpiente pitón ante un cerdo bien cebado, y yo le dije que sí, que aceptaba y, aprovechando que Muñoz seguía ausente, había traído la muda. Por poco se desmaya de la emoción: me llevó al cuarto de baño, me puso una toalla negra de las grandes, trajo un cesto y dijo que le hacía más que feliz, que echara la ropa sucia en el cesto, que me duchara a gusto, que me cambiara y que ojalá sucediera así todos los días. Aquella ducha la recuerdo entre las joyas de la corona: durante largo rato dejé resbalar el agua fría por mi cuerpo, miré directamente a la alcachofa, me empapé el pelo y abrí la boca dejando que el agua me llegara hasta la muela del juicio. Me acordé, incluso, de *Psicosis* y del famoso asesinato de la ducha, cuando muere la pobre Janet Leigh. Y me acordé también de las películas que llamaban de destape cuando Franco se murió: tampoco era tan extraordinario que una chica se duchara y que el público mirase. Me contoneé frente al espejo y estuve a punto de jalearme: cerca de los cuarenta y cinco, sin tripa, con unas tetas que hubiera firmado más de una de veinte que yo me sé, sin varices, ni juanetes, ni grasa en la cintura o en las caderas Yo era una tía de una vez y además con una cabeza privilegiada. De pronto el miedo me paralizó y me tapé con la toalla negra: ¿Y si el señor Mateo había dispuesto algún agujerillo para observarme? ¿Y si aquel cuarto de baño escondía una trampa lasciva? Pero no podía ser, el señor Mateo era mariquita y, aunque no lo fuera, aunque le gustara mirar como al diablo cojuelo, mejor para él, que eso se llevaba a la tumba. Tiré la toalla negra, levanté los brazos y dije ¡ahhhh!, y así imaginé un *strip-tease* al revés, vistiéndome con mi muda recién planchada por Carmencita Rodrigo, sin el menor pudor, segura de mí misma, que esto de la moral depende de las facultades: si una está bien hecha se puede quedar en pelota delante de Dios, y si está mal, no hay albornoz que lo remedie ni multa que lo castigue.

Me daba un poco de pereza, pero no tenía más remedio que hacerlo: había llegado la hora del Espasa, de enfrentarme a sus ciento doce tomos. Empecé, disciplinadamente, por la letra A y repasé los que corresponden a la B y a la C, sin dar con novedad alguna, hasta que advertí el hueco de la CH. Como el señor Gimeno Coes ya me tenía acostumbrada a sus bromas, seguí el módulo y allí estaba la CH, entre la R de rábano y la S de Saa de Miranda. Con el regustillo de dar con una nueva huella en la ordenada confusión de RGC, busqué en el libro y encontré un hilo entre las páginas 1488 y 1489. La primera empezaba con Champneys, Basilio, y la segunda correspondía a la voz Champolion, Juan Francisco, que llegaba hasta la siguiente, para terminar en Champon. Era poca cosa, pero, siguiendo las órdenes recibidas, dejé la CH donde estaba y consigné el hallazgo en la ficha correspondiente. En el resto de los tomos del Espasa, hasta llegar a la palabra Zyll, pintor holandés llamado el pequeño Van Dyck, no había huellas, notas, comentarios, señales, ni fotografías del señor Gimeno Coes. De todas formas, rebuscar en la enciclopedia me ocupó más de cuatro horas. Recordé entonces que en el fondo de mi bolsa llevaba un manojo de llaves antiguas, porque no había olvidado la existencia del armarito misterioso. Las probé una a una y todas me fallaron; cuando estaba a punto de reconocer mi derrota alguien llamó a la puerta. Bien conocía la llamada, que me atrevo a calificar de cómplice. Saqué la última llave, agarré un libro por el lomo y, con voz indiferente, otorgué la venia. Por supuesto, era el señor Mateo, que esta vez traía bandeja lujosa y botella de vino tinto con servilleta de hilo atada al cuello. Me miró con su particular cruce de malicia, torpeza y desamparo y me informó de que, vistas las circunstancias, se tomaba la libertad de ofrecerme un tentempié. Que no era necesario, señor Mateo. Que no le llamara señor. Habíamos quedado que nunca jamás fuera señor Carrasco, y él, que señor de nada, que los títulos no se ganan en la universidad, sino en la carrera de la vida. Hermosa frase, pero usted no me llama María. Creí que era usted María Rosa. Aquel nombre me hizo sonreír y me llevó hasta las puertas de mi infancia, de tal modo que le pregunté cómo sabía mi nombre completo y él me dijo que lo había leído en el contrato, domicilio incluido, Quintana, 15. ¿También sabe mi edad? La pregunta me desconcertó a mí misma, al advertir que estaba coqueteando con aquel duendecillo mariquita, que, desde el fondo de la pista, me devolvió un revés tan absurdo como sorprendente:

—Yo la conocí cuando aún no había cumplido los treinta.
—¿Dónde?
—En los libros: está usted aquí metida en esos libros. Las mujeres dignas de tenerse en cuenta —añadió con aplomada frialdad— andan por el borde de los veintiocho y salen siempre en los libros bien rematados.
—Yo paso quince.
—No se lo cuente a nadie.

Me miró como si hubiera perdido pie en una playa portuguesa de fatal resaca, de las que te llevan a Nueva York en un suspiro o mal remolino, helado por más señas; me miró como si se arrepintiera de hablar e incluso de tratarme con tan inesperada confianza, y recobró de inmediato su papel de siervo tradicional y sumiso:

—Me he permitido traerle unas croquetas de pollo, soldaditos de Pavía, canapés de ensaladilla, bocaditos de limón y una botella de Rioja Alta, de la última cosecha que le llegó a mi señor.

Hice que me escandalizaba por tanta amabilidad, protesté y seguí flirteando con el comestible gnomo mariquita. Llegué incluso a asegurarle que si estaba allí —dejando aparte el dinero— era por su existencia en este mundo infeliz y, afinando

CAPÍTULO V

más, en la calle María de Molina. El señor Mateo, que servía el tentempié con elegante aplicación, me respondió que tales frases eran dictadas por mi impetuosa juventud, que él nunca fue capaz de levantar pasiones en las mujeres y ni siquiera interés, que yo me encontraba allí por una sola razón: de toda la vida, es decir, de toda la vida, estuvo enamorada de mi señor. Pero es absurdo, nunca conocí *a su señor*. Pero está aquí, en la biblioteca, en cada uno de los libros, y usted, mi querida niña... Respiré a fondo: sólo me faltaba que me llamara *querida niña*... Mateo había recuperado el tono y avanzaba a todo vapor: *mi querida niña*, usted vive aquí ahora para encontrarlo. Preferí cambiar de tema utilizando una pregunta brusca y maleducada: ¿Le gustan las mujeres? Ni siquiera parpadeó. No me gusta el cilantro y me gusta el cilantro, no me gusta el aguardiente y me gusta el aguardiente, no me gusta la ópera y me gusta la ópera, no me gustan las mujeres y me gustan las mujeres, como los hombres: todo lo que es bonito puede gustarme, y así, hasta me gusta la muerte si me llega de buenas. Atrévase a preguntarlo. Era verdad, en la punta de la lengua, allí donde se afilan las papilas gustativas en el sabor del comino, otras especias e incluso otras salivas ajenas y enamoradas, se me había enredado una pregunta que por disciplina y por cálculo no le hice, pero él me animó y, como no era ni traidor ni disimulador, la solté junto a un suspiro:

—¿Cómo murió?

—En ese sillón, mientras dormía, creo que sin enterarse, en un sueño. Cuando yo entré en la biblioteca ya estaba en paz. Tenía un libro en las manos y un disco rayado que repetía lo mismo. Llevé a mi señor a su alcoba y lo desnudé, igual que cualquier otro día, porque no le gustaba trasnochar ni molestar a nadie con rarezas. Yo me quedé junto a su cama y a la mañana siguiente llamé a la Academia de Jurisprudencia, al Colegio de Abogados y al Ministerio de Asuntos Exteriores. Los del Colegio le organizaron un entierro muy bonito, los de la Academia un funeral y los del Ministerio mandaron una corona de las más baratas, porque ya era viejo y no les servía. A pesar de todo vino mucha gente, porque como ya era viejo no estorbaba a nadie: pero a nadie le importaba nada, sólo a mí.

—¿Qué música tenía puesta?

El señor Mateo cerró los ojos y comenzó a canturrear con voz temblona: *Rosa de la Alhambra, rosa de la morería, haré lo que tú me mandes, con tal de que seas mía; manda repicar campanas, que yo las repicaré; manda que se seque el Darro y no volverá a correr, pero por amor de Dios, pero por amor de Dios, no mandes que no te quiera, porque eso no puedo yo.* Me había pillado con un canapé de ensaladilla rusa que no pude tragar, y me mordí los labios imaginando la triste ceremonia que aquel hombrecillo llevó a cabo con su amo, dejándole dormir una última noche en el mundo, como si no hubiera muerto. Ahora permanecía en silencio con la cabeza inclinada: le brillaba la calva, húmeda de sudor, medio cubierta por el pelo pintado caoba violín, último grito de L'Oreal o de Wella-Balsam: una imagen dolorosa y tremenda, tierna y patética, que yo —por deformación archivera— asocié a la oda de Horacio *donec gratus eram tibi* y a la muerte de Dido en *La Eneida*, que había clasificado sin encontrar huellas de RGC. El señor Mateo, que apenas se podía mover, levantó el puño izquierdo y con los dedos índice y pulgar imitó unas tijeras agresivas y me dijo que quince días antes su señor le había pedido con ese mismo gesto que le cortara la vida, porque ya no le importaba, y él que no se atrevía, que la vida era hermosa y chorradas de esas y que aún podía aparecer la mujer de sus sueños o, al menos, un motivo para agarrarse a este perro mundo. Y mi señor —así lo dijo— quitó de en medio las tijeras y las convirtió en la uve de la victoria. Me fijé otra vez en la cicatriz que cruzaba la muñeca del viejo, luego me puse en pie y, apoyándome en sus hombros, le obligué a sentarse en una de las sillas y volví a sentir el ahogo de que estaba manipulando a un pájaro, esta vez disecado. El señor Mateo no ofreció resistencia, y así estuvimos un rato en silencio, hasta que yo, armándome de valor y expuesta a un desplante, le ofrecí mi copa de vino, que él aceptó diciendo si no fuera por lo que es, jamás en la vida; que nunca se había sentado allí y que no se le podía pasar por la cabeza la idea de tomarse un vino con los señores y mucho menos en la misma copa.

—Pero yo no soy una señora.

—Usted es una señora, porque yo lo sé.

CAPÍTULO V

Luego, sonrió y, apenas sin voz, me dijo:

—Mi señor me acostumbró a no hablar, porque a nadie le importa lo que dices, pero hay veces que te lo pide el cuerpo, no crea usted que yo le arreglo el cuarto de baño y le lavo la ropa porque soy bueno y educado; lo que yo hago es porque lo tengo apuntadísimo en un cuaderno más que misterioso y lo debo y me gusta pagar a quien lo merece, pagar o regalar, que parecen cosas distintas, pero son la misma. Usted no está aquí porque sí, usted ha venido porque alguien lo mandó y sabe que nunca hay que hacer preguntas. Fue mi señor quien la trajo y él inventó toda la función como Dios Padre, si me permite.

Las palabras del señor Mateo no me sorprendieron en absoluto porque mi instinto me decía que aquella biblioteca hablaba con voz propia y que intentaba contar algo, por las trazas supongo que a mí, aunque aquella suposición era irrazonable por muchas vueltas que le diera. Puede que RGC fuera un loco y que, por un azar disparatado, enganchara con alguien, en este caso conmigo: que me *había tocao la china,* como decía mi tía Tere. Sin embargo, era mucha china. También podía ser que RGC estuviera unido a mí por algo que yo desconocía e incluso que me iba a dejar una herencia tremenda. En cualquier caso, mis tranquilos propósitos se iban de naja: yo no podía ser la bibliotecaria-robot que cumple un trabajo aburrido, porque aquel trabajo era apasionante y yo tenía sangre en las venas. ¿Pero de dónde había que tirar? ¿Dónde estaba el hilo que me llevara a algún sitio, a cualquiera? ¿Por dónde iba a empezar? Curra me dijo que RGC tenía un especialísimo sentido del humor y una gran capacidad para las bromas, pero se le olvidó que también tenía muy mala baba, y eso se debe de ver en la letra o en la firma.

—Le juro por lo que más quiera, señora —la voz de Mateo me pareció que venía de lejos—, que no puedo ayudarla. Yo no sé na de na, pero en estos libros está escrita la historia y mi señor se tomó un año o dos, que ya se me va la cabeza como al pobrecito, para ponerla al derecho o al revés.

—¿Pero le habló de mí o de algo que pudiera relacionarse conmigo?

—Me dijo: punto en boca, Mateo, que tu misión ya no es de este mundo, cierra el pico y no contestes a ninguna pregunta, que si el príncipe llega hasta el castillo encantado será porque lo merece, pero si se cansa, se aburre o tiembla, es que no vale ni las bridas de su caballo.

—¿Dijo eso?

—Le gustaba mucho dar rodeos literarios.

—Su señor, con todos mis respetos, era un cabrón.

—Mi señor, con todos mis respetos, señora, era un hijo de puta, pero era también el más grande, el más fuerte y el más valiente del mundo.

—Usted sabe más de lo que dice.

—Los criados y los amos no hablan nunca.

—Pero ven.

—Y obedecen.

Llené la copa de vino, me la bebí de un trago, pensé que estaba alcoholizada, pero que se me daba una higa, volví a llenarla, se la ofrecí a Mateo, que la levantó murmurando: vaya por usted, señor, y perdone la confianza, pero hay momentos y momentos y ahora nos la jugamos o perdemos el trabajo de cinco años.

—¿Existe la Fundación?

—La Fundación, la biblioteca y el dinero existen, y el señor Muñoz y la secretaria y yo, que no valgo nada, y muchísimas acciones y terrenos en Asturias y algo más.

Paseó la mirada por los libros y por las fotografías —de las que todavía no he hablado— y, como si buscara el asentimiento o, por lo menos, la comprensión de una tertulia singular, dijo con aquella su voz que estaba al borde de la parodia del mariquita de varieté, pero que conforme iba entrando por el camino se hacía grave y sonora —o me lo parecía a mí— hasta llegar a la solemne y divertida expresividad que pudiera tener la voz de Fernando Fernán Gómez o, cuando se arrancaba por los suburbios del peculiar relato, la de Paco Rabal y a veces, reflexionando, como si hablara Fernando Rey: es decir, el pobre y ridículo señor Mateo, de esqueleto de pájaro y pelo pintado, creció dos palmos y ganó tres voces, que pudieran haber sido cinco o seis, si lo dice en inglés y llego a compararlo con Marlon Brando, Laurence Olivier o Rex Harrison. Lo quise más que a mi madre, señora, más que al hijo que no tuve —curioso principio—, lo quise como un perro quiere a su amo, con generosidad y confianza, y mil veces hubiera dado la vida por él, no sólo por agradecimiento, sino por amor y por todo lo del mundo, si lo puedo decir así.

Me encogí en el presunto *chippendale*, subí las piernas y me agarré las rodillas como cuando era chica y me disponía a escuchar un cuento. Frente a mí, el duende de ojos vivísimos pareció transponerse y volar por el tiempo.

—Nací en 1912 en Cártama, que, como decía mi abuelo, llamao el Cuco, está a tres leguas de Málaga y tiene las mejores naranjas de España. Mi abuelo era sacristán en la iglesia de Nuestra Señora de los Remedios; mi madre, jornalera; y mi padre, cazaó furtivo, contrabandista de tabaco y vendedor ambulante, que entonces se cazaba en Cártama hasta lobo, señora. Fuimos once o doce hermanos y más de veinte con los abortos, pero sólo quedamos cinco y, aun siendo cinco, mis padres no nos podían mantené, que la historia de los pobres en Andalucía e mu tristísima, señora, y así es que me mandaron a servir a casa d'un carabinero del barrio der Perché, a la tierna edad de once años. El carabinero, que decían cabo Basilio, me mataba d'hambre y me daba unas palizas más que horrorosas, así que me escapé y me vine a la capital el año 1931, cuando lo de la República, y las pasé negras, señora, y no quiero darle el rollo, hasta que me hice mecánico y me apunté a la FAI, y trabajaba también cantando flamenco y bailando pa los señoritos de la CEDA, que eran los que tenían pasta de verdá. En la guerra fui chofe der *Campesino* y nos escapamo de milagro en el frente de Teruel, y al acabar la guerra me escondí en Madrid, pero un día me encontró un señorito maricón, que era de Falange, y entre todos me echaron de beber ricino, me molieron a palos y me cortaron el pelo al cero, como a Miguel de Molina, que también era artista. Yo creí que ya había cumplido, pero la denuncia de una mala mujer, que estaba mu celosa porque salía yo con su marido, me llevó a la cárcel de Porlier, y allí salió mi historia de la FAI y lo der *Campesino* y me echaron la culpa del paseo d'un diputao y de un fotógrafo de *El Debate*. To mentira, que yo no he matao ni a una mosca, conque a un diputao y un fotógrafo, ya me contará. ¿S'aburre usté?

—No, por favor, siga usted, señor Mateo.

Poco a poco iba recuperando un curioso acento andaluz, muy distinto al del Puerto de Santa María o al de Sanlúcar, que yo conocía bien. Seguramente aquel acento —ahora Mateo habla como un académico— era el que tenía en aquellos años. Yo estaba fascinada, viéndole bucear en el tiempo y más aún sirviéndose un tiento de vino en mi copa. Me resultaba muy difícil imaginar a Mateo Carrasco de chófer de *El Campesino*, huyendo por el frente de Teruel, aunque sí podía verlo cantando bulerías a los señoritos y aguantando la zurra y el ricino de los falangistas.

—Yo no sé dónde me juzgaron, señora, pero éramos catorce, yo el más joven, y el más viejo con setenta a cuestas. Nos vino a ver un abogao defensó, el mismo, un hombre mu guapo, teniente de jurídico, arto y tirando a rubio, de cuarenta años, pero aparentando treinta. ¿Y sabe usté quién era? ¡Mi señor! A mí me preguntó si era verdá lo que decían, y yo que no, que no había matao a nadie y que mis manos estaban limpias de sangre, y él debió de creerme porque me dijo: haz lo que puedas que a mí no me hacen caso. Era el consejo de guerra, y el juez, un teniente coroné, y el fiscal un capitán, también muy guapo que hacía lo suyo con pena, no como en las películas, y a cada uno de los presos nos tocaba diez minutos y to estaba probao, no sé cómo, los crímenes y las muertes, y éramos los rebeldes, y ellos, los leales: o sea, al revé. Don Ramón Gimeno Coes hizo lo que pudo, pero ni le escuchaba el juez militar ni sus ayudantes, y dos horas después me trajeron la *pepa*: la *pepa* le decíamos a la pena de muerte. Si usté se cansa, yo me callo.

Negué en silencio y él continuó:

—Me llevaron a la carcel de Porlié, que antes era un colegio de curas, entre la calle de Porlié, Lista y Torrijos, por donde pasaba el tranvía 51, y allí no comíamos na más que sopa d'agua caliente, y yo me quedé en los hueso, y me subieron a la galería tre, que se llamaba *la leona*, porque allí estábamos los de la *pepa*. Todas las noches, a las once, empezaba la *saca*, con los soldaos armaos y un oficial que leía los nombres que habían traído del Ministerio de la Guerra, pa llevarlos a la capilla, y algunos decían: ¡Viva la República!, y otros: ¡Viva la libertá! ¡Muera el

CAPÍTULO V

facismo! Uno que salvó la vida por churro y que se llamaba Márquez Cardenal me contó, en el cuarenta y cinco, que les colgaban un número en la chaqueta y que el cura les preguntaba si querían confesá y luego los ataban de dos en dos y los metían en un camión y los fusilaban contra una tapia, y así todos los días. Yo me eché un novio, señorita, un chico de Brunete que iba p'artista, pero me lo mataron el día de Reyes del año cuarenta. Conque, pa no aburrí, me pasé seis meses esperando la *saca* y luego me conmutaron la *pepa* por la perpetua, y otro día preguntaron si alguien sabía de foto, porque el titular estaba con el *piojo verde*, o sea, el tifus, y yo dije que servidor y recé mucho a nuestra Señora de los Remedios de Cártama pa que no me salieran movidas las fotos, y debí de quedar bien, porque a partí de aquella fecha trabajaba de fotógrafo y me echaban rancho extraordinario, y otro día, que así pasan las cosas, me encontré en la calle con la obligación de presentarme a la justicia todos los mese y sin derecho a trabajar en nada, y por eso pedía limosna y tocaba la armónica en el metro, y una mañana de noviembre del año cuarenta y uno, el año en que usté nació, estaba yo pidiendo a la puerta de una cervecería que le dicen *El Aguilucho* cuando salió don Ramón Gimeno Coes bien acompañao y se me quedó mirando, y yo lo reconocí, porque a mí los hombres guapo no se me despintan. Yo le dije: soy Mateo Carrasco Muñí y debería estar muerto. Y él, mu serio, me preguntó: ¿Qué sabes hacer? Y yo, soy mecánico y fotógrafo. Y él me convidó a un bocadillo, que todavía recuerdo, y a un doble y me dijo: pásate por casa. Y yo me pasé, y entonces ni chófer ni fotógrafo, que me nombró jardinero, aunque luego andando el tiempo hubo cambio.

El señor Mateo se bebió otra copa de vino tinto, inclinó la cabeza y recobró el tono sin advertirlo.

—De eso hace ya cuarenta y tres años. Mi señor me enseñó todo lo que sé y nunca me trató como a un criado, y yo he sido para él, aunque me esté mal el decirlo, casi todo, y si falta algo no fue por mi culpa, y cuando murió y dispuso lo de la Fundación me dejó de empleado perpetuo y me puso en el banco un dinero por si tenía alguna desgracia o quería ir de viaje y mandó lo que mandó mientras estuviera esta casa en pie.

—¿Fue usted a Buenos Aires con él?
—Sin mí no se podía valer —respondió orgullosamente el señor Mateo.

A continuación, dio por terminada la visita, recogió la bandeja y se excusó por hacerme perder el tiempo, ya que habían dado las once de la noche. Yo estuve tentada de preguntarle por la embajadora, pero me contuve: iba conociendo a Mateo y estaba segura de que no hubiera respondido.

No me podía dormir. Entre el calor, la historia del pobre Mateo, anarquista, maricón y asesino, salvado por la fortuna y por nuestro héroe RGC, no me podía dormir. Carmencita Rodrigo debía de estar en alguna orgía y el bochorno entraba por las ventanas de todo el barrio de Argüelles. Me di otra ducha y, mojada, me tumbé en la cama. Es un buen truco, pero dura un suspiro: el aire evapora el agua de la piel y ofrece un breve alivio que se aprovecha para coger el sueño, pero aquella noche era inútil. Yo daba vueltas y más vueltas en la cama pensando en *El Campesino*, en Mateo, en el misterio de la biblioteca y en el inquietante señor Gimeno Coes, hasta que, de pronto, me senté en la cama y dije en voz alta: ¡Champolion, un hilo! ¡Dédalo, el Minotauro y el hilo que conduce a la entrada del laberinto! RGC planteaba un problema marcando la solución: no hay más que seguir el hilo y estar muy atenta a los libros, y quizá al señor Mateo, que puede ser un embustero. De todas formas, aquello era muy poco: sólo un hilo... ¿Pero cómo se puede seguir y adónde conduce? Por suerte encontré los *aneuroles* de la histérica Carmen Rodrigo, que si no, aquella noche, entre el hilo, Champolion, Mateo y el calor, no pego ojo.

VI

Un capítulo de mi vida

A pesar del *aneurol* tuve horribles pesadillas donde intervenían chinos y yo perdía el tren. Esto me ocurre mucho y hasta ahora no se lo he contado nunca a la Montejo, entre otras cosas porque no entiende nada de sueños: estoy preparando un viaje, en tren o en avión, y sé, con toda seguridad, que lo voy a perder, a medias dormida y despierta, pero consciente del drama. Por mucho tiempo que falte para la salida del tren o del avión, acabo perdiéndolo, porque no encuentro un taxi y corro despendolada por la ciudad, sin saber dónde he metido la maleta o por qué estoy descalza y todo el mundo me mira. Y así me levanto de mal humor, asustada y medio febril, como ocurrió aquella mañana de sábado. Al salir de mi alcoba percibí el buen olor del café recién hecho, que me hizo recordar a la señora del comisario Maigret, que siempre se adelanta a su marido, por temprano que sea, y le prepara el desayuno. Casi inmediatamente oí la voz de Carmencita Rodrigo:

—¿Te hago el desayunooo?
—¡Sííí!

Y me metí en el cuarto de baño. Esta es una de las pocas ventajas que tiene Carmencita Rodrigo: que se levanta temprano por mucho que trasnoche y prepara el desayuno como Madame Maigret. Sin embargo, aquel día hubiera preferido estar sola. A través de la puerta me gritó si quería huevos pasados por agua, y yo dije que no y además di las gracias. Me subí a la báscula y comprobé con horror que había engordado un kilo, luego me puse la bata, me miré las ojeras, me desprecié a mí misma y juré por lo más sagrado que bebería menos, porque el alcohol significa calorías. Por fin, arrastrándome, comparecí en la cocina: Carmencita había preparado un desayuno de película: café fuertecito, zumo de naranja, fruta del tiempo, tostadas, aceite de oliva y jamón de York cortado muy finito. Me gustan mucho las tostadas con aceite de oliva y algunas veces con un poco de tomate restregado, como en Cataluña, aunque me resisto al ajo por el qué dirán. Carmen me dio los buenos días y yo respondí con un gruñido. Después me bebí el zumo de naranja y recibí los reproches de siempre: que aquello iba directo al hígado, que un día se me iba a hacer un agujero en el estómago, que debía tomar primero una tostada y otras recomendaciones parecidas. Haciendo un esfuerzo le respondí que si yo me había divorciado de Francisco Pascual era por no escuchar estupideces en el desayuno. Ella hizo constar que no eran estupideces, sino hechos científicos probados y que el hígado era mío e hiciera con él lo que me diese la gana y que, en el fondo, compadecía a Francisco Pascual. Luego se calló dignamente y yo seguí desayunando en paz. Claro que no duró mucho el silencio, porque Carmen, que nunca fue rencorosa, decidió contarme sus aventuras de la noche anterior: había conocido a un hombre maravilloso llamado Pepe Seco y que si no me había hablado de él era porque iba de prueba, pero que desde ayer parece que las cosas son de otra manera. Pepe Seco tiene un picadero —de caballos, se entiende— en Majadahonda y es uno de los mejores jinetes del mundo, además de atractivo y agitanado, y Carmencita está decidida a aprender a montar a caballo. Fueron a cenar a una taberna muy arreglada, que Pepe Seco llamó *bistró*, y después a tomar una copa hawaiana a un local que tienen unos amigos en la plaza de Benavente, y luego al salir ya me podía figurar yo, que

CAPÍTULO VI

ella estaba viéndose en el picadero de Majadahonda, pero se desató una tormenta por el norte de Madrid y empezaron a sonar truenos, así que Pepe se disculpó diciendo que las tormentas, sobre todo las de verano, son muy malas para los caballos y que el viento puede descolgar los chamizos, y dejó a Carmencita en un taxi, con la miel en los labios y un poco nerviosa, según aseguró ella. De todas formas había quedado con Pepe Seco para ir al picadero un día de estos. Cuando terminó el emocionante relato, yo me había bebido el café y le pedí que, si salía a la calle, no dejara de traer los periódicos, porque yo los sábados y los domingos soy esclava de la prensa. Carmen me dijo que en cuanto llamara a Pepe Seco y arreglara la cocina bajaba a la calle.

Me tumbé en la cama mirando al techo y luego a las fotografías que tengo en una pequeña estantería de barrotillo pintada de blanco. Mamá casi de niña, cuando apenas tenía quince años, y de joven, el treinta y ocho en San Sebastián, donde ella pasó la guerra, muy elegante con un vestido de noche; aquella era la foto que más me gustaba, porque parecía una artista de cine y se la había sacado un fotógrafo alemán que estaba de moda y se llamaba Willy Koch. Nunca entendí por qué mi madre se retrató con vestido de noche justo en aquellos años, cuando se creía viuda de guerra. Y otra andando por la Gran Vía de Madrid, en el año cuarenta y ocho o cuarenta y nueve, con un traje de chaqueta y un sombrero muy parecido al de Robin Hood; me acuerdo muy bien de aquel traje *beige* y sobre todo del sombrero: veníamos de una boda en la iglesia de San Jerónimo, me lleva de la mano y yo soy una niña esmirriada, demasiado alta para mi edad y de expresión ceñuda. Mamá intenta sonreír, pero su gesto no engaña a nadie, porque está lleno de amargura. Y una foto de papá vestido de falangista en el año cuarenta y otra conmigo, cuando ya era una mujer hecha y derecha y había muerto mi madre: él con ridículo traje de baño y yo con uno de los pudorosos a prueba de multa, pero a pesar de todo estoy tremenda y con unas piernas imponentes, para qué vamos a negarlo. Aquella foto nos la hizo el tío José Manuel el verano que nos llevaron a Castro Urdiales, y yo le echo a papá el brazo por los hombros, como si quisiera protegerlo, y así fue, porque no tardó mucho en morir de cáncer. El invierno anterior me había separado de mi marido y se me notaba en la expresión alegre y feliz, de mujer nueva y liberada. Qué razón tenían papá y los tíos. Cerré los ojos pensando que, en amores o en cuestión de hombres, tampoco había tanta diferencia entre Carmen Rodrigo y yo. Conocí al llamado Francisco Pascual —Paco para sus íntimos— cuando aún no había cumplido los veintiún años y ya estaba preparando las oposiciones en la Academia Arzanegui, de la calle de Diego de León. El señor Pascual —le llamábamos señor— daba clase de contabilidad y Derecho administrativo y tenía alredor de treinta años, un hermoso bigote negro, cejas pobladas y buen tipo. Yo, que no sabía nada del mundo, pero estaba buenísima y lamento la insistencia, quedé loca de amor. Pronto empezamos a salir, íbamos al café a tomar una caña o un cortao, según el clima, y al cine a meternos mano con el miedo y la discreción propios de la época. Entonces yo llevaba un diario donde apuntaba aquellos encuentros con el ardor y el lirismo de una novicia. Meses después me propuso en matrimonio y en casa se armó la de Cristo Rey: el tío José Manuel dijo que Francisco Pascual era un muerto de hambre, la tía Tere que estaba loca, que aquel hombre me sacaba diez años y cualquiera sabe qué vida había llevado, y papá me quitó de la academia. Como es lógico, aquella ofensiva hizo crecer mi amor, de tal modo que un día lancé a los cuatro vientos la frase que después me refregaron mil veces por los morros: ¡Prefiero veros muertos a todos antes que perderlo a él! Luego, me marché de casa y viví como pude tres semanas, hasta que papá izó la bandera blanca y mis tíos se resignaron e incluso nos pagaron el viaje de bodas a Mallorca. Fuimos en el mejor camarote de un barco de la Transmediterránea y al día siguiente escribí en mi diario: ¡YA NO SOY VIRGEEEN!, porque, pese al cuerpazo y a mi aparatoso carácter, yo era virgen. Por desgracia, la familia tenía razón, hecho que descubrí muy tarde: Francisco Pascual era una mala bestia, un analfabeto —pese a la contabilidad y al Derecho administrativo—, un borracho y, además, medio impotente. Ahora no me explico por qué quiso casarse conmigo. Las broncas que organizábamos se hicieron famosas en el barrio y una noche llegó a pegarme, claro que yo le sacudí un rodillazo en los huevos del que aún debe acordarse, y si aguanté tres años

CAPÍTULO VI

más, fue por vergüenza torera y por no dar la razón a mi familia. Pero hay cosas imposibles y cuerdas que se rompen de tanto estirar: una mañanita de mayo me largué de casa y el muy cerdo tuvo el valor de denunciarlo en el juzgado de guardia: abandono del hogar y todo eso. No es que ahora las mujeres hayamos resuelto el porvenir, pero en 1966 lo teníamos muy negro. Mi tía Teresa, maniática de los viajes, me quiso llevar a Nueva York, pero el bestia de Francisco Pascual se negó a autorizarme, que entonces los maridos tenían que dar la venia para que sus señoras pudieran sacar pasaporte, y así fue como recorrimos toda Andalucía, volví al Puerto y a Sanlúcar y me tranquilicé mucho. El dinero de mi tío José Manuel arregló el problema, puso en casa a Francisco Pascual y me humilló a mí. Francisco Pascual retiró la denuncia, pero no tiene que pagarme pensión alguna. Y así hasta que, en 1981, sale la ley del divorcio y quedo liberada del yugo, aunque dolorida para siempre porque fue una batalla que me costó mucha sangre y porque nunca he dejado de aborrecer a FP, y si me descuido, con él a todos los hombres. Sólo la madurez, la reflexión y el tiempo me han curado del mal de la bestia, a quien, si vive, le deseo toda clase de desgracias, y eso que yo no soy aficionada a la venganza.

Por suerte, la entrada gloriosa de Carmencita Rodrigo, que traía los periódicos, ahuyentó mis negros recuerdos:

—¿Pero todavía estás así? ¿Es que no piensas ni hacerte la cama?

A la caída de la tarde nos reunimos en el café Gijón todas las niñas con objeto de discutir el próximo viaje, que, según las últimas predicciones, se produciría en la segunda quincena de julio. Curra Montejo llamó al camarero Herminio y le pidió una *dosis*, y yo, pese a mis juramentos, me adherí al pedido: una *dosis* era un dry martini tipo palangana. La pobre Carmen, bajo la capa de Pepe Seco y entre risas de las demás, se hizo con un cóctel hawaiano; Candela González Anaya, con un margarita; Julia Garrido dudó entre mojito y campari con ginebra y acabó en vulgar gin-tonic, y Luisita Pellón, quizá por influencia del juez marido, un bloody-Mary cargadito. Después nos perdimos en una larga discusión sobre la forma de escribir aquella palabra, que si cóctel, españolizándola, o *cocktail*, que resulta mucho más fino y, sin llegar a un acuerdo, y ante el asombro de Curra, hablamos de caballos —por iniciativa de Carmencita— acentuando las ventajas del árabe sobre el español, o si era más rápido, aunque más delicado, el inglés que el lipizano, mientras Luisita se empecinaba en contar una anécdota divertidísima que le ocurrió a su padrino con un caballo percherón. Como de costumbre tuvo que imponerse Curra Montejo:

—¡Pero qué coño nos importan a nosotras los caballos! ¡Aquí hemos venido a hablar del viaje!

Y hablamos del viaje con división de opiniones: a mí me apetecía mucho ir al Yemen y al mar Rojo a bucear; Luisita Pellón prefería la isla Mauricio; Candela González Anaya insistía en el Norte, por aquello del verano, tirando hacia Noruega o incluso Islandia; Curra, que a ella le daba lo mismo porque, como no veía tres en un burro y se lo íbamos a contar, se apañaba en cualquier sitio; Carmen Rodrigo se mantenía en un silencio sospechoso —yo sabía la causa— haciéndose la interesante, y Julia Garrido puso sobre la mesa la opción Nuevas Hébridas. El dinero importaba lo justo, porque todas ahorrábamos durante el año y en la agencia de viajes de un amigo de Candela nos hacían un precio especial; lo que sí estaba claro es que aquella tarde no nos pondríamos de acuerdo. Al cabo de un cuarto de hora o veinte minutos pactamos una tregua y cambiamos de conversación. Candela me preguntó qué tal por mi biblioteca, y yo dije que bien, sin comprometerme, mientras que a Curra se le escapaba una sonrisa de complicidad; Julia había oído hablar de la Fundación y su juez sabía del señor Gimeno Coes, que fue decano del Colegio de Abogados y académico de Jurisprudencia y, según ella o el juez, uno de los hombres más guapos de Madrid, además de abogado a la altura de Serrano Súñer, Enterría o Rodríguez Jurado, y un gran deportista. La biblioteca no dio para mucho, Carmencita intentó volver a los caballos, Candela retomó el asunto del viaje, yo miré el reloj furtivamente y decidí marcharme alegando una cita. Ante la sorpresa de todas me puse en pie, dejé el dinero de la dosis y al pasar junto a Curra le apreté el hombro como diciendo: no te preocupes.

CAPÍTULO VI

Eché a andar por el paseo de Recoletos, entre la algarabía de los pájaros que ya estaban en los árboles y el bordoneo de la circulación, y cerrando los ojos me pareció volver al final de los cuarenta, cuando yo tenía seis o siete años y aún vivían mis abuelos en el 33, principal derecha, con dos balcones a la calle y un mirador. Recuerdo muy bien que entonces pasaba el tranvía chirriando al tomar una curva y que la calandria que tenía mi abuelo en una jaula imitaba aquel ruido con molestísima precisión. Mi abuelo me llevaba de cuando en cuando al café de abajo, que se llamaba Coso, me invitaba a un refresco y me daba un chupito de su vermut, secreto que jamás descubrió mamá. Mi abuelo, que había nacido en el Puerto de Santa María y tenía bodegas en Sanlúcar, tenía también una úlcera de duodeno, pero le daba lo mismo y no perdonaba su vermut aun a riesgo de traicionar a la manzanilla. En aquellos años había tres cafés en la acera de los impares del paseo de Recoletos: Coso, Recoletos y Gijón, y de uno a otro fue trasladando su tertulia hasta que se murió. Ahora estoy sola y de la familia sólo quedan el tío José Manuel y la tía Teresa, que viven de las rentas —todavía jugosillas— y están muy viejecitos. Como nunca tuvieron hijos —somos una familia más bien seca—, algún día heredaré algo, aunque mucho me temo que la Hacienda o quien sea me deje a dos velas. Tiene gracia, pero ahora no me importaría cenar con Federico Sañudo y que me llevara a un sitio apañado y fresquito... ¿Por qué no voy sola? No, no hay nada más triste que un restaurante sin compañía, siempre con la amenaza de que a algún gilipollas se le ocurra convidarte a una copa. Prefiero hacerme una tortillita finas hierbas en casa y esperar que haya quedado un cuenco de gazpacho en la nevera y, sobre todo, que no vuelva la pobre Carmen Rodrigo antes de las dos de la mañana, cuando ya esté dormida. Lentamente bajé las escaleras del metro de Colón.

Llamé a la puerta y ladró el perro mecánico. A los pocos minutos —sin duda el timbrazo le había sorprendido— me abrió Mateo: llevaba un chándal rojo que le disfrazaba de duende perverso, y me miró con expresión difusa.

—¿Ya es lunes?

Nunca sé cuándo habla en serio o en broma, pero de todas formas me descolocó la pregunta:

—No... Es que pasaba por aquí y, como me dejé el viernes la agenda en la biblioteca y yo, sin agenda, no soy mujer ni soy nada...

—Pues no la he visto.

—¿Puedo pasar?

—Claro.

El señor Mateo me dejó entrar, disculpándose por el chándal, mientras murmuraba no sé qué de una tabla de gimnasia. En la biblioteca, fingí que buscaba por encima de las mesas, saqué la agenda del bolso y me agaché como si la hubiera encontrado en el suelo.

—¡Aquí está!

—Pues es raro, porque yo pasé la aspiradora el sábado.

—Menos mal que no se la tragó.

No se la tragó la aspiradora ni el señor Mateo se tragaba la mentira. Le sonreí y le dije que, ya que había ido, no me importaría adelantar el trabajo si a él no le molestaba, porque tenía pensado hacer un viaje en el mes de agosto y aún me quedaban muchísimos volúmenes por delante. Mateo Carrasco, siempre bien educado y sin acento andaluz, me respondió que por él no había inconveniente y que me dejaba sola, que al fin y al cabo cada uno puede hacer de su domingo lo que le parezca siempre y cuando no moleste al prójimo. Como si fuera tonta me almorcé el sapo y le dejé salir, mirándole a los ojillos, que se perdían al cerrar. No hablaba en serio, estoy segura de que le había gustado que fuera en mi día libre y que se sentía orgulloso de la atracción que los libros ejercían sobre mí o quizá del poderío de su señor.

En cuanto estuve sola corrí a las estanterías del Espasa y me hice con el tomo de Champolion: entre gelatinas temblorosas lo abrí y, aunque sabía que sólo iba a encontrar un hilo, repasé el texto con la esperanza de ver algo que se me escapara el viernes. *Champolion, Juan Francisco. Sabio orientalista francés fundador de la Egiptología.* Saltaba renglones, leía deprisa. *Por entonces contrajo el estrabismo del ojo izquierdo, que sufrió durante toda su vida, que se cree debido a una lámpara mal colocada que empleaba en sus*

CAPÍTULO VI

largas horas de estudio. Pobre Champolion, a mí me va a pasar lo mismo. *El objetivo de sus trabajos se dirigió a dominar la lengua copta...* Copto, copto, copto, árabe, etíope, hebreo... *Manuscritos coptos de la biblioteca imperial... Le acabó de convencer de que por medio del copto se llegarían a descifrar los jeroglíficos del Egipto.* Los jeroglíficos del Egipto, jeroglíficos, esto es un jeroglífico. La palabra parecía viva, como si quisiera escapar de la página. *La inscripción trilingüe* —hebreo, etíope, árabe, copto, y me salen cuatro— *jeroglífica, trilingüe jeroglífica de la piedra Roseta que le mandaron de Londres, para que la descifrara... El viaje duró dos años... Al regresar a París en marzo de 1830, leyó ante la Academia...* Nada que me sirviera, sólo un hilo y la palabra jeroglífico, pero el hilo tenía que ser del Laberinto donde estaba el Minotauro: Dédalo, Ariadna y Teseo intervienen en aquel complicado asunto de faldas, muertes y vuelos. Miré entonces el fichero —que estaba mucho más desordenado que la biblioteca— y di con *Los dioses de Grecia y Roma,* de Victor Gebhardt, Biblioteca Ilustrada de Espasa y Compañía, Barcelona, 1880. Repasé los dos tomos, página por página, sin encontrar nada. Luego, el *Diccionario de la mitología,* de Pierre Grimal, edición de 1965. Nada. Después el *Dictionnaire des symboles* y el *Dictionnaire des personnages,* que también me negaron su colaboración. El *Diccionario de la mitología clásica* y *La mitología contada con sencillez,* de Emilio Gascó Contell, Madrid, 1958. Este libro tenía una dedicatoria: *Madrid, marzo 59. A mi ilustre amigo Ramón Gimeno Coes con la admiración y el afecto de E. Gascó Contell, este cocktail de dioses.* Pero en el cóctel no había ni una pobre guinda. Busqué en todos los diccionarios y en las enciclopedias, incluida la Británica y el Larousse y, aunque en alguno de los libros tropecé con recuerdos, huellas o notas —a las que tan aficionado era RGC—, ninguno me dio aliento. No anoté los hallazgos, porque el domingo era mío e iba por otro camino.

Jadeando, despeinada y sudorosa, me planté en el centro de la biblioteca y me puse en jarras frente a las estanterías con expresión decidida: aquí estoy, libros necios, despreciables, traidores, sucios y mangantes, y en domingo, sola y desarmada. ¡Si tenéis cojones, ha llegado vuestro turno! ¡Salid de la cueva! ¡No tembléis ante la luz del sol o ante los focos de la pista!

¡Miss Arana en la jaula de las fieras! Me pareció oír un murmullo entre los libros, como un largo quejido de desaprobación o el jadeo amenazador de los animales asustados y peligrosos. Giré en redondo y miré de frente a *La historia natural de Buffon,* treinta y cinco tomos, treinta y cinco tomos llenos de tigres, leones, panteras, cocodrilos y serpientes... Cobardes, una pobre mujer os asusta, vergüenza entre las vergüenzas. Y me volví al diccionario Madoz: ¿Qué cuentas jodío diccionario, que ni tienes carreteras, ni escuelas, ni conoces el sistema métrico decimal y sólo sabes hablar de leguas, parroquias y de molinos de aceite? Mis ojos se clavaron en la *Historia general de España,* de don Modesto Lafuente, prólogo de don Juan Valera, estampada en oro como un dragón de feria y con cinturón de castidad, del lomo a las guardas: ¿Qué historia enseñas tú, mentirosa, vendida a los espadones, a los ricos y a los obispos? ¿Qué historia nos habéis enseñado? ¡Ven aquí y dile al padre Mariana que salga contigo y que vengan los hermanos Izquierdo y Groselles e incluso Alcalá Galiano! ¡Aquí estoy yo sola para enfrentarme a dos mil volúmenes de historia, a la Biblia y a las obras completas de Echegaray! De pronto, desde el fracaso del laberinto, me sentía feliz, realizada, como dicen ahora: los libros temblaban de ira y algunos alzaban sus voces ofendidas, pero ninguno se atrevió a saltar a la pista. Yo era todos los domadores del circo: el viejo Kreutzberg, el gigantesco Daggesell, el diminuto Rarey, el temible Van Amburg, Madame Leprince, la hermosa Sedine Willardt, los valientes hermanos Trubka, el gran Alfred Court y Jesús Vargas, el mejor del mundo, y no temía ni siquiera al feroz tigre *Bengalí,* matador de tres domadores, uno de ellos muerto en Palencia en 1927. Agarré un periódico, lo hice un rollo y comencé a golpear la mesa: ¡Hale hop! ¡Hop! ¡Por el aro de fuego! ¡Vais a pasar todos por el aro de fuego, Champolion, Ariadna, Teseo, Minotauro y tú también, Gimeno y Coes! ¡Vivo! ¡Más difícil todavía! ¡Hoop!

En aquel momento entró el señor Mateo y yo me transformé en Charlot, marcándome unos pasos de baile y riendo como una estúpida:

CAPÍTULO VI

—Aquí... Intentando desentumecerme, que llevo tres horas a la luna de Valencia.

Lo mejor era tirar por veredas absurdas y hacerme la ida, aunque no estoy segura de si lo era o me lo hacía. En contraste, la zona práctica del señor Mateo no parpadeó y, como si la escena que acababa de sorprender —seguro que llamó a la puerta y no le oí— fuera común en oficinas de correos o diputaciones provinciales, me habló con rara amabilidad:

—¿Le gustaría tomar un pequeño refrigerio?

Asentí tipo bayeta: no me vendría mal un pequeño refrigerio. El señor Mateo, que ya no llevaba espectacular chándal rojo, sino remera con *Snoopy*, pantalón blanco de muy buena calidad y zapatos de marca, añadió:

—Me he permitido prepararle el cuarto de baño, madame.

Ahora —para burlarse— me llama madame. Vestida de gusano, humillada y tan bizca como el miserable Champolion (Figeac, 1790-París, 1832), me fui al cuarto de baño y me miré al espejo sin entender el arrebato que padecí en la biblioteca y mucho menos cómo habían salido de mi boca aquellos nombres de domadores, que yo creí olvidados. Mamá me contaba historias de circo, algunas muy bonitas, y recuerdo que de chica me llevaba al Price, pero aún estaba lejos de suponer la importancia que el circo tiene en la historia que ahora me ocupa. Salí del baño más tranquila, fresquita y oliendo a mi colonia: el señor Mateo me aguardaba solícito. Se disculpó por no haber abierto el comedor de verano y, haciéndose cruces e invocando su falta de educación, me condujo al territorio que le pertenecía: una preciosa cocina de pucheros refulgentes y fogones cegadores, que daba a un *office* no menos cuidado y a un patinillo con una parra y macetas porosas y húmedas, plantadas de geranios, rosales, jazmines y hortensias norteñas. Allí había preparado una mesita cubierta con mantel de hilo y un gueridón con botella de blanco en un cubo, cuenco misterioso y frutas variadas. Yo, una vez más, me opuse rotundamente a comer si no me acompañaba y le dije que su actitud era malintencionada y retorcida, que una cosa es mantener las distancias y otra humillar al invitado, que yo no le pagaba un céntimo y él no tenía por qué considerarme superior, ni madame, ni señora, ni señorita, ni nada. Fue tal el rebufo, que el pobre Mateo no tuvo más remedio que pedir perdón por ser tan bien educado, y rogarme que me sentara, ya que él tenía que freír el segundo plato para traerlo reciente. Yo fingí ceder, y él, más tranquilo, me prometió sentarse conmigo en cuanto hubiera terminado en la cocina. Aquel arrebato o furia que me invadió entonces era sincero en parte, pero también calculado: yo quería ganar terreno al señor Mateo, al que pensaba hacer alguna pregunta, y para semejante estrategia nada mejor que andar de dolorida, que al fin y al cabo era lo que estaba haciendo. Mateo me sirvió una copa de vino frío, pero sin pasarse, luego destapó el cuenco y me puso un riquísimo ajoblanco de su tierra. Empezaba a entender a Gimeno Coes: aquel hombre era una joya, y yo hubiera dado mi reino por llevármelo a casa, y no digamos por cambiarlo por Carmencita Rodrigo. Lo que más envidio a los ricos es el servicio, sobre todo las doncellas íntimas o particulares y los mayordomos selectos, quizá por eso —hablo de mi juventud— me aficioné tanto a P.G. Wodehouse y al admirable *Jeeves*, aunque *Jeeves* es mucho más pelma y presuntuoso que mi buen Mateo. Me dio tiempo a servirme un segundo pocillo de ajoblanco, cuando el duende reapareció con un plato de pescado frito. A punto de preguntarle por las trampas que me tendía su amo, él —cumpliendo lo prometido— se sentó frente a mí y con sonrisa radiante quiso saber mi opinión sobre el ajoblanco.

—Es lo más delicioso que he comido en mi vida —elogié yo, haciéndome la simpática.

Aquella declaración entusiasta animó al señor Mateo, que comenzó a hablar, ganado, poco a poco, por su peculiar acento andaluz:

—Ya sabe usté que, en Andalucía, la sopa por antonomasia e el gazpacho, que se prepara frío pero que nunca debe estar helao, y que depende de la mano que lo haga y de la materia prima. Mi abuela Marianita, qu'era de Benalmádena, bordaba el ajoblanco y me lo enseñó: e el que usted acaba de comé.

Y sin darme tiempo a respirar me facilitó la receta:

—Pan, ajo, agua, aceite, sal gorda, vinagre y armendra cruda. Se maja mu majá la miga empapá en agua y las armen-

CAPÍTULO VI

dras machacás, que es mu principal hacerlo a mano, y se echa el aceite y el vinagre y luego se le ponen uvas de moscatel, o si se quiere trocitos de melón, aunque hay quien lo adorna con vino de Málaga.

Apenas lo escuché. Por mi cabeza andaban rondando Champolion, Ariadna, Teseo, el Minotauro y el dichoso Laberinto. El señor Mateo hizo una pausa y cuando yo me disponía a usar mi turno —seguramente olfateando el peligro— siguió con su tema:

—¿L'ha gustao el vino? —no me dio tiempo a contestar—. Mi tito Migué trabajó en las bodegas de José Sánche Ajofrín, que como usté sabe son de Málaga, y este vino no es que sea de Málaga, pero lo encuentro yo en una taberna de la calle del Olivá, que se sirve de Sánche Ajofrín. E un blanco suavito y seco, viene del Condao de Huerva y ya lo bebía mi señó en 1956.

Aquella alusión tenía peligro y me daba el pie, pero antes de que lo tomara el astuto Mateo siguió con su tema:

—No se deje enfriá el pescao, que eso e un doló y una pena: los boquerone son de la Victoria y el sarmonete de roca; fíjese usté, que casi nadie se fija, que los boquerone van frito de a cinco y eso los identifica con lo dedo de la mano abierta: cinco dedo abierto en saludo simbólico, y hay que comerlo con la mano y pensá que er boquerón malagueño e un don de los diose mediterráneo.

—Hablando de los dioses mediterráneos...

Mateo no me dejó meter baza.

—Estuve a punto de hacerle un postre de cocina, pero qué mejor postre que la fruta de verano. Yo, en verano...

—No se canse —le interrumpí— que ya me sé lo de la fruta de verano y no pienso hacerle ninguna pregunta.

Mateo reflexionó unos instantes y luego, menos violento, añadió:

—Es que no puedo contestar a nada, señora, excepto en caso de absoluta necesidad y, como dije en otra ocasión —ya le había desaparecido el acento andaluz—, no sé nada y menos en domingo: lo único seguro es que usted tiene que enfrentarse a un misterio muy grande.

—Una sola pregunta, Mateo, una sola... ¿Su señor era aficionado al circo?

No sé por qué dije aquello e ignoro el motivo, pero Mateo se quedó blanco como un folio galgo, aunque se recuperó en un segundo y, disfrazándose del más odioso y displicente *Jeeves,* me devolvió el envío:

—¿Madame quiere que le sirva el café aquí o en la biblioteca?

—En la biblioteca, por favor —respondí, poniéndome en pie y lamentando no llevar un collar de esmeraldas y un vestido de noche de lamé de plata.

Me tomé el café, Mateo salió silenciosamente y yo volví a quedarme sola. Levanté entonces los ojos, recorrí el bonito artesonado del techo y, paseando la mirada por los libros, pregunté si entre todos ellos no habría uno solo que tuviera sentimiento y me quisiera ayudar. Hubiera jurado que se reían de mí. Sois todos unos cabrones y unos hijos de puta y os voy a vender a un chamarilero, aunque acabe en presidio. Golpeó una persiana y bajó la luz, y muy lejos oí retumbar un trueno. Ya tenemos aquí la primera tormenta de verano, ahora se pondrá a llover y quizá eso arregle el tema de la polución. Cerré los ojos por culpa del calor y del vino blanco del Condado. Casi inmediatamente me vi transportada al invierno. Yo iba en un coche tirado por seis caballos negros, un verdadero lujo, la nieve caía como en los cuentos de Dickens, el viento arreciaba y era de noche, advertí que algunas sombras vivientes nos rodeaban y otras querían adelantar a los caballos, hasta que al fin el asedio se hizo tan estrecho que no pudimos avanzar más. Estábamos cercados por lobos montañeros. Entonces el auriga —que así había que decirlo— bajó del pescante sin mostrar temor alguno y yo lo vi por los cristales empañados. Era un viejo de cuatrocientos años, alto, seco, de ojos como teas encendidas y mal humor contenido. Levantó los brazos y todos los lobos se pusieron de rodillas. Era el Conde Drácula, el más querido de mis personajes. La lluvia seguía cayendo y las persianas se hacían oír: estábamos en plena tormenta de verano, de esas que arrui-

CAPÍTULO VI

nan una corrida de toros —y era domingo— pero refrescan Madrid. Me desperté y corrí en busca del único libro que me podía ayudar: Drácula, la historia que me leía mi padre para enfrentarla a la maldad de los cuentos de Grimm, de Perrault o de Andersen, libros terribles que han martirizado a los niños durante siglos. Busqué entre sus hojas y encontré una postal: un perro de raza indefinida y mirada suplicante se asusta o adora al dios-amo. Hay un título, «La oración del perro», que dice así: *Oh Señor de las criaturas, haz que el hombre, mi amo, sea tan fiel para con los otros hombres como yo lo soy para él. Haz que ame a su familia y a sus amigos como yo los amo. Haz que guarde honestamente los bienes que tú le has confiado, como honestamente yo guardo los suyos. Dale, oh Señor, una sonrisa fácil y espontánea, como fácil y espontáneo es el jugueteo de mi rabo. Haz que él esté tan inclinado al agradecimiento como yo estoy pronto a lamer con cariño. Conserva en él mi juventud de corazón y mi alegría de pensamiento. Oh Señor de todas las criaturas: del mismo modo que yo soy siempre verdadero perro, haz que él sea siempre verdadero hombre.* Por poco me da un mal, nunca en mi vida había leído una oración tan servil, tan repugnante y tan guarra, y no podía entender cómo estaba allí, entre las páginas del buen Drácula. Si yo hubiera seguido aquellas traidoras propuestas, aún seguiría entre las garras de Francisco Pascual. Por el otro lado venía el nombre y la dirección de RGC, un sello de Franco y una fecha, San Sebastián, 8 de agosto de 1960. *Admirado don Ramón, desde esta hermosa ciudad y camino de las ferias del Norte le recuerda con cariño y respeto su agradecido y fiel servidor, q.b.s.m., Perry.* ¿Así que Perry era un torero agradecido a don Ramón? ¿Pero cómo se puede llamar Perry un torero? De poco me había servido Drácula y la postal. Guardé el libro, que ya lo archivaría en su momento con la oración del baboso animal, y seguí adelante. La tormenta estaba encima del barrio de Salamanca y tuve que encender la luz eléctrica. Llovía a cántaros, y el agua, al caer sobre el asfalto, se evaporaba casi instantáneamente, dejando ese buen olor húmedo tan raro de encontrar en Madrid. El ruido de las ruedas de los coches al rozar sobre el piso mojado parecía latigazos de una sola y larga ese, espaciados, porque a aquellas horas y en domingo la circulación apenas se nota. Me hubiera gustado abrir la ventana, pero no era posible, ya que el agua habría mojado el cuidadísimo piso de madera de la biblioteca y quizá los libros. Decidí seguir el largo camino en compañía de rayos y truenos. Empecé un módulo que estaba dedicado a Cervantes en su totalidad. Los seis tomos correspondían a las *Obras completas de Miguel de Cervantes Saavedra*, edición de la Real Academia Española, facsímil de las primeras impresiones. Año de 1917. Fotograbados de Laporta. Tipografía de la Revista de Archivos, Bibliotecas y Museos. Tenía una dedicatoria, que consigné: *A don Ramón Gimeno Coes. Cuando usted, mi joven amigo, por deprisa que vaya, llegue a la Academia, yo habré demostrado que los académicos no son inmortales, pero confío en que usted, al repasar un día estos libros que recibo de la Academia, tenga un recuerdo amable para su amigo y admirador, Adolfo Bonilla y San Martín, que besa los pies de su esposa y muy señora mía. Madrid, abril de 1930*. Luego aquellos libros podían *ser* regalo de boda, con destino equivocado, porque tanta Academia con mayúscula, para RGC, no fue de la Lengua, sino la de Jurisprudencia. Repasé la edición facsímil, que ya conocía y que nunca fue leída y no es de extrañar, y seguí con otra mucho más manejable: Cervantes, *Obras completas*, M. Aguilar editor, talleres Espasa-Calpe, S. A. Entre las guardas había una nota escrita con la inconfundible letra de mi singular cliente: *A la una de la madrugada, en la estación de Alcázar, el famoso anarquista ruso León Trosky, conducido a Cádiz entre policías por haber sido expulsado de España en 1916, escribía en los apuntes para su libro* Mis peripecias en España: *«En este momento estamos parados en La Mancha, cerca del Toboso, la patria de Dulcinea... Nos hallamos en los parajes poblados por Cervantes. Todos los nombres suenan expresivamente por obra y gracia suya, únicamente por haber tenido existencia en el* Quijote.» *Un hombre extraño, que ni siquiera hablaba el castellano, evoca a Cervantes con certero acierto. ¡Qué gran poder el de la novela famosa!* Y en la primera página, con letras más grandes dice así: *Este libro, que abarca todas las obras del Manco Inmortal, ha sido compañero mío largo y breve tiempo. ¡De noche y de día!* Aquel libro, entre truenos y relámpagos, se me aparecía como el dragón del cuento o como el príncipe encantado y me proporcionaba muchos más datos y precisiones sobre el misterioso personaje que habitó esta biblioteca que los 19.999 restantes. O al menos, de momento. En la página 768 encontré una hojita, escrita a lápiz y en papel tela, que decía lo siguiente: *Si yo poseyera el humour de los escritores sajones, te invitaría lector a pensar que no hay cosa más divertida y grotesca que la vanidad de los literatos, como no sea la hinchada prestancia de los críticos pedagogos, pero, en lugar de expresarlo con la claridad que lo escribo, me valdría de la casaca de arlequín para colocármela encima de la vesta del historiador y así ocultar mi insuficiencia documental, y prefiero confesarlo llanamente. Esto de los libros es cosa tan desconcertada y grotesca, que a lo mejor en el estante donde duermen se tocan y hombrean las obras de Shakespeare con las de Comella. Anoto al vuelo siquiera la singularidad de mi confesión. La alegría se tiñe súbitamente de tristeza y es prueba de humorismo, pero yo prefiero el aguardiente al whisky, aunque ambos brebajes se parezcan. La amarga alegría de examinar otras vidas nos compensa de la tristeza de contemplar la propia. Es todo.* Sentí un escalofrío y me dio vergüenza: me estaba metiendo en un terreno oscuro. Allí mismo debía abandonar. Las reflexiones de RGC eran ingenuas, pero decentes, pomposas, como escritas un siglo antes. Aquel estilo, que iba en línea directa de Linares Rivas a don Jacinto Octavio Picón como mucho, no tenía nada que ver con la carta escrita un 29 de febrero —año bisiesto por más señas— al bibliotecario que se encargara de anotar aquel rebaño de alimañas impresas. Además, RGC sabía perfectamente quién era Trotsky, y mal asunto si le quitaba la t intermedia y le llamaba anarquista, y era imposible que comparara el whisky con el aguardiente. Sin embargo, tales extravagancias, aquel disfraz o el otro, me tenían encantada, tan encantada que estuve a punto de tirar la toalla y marcharme a casa, porque me sentía sorbida dentro de un embudo y camino de una botella de arsénico. Ahora me pregunto: ¿por qué resistí la tormenta de junio, por qué no escapé de la Fundación Gimeno Coes? Y quizá hoy pueda responder: porque me estaba enamorando de un fantasma.

El siguiente tomo era *Nuevos documentos cervantinos, hasta ahora inéditos, anotados por Francisco Rodríguez Marín*. Madrid, 1914. Y dentro la correspondiente dedicatoria y la nota de RGC: *Este libro dilecto guarda el autógrafo del eximio cervantista*

Francisco Rodríguez Marín, ilustre por tantos títulos y al que guardé siempre respetuosa admiración. Al final había guardado un cuaderno escolar de papel ordinario, color amarronado, que decía: *Un cap. de mi vida, 1936. Cuaderno de memorias, recuerdos y notas. Escribí estas notas sin otro propósito que no olvidar unos días emocionantes.*

Me detuve allí, quizá bastara con fichar las notas del oscuro cuaderno, pero la curiosidad me llevó adelante y ahora lo reproduzco al pie de la letra, porque tal vez aclare parte del significado de esta historia y justifique de qué forma yo seguí un camino sin verlo, negro y peligroso, donde me estaba jugando algo más que la vida, aunque suene a *Los dramas del adulterio*, M-118, E-17, Xavier de Montespin.

Dice así: *1936. Un cap. de mi vida. Yo salí de Madrid en tiempos revolucionarios, la noche del 3 de septiembre de 1936. Toda España ardía en cruentísima civil contienda y los españoles, ¡lamentable y funesto error!, se perseguían y se cazaban como fieras. Escapé de milagro de la* razia *miliciana y sin saber por qué fui perseguido y acosado con constantes registros domiciliarios. Sin duda, mi condición burguesa y mi trabajo de abogado en el bufete de don Santiago Alba eran causa y fundamento del posible* paseo. *Dada mi condición de nacido en Buenos Aires, pude refugiarme en la embajada argentina, donde, e injusto sería no consignarlo, fui casi feliz y disfruté del trato caballeroso de aquellos ilustres diplomáticos. Un día bien triste me condujeron a la estación de Atocha con objeto de ser evacuado por Alicante y en barco inglés con rumbo a Marsella. Yo tenía la seguridad de que nunca llegaría a mi destino y que la separación era definitiva, y así, con quinientas pesetas, todo el caudal que me permitían llevar, fui camino del injusto destierro. Mi buen padre, mi mujer y mis hijos estaban en Asturias y nada sabía de ellos desde el 17 de julio. En la noche calurosa, estival, del Madrid revolucionario, ya en poder de los milicianos, las gentes gozaban de la velada, y entre las luces y el sonerío de los bares, sentadas en las terrazas, oían los discos de las estrepitosas radios y noticias de grandes éxitos bélicos. La masa lo aceptaba todo con la seguridad que dan las palabras de los corifeos: el Alcázar de Toledo se ha rendido al empuje de nuestras milicias. El tren estaba formado en la estación del Mediodía, y yo ocupé un lugar cerca del pasillo, coloqué mi maletín en la rejilla y esperé la salida. La máquina pitó*

CAPÍTULO VI

estrepitosamente y crujieron los hierros, rodando las ruedas: un último saludo dirigido a la embajada de Argentina y el sentimiento de no ver nunca más a nadie. Por medio de la noche tibia iba el tren, y las bocanadas del aire campesino entraban por las abiertas ventanillas, y entre los postes del telégrafo cruzaban rápidas sombras y luces, árboles y tapias, como fugitivos fantasmas que se desvanecían en las oscuridades de una noche apacible que alumbraban las estrellas. ¡Qué raro contraste entre la serena e indiferente calma de la naturaleza y la intensa agitación de los humanos combatientes! Yo no pegué los ojos en toda la noche. Mi espíritu remordido e insomne me culpaba de no haber sabido, ni podido, eludir con tiempo la contienda y escapar a la muerte —que se hubieran repartido entre los dos bandos—, a mi muerte y a la de mis seres queridos. A las nueve de la mañana estábamos en la estación de Alicante. Un hombre con gorra de galón gritó: ¡Viajeros americanos para embarcar, síganme al despacho del interventor! Diez o doce personas obedecimos al conserje, que nos presentó a los cónsules argentino y cubano. El argentino, hombre simpático, joven y de mirada leal, me dijo con acogedora bondad: ahora mismo tomamos un coche y lo llevo a un hotel, no ha llegado aún el barco inglés: tardará dos o tres días. Y en el coche, añadió: usted, señor Gimeno, es persona muy conocida y no puede hospedarse en el hotel Samper u otro de ese fuste; por tanto, le llevaré a una modesta pensión. Desde el día 4 viernes, en el que llegué a Alicante, hasta el 6 en el que embarqué en el cazatorpedero inglés **Grenade**, *lo pasé recatado en la modesta pensión, de dudosa limpieza: ¡horas lentas de aburrimiento y nostalgia, cuántos tristes pensamientos y cuántas dudas abrumadoras sobre nuestro incierto porvenir! Por fin, el señor canciller me llevó al alicantino puerto y yo me encontré en lo alto de la escalinata con mi maletilla y mi saco de mano. En la punta del muelle se balanceaba una lancha gasolinera del* **Grenade**, *que a popa daba aire la cruzada bandera inglesa, a la que el viento desplegaba, reposada y gallardamente. Cuando me senté en la borda, entre los compañeros refugiados, una honda tristeza embargó mi ánimo. La bandera de una gran nación me acogía a su amparo, brindándome hospitalidad generosa: por eso yo, sea cualquiera mi sentir, no puedo ya de por vida olvidar el amparo que me dispensó la poderosa Inglaterra. ¡Nobleza obliga! Sobre la cubierta de popa del Grenade habían tendido múltiples colchonetas de hule y después de revisar nuestros papeles nos designaron el sitio que* *íbamos a ocupar. Hombres y mujeres —iban señoras entre la cuarentena de viajeros que el barco porteaba— se rendían al optimismo de aquella divina jornada. Una mar luminosa y un día azul son los mayores estimulantes de la alegría de vivir. Casi todos eran americanos de origen hispánico, argentinos, cubanos, venezolanos, chilenos, uruguayos, ruidosos y corteses, gentes de posibilidades y recursos, entre ellos un doctor peruano, diplomático sin duda, que tomó la voz cantante y nos anunció que teníamos a nuestra disposición, mediante estipendio, una bien provista cantina con víveres y licores. Yo, desde la borda, me sentía alejar de una patria desgraciada, víctima de la feroz discordia de los españoles. Al día siguiente, y cuidando mucho la administración de mis quinientas pesetas, desayuné un magnífico racimo de cerúleas uvas moscateles y una taza de té bien sabrosa y económica. El* Grenade *avanzaba velozmente rumbo a Valencia. Sobre las seis de la tarde embocamos el puerto de la levantina capital y recibimos órdenes de cargar con nuestros bártulos para ser conducidos a bordo del* Resurce, *gran crucero de 15.000 toneladas en el que sin duda pernoctaríamos. El barco, hondo, magnífico, brillante y poderoso, nos recogió en su amplísima cubierta dividida en dos partes, con toldos y cordeles, una para las señoras y los niños y otra para los hombres. Éramos ya muchos los refugiados y nos concentraban en el* Resurce *para conducirnos a Marsella. A bordo resplandecía un orden y una limpieza admirables. La comida que nos servían, abundante y gratuita, consistía en un desayuno a base de pan y mantequilla, con exquisito y aromático té; un almuerzo de pescado ahumado y conservas de carne, con fruta, y por la tarde, un refrigerio sencillo y confortante, nada de vino, ni de cerveza, ya que esos artículos había que pagarlos en la cantina. Parece mentira cómo me acondicioné a mi triste condición de exiliado y a mi nueva e inesperada soledad sin remedio. Los libros que, al abandonar mi casa, guardé al azar, fueron mis amigos dilectos, compañeros de horas solitarias: uno en cuarto menor que, en su primera página de hilo papeloso de tina, estampaba este título:* Los oficios de Cicerón, con los diálogos de la vejez, de la amistad, las paradoxas y el sueño de Escipión. Traducidos al castellano por don Manuel Blanco Valbuena, catedrático de poética y retórica del Real Seminario de nobles de esta corte. Madrid, MDCCLXXVII, por don Joaquín Ibarra, impresor de cámara de S. M. Con las licencias necesarias. *A los muy leídos y cultos en hu-*

manas letras no voy a descubrirles al gran jurisconsulto romano, de vida luminosa, asesinado por los soldados y esbirros del bárbaro y disoluto triunviro Marco Antonio, tipo clásico del soldadote aventurero. Yo sí descubrí a Marco Tulio Cicerón, a quienes los romanos le deben gran parte de la grandeza de su imperio, y sólo la ignorancia del latín, nuestra lengua madre, me impidió saborearlo hasta el fondo. Llevaba también dos tomitos de la biblioteca económico-filosófica: un **Marco Aurelio** *y un* **Epicteto.** *El espíritu de los grandes hombres es como una gran llamarada encendida en la sombra. Desde las amuras del gran crucero inglés vi la salida de nuestro* **Jaime I,** *que partía para Mallorca comboyando una expedición bélica destinada a someter la isla rebelde al gobierno de la República. Dos vapores repletos de soldados salían entre entusiastas vítores, y la multitud, desde los muelles, aclamaba a las tropas y miles de pañuelos se agitaban despidiéndolas, mientras numerosas embarcaciones menores, lanchas y botecitos, rodeaban en hormiguero a los que partían homenajeados por las sirenas y los silbatos de todos los barcos del puerto. Nuestro crucero saludó con su bandera al paso de la nave española, que arrió la suya, saludando al inglés. ¡Con cuán honrada y sincera pena contemplé esa cortesía desde extranjero barco, y cómo sentí el peso angustioso de las circunstancias de nuestra civil y desgarradora contienda! ¿Qué juicios formarían estos poderosos británicos al contemplarnos, míseros y malavenidos, luchar fieramente derramando la sangre de nuestros hermanos? ¡Cuántos errores y cuántos crímenes ha engendrado esta absurda y lamentable discordia! El día 9 de septiembre, a las diez de la mañana, en barcazas, fuimos transportados —éramos más de un centenar de hombres, mujeres y niños— desde el* **Resurce** *al torpedero* **Active,** *que cuando nos tuvo a bordo partió veloz para Barcelona. Al llegar al puerto de la condal ciudad, pasamos frente a tres cruceros italianos de novísimo porte y abordamos el buque auxiliar inglés* **Shropshire,** *que nos acogió en sus espaciosas cubiertas, como hizo el* **Resurce** *en Valencia. Allí encontramos nuevos evacuados que serían conducidos, como nosotros, a Marsella. Todo el barco respiraba orden, disciplina y satisfacción interior, y los tripulantes, con sus blancos uniformes y su aire de juventud y fortaleza, más parecían jóvenes deportistas que marineros de una nave guerrera. ¡Qué espléndidos y cómodos servicios y qué baños y qué duchas! El rancho, suculento; las horas, medidas y aprovechadas; los juegos y recreos, apropiados: hasta* un bonito cine actuaba ante la pantalla, y los marinos francos de servicio reían con las graciosas y grotescas figuras de payasos y actores poseídos del humor propio de su raza, dando muestra de que la sana e infantil alegría se prolonga mucho tiempo en los jóvenes ingleses. Las máximas de Epícteto y de Marco Aurelio consumían mis horas. En cambio, me acercaba muy poco al gran corro de cubierta que formaban los más destacados refugiados. Las señoras, sobre todo, lucían galas y vestidos, y muchos hombres, padres, maridos, hijos, hermanos o amantes, las halagaban y servían. Una tarde vi acercarse al corro —bien pudiera ser el de la patata— al comandante del barco, un hombre canoso y esbelto de ademanes reposados. Callaron las gallinas y acataron su autoridad los fantasmones. Yo me hice amigo de un niño de tres años que viajaba con su abuela y ambos —de Zamora— con pasaporte turco. El buque nodriza nos conducía a Marsella, nuestro puerto de destino, batidos por la tramontana, agitado ventarrón que cruzaba espumas a estribor, mojándonos a todos. Yo, por fortuna, gozo del privilegio natural de ser insensible a la congoja del mareo. Por fin avistamos el faro de la ciudad de Marsella, fondeamos y nos dispusimos a saltar a tierra. Nos colocaron por grupos nacionales: primero —cómo no— ingleses y norteamericanos; después, con cierto orden y categoría, todos los demás. Los argentinos, a pesar del alfabeto, éramos los últimos. Me alojé en un hotel que me recomendó el canciller, el **Normandie**, *situado en una casa en lo alto de la avenida Dugomier, y por veinticinco francos alquilé una habitación que daba a un patio interior. Me lavé y salí en busca de la cena, pensando que sólo me quedaban doscientos francos y la negra miseria. Entré en un café de segundo orden que ofrecía, por ocho francos, una comida económica: caldosa crema de guisantes, pescada cocida, un diminuto trozo de carne con unas hojas de lechuga, y de postre, plátano. Nada de vino, sólo agua. En veinte minutos estaba paseando por la Canebiere, la hermosa avenida que corta Marsella desde el puerto a la ciudad vieja. Grandes hoteles, cafés iluminados, tiendas lujosas y soberbias instalaciones comerciales. Estaba yo mirando el escaparate de una joyería y pensando en comprar un collar de esmeraldas, cuando alguien llamó mi atención: ¡Querido señor Gimeno! Me volví sorprendido: era un caballero alto y seco, de expresión inteligente, pero al que no recordaba. Él se presentó con finura: soy Emilio Ferrero, a quien usted defendió en el pleito de las almadrabas. Qué lejos estaban aquel pleito y*

CAPÍTULO VI

aquel cliente, que me agarró de un brazo y me hizo entrar en el bar más lujoso de la avenida Canebiere, donde yo pedí —¡por fin!— un cocktail y pude relatar mi odisea. Al ver mi aspecto me dijo, casi turbado: en aquella ocasión no me aceptó una sola peseta, permítame que ahora le ofrezca unos francos. Y sacó de la cartera un billete de mil. Quiero advertirle —continuó— que si no lo acepta como dádiva, se lo anticipo como préstamo a devolver en Madrid cuando volvamos a vernos. ¡Admirable lección de vida la que recibí de aquel señor encontrado en Marsella y al que tuve el gusto de invitar a una docena de ostras y a una botella de vino blanco! Luego me presentó a su señora y los tres terminamos la velada en uno de los mejores cines de Marsella, de donde salí —rumbo a San Juan de Luz— el 10 de septiembre a las doce de la noche. En el viaje tropecé con el doctor Elícegui, diputado de las Constituyentes españolas, que acompañaba a una hermosa otoñal y que me fue haciendo confidencias políticas, un poco aburridas: que nos habíamos equivocado al derribar a la monarquía, que estaba estremecido y defraudado, que las razones del desastre son claras y patentes, que en el fondo late el determinismo biológico y morboso de un pueblo degenerado por el alcohol y por la sífilis. Me dejó de piedra el sabio doctor, que sin duda había podido evitar la guerra civil. A través de las paradas y de las estaciones observé que Francia se recobraba a sí misma después de la guerra del 14, y de las manos del enterado Elícegui pasé a las de un anciano ex combatiente que ostentaba en la solapa la honrosa cinta roja de la Legión de Honor y que se lamentó del drama español. Esa guerra —me dijo— debería ser lección para Francia: la guerra sólo se hace para defender el suelo y el honor de la patria; entre hermanos, guerrear es un caso de locura colectiva. Vaya una novedad, mi querido y heroico combatiente. A la una de la tarde llegué a San Juan de Luz, término de mi viaje. Ahora, utilizando influencias de amigos y cuando Irún sea ya de las fuerzas nacionales, quería entrar en España, pero necesitaba ser aceptado y no encarcelado, porque formo parte de aquellos ciudadanos carne de fusil y de paseo en las dos zonas enfrentadas. Así que me fui a Biarritz aquella noche y encontré un hotel instalado en un palacete rodeado de un jardín de castaños y tamarindos. Las tropas de Mola estaban muy cerca de San Sebastián y los requetés de Beorlegui luchaban ya en las afueras de Irún, que poco después ardía y era contemplado —como en una verbena— por los franceses de Hendaya. Quise llamar a la embajada argentina, *pero era imposible obtener comunicación con Madrid y no intenté telefonear a Llanes para no comprometer a mi buen padre. Así que dirigí mis pasos al casino. Sólo me quedaban quinientos francos y era más que improbable que volviera a encontrar a un benéfico señor como don Emilio Ferrero. La verdad es que me daba igual ser pobre entonces que dentro de veinte días, y así guardé el importe de la noche en el hotel y me jugué el resto a un número: el 27. Mira por dónde cayó el 27. Y me lo jugué todo al 2. Cayó el 2. Mi ángel sensato me arrastraba de la mesa y el insensato me decía, sigue, sigue, que cuando pasan rábanos hay que comprarlos. Cubrí el número 16 y cayó el 16. Ya no hay ángel que aguante. Recogí aquella pequeña fortuna, dejé una generosa propina, me emborraché con champagne de la Viuda, apenas pude llegar al querido hotel de los tamarindos y nunca jamás olvidé aquellos números mágicos: 27-2-16. El 9 de octubre, con los papeles en regla, crucé el Puente Internacional, fui a San Sebastián y luego a Burgos, me puse a las órdenes de mi amigo el general Orgaz, que me mandó que volviera a San Sebastián y me dio trabajo en el Gobierno Militar como alférez jurídico estampillado, y yo conseguí por mi cuenta entrar en el* Diario Vasco, *pero esa ya es otra historia.*

No me podía mover, las hojas de aquel cuaderno me habían transportado a un tiempo lejano que yo no conocí. Mi madre también estuvo en la guerra en San Sebastián, y mi padre, en Madrid, hasta que entraron las tropas de Franco y pudieron reunirse, pero ninguno de los dos hablaba de aquel tiempo. Sé, vagamente, que mi padre era falangista y que pudo enriquecerse, como el tío José Manuel, pero desengañado de la *revolución nacional sindicalista* abandonó Falange y se refugió en la Diputación Provincial, y así vivimos de sus doce pagas y dos extraordinarias. Yo ahora podría ser rica, como otras niñas de mi colegio, porque lo único que consiguió mi padre —o lo único que aceptó del régimen— fue una beca para mí en un colegio de niñas de buena familia.

Fascinada por el cuaderno, me sentía como si hubiera profanado una sepultura, porque aquellas páginas no fueron escritas para mí. La imagen de RGC creció en mi interior: pomposo y teatral, estoy segura de que hablaba bien y de que se escuchaba al hablar, pero era loco y valiente como se reflejaba en el episodio del casino de Biarritz, y tuvo suerte, al menos aquella vez. No sé

CAPÍTULO VI

por qué me parece que fue ganando con los años a juzgar por la carta que dejó escrita al famoso *bibliotecario*. Claro que las circunstancias no estaban para gastar bromas, y aun así alguna se le escapa, como la de las vacas, los fantasmones y el niño de Zamora con pasaporte turco. Tampoco sabía yo que le gustaran los cócteles, y en eso coincidimos, claro que yo no sé nada, y sobre todo ahora no sé qué hacer, si entregar este cuaderno a Muñoz, archivarlo y guardarlo en el libro, o dejarlo como un secreto entre los dos. De momento, y como es domingo, que corra... La puerta de la biblioteca se abrió y el señor Mateo asomó su hociquillo, preguntando si podía pasar. Iba de dulce, con un traje de dril que tendría más de diez años, corbata roja y zapatos negros muy lustrosos.

—Creí que se había usted marchado...

Yo le contesté con una pregunta:

—¿Pero adónde va usted, Mateo, de dril y con lo que está cayendo?

—Hace más de dos horas que no llueve, señorita.

Era verdad: por la ventana entraba el sol poniente y el asfalto volvía a hervir.

—Si quiere seguir trabajando en la biblioteca, por mí no hay inconveniente, le dejo las llaves y al salir cierra con dos vueltas, con esta otra el cerrojo, y me las devuelve mañana, porque no tengo más remedio que ir a visitar a un pariente, que está enfermo de cuidado.

Pobre, no se le ocurría mejor pretexto: al fin y al cabo, los siervos son los siervos. Recordé el libro de Jonathan Swift *Consejos a los criados* y alguno que le hubiera venido bien a Mateo para justificar su dudosa excursión: por ejemplo, se iba a despedir de un primo muy querido a quien ahorcan el sábado próximo. De todas formas fingí que me tragaba la bola y con mi mejor sonrisa le dije:

—Bueno..., pues hasta mañanita, y que se mejore su pariente.

—Gracias, madame, y hasta mañana si Dios quiere.

Mateo salió con enorme dignidad y yo oculté la cara entre las manos: cualquiera sabe a dónde va los domingos de corbata roja, casi con ochenta años a cuestas, exponiéndose a un navajazo o a otra cosa, mala por supuesto. Los hombres siempre igual, los mariquitas y los demás, de cacería hasta que se les caen los dientes, y algunas mujeres, porque sospecho que a Carmencita Rodrigo no se le pasa la afición así como así. Al oír el portazo, que sellaba la salida del benéfico pariente, cogí las llaves con la esperanza de que estuviera la del armarito secreto, pero el muy miserable la escondía Dios sabe dónde: sólo quedaban la de la puerta, la del cerrojo de la calle, supongo que otra de la puerta del jardín y una más grande, de cerradura antigua.

No es que yo sea vidente, ni que taladre el porvenir con mis poderosos ojos azules, pero el número de la llave sin lógica alguna me parecía programado por una mente superior. Yo tenía que ir aquel domingo a la Fundación, tenía que dar con las notas de RGC y tenía que encontrar las llaves del castillo, pero no la del cuarto de Barba Azul. Dios lo quiere, y, como Ricardo Corazón de León, me dispuse a asaltar las murallas de San Juan de Acre, defendidas por el astuto Saladino. Subí la escalera de mármol pisando con tiento y oí ladrar al perro mecánico... Señor —pensé—, el muy marrano del duende ha programado al mastín, porque los ladridos eran de mastín para arriba. Desde lo alto de la escalera el vestíbulo adquiría toda su pompa; me volví a mirarlo y pensé que no le había ido mal a mi querido don Ramón desde los tiempos del casino de Biarritz. Arriba, una galería rectangular daba a una serie de puertas cerradas, altas y de madera noble, casi un decorado de película. Fui pasando ante ellas e intentando abrir, como en un juego de niñas: una, dos, tres, cuatro, cinco, seis, siete... Todas indiferentes. Volví sobre mis pasos, probando las llaves: esta no, esta ni loca, esta tampoco... Seguro que una de las puertas se iba a abrir... Esta, sí. La llave giró despacio en la cerradura recién engrasada, me quedé sin aire y comenzaron a latirme las sienes y el corazón. El señor Mateo quería que yo entrara en aquel cuarto. Soy mujer de temple, pero me asusta lo desconocido y, como dice mi tía Tere, soy capaz de enfrentarme a un tigre, pero no a una sombra. Por otra parte, aquel número parecía improvisado, porque nadie pudo imaginar —ni siquiera yo— que un domingo fuera a la Fundación. Así que abrí. Mis ojos tardaron en acostumbrarse a la oscuridad, hasta que por fin encontré el interruptor, que iluminó una salita de paso de paredes en ocre, y en una de ellas, un gran cuadro con un paisaje nevado de los Alpes, que bien podría ser del siglo XIX y estaba firmado por Carlos Haes, aunque no tenía fecha. En la otra pared había cuatro óleos con motivos asturianos, muy bonitos por cierto y quizá del mismo artista, y en la tercera, antes de llegar a la puerta, una buena cantidad de fotografías perfectamente enmarcadas. Bajo las fotografías, un escritorio inglés, seguramente del siglo XVIII, y una butaquita redonda, forrada en seda de rayas en dos tonos de verde, y al otro lado un sofá y dos sillas, todo bueno. Aquel recinto, que olía a cerrado y a humedad, parecía aguardar la llegada de su amo, el fantasma, y formaba parte de una casa muerta, de un museo local, como el de Víctor Hugo en París o el de Chopin y George Sand en Valldemosa. A pesar del mal efecto, abrí la segunda puerta y encendí la luz: estaba en una gran alcoba con muy pocos muebles; una cama de lujo Luis XVI, una cómoda rococó y un armario estilo colonial español, cuatro sillas de patas arqueadas y un galán de noche que podría haber pertenecido a Lord Bradford. Junto a la cama, en una mesita polvorienta, había un libro bien encuadernado, que no me atreví a tocar. Sobre la cama, una enorme Virgen del Rosario, pintada con inocencia y buena intención, seguramente por un indio hecho al catolicismo por los jesuitas. Las otras dos puertas daban a un precioso cuarto de baño, que olía a cañería seca y cien años jubilada, de vieja bañera con garras de dragón, y a un vestidor de paredes enteladas en ocre claro y enorme armario de tres cuerpos. ¿De modo que aquel era el territorio del difunto RGC, que de tan curiosa manera quería enseñarme Mateo Carrasco? Pensé que no lo compartió nunca con su distinguida señora o que al menos fue sólo para él en sus últimos años, ya que ningún detalle femenino se adivinaba en el vestidor, en el cuarto de baño, en la salita o en la alcoba. Miré largo rato la alcoba, el cuarto de baño y el vestidor, entré de nuevo en la salita y, soplando el polvo, abrí el *secretaire,* que estaba lleno de papeles; pero me contuve a tiempo y no toqué ninguno, porque soy curiosa pero no ávida, y con el armarito misterioso, el que abriré algún día aunque se oponga Mateo, voy que me mato. Sin embargo, me acerqué a la pared para ver las fotografías: dos chicos jóvenes, supongo que fueron los hijos de don Ramón; un señor mayor de cara limpia y mirada leal, quizá el padre de RGC; un transatlántico de bandera inglesa anclado en el puerto de Santa Cruz de Tenerife; la foto de boda del señor mayor —ahora joven— y una muchacha rubia con aire de campesina, retrato de Oswaldo Farina, en su estudio de la calle Corrientes, Buenos Aires, 1896, y otra de un grupo de esquiadores que me llamó la atención: tres chicas y tres chicos sonreían felices, montados en tablas prediluvianas y con altos bastones; los seis eran guapos y muy jóvenes; ellas llevaban gorros de lana hasta las cejas y ellos jerseys de cuello vuelto, abrigados y arriesgados, como si formaran parte de una expedición al Everest: al pie de la foto —con la inconfundible letra de RGC— ponía *Navacerrada, Club Alpino Español, 1920*. Me acerqué a la foto y me pareció reconocer en uno de los chicos al anciano don Ramón. De pronto, descubrí algo insólito: sobre el pecho del joven RGC había una insignia demasiado grande, dibujada a pluma y pegada sobre el cristal: montañas blancas, un fondo oscuro, abajo lo que podía ser una bandera y tres iniciales torpemente enlazadas, C.A.E., Club Alpino Español. Era un guiño.

Salí del lujoso mausoleo, cerré con cuidado y volví al viejo y desordenado archivo, letra A, con pocas esperanzas de encontrar el dato. Y así fue. Busqué entonces la letra C y di con la ficha: Club Alpino Español, anuarios, M-121, E-18. Me lo habían puesto difícil. Subí hasta el estante 18 y entre un viejo diccionario de la lengua, 1899, y *Tratado de anatomía pictórica*, Valencia, 1891, encontré un solo anuario del Club Alpino Español, justo el de 1920. Lo observé con profunda curiosidad: en la portada de cartulina marrón había el dibujo de dos chicos —él y ella— tan abrigados como los de la foto, la insignia de la sociedad y las iniciales del dibujante, F. E. del G., en la primera página los nombres de los directivos: Presidente honorario S. M. el Rey don Alfonso XIII; presidente de mérito, don Manuel G. de Amezua; presidente, don Antonio Prats. Y luego concurso de *skis* durante el invierno de 1919-1920 Copa Gancedo, salida del Primer Cogorro de las Maravillas y llegada en el kilómetro veinte de la carretera de La Granja: 1º, Ricardo V. Arche; 2º, Ramón Gimeno

CAPÍTULO VI

Coes... Y anuncios: *automóviles y camionetas Vinot y Deguingang, Bodegas Franco-Españolas, Para todos los sportmans son los trajes higiénicos de lana y turba del doctor Rasurel, Guantes Torpedo, sin costura, aparentes hilo, suecia y seda...* Y me sumergí en la lista de socios: Amezua, Arche, Asín, Botella, Catalán, Coppel, Escario, Gamazo, Gancedo, Gimeno Coes, número 898... Al final de la página había una frase escrita con letras mayúsculas: *AHORA SÉ QUE ME ESCUCHAS.* El anuario se me cayó de las manos, me sacudió un escalofrío, me sentí llamada y, por supuesto, no clasifiqué el hallazgo.

VII

Un hermoso cuerpo

Aquella noche me tomé un *valium 10* —creo que entonces se vendían sin receta— con la esperanza de coger el sueño, aun desafiando el peligro de que estuviera poblado de pesadillas. Pero que *si quieres arroz, Catalina*, como decía mi tata Felisa. Entre la calorina, los efectos de la tormenta, las emociones del día y el susto de la biblioteca, se me iban los minutos dando vueltas en la cama y calentando la almohada. Nada por la derecha, nada por la izquierda, nada en esta mano y nada en la otra, más difícil todavía, ahora sin almohada y sin colchón. Y sonreí, a pesar del calor y del insomnio, al acordarme de la ridícula postura en que me pilló el pobre Mateo, cuando desafiaba a los libros como si fueran fieras enjauladas y yo la mejor domadora del mundo, y me acordé también de la absurda pregunta: ¿Era aficionado al circo el señor RGC? Y el silencio del duende y su inesperada palidez.

Cuando yo era chica y no me dormía, mamá me contaba historias de circo, entre otras que descendíamos de la célebre enana Mademoiselle Monique Ziekenvertleden, que tuvo una hija que medía dos metros de altura. Miss Ziekenvertleden fue domadora de gatos, a los que llamaba, y no sin razón, tigrillos. La historia, decía mamá, que era un poco sádica, ocurrió en Beapré-sur-Saone, Francia. La señorita Ziekenvertleden presentaba un grupo de siete gatos disfrazados de tigres. En uno de los difíciles ejercicios y sin previo aviso o mirada torcida, fue atacada por los tigrillos. La domadora cayó al suelo y los gatos se lanzaron sobre ella. El público se reía mucho, mientras el regidor de pista —que advirtió el peligro— trataba de rescatar a la enana: cuando consiguieron sacarla de la jaula, ya inerte, era demasiado tarde. Aquí mamá hacía una pausa dramática y yo contenía la respiración, hasta oír su voz: la pobre Mademoiselle Ziekenvertleden murió antes de llegar a su caravana, después de besar un crucifijo que llevaba colgado de una cadenita de oro. Henry Thétard, uno de los más grandes historiadores que en el circo hubo, opina que la domadora murió de miedo, pero mamá aseguraba que las garras y los dientes de los gatos acabaron con ella. A mí el terrible suceso me gustaba mucho y me parecía más divertido que *Pulgarcito, La cerillerita sueca* o *El hada de los ventisqueros,* pero sobre todo me sobrecogía de misteriosos placeres que la diminuta domadora de gatos, a la que yo suponía rubia, de ojos azules, delicada y vestida con lentejuelas de plata, fuera de mi familia.

Mamá me llevó al circo desde que tuve cinco o seis años, era muy amiga de Pilar Marquerie y de su marido, Alfredo, un joven periodista aficionadísimo al tema; yo vi el circo desde dentro y leí alguno de los libros que el señor Marquerie le prestaba a mamá; aún tengo *Un mes en el circo,* dedicado a ella. Aquellas funciones se celebraban en el Price de Madrid, en lo que ahora es ministerio de Cultura, donde trabaja la pobre Carmencita Rodrigo, y allí vi a Pompoff y Thedy, a Charlie Rivels y a Pinito del Oro, que me impresionó mucho. En aquellas temporadas, 1950-1954, venía siempre a nuestro palco un magnífico regidor de pista con frac rojo y chistera, cara larga, bigote tieso y ojos muy negros, que besaba la mano de mamá como si estuviera en la corte de los zares de Rusia y me daba caramelos con aire cómplice. Mi madre parecía incómoda ante aquel hombre al que a solas yo llamaba *Levita Roja,* porque no sabía distinguir entre frac y levita, pero me gustaba mucho más la palabra levita. Re-

CAPÍTULO VII

cuerdo que, cuando llegaba al palco, me temblaban las piernas y estaba deseando verle y, sin embargo, hubiera querido desaparecer bajo tierra cuando me daba caramelos de naranja, limón y fresa, casi siempre los jueves.

Y ahora no me puedo dormir, ni con circo, ni sin circo. Nada por la derecha y nada por la izquierda. El 12 de abril de 1970 —ya habían muerto papá y mamá y yo tenía veintinueve años— fui al Price con un noviete de Astorga y más que separada de Francisco Pascual, aunque no divorciada por mor de las leyes: había recibido una invitación de Arturo Castilla, y en tal noche se retiraba la grandísima artista Pinito del Oro y el circo se estremecía al olor de la piqueta. Fueron los bancos —el Urquijo, asesino particular— quienes acabaron con aquella gloria que jamás recuperará Madrid. Ya me lo dijo papá: cuidado, hija, cuidado con los bancos, que en un crédito tonto te sacan los hígados, y bien se los sacaron a esta ciudad, que husmeaba el querido Asmodeo, cambiando una pista llena de risa, de fieras y triples saltos mortales, por un debe y haber que acaba en venta desgraciada y un ministerio de pobres destinos llamado a desaparecer en triste tango cambalache: menudo negocio, Circo Price, y qué puñalada trapera le arreaste, banco Urquijo de forrada familia, matador de un día, que te llevas por el puto dinero uno de los madroños de mi Madrid.

Entre número y número, cuatro o cinco payasos casi anónimos distraían al público dando volteretas, pegándose bofetadas, gritando y ayudando a montar, con fingida torpeza, los aparatos de los artistas que les seguían. Al terminar la primera parte se me acercó uno de ellos, hizo una cómica reverencia al chico de Astorga y me dio una bolsita de caramelos. Yo le sonreí un poco azarada y el payaso me preguntó si me acordaba de él: soy *Levita Roja*. Entonces pude reconocer sus ojos profundos en el maquillaje blanco y negro, aunque su nariz era redonda y colorada: ¿Ahora eres payaso? A ratos soy payaso, pero estoy montando un número muy importante y me van a contratar los señores Feijoo y Castilla. Luego se lamentó de la perdida del Price y dijo que aquella noche era la más triste de su vida, que él había trabajado allí desde los tiempos en que Tony Leblanc vendía patatas fritas y bocadillos, y se me quedó mirando: ¡Cómo te pareces a tu madre! Por último me dio un beso, me deseó buena suerte, le hizo una gracia al chico de Astorga y desapareció.

Y siguió la función: Pinito del Oro, como los buenos toreros, se jugó la vida una vez más, sabiendo que era la última, porque si moría el Price, se retiraba ella. Todos teníamos un nudo en la garganta —incluido el chico de Astorga—, aunque la orquesta que dirigía Manolo Barceló se esforzaba en quitar dramatismo al espectáculo. Pinito bajó del trapecio, y el público no cesaba de aplaudir, y la artista hizo una señal magnífica indicando que retiraran el trapecio para siempre. Entonces se acercó a ella Mary Sampere, que era la maestra de ceremonias, y con unas tijeras cortó unos mechones de la melena negra de Pinito y los guardó en una cajita de plata. Esta es mi última función y mi adiós al Price, gracias a todos por acompañarme hoy. Y se puso a llorar. El público aplaudía, puesto en pie, como hacen los americanos cuando le echan flores a una estrella, y así estuvimos cinco, diez o veinte minutos, sin dejar marchar a Pinito del Oro y viendo cómo aquel trapecio ya estaba sobre el tapiz, inútil y enrollado, pero quizá orgulloso. Pensando en el Price, en *Levita Roja* y en las tardes en que iba con mamá a ver a Zampabollos, Nabucodonosor, Nabucodonosorcito, a Felipe Moreno y al loro *Kiko*, me quedé dormida.

Me levanté de muy mal humor y, guiada por el olor a café recién hecho, fui a la cocina. Allí estaba desayunando la incomparable Carmen Rodrigo, que después de manifestarme que estaba molida y llena de agujetas, se quedó muy desilusionada por mi falta de interés. Pero como es irreductible, inmediatamente me reveló las causas de sus gloriosos males: estaba aprendiendo a montar a caballo en el picadero de Pepe Seco y yo debería hacer lo mismo, porque es un ejercicio fantástico, claro que con un maestro así todo resulta fácil. Pepe Seco, además de gran jinete, es un caballero: le hubiera resultado sencillísimo follar conmigo ayer domingo, pero rehusó alegando que el picadero no era el sitio que yo merecía, yo merecía un castillo en Marienbad, un carmen en Granada o una playa en una isla desierta, ya me dirás tú si es romántico. Y me ha prometido llevarme al Caribe, donde están las playas de las islas desiertas. Yo soportaba el monólogo como quien aísla el ruido de un molesto

CAPÍTULO VII

motor. Por último se quejó de los caballos del picadero, que eran muy poco briosos y estaban hechos a pasar de mano en mano y así degeneraban. ¿Me sigues? Le dije que no, que no la seguía en absoluto y que me traía al fresco el picadero, Pepe Seco y los asquerosos caballos. Carmencita Rodrigo me miró dolorida: hija, eres la tía más antipática que ha parido madre. Como es lógico, no contesté.

Al llegar al Archivo de Villa, y aprovechando que las mañanas de verano suelen ser tranquilas, me dediqué a reflexionar, que es tarea más sencilla que la de entrar en acción. Yo soy una mujer imaginativa, pero, por mucho que pueda imaginar, ahora no me salen las cuentas. La frase del anuario del Club Alpino rebasa mis posibilidades: *ya sé que me escuchas.* Bueno, pues no te escucho, tú me pagas, yo cobro y santas pascuas. Decidí entonces saltarme las reglas del juego y, ya que era la favorita, buscar el último libro de la biblioteca. Despreciando el 19.999, *Ascensiones célebres a las montañas más altas del globo,* por Zurcher y Margolle, París, Librería de L. Hachette y Cía., 1868, llegué al número 20.000, que se asomaba a una sima imponente, que podía saltar por mi cara bonita, ahorrando tiempo a mi impaciencia. Aquellos libros correspondían a la segunda sección montañera y naturalista mal organizada, y el que cerraba la marcha era un bonito ejemplar titulado *Sobre el Polo Norte en dirigible,* de Roald Amundsen, Madrid, Espasa-Calpe, 1927. Escondía una postal de señora vestida de negro apoyada en silla con florero y una nota de RGC: *No haga usted trampas: las prisas son para los delincuentes y para los malos toreros. B.s.p.*

Dejé a Amundsen en su sitio y, avergonzada, me prometí seguir clasificando los libros sin saltarme uno solo y no volver atrás, pasara lo que pasara. Claro, que no resulta sencillo echar fuera de la cabeza un fantasma que ha tomado aposento. ¿Por qué me había llamado RGC y por qué estaba seguro de que lo escuchaba y de que iba a hacer trampa si en mi vida lo había visto? ¿O tal vez sí? Al Archivo viene mucha gente pidiendo libros y sus nombres constan en un fichero de lectores acreditados. A pesar de mis buenas intenciones, fui en busca del fichero y repasé la letra G, donde existen las huellas de todos los Giménez y todos los Gimenos que por aquí pasaron, pero no estaba el mío. Claro que había otra posibilidad: RGC fue a la hemeroteca a leer algún periódico y me lo pidió a mí, sin necesidad de identificarse. Sin embargo, lo más lógico es que aquella frase misteriosa fuera destinada a otra persona y que yo haya relacionado una foto de juventud, un papelito pegado en un cristal y un mensaje de 1920 sólo por mi absurda vanidad y la manía de ser protagonista de todas las novelas.

—Ya..., pero los siete kilos largos no son casualidad... —dije en voz alta.

Un caballero que estaba leyendo *La historia de la Villa y Corte de Madrid*, de Amador de los Ríos, me miró sorprendido, y otro, que tomaba notas de *Historia y Estampas de la Villa de Madrid*, de Federico Sáinz de Robles, edición de 1933, me chistó, mandándome callar. Menos mal que nadie fue testigo de aquella penosa escena, porque yo me quería morir de vergüenza.

Llegué a la Fundación a las seis en punto, llamé al timbre y ladró el perro mecánico, pero el señor Mateo no aparecía. Esperé casi un minuto y volví a llamar. Por fin la puerta se abrió lentamente y Mateo asomó el morro, pero ¡qué morro...! ¡Por poco me desmayo del susto! Tenía la nariz como una patata, el labio de abajo partido y toda la cabeza cubierta de vendas, que si no fuera por las deformidades se le hubiera tomado por un baturro en día de fiesta mayor. Pero lo más triste eran los ojos: había tal carga de vergüenza y de pena en ellos, que de golpe —y nunca mejor dicho— se le vinieron encima todos los años de su vida.

—¿Qué le ha ocurrido a usted, señor Mateo?

Habló con dificultad, como si la voz saliera del fondo de una mina, acentuando las eses y mezclándolas con zetas imposibles.

—Nada..., que ayer, al zalir de la visssitas al enfermo, sse me fue un piess en la ezcalera y rodé y rodé...

También le faltaba la dentadura, pero eso era cosa natural.

—Haber llamado al archivo...

—No, zeñora, no, zeñora —me interrumpió el herido—. Lo único que zientoss es no haber podido lavaa la mudass.

CAPÍTULO VII

—No se preocupe, Mateo, y no hable más.
Ya íbamos camino de la biblioteca.
—¿Lo ha visto algún médico?
El pobre señor Mateo me enseñó tres dedos.
—¿Y de puntos?
Ahora consiguió reunir siete dedos.
—Acuéstese, que ya sé por dónde se sale.

Mateo, que había renunciado a la palabra, me respondió con una mano que venía a decir, *déjelo correr, que no es pa morirse*. Dando un suspiro entré en mi encierro. Tal vez nunca me lo cuente el cuitado, pero lo más probable es que ayer domingo le robara un chapero, travestido o chulo a secas que, encima, le sobó el morro de mala manera. Eché un recuerdo a la corbata roja, símbolo o distintivo de su cualidad e incluso orgullo gay, como dicen los más optimistas, pero también llamada a la violencia y al abuso. Pobre viejo. Mejor hubiera sido que visitara al pariente sin traje de dril, pero sobre todo sin corbata roja. Ya le estaba compadeciendo, y si no meto el freno a tiempo me compadezco a mí misma y me echo a llorar. Como siempre fui concienzuda y seria en el trabajo, especialmente cuando me pagan bien, dejé las penas y los suspiros para mejor ocasión y me concentré en lo mío. Hoy me toca un módulo de la parte de arriba, de los más pesados, porque hay montones de libros pequeños, que tienen tanto derecho a ser clasificados como los grandes. Por poner un ejemplo: donde cabe un tomo de *La divina comedia*, ilustraciones de Gustavo Doré, entran diez de los chicos. Empecé por el *Memorial de las damas arrepentidas de ser locas al Tribunal de las juiciosas y discretas, en cumplimiento de la carta executoria, que se les ha notificado a petición de la modestia. Sácalo a la luz don Antonio Manuel Ruiz. Año de 1791*. Sin notas ni huellas. Luego *Manual de estilo epistolar o modelo de cartas*, Valencia, 1838. Tiene dentro la tarjeta de un taller de chapa, Hermanos González, General Prim, 2, Teléf. 361612, Madrid, y una tarjetita con pétalos de flores pegados y una cruz en lo alto que dice: *Flowers from Bethlehem*. Seguía *Instrucción sobre el modo y medios de socorrer a los que se ahogan o estubieren en peligro en la ría de Bilbao*. Imprenta de don Antonio de Sancha, en la Aduana Vieja, 1785. El libro comienza así: *La lamentable continuada experiencia de los muchos que annualmente se ahogan en la Ría de esta noble Villa de Bilbao, hace gemir a muchos de sus ciudadanos.* Eran divertidos los libros, y me hubiera gustado poder leerlos, y éste añadía a la diversión la sutileza, porque no es lo mismo ahogarse en la ría de Bilbao que en la de Zumaya, por ejemplo. En la última página había una nota de RGC: *este precioso librito me lo regaló en 1959 mi querido amigo Willi Wakonigg, alma y vida de Gastón y Daniela.* Guauuu, hablé en voz alta, ¡qué pequeño es el mundo!, como dijo el marqués de Villaverde en el aeropuerto de Roma. Yo conocí a Willi Wakonigg con José Ramón Alonso Castrillo, decorador y amigo de toda la vida, y mi casa, en la que viví con el animal de FP, estaba llena de huellas de *Gastón y Daniela,* margaritas a puercos; y la de ahora, la que comparto con la pobre Carmen Rodrigo, lo mismo de lo mismo. ¡Qué razón tenía el marqués de Villaverde! Luego, clasifiqué *Método de caracterización para el teatro,* por Juan B. Turell e Irla, Barcelona (Gracia) 112 Salmerón, peluquero de postizos de arte, 1911, tres medallas de oro y diversos premios en distintas exposiciones por la ejecución de sus postizos y otros objetos de arte. Y así empezaba el libro: *Uno de los elementos que mejor contribuyen a la interpretación de los tipos en el Teatro, y aun muchas veces al éxito de las obras en el día del estreno, es el perfecto caracterizado de los artistas.* Gran verdad. En la última página, la de los precios, peluca de señora, 4 pesetas, blanca, 5, con rizos, 2. Barba crepé y bigotes, 0'75. *Me regaló este libro don Mariano Asquerino, a quien defendí en un injusto litigio que le enfrentó a A. S. e I. G. en los años de 1944 a 1946.* Gran actor y extraordinario caballero este don Mariano Asquerino, padre de la bellísima Maruja. Le siguió una curiosidad, titulada *Guía de bufete,* por E. Oliver, Barcelona, tipografía de don Luis Tasso, 1891. Tenía una nota de don Luis, padre de RGC: *Muy útil e interesante este librito, que recibí en Buenos Aires. Lo escribió un viejo amigo y compañero † en 1898.* Y la dedicatoria: *Al través del océano su muy querido don Luis Gimeno Coes dedica este primer aborto literario a su menguada cholla, El Autor, Barna y octubre de 1891.* Por primera vez topaba con el padre de don Ramón, el emigrante, el que hizo fortuna en América y rindió su vida en la Asturias convulsa del año treinta y siete, quizá sólo por el hecho de ser rico o por otras cosas que yo ignoro.

CAPÍTULO VII

Así estuve censando y anotando, hasta que —entre los libros curiosos— di con uno, tal vez olvidado allí: *Novelas de amor y de muerte*, de Vicente Blasco Ibáñez, Editorial Prometeo, Valencia, 1927. Había una señal en el cuento titulado *El secreto de la baronesa:* un trozo de periódico, cortado a mano e imposible de leer, que sin duda estaba sólo para marcar. Leí las dos páginas: *sin embargo, la baronesa figuraba como el personaje más importante fuera del palacio arzobispal... Las tapias de este, con festones de plantas trepadoras... Pétalos de jazmín la cubrían algunas veces como nieve perfumada... Doña Eulalia, según declaración de los hombres ya maduros, que fueron jóvenes al mismo tiempo que ella, había poseído una belleza distinguida... que su hija heredó... Una belleza morena...* Una diminuta marca conducía a la otra donde RGC había anotado a lápiz: *De ojos azules, transparentes, muy vivos, boca redonda y sonrisa irónica, largo cuello y largas piernas con muslos prietos y fuertes, espalda muy derecha, anchos hombros, un hermoso cuerpo, en fin... ¿La recuerda usted, maestro?* Tal vez estas digresiones y la pregunta fueran indicio de que Blasco Ibáñez y Gimeno Coes se conocieron y que ambos sabían quién era la *baronesa, la belleza morena* que inspiró al novelista aquel secreto de *Novelas de amor y de muerte*. Claro, que a mí poco me importaban los devaneos eróticos de dos señores antiguos y mucho menos los de Blasco Ibáñez, que ni me tenía contratada ni me pagaba los lunes y que además se había muerto. Aquella reflexión me dejó perpleja, porque si calificaba a Blasco como muerto —frente a RGC— era porque yo quería, al menos en los rincones ocultos de mi cabecita, que RGC estuviera vivo. Tal cuestión debía resolverla Curra Montejo, que para eso era psicóloga y amiga mía.

En aquel momento sonó el teléfono de la biblioteca. Era la primera vez que se daba el caso, tanto es así que yo pensaba que el dichoso teléfono estaba desconectado. Bajé corriendo las escalerillas y se me cayeron las gafas, como es lógico, pero no me importó porque eran irrompibles. Al descolgar, oí la voz mártir del señor Mateo: Le passo unass llamadaz. El pobre gnomo estaba a las duras y a las maduras. Llegó hasta mí entonces la voz cascabelera y rotunda de Curra Montejo, y con ella, un nuevo sobresalto: no era la primera vez que, al pensar en alguien, se manifestaba de inmediato.

—Curra —le dije—, mira que es casualidad, ahora mismo estaba pensando en ti.
—No es casualidad, es un fenómeno lógico y normal: yo te llamo, pero antes tú recoges el aviso.
—Vale.
—Sólo quería decirte que el año 1983 no fue bisiesto.
—¿Y qué?
—¿Me invitas esta noche a cenar?
—Claro.
—En tu casa.

Y colgó. Así era Curra, fuerte, egoísta, aficionada a las sorpresas, muy a gusto entre los hombres, indiferente con las mujeres, pero buscando siempre un apoyo femenino digno de su categoría. Seguí dándole al manubrio y sin mayores novedades terminé el estante de los libros chicos, rematado por dos tomitos de *Poésies nouvelles (1836—1852)*, de Alfred de Musset, Petite Bibliothéque Charpertier, París, 1898, con un grabado del autor: cara larga, nariz larga, ojos profundos, barba cuidada y media melena. No se por qué me recordó a *Levita Roja*. En aquel momento, tras suave llamada y arrastrando los pies, como si llevara pesados grillos, abrió la puerta el señor Mateo mártir, portador de un granizado de limón.

—Le he puessstos gotesss...
—Ya, ya, Mateo —le interrumpí generosamente.
Me acerqué a él:
—Dígame sólo una cosa, una y basta con asentir: ¿Me dejó usted las llaves intencionadamente? —Mateo afirmó—. Otra, la última... ¿Usted quería que yo fuera a la habitación del señor Gimeno Coes? —de nuevo inclinó la cabeza—. Y ahora la última, de verdad la última... ¿Alguien más quería que yo metiera el morro en aquel terreno?
—Si le gussta con maz gotess le dejo la botellasss.
—No, Mateo, gracias, y no se preocupe por mí.
Antes de que saliera, le sujeté por un hombro:
—¿Sabe usted cuándo vuelve el señor Muñoz?
—Otro lunesss venir —dijo como si fuera el mismísimo *Nube Roja*.
Y se fue intentando disimular su triste cojera.

CAPÍTULO VII

Una de las ventajas que tiene el echar raíces en un barrio es que el barrio acaba convirtiéndose en pueblo y te saludan los porteros, los tenderos, las marujas que van a la compra y las mamás a la entrada o a la salida de los colegios. Sirve también para que en el quiosco de periódicos los guarden el domingo y te busquen el último suplemento perdido, y en el mercado todo el mundo te conozca y, sin engaño, te brinden lo mejor. Incluso sirve para que te huela el ciego del puesto y cuando cruzas ante él te ofrezca el cupón. La ciudad es menos tremenda cuando se echa el ancla en el barrio, y este mío, tan madrileño, vale para un zurcido y para un barrido. Es bien bonito andar por Rosales, ver el anochecer y encontrar el campo, porque sólo desde el paseo de Rosales se ve el campo en Madrid, y también puedes ir al cine, que algunos quedan, y entrar acompañada por la sonrisa del portero y luego ir precedida por la luz del acomodador, que no acepta propina por dignidad. Mi calle va desde Princesa hasta el mencionado paseo de Rosales y antes había muchos palacios, como el de Cerrajería, el de la infanta doña Eulalia y el del conde de Garay y, pasada la calle de Ferraz, el edificio de la Editorial Hernando, donde mi padre tenía cuenta fija. Estos datos los sé por uno de los pocos libros que tenía mamá y al que apreciaba tiernamente, tanto es así que un día la pillé dándole besos y ella se puso coloradísima, como si hubiera cometido un pecado en mi presencia: el libro se llama *Las calles de Madrid* y está escrito por don Hilario Peñasco y don Carlos Cambronero. La confianza con el barrio me reporta otras ventajas; por ejemplo, cuando han cerrado la acreditada confitería de la calle de Ferraz y, si no es muy tarde, puedo llamar, que me abren a hurtadillas. Y eso hice aquel lunes. Estaban con el arqueo y me dejaron entrar tipo conspiración, y yo me volví loca y compré exquisiteces para la cena y dos botellas de champagne francés, traicionando a los muy excelentes cavas catalanes que tienen en el establecimiento. Doble motivo: convite a Curra y mala conciencia que me aplastaba vía Carmencita Rodrigo, con quien no sólo estuve ordinaria por la mañana, sino insoportable en los últimos meses. Únicamente una persona de la bondad de Carmencita Rodrigo me hubiera podido aguantar, y aun así me dijo que era la tía más antipática del planeta o algo parecido. Y cuánta razón tiene, pero es que a mí se me olvida ser cariñosa y sólo soy insoportable con la gente a la que quiero, mira tú qué gilipollez. De modo que volví a casa ligera como chica de gimnasia rítmica y tranquila de conciencia. Al entrar en el portal me dirigí al casillero de correos, abrí el mío y encontré muchos impresos y una postal, que miré con cierta curiosidad: venía de Praga, Checoslovaquia, y ofrecía la hermosa vista de un puente de buena familia: *Na Karlove moste, Oldrich Straka*. Con perfilada letra decía en la zona dedicada al texto, después de poner mis señas meticulosamente: *Le pido perdón y le prometo que no volverá a ocurrir. Atentamente, Joaquín*. A pesar de la ofensa sonreí: aquel Joaquín —que sólo podía ser el odioso Muñoz— se disculpaba. Pero luego me quedé tiesa como un ajo... ¿Para qué coño se había llevado mis señas? De todas formas entré en casa con buen pie, llamando a Carmen como a un perrito y de forma un poco artificial. Carmen *missing*, pues casi mejor, porque quien estaba al caer era Curra. Metí las botellas en el refrigerador y me dispuse a presentar la cena, que sólo necesitaba colocación. El *Karlove moste* me volvió a la cabeza: menudo pájaro el Muñoz, primero se mea en mi cuarto de baño y luego se hace el bueno y pide disculpas; pues mejor, que al enemigo que huye *moste* de plata, que supongo que quiere decir puente de *stribro*.

Extendí un mantel limpio en la mesa del *office* —a Curra le gustaba cenar en el *office* de casa— y coloqué la cena, para tres, en la vajilla *willou blue*, regalo de bodas de mis titos y que, por suerte, no estampé en su día en el cabezón de Francisco Pascual. En la nevera quedaba gazpacho —hay que tener en cuenta que Carmen es una verdadera artista en la especialidad— y añadí ensaladilla rusa, croquetitas, tartaletas de gambas y otras delicias, fiambres y, por supuesto, caña de lomo y jamón de Jabugo. Entonces oí que se abría la puerta y poco después asomó Carmencita, que sin dar las buenas noches se fue a su cuarto y se encerró. Me tenía merecido el desplante; así que, humilde como una violeta, llamé de forma amistosa. Carmen gritó desde dentro: ¡Qué quieres? Y yo: ¡Hablar contigo! Abrió la puerta y me preguntó muy destemplada cuál era el motivo de aquel capricho, y yo —a veces lo hago— le pedí perdón por mi rudo com-

CAPÍTULO VII

portamiento. Carmen no estaba dispuesta a rendirse y quiso saber a quién había invitado a cenar:

—A ti, mi reina.

Entonces cayó en mis brazos hecha un mar de lágrimas, asegurando que sólo me tenía a mí en el mundo.

—Y a Pepe Seco.

—Bueno... —sonrió al fin—, pero eso es otra cosa... ¿Y quién más viene?

—Curra.

Se mordió los labios en el colmo de la felicidad y murmuró:

—Curra, tú y yo solitas...

—Sí, pero te largas después de la cena, porque tenemos que hablar de un asunto de psicólogos.

—No te preocupes, en cuanto cene me voy al *living* a ver la tele.

Me dio un beso y se metió en el cuarto de baño cantando *por una cabeza de un noble potrillo,* porque era aficionadísima a los tangos argentinos. La verdad es que las tres cenamos juntas y lo pasamos divinamente, incluso en el turno de confidencias, que, como es de suponer, corrió a cargo de Carmen Rodrigo, quien, no contenta de hacernos partícipes de sus primeras experiencias sexuales, terminó, en plan lírico, con una ardorosa descripción de Pepe Seco. Después volvió al tema de los caballos, asegurando que eran los seres más fieles del mundo, los más amorosos y nobles e inteligentes auxiliares de la persona humana desde los albores de la civilización, aunque había que distinguir entre los de silla, los de enganche o tiro y los de tiro pesado, y ya se iba a extender hablando de las ventajas del árabe y de su influencia sobre los caballos ligeros, del andaluz o español y del americano, al que le va como anillo al dedo la silla *gaited,* que proviene del *thoroughbred,* cuando al advertir nuestra cara de perplejidad, se detuvo airosamente, levantó la pata derecha y pidió disculpas por haberse internado en territorio que sólo los muy, muy enterados, podían hollar. Y de hollar se marcó un chiste, que quiso ser filológico: cómo cambiando una consonante cambia todo un significado. Curra y yo nos hicimos las lerdas y sin mayores novedades llegamos al sorbete, y por fin la impar Carmencita Rodrigo se fue al *living,* salón o cuarto de estar, a ver la tele. Tan planchadas nos dejó la nena que a punto estuvimos de abandonar, pero gracias al champagne pudimos remontar el tema: Curra me pidió que trajera la fotocopia de la carta de RGC y que volviera a leérsela, y así lo hice.

—Observa primero la fecha —me advirtió—: 29 de febrero de 1983. Da la puta casualidad de que 1983 no fue año bisiesto, y aquí te pone, o pone a quien sea, la primera trampa y gasta la primera broma. No me interrumpas, corazón... Fíjate bien, subraya lo del amor a los libros y ordena que no se intente arreglar el desorden, luego el desorden es algo previsto y provocado por él mismo. Se tacha de chapucero, cuando en realidad es meticuloso hasta la exageración. No me interrumpas, vida mía. Señala al señor Muñoz y no lo hace por capricho. Habla de alhajas, cuando cualquiera hubiera dicho joyas. Alhajas, en este territorio, es un término muy andaluz, como ajustar referido a las cuentas, porque bien sabe el señor RGC que se dirige a una andaluza capaz de entender sutilezas y, por último, el *besa a usted sus pies* le desnuda —y menos mal que no nos oye la Rodrigo— y advierte que está clamorosamente dirigido a una mujer. Lo único que no entiendo es lo del dinero, me parece una barbaridad, es como si te hubiera tocado la lotería.

Me dejó embobada, qué bien habla Curra Montejo, vaya pico de oro, y cuando así lo reconocí, ella no le dio la menor importancia alegando que formaba parte de su profesión, que las psicólogas tenían que expresarse con claridad, porque si no ni eran psicólogas ni nada, y que además daba conferencias. Yo no sabía este último detalle, y ella afirmó que no se molestaba en comentarlo en la tertulia porque las niñas eran de lo más burro. A punto de romper una lanza en nombre de Candela González Anaya, me recordó que nos reuníamos por otra cosa y que le contara las novedades de la Fundación, porque estaba muy preocupada por mí. Entonces saqué la postal de Praga y ella se puso las gafas culo de vaso y la examinó detenidamente, murmurando ya te lo dije. Te dije que le gustabas y ahora añado que tengas cuidadito con él, que es mucho más listo de lo que supones. Menuda novedad, pero... ¿por qué se llevó mis señas? Porque le gustas. ¿Cuando a ti te gusta alguien te meas en su cuarto de baño? Yo no soy un hombre. ¿Isidoro se mea en los cuartos de baño de las chicas? No seas gilipollas. Y zanjamos la cuestión, porque nos desviaba de los asuntos principales. Después le conté mi fracaso con Ariadna y su famoso hilo y, naturalmente, callé mi absurdo desafio a los libros de la biblioteca. No omití la historia de Mateo —que le hizo sonreír— ni el hallazgo de los papeles de RGC en el libro de Cervantes, el capítulo de su vida que terminaba en el casino de Biarritz, y luego cómo Mateo me dejó sola con las llaves de la Fundación, que sólo abrían un cuarto, precisamente el de RGC, y lo del secreto del armarito y por último el susto del anuario del Club Alpino.

—Ese Mateo —reflexionó Curra, quitándose las gafotas— te dejó las llaves para que fueras a husmear, pero sólo en una dirección, la que te llevaba precisamente a las habitaciones de tu galán, y es muy posible que él pegara la insignia del Club Alpino en la foto de la Sierra.

—¿Quién es él?

—Ahora que lo preguntas: él puede ser Mateo o don Ramón. ¿Estás segura de que la letra es del viejo?

—Ya me la sé de memoria.

—Estonces, corazón mío, no cabe duda de que te esperaba y que le tienes que conocer.

Asentí, un poco perdida, y le confesé a Curra que estuve mirando los archivos de la Villa, incluso por ordenador, y que RGC no aparecía.

—Busca una foto suya, ponla debajo de tu almohada y duerme con ella.

—¿Pero tú eres bruja, psicóloga o detective?

—Las tres cosas, amor mío.

Curra me estaba poniendo nerviosa y me arrepentía de haberle pedido ayuda, pero ya era tarde para dar marcha atrás, así que me levanté, fui a la nevera y saqué una botella de vino blanco frío, la descorché y serví dos vasos.

—Si quieres, me marcho.

La muy zorra estaba en todo. No: al fin y al cabo dos piensan más que una. Hasta nosotras llegaba la música de la tele. Aquello podía ser un *reseso*, como también decían en la tele. Me quité los zapatos, me llevé un dedo a los labios, recomendando silencio, y llamé a Curra. Las dos salimos de puntillas en dirección al *living,* cuarto de estar o salón... Ya verás las guarradas que está viendo esa... Curra se tapó la boca para no reírse y así avanzamos por el pasillo: Carmencita nos daba la espalda y en el televisor... No era una película pornográfica... Era una de caballos, de hermosos potros, que jugueteaban en verdes y húmedos prados. Vaya chasco. Estábamos a punto de retirarnos, cuando uno de aquellos nobles brutos sacó un cipote de un metro y se ventiló a una yegua. Nunca defrauda la Rodrigo. Curra pegó la boca a mi oreja y susurró: a lo mejor quiere tirarse a un caballo. A mí me dio un ataque de risa y eché a correr hacia la cocina, y menos mal que Carmencita, que estaba muy metida en la peli, no se enteró de nada. En el *office,* como las inocentes niñas malas del colegio, estallamos en carcajadas, y Curra se puso a llorar de risa y yo también, que si no tomamos precauciones se nos mete el rímel hasta las mollejas. Otro traguito de vino blanco nos serenó:

—¿Y qué más?

Le conté lo último de lo último, *Novelas de amor y muerte,* de Blasco Ibáñez, y la descripción del *Secreto de la baronesa,* una belleza morena, y la nota a lápiz de RGC: «ojos azules transparentes, boca redonda, largo cuello, anchos hombros, un hermoso cuerpo...» Curra me observaba con curiosidad.

—¿Qué pasa?

—Estaba mirando tus ojos azules y transparentes.

Miedo, eso es lo que sentí: miedo.

—Aunque me cueste reconocerlo —añadió Curra—, tienes un hermoso cuerpo. La descripción está pasadita, pero tu boca es redonda y tus hombros son anchos.

—No jodas.

Me subió un sollozo hasta la garganta y me eché a llorar sobre el mantel, tapándome la cara como si quisiera borrarla con difumino. Entonces entró Carmencita Rodrigo y se quedó tiesa mojama en la puerta.

—No te preocupes —le dijo Curra—: llora porque tiene un hermoso cuerpo.

VIII

La abuela Margot

De nuevo me hice la promesa de seguir clasificando aquellos libros —detestables, malditos, embrujadores, funestos y amorosos— con el oficio y la constancia de un primer espada en archivos y bibliotecas. Y así acudía todas las tardes a la Fundación y no sacaba uno de su sitio sin anotar las memorias del señor RGC, que más que otra cosa me parecía entonces errante y fatuo. Ya que Mateo estaba de mi parte, llevé un día una maleta con ropa para acoger mudas y cambios veraniegos, y Mateo se mostró encantado. Por cierto, sus heridas cicatrizaron pronto —debía de tener piel de perro— y se puso la dentadura en su sitio. El señor Muñoz volvió de Praga, pero como iba a la oficina sólo por las mañanas y no me llamó nunca, yo no di señales de vida. Sin embargo, los fantasmas no me cuadraban en la cabeza. Lo más curioso, y por tanto parece mentira, es la fecha de la carta que dirigió al desconocido bibliotecario-a, aquel falso 29 de febrero de 1983: era una provocación o un pistoletazo de salida.

Durante dos semanas estuve clasificando libros jurídicos. El primero de todos —quizá por respetuoso afecto o algo así— era el *Derecho civil español, común y foral,* cuatro tomos de José Castán Tobeñas, que estaba dedicado cariñosamente a RGC. Entre las páginas del correspondiente a la Introducción y Parte General de la obra encontré casi todas las papeletas que marcaban la carrera de RGC, y así pude comprobar que ninguna bajaba del sobresaliente. O Gimeno Coes era un portento o un empollón o las dos cosas a la vez. En el último, *Derecho de familia (Relaciones paterno filiales y tutelares) Derecho de sucesiones,* había escrito *haz lo que debes y está en lo que haces* y en la página 147 encontré una cuartilla a máquina que se refería a la Ley de 27 de diciembre de 1947 sobre falsificación de moneda. Luego, seguían varios módulos, largos y eternos, con algunos libros que hubieran hecho feliz a la más exigente colección de obras jurídicas, *Razionalitá e istoricitá del Diritto, Aunfgaben und Methodem des Rechts historikess, Diritto ecclesiastico, Teoria delle obligazioni nei Diritto moderno italiano, Studies in jurisprudence and criminal theory, Cours des droits constitutionnel et institutions politiques,* este con dedicatoria del autor y curiosamente fechado en Pamplona un 7 de julio indeterminado. En el mismo libro, página 324, encontré la foto de una chica de caerse de culo: una rubia tipo Grace Kelly, de bonitos ojos, labios con cierto matiz cruel, vestida con rebuscada sencillez muy años treinta y sin otras señas. Bien pudiera ser la madre de los hijos del señor RGC en su dichosa juventud. Y así, clasificando los insoportables módulos jurídicos, entré en los armarios encristalados —no el armarito misterioso, se entiende— donde se guardan las *alhajas,* también jurídicas, de la magnífica biblioteca de la Fundación: eran obras de muchísimo mérito, que no hubiéramos rechazado en el Archivo de Villa y ni siquiera en la Biblioteca Nacional. Sin embargo, para mi sorpresa y en el estante de los libros de Thomasius, Wolff, Melanchton y Grocio, descansaba en paz un humilde tomito que examiné con cierto asombro, exclamando en voz alta: ¡Ya estamos otra vez! *La ley mojada,* de Pedro Chicote, Sucesores de Rivadeneyra, Madrid, 1930. La página 226 estaba señalada con un billete de tranvía de la línea 3, el capicúa 16261, marcando quizá un cóctel de nombre *Rose: Prepárese en coctelera: unos pedacitos de hielo, unas gotas de kirsch, unas gotas de granadina, media copita de Dubonnet o Birrh y media copita de vermuth Noilly Prats. Agítese y sírvase en copa de*

CAPÍTULO VIII

cocktail, añadiendo una guinda. De nuevo, aquella gracia de RGC me llevó al país de los fantasmas y, echando por tierra mis indeferentes propósitos, volví a hablar en voz alta:

—Tranquilízate, Mari, tranquilízate, guapa, que no pasa nada, y usted, don Ramón, si quiere marcha, tendrá marcha, como me llamo Arana.

Fiché el libro de Perico Chicote y la composición del cóctel y cerré el armario. En aquel momento sonó el teléfono y escuché la voz de Mateo, que con cierto nerviosismo me anunció una llamada:

—Soy Joaquín Muñoz.

Por poco se me cae el teléfono al suelo, pero me rehíce a tiempo y respondí como una señora, sin alterarme y con toda naturalidad. JM —nunca le había oído hablar en aquel tono— pretendía invitarme a cenar, así como suena. Yo rehusé cortésmente, alegando que no iba preparada para la solemnidad, que salía tarde de la Fundación y que no tenía tiempo de cambiarme.

—Váyase ahora mismo a casa —me ordenó—. Yo le doy permiso.

Aquel terreno me resultaba cómodo y, por tanto, pude replicar:

—Olvida que me ha contratado el señor Gimeno Coes y él no me da permiso.

—Está usted muy equivocada: es él quien quiere verla.

La frase volvió a descolocarme, y Muñoz, ya con ventaja, pidió mi presencia por favor.

—Muy bien —cedí al fin—, quedamos en Chicote a las diez en punto.

—¿Por qué en Chicote?

—Porque me gustan los cócteles.

Corté la comunicación: al cabo de unos segundos oí un sospechoso ¡clic! El señor Mateo estaba al loro.

A las diez en punto, vestida como una reina y bien perfumada, utilizando mi *hermoso cuerpo*, pero sin llorar esta vez, entré en Chicote. Joaquín Muñoz me esperaba sentado en un taburete, entre dos chicas: iba de blanco y parecía una ilustración británica, de las coloniales, claro, como si fuera un oficial de paisano destinado en la India o en Egipto, y debo reconocer que estaba guapísimo, aunque seguían delatándole las manos. Me arrepentí de haber acudido a tan absurda cita, pero ya era tarde. De cualquier forma —y aun a riesgo de que me despidiera—, le iba a dar la cena. Las chicas, discretamente, se fueron al final de la barra. Con descarada familiaridad, Muñoz me obsequió con dos besos y agradeció mi presencia, y yo le contesté que no estaba allí por mi gusto, que obedecía órdenes, y él, utilizando el tono amable número tres, dijo que no fuera rencorosa: por fortuna llegó entonces el barman y me preguntó qué iba a tomar:

—Un *rose cocktail* —pedí con elegante indiferencia.

Joaquín Muñoz me miró divertido y el barman murmuró un perdón que delataba su ignorancia. Entonces yo abrí el bolsito y saqué hoja de bloc, no sin antes preguntar si en el establecimiento recordaban *La ley mojada,* el libro del jefe. El barman no tenía idea de la publicación y yo leí los ingredientes. Había de todo, menos vermut Noilly Prats, que podía sustituir por una marca actual. Pues muy bien. Muñoz estaba de acuerdo: también él quería *rose cocktail*. En dos copas largas nos sirvieron el rosado brebaje —como hubiera dicho RGC—, y la verdad es que estaba riquísimo, aunque un poco flojo para mi gusto. Como ya no quedaba otro remedio, hablamos del tiempo y de los rigores del verano, hasta que Muñoz me preguntó por la postal de Praga, y yo, que no había revisado el correo, que es posible que estuviera entre los impresos o las invitaciones; él aceptó el nuevo desplante y, con la venia, pidió otros dos cócteles, me ofreció la paz y yo le dije que nunca había estado en guerra. Tomamos otro *rose* y sacó un paquetito del bolsillo:

—Le he traído un pequeño regalo: un Niño Jesús de Praga.
—Es justo lo que me estaba haciendo falta.
—¿Dónde quiere cenar?
—Donde usted mande, señor Muñoz.
—¿Le importa llamarme Joaquín?
—No..., señor Muñoz.

CAPÍTULO VIII

Pensé que en aquel momento se terminaba la historia, pero JM estaba dispuesto a resistir y se limitó a suspirar. A la puerta de Chicote había un descapotable vigilado por un celoso guardacoches. Un poco hortera el descapotable rojo, pero carísimo. Arrancamos con suavidad, y Muñoz, por fortuna, no se puso a ciento veinte en la Gran Vía. Por la carretera de Burgos llegamos a *Tejas Verdes,* restaurante al aire libre muy acreditado en tiempos. JM detuvo el descapotable y sin mirarme dijo que si no me encontraba a gusto, me llevaba a casa, a condición de que le devolviera el Niño Jesús de Praga, y yo, por no ponerme a su altura, le brindé una tregua. Le dejé encargar la cena y pedir el vino, y a los postres me comunicó que estaba gratamente sorprendido y me felicitó por mi trabajo, y yo pregunté si había dejado en buen lugar al Ministerio de Asuntos Exteriores. Usted sabe quién la ha contratado aquí. Papel de tonta es lo que hice, con cara de inocente y sonrisa ida.

—El señor Gimeno Coes —afirmó con curiosa seriedad.

En estos casos lo mejor es dejarlas venir, cerrar el pico y abrir las orejas esperando un resbalón favorable.

—¿Dónde lo conoció usted?

—No lo he visto en mi vida.

Joaquín Muñoz sacó una foto de su cartera y me la entregó: era don Ramón Gimeno Coes, quizá en su último año. La foto me absorbía y Muñoz me observaba. En verdad, en verdad, don Ramón era un viejo atractivo, como un actor en la recta final, pero no lo recordaba. Le devolví la foto y él me dijo que la guardara, que sabía hasta qué punto RGC estaba presente, allí mismo, en *Tejas Verdes.* Después me preguntó si había leído las notas que titulaba *un capítulo de mi vida.* Las he leído, porque es mi obligación y no por curiosidad, pero prefiero no comentarlas por si luego usted me obliga a rectificar, aunque no conste en acta: de nuevo el rencor dictaba mis palabras, como se dice en los melodramas. Él se quedó de muestra, mirando el mantel y tuve que hacer un esfuerzo para entenderlo:

—Por supuesto..., las notas que encuentre en los libros..., las que se dirijan sólo a usted no tiene que registrarlas en el ordenador.

Otra vez sentí miedo y fui consciente de lo que estaba haciendo: justo lo que me recomendaba aquel hombre, no contarle a nadie las cosas que pasaban entre nosotros, guardarlas en secreto, como se guardan las cartas de amor o los mechones de pelo. Me pareció que vivía en otro tiempo, me encontré desguarnecida y, de una forma demasiado infantil, le pregunté qué papel hacía yo en aquella biblioteca, por qué me contrataron a ese precio y qué querían decirme.

—Yo nada... Y si me he comportado con usted... —buscó el término exacto, pero no lo encontró— de forma un tanto excéntrica o primitiva, es porque no sé dónde estamos y yo necesito entender las cosas. Le pido perdón.

La mirada de Joaquín Muñoz iba mucho más lejos que sus palabras y no tuve más remedio que agradecer la rectificación, su incomodidad, sus buenas intenciones, y aún me quedó valor para preguntar:

—¿Me quiere decir que no vuelva a la biblioteca?

—Yo soy la única persona en el mundo que no le puede decir eso.

Levantó la mano con un gesto que pretendía ser divertido.

—Le doy mi palabra de honor de que no sé nada, que sólo cumplo la voluntad del señor Gimeno Coes.

—He firmado un contrato y pienso llegar hasta el final.

—Entonces siga el rastro —y volvió a sonreír—. ¿Recuerda el mapa? *¡Muaj! ¡Muaj! Los trazos eran de mujer bien educada, con toda seguridad, en un colegio de monjas.* Tenía usted razón, aunque no debe constar en acta.

Y bruscamente me preguntó:

—¿Le gustaría conocer a mi abuela Margot?

JM detuvo el descapotable a la puerta de mi casa y me preguntó si la cena había sido muy penosa, y yo le respondí —sinceramente— que en absoluto, y él, que otro día le llamara Joaquín, y yo, sin comprometerme. Después quise saber de su abuela, y él me dijo que estaba muy sola, que hablaba mucho y me garantizaba el espectáculo. Le di la mano —para evitar nuevos besos—, me alejé y entonces le oí gritar:

—¡Que se deja usted el Niño Jesús de Praga!

CAPÍTULO VIII

Aquella noche, yendo contra todas las reglas de la cordura y el buen sentido, dormí con la foto de don Ramón debajo de la almohada.

La viuda de Padrón vivía sola, con una vieja criada y tres gatos siameses, en la calle de Génova. Muñoz no me dijo —salvo las vaguedades reseñadas— quién era su abuela Margot, ni lo que pretendía con aquella visita, y yo no se lo pregunté a fondo. Ya entonces había desechado mis últimos restos de indiferencia —que nunca fueron sinceros— y estaba metida hasta el cuello en la biblioteca y, sobre todo, en la busca del hilo que me puso de cebo mi absurdo y querido don Ramón. El piso de doña Margot era casi un mausoleo perfectamente encerado, donde apenas entraba la luz, digo yo que sería por el verano. Aguardamos en una salita, sin mirarnos y sin hablar, hasta que la especie de doncella nos condujo a presencia de su ama. Doña Margot estaba medio escondida en una butaca que le venía grande, cubierta por una toquilla, sus pies casi no le llegaban al suelo y jugaba con un abanico. Muñoz le dio un beso, ella sonrió y me miró con curiosidad. Era muy pálida, de buen pelo blanco y ojos azules.

—Abuela, esta es la chica de que te hablé: María Arana, estudiante de Historia y Geografía, que está haciendo una tesina sobre Gimeno Coes.

Me quedé como un palo: aquel miserable decía que yo era estudiante, estudiante con cuarenta y tres años cumplidos, y encima le contaba a la vieja que estaba haciendo una tesina sobre RGC. Me sentí infamada, quise traspasarle con los ojos, pero tropecé con su impecable sonrisa. La anciana señora posó su mano en la mía e inclinó la cabeza.

—Siéntese, por favor.

Era aquella una voz armoniosa y joven, como si una mujer de treinta años hubiera doblado a la venerable, que sonreía también con una chispa escamante, por decirlo de alguna manera. Apenas pude reaccionar. Joaquín Muñoz, que había recuperado el tono anterior a la cena en *Tejas Verdes*, se entretuvo unos minutos comentando las novedades de la cartelera de espectáculos, haciendo algunas consideraciones sobre lo peligrosos que resultan los catarros en verano y con qué facilidad se agarran en locales refrigerados. Luego, echó una distraída mirada a su carísimo reloj y se puso en pie:

—Bueno..., pues aquí las dejo a ustedes... Espero que esta visita le sea útil, señorita Arana, y tú, abuela, muchas gracias por recibirla. No te canses, ¿eh?

Le dio un pescozón al gato número dos, un beso a su abuela y salió como un rey. La viuda de Padrón me miró expectante, aguardando que le hiciera la primera pregunta. Pero yo era incapaz de hablar, me sentía en ridículo y de nuevo en manos del mamonazo de JM.

—¿Le apetece una taza de té? —me preguntó la dama con voz de Ingrid Bergman.

—No, muchas gracias.

—Yo, a estas horas, siempre tomo un whisky.

—Pues, si no le importa, que sean dos.

—¡Luchiii! —gritó la señora.

La pobre Luchi vino a la llamada y la abuela pidió dos whiskies, el suyo como siempre y el mío también, que lo sospeché al instante, muy cargadito y con hielo.

—Por lo que me ha dicho Quino —sin duda Quino era JM—, usted quiere saber lo de aquella noche, cuando el señor del 36 llamó al 56951. No sé si me fallará la memoria, pero lo voy a intentar.

Me dirigió una mirada agudísima, que me hizo pensar ¿dónde he visto yo esos ojos?, y luego juzgó que yo iba un poco atrasadita, que menuda carrera llevaba y que si me la pagaban mis padres o tenía beca de la Fundación. Ya sé a quién sale JM, so bruja. Estuve a punto de levantarme, pero me pudo la curiosidad.

—A últimos de julio llamó un señor a casa y preguntó por la niña. Yo le dije que paraba en Galicia y que Galicia era de los facciosos, conque ya se podía ir preparando... Le oí alentar como quien dice y pensé que estaba muerto de miedo. ¿Le ocurre algo? ¿Es usted la mamá de la niña? Seguro que no dijo la niña, pero es lo mismo. Yo soy la mamá de la niña. ¿Le ocurre

CAPÍTULO VIII

algo? Voy a entregarme ahora mismo, porque ya no puedo más. ¿Está usted en peligro? Hay que tener en cuenta que mucha gente estaba en peligro en 1936.

Luchi entró con los whiskies, la anciana señora me guiñó un ojo y se puso a silbar *ya se van los pastores de la Extremadura*. Yo no me podía mover. Cuando se fue Luchi levantó su vaso:

—¡Salud!

—¡Salud!

—No me acuerdo muy bien..., pero le dije que si estaba en peligro cierto viniera a casa, que en media hora le esperábamos en el portal y que aquí paz y después gloria, que los amigos de la niña eran mis amigos, que disculpara que le abriera mi Padrón, pero el servicio se había ido a Somosierra a luchar contra los fascistas. Padrón era muy amigo de Largo Caballero y por ese lado no teníamos nada que temer, lo malo era el otro lado, que nos tocó pasar nueve años muy negros en Francia. Para no cansar, vino un señor mal afeitado con maletín de cocodrilo y saco al hombro, aquel señor era amante de la niña y llevaba huido cinco días y cinco noches y estaba en la cola de la embajada argentina, adonde le llevó Padrón en un automóvil de la CNT, para que vea usted las vueltas que da el mundo. Aquel señor del 36 riquísimo, importantísimo, fue el jefe de Quino, para que vea usted las vueltas que da el mundo, y nos ayudó mucho cuando volvimos a Madrid y recuperamos nuestros hermosos predios de Galicia, gracias a él, todo por un polvo, como dicen ustedes ahora, que si la niña no se lía con aquel señor y no le da el mapa, seguro que se lo ventilan en el 36, no vemos un real y la niña no se mete monja. ¡Salud!

—¡Salud!

Cuando conseguí reaccionar me puse en pie y coloqué entre sus manos temblorosas la foto de RGC.

—¿El señor que vino aquella noche era este?

—Abra la ventana, que nos vamos a quedar cegatas, pero no abra mucho, que a mí me deslumbra la luz.

Así lo hice. Los rayos del sol poniente, muy calle Génova, entraron con mesura y dieron de lleno en una consolita que había sobre el radiador, con su trapito de encaje sucio y sus fotos en marco de plata. Me quedé clavada al suelo. Los mismos ojos, la misma boca, el mismo pelo que debió de ser rubio: una de las fotos, la más grande, era exacta a la que encontré en el libro de Derecho, la que yo suponía de la señora de RGC en su juventud. Hasta mí llegó la voz de la abuela Margot:

—Este no es aquel señor del 36: este es su padre.

Le llevé la foto.

—Y esta es la niña, ¿verdad?

—Sí, es la niña —me devolvió la foto—: y éste es el padre de aquel señor.

Aquella información no me servía de mucho, ni para el rastreo del fantasma de RGC, ni en nuestras especialísimas relaciones, pero me acercaba al personaje *de alguna manera,* como dice Julia Garrido. La señora me preguntó entonces si yo era periodista, porque estaba clarísimo que no tragaba lo de estudiante, y yo abrí una nueva vía: estoy escribiendo un guión de cine y a Quino se le ocurrió gastarme una broma.

—Lástima —susurró la abuela—: me hubiera encantado hablar con la prensa, claro que, para guión de cine, la historia de mi familia.

Me guiñó un ojo y llamó a Luchi y, utilizando un dedo, como en el Oeste, exigió que nos rellenara los vasos. Por primera vez en mucho tiempo estaba a gusto y me sentía casi feliz de poder agradecerle algo al retorcido Joaquín Muñoz.

—Como ya se me va la cabeza, a lo mejor no recuerdo los datos con exactitud: todo empieza en 1830, 40 o 35, más o menos, arriba o abajo, ya difunto el pobre Napoleón. Se sabe que mi tatarabuela era corta de luces y que gustaba escapar de casa de sus padres, humildes campesinos de Cachafeiro, y así lo hacía todos los veranos y se iba a pedir limosna por las aldeas y por las romerías, y siempre, como es natural, volvía preñada. Nunca se supo su nombre, pero era conocida por la Pinganilla, y así fue como nacieron siete niñas y todas murieron, menos una que fue mi bisabuela. Mi bisabuela se fue a servir a casa de un cura en Gondomar, y advierta que ya nos acercamos al mapa, el cura molía a palos a mi bisabuela, la mataba de hambre y no le daba ni una perra gorda, y así hasta que le desaparecieron los dientes; sin embargo, la dejó preñada dos veces, nacieron dos

CAPÍTULO VIII

niñas y una se murió, la otra fue mi abuela, a quien desde chiquina le llamaron Pinga.

A quien se le iba la cabeza era a mí, y me decía: Mari, hija, aguanta, que o la señora Margot está más ida que la Pinganilla o va a algún sitio voluntariamente.

—Mi abuela entró de criada en una familia muy principal, y, como puede usted comprender, se la tiró el señor y le nació una niña que fue mi madre, pero mi abuela Pinga III era la más lista de todas las criaturas conocidas y aguardó con paciencia a que falleciera la señora del señor, cosa que ocurrió la noche de San Ciriaco y sus Compañeros y, según se dijo, no de muerte natural. El caso es que el señor, que era riquísimo, fue un día a la fiesta *da rapa das bestas,* ya sabe, de los caballos salvajes, y una de aquellas *bestas* le dio tal coz en sus partes, y perdóneme la crudeza, que a poco se le salen por la boca ya en forma líquida; si la aburro me callo.

—No, por favor —conseguí responder—: siga usted, doña Margot.

—No sólo se le derritieron las partes al señor, sino que quedó medio fundido, y ahí es donde actúa la abuela, que tiene una guerra con los parientes del señor, los frailes de San Cosme y las fuerzas vivas de Porriño, que todos querían los dineros, pero mi abuela le dio ternura y amor y buena comida, que guisaba bien, y cuando el señor vio llegar el último día casó con ella en *articulo mortis* y reconoció a mamá, como era de ley, y la abuela Pinga III se hizo rica y heredó el Pazo de San Pelagio y todos los predios, y ya estamos en el mapa. Mamá, Pinga IV, fue enviada a Inglaterra, para que se pusiera a la altura de las señoritas, y allí quedó preñada por un joven aristócrata inglés, nieto, según parece, de lord Glandstone, y nací yo, Pinga V.

En aquel momento yo no sabía si estaba viendo una función de teatro, de esas que hacen ahora de monólogos, si seguía en la calle Génova o me habían transportado a la Edad Media. Doña Margot aprovechó un parpadeo para pedir más whisky y, una vez obtenido el botín, me preguntó:

—¿La aburro?

Y al sonreírme se quitó cien años de encima: menudas zorras aquellas Pingas.

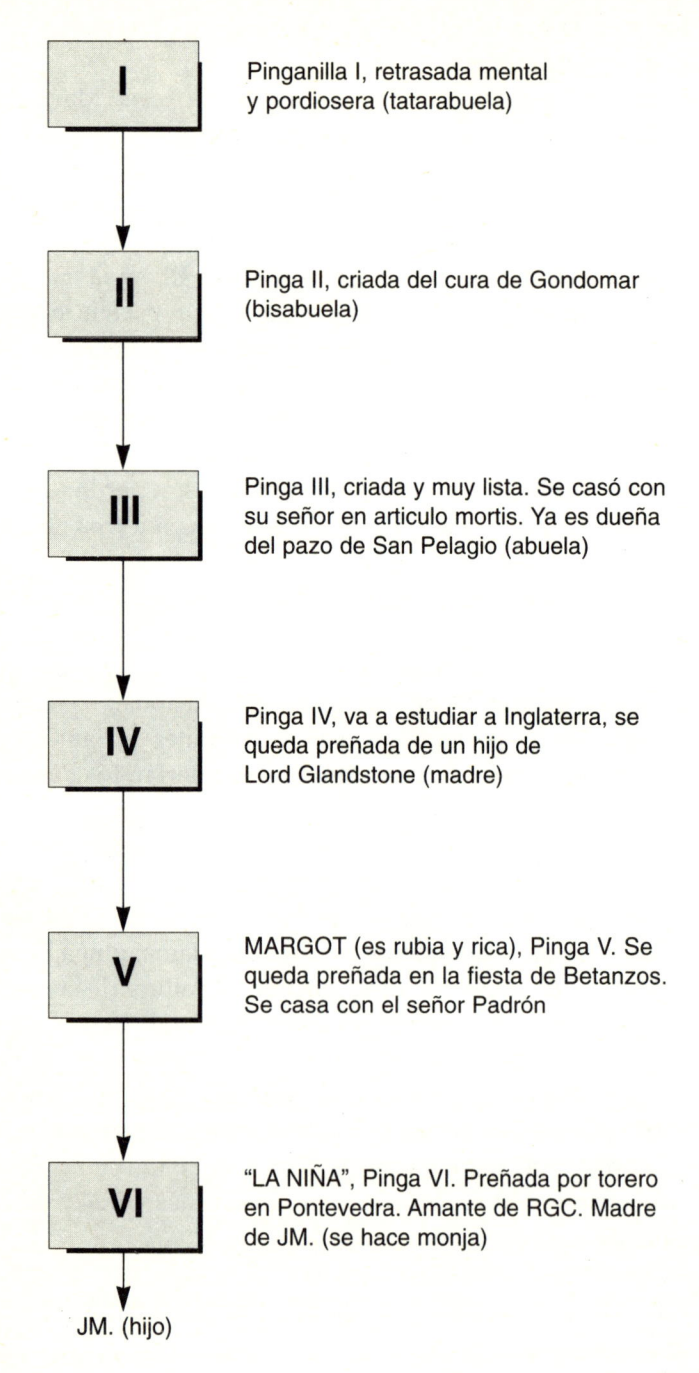

CAPÍTULO VIII

—Por eso yo nací con ojos azules y pelo rubio como el oro y la piel blanca como las *ladies* inglesas y me educaron en los mejores colegios, porque ya éramos ricas... Pero, claro, ya sabe usted que la cabra tira al monte y cómo las gasta la juventud: en una fiesta de Betanzos quedé preñada y nació la niña, Pinga VI, y lo que pudo ser un estropicio se arregló, porque, como éramos ricas ya, no es lo mismo, y me casaron con un buen hombre, el señor Padrón, que fue un santo y me dio tres varones, que nosotras parimos hembras en la clandestinidad y varones en la legalidad, porque los niños ya sabe usted que están más desguarnecidos.

La señora pareció sumergirse en su vaso de whisky, al que se dirigía ahora:

—Debe usted comprender, como hizo el señor Padrón, que esta historia no es de sexo, ni de infidelidades, sino de tradición o destino, lo que prefiera, pero el caso es que la niña se echó de querido al señor del 36, y en 1942, ya mayorcita, quedó preñada de un torero en la feria de Pontevedra y, cuando todos esperábamos nena, le nació un varoncito, al que puso de nombre Joaquín: se había truncado aquella maldición o bendición, según se mire, y la niña decidió no casarse, y ya no teníamos que andar pariendo las mujeres de la familia, como en tiempos de la Pinganilla.

Me bebí el whisky de un trago.

—Lo que es seguro es que mi Quino no es hijo del señor del 36, porque ya no se veían. A la niña le entró entonces tal gozo, que se recogió en un convento y ahora es reverenda madre y mucho más vieja que yo.

Me levanté, fui hasta la consolita y cogí la foto.

—Yo no uso fotos de monja —murmuró doña Margot con la voz un poco pastosa—: a mí las monjas me dan miedo, me parecen la muerte.

—Entonces el señor Muñoz...

—El señor del 36 supo ser agradecido, por reconocimiento a la niña y a nosotros, que le salvamos la vida gracias al mapa: se ocupó de la educación de mi Quino cuando pintaban bastos y luego le nombró presidente de su casa, porque ya sabe usted que quien siembra recoge.

La viuda de Padrón quedó en silencio, mirándome y esperando, seguramente, que le tocara las palmas. Luego, tras una pausa, se disculpó asegurándome que era muy habladora y que estaba muy sola, pero que aquellas cosas de la familia no se las contaba a cualquiera y que si quería volver, ella recibía los miércoles. Por fin, me suplicó que cenara en su casa, que tenía un albariño de morirse y Luchi se daba muy buena mano con los pucheros. Desde luego, me quedé a cenar y, entre plato y plato, llegué a la conclusión de que el malvado JM me llevó a la calle Génova para dejar claro el tema del croquis, que hizo su madre Pinga VI, y sobre todo para evitar que yo sospechara que era hijo de RGC. Sin embargo, estas fichas, que vinieron a mí, no como otras a las que fui yo, no estaban jugadas por la casualidad.

IX

Aquellos días felices que no volverán

Transcurrieron días de paz en la biblioteca. Yo avanzaba entre módulos y estantes con lentitud, pero sin perder de vista mi objetivo y siguiendo el rastro, como me aconsejó JM en *Tejas Verdes*. Desde la noche de marras, el señor Mateo se mostró esquivo y —me divertía pensarlo— un poco celoso, porque yo no le conté nada de mi encuentro con Muñoz y además me hice la ofendida. Él sabe y yo sé que él sabe de qué forma canalla espió mi conversación con JM y muy enterado estaba de nuestra cita en el bar Chicote.

Las tardes de los primeros días de julio me resultaron un poco fatigosas y algunos ratos los dediqué a reflexionar en torno a los tres hombres que ocupaban mi tiempo y mi pensamiento: así, en el acogedor sillón de RGC —con el granizado en la mano— le dije: sé que me escuchas, pero aún falta un largo camino por recorrer. Paseaba por el corredor alto de la biblioteca, contemplando los libros situados en el valle y en el altozano y los muebles que me son tan familiares, dándole vueltas al tortuoso personaje que responde a las iniciales de JM, que siempre me gana el tirón y no es corriente que eso ocurra. Algunas veces hablaba en voz alta: ¿Cuándo leíste un *capítulo de mi vida*? ¿Es que conoces la biblioteca de memoria? ¿Tú también estás celoso? Y entonces lo recordaba pidiéndome perdón: no imaginas con quién te juegas los cuartos, Muñoz, has desguarnecido tu flanco izquierdo y confundes un trabajo rutinario con una novela de aventuras, y gracias por el regalo: Pinga V, la abuela Margot que recibe los miércoles. Cerca de la ventana, mirando el jardín, pensaba en Mateo. Él, con su amo, era dueño de la chistera encantada y de las frases sobrecogedoras que no olvido nunca: usted ya lo sabe, cuando me enseñó la biblioteca por primera vez y se dirigió a mí como si aquella estancia —cuánto me gusta decir estancia— me fuera más que conocida. Usted ha venido porque alguien lo mandó, fue mi señor, y él se inventó toda la función. Pero es absurdo, nunca conocí a su señor, pero está aquí, en la biblioteca, en cada uno de los libros, mi querida niña. El gnomo pérfido, sinuoso y atrevido sabe más que nadie y yo soy uno de los esbirros de Al Capone que lo pulveriza con un fusil ametrallador. ¡Ta-ta-ta-ta-ta! ¡Adiós, Mateo, que pareces bueno y eres malísimo! Entonces me echo a llorar, porque me estoy volviendo loca y no pienso ir a la isla Mauricio, ni al Yemen, ni a Marruecos, ni a ningún sitio... ¡Mi patria es la biblioteca y cuánto siento haber juzgado mal a Carmencita Rodrigo, porque las obsesiones al fin y al cabo mandan y de eso vive Curra Montejo! Y me asomo a la ventana y veo cómo una pareja de novios, con los parientes de rigor, cruzan la calle riendo como idiotas. Ese grupo me trae otro recuerdo: un soldado doblando la esquina que busca algo, como la señora y el niño vestido de *pierrot* que me preguntaron por el estudio del fotógrafo al llegar a la Fundación. Entonces repasé las fotografías que estaban colocadas entre los libros: un tríptico de cuero estampado en oro con retratos de fin de siglo, tal vez los padres y los abuelos de don Ramón, una foto del torero Mazzantini dedicada a don Luis Gimeno Coes, otra del tenor Miguel Fleta vestido de baturro, la del político don Santiago Alba, muy puesto, muy de estudio, una de Charlie Rivel, el payaso catalán, y otras varias que sería largo reseñar. Sin embargo, allí no había retratos de los hijos de don Ramón, ni de su elegante y encopetada señora, aunque en otra estantería encontré el transatlántico inglés, el mismo del recibidor de RGC, y una preciosa foto del Mont Blanc envuelto en nubes de tormenta.

Y me subí al tajo, que aún me quedaban miles de libros. Los módulos siguientes estaban dedicados a la novela española contemporánea, vecina de los últimos ejemplares de Derecho. Mi sentido del orden y mi condición de bibliotecaria tozuda se rebelaban una vez más frente al confuso don Ramón. Si yo hubiera mandado en la Fundación, habría puesto patas arriba la biblioteca hasta conseguir un orden general e incluso lógico, porque a ver qué pega la novela contemporánea española con las leyes, y por la otra frontera con la guerra civil y las ciencias naturales. Pero como quien manda, manda, y yo estaba allí para tragar, me dije: Mari, bonita, tú a lo tuyo, que bastante tienes con lo que tienes y no le busques tres pies al gato. Y así, no con buen humor y alegría, pero sí con vergüenza torera, seguí mi trabajo.

Clasifiqué todas las novelas de Wenceslao Fernández Flórez sin dar con rastro alguno, nota de don Ramón o recuerdo que valiera la pena, hasta llegar a *El secreto de Barba Azul,* donde guardaba la maqueta original de un sello de correos con retratos de Alfonso XIII y la reina Victoria Eugenia, territorios españoles del golfo de Guinea, con dedicatoria y firma ilegible: *A don Ramón Gimeno Coes, con mi mayor afecto y consideración.* Seguían las novelas de Miguel Delibes, que, como las de Fernández Flórez, estaban pastosas y leídas, que eso se nota: sin novedad, a excepción de *Cinco horas con Mario,* que empieza con la esquela del personaje, *D. Mario Díaz Collado,* muerto el 24 de marzo de 1966, y en la misma página, es decir, al comienzo del libro, una esquela real de don Amador Santiponce Santiponce, muerto el 24 de marzo de 1966. Aquella esquela tenía una nota de RGC : *Santi, mira por dónde cascaste el mismo día.* Seguramente una broma macabra de don Ramón, que fue debidamente archivada. Después, y para mi sorpresa y ya se lo contaría a Candela, todos los libros de Salvador González Anaya, desde *Rebelión* hasta *El castillo de irás y no volverás.* En este castillo había una señal hecha con una tira de periódico, en la página 5, un prólogo que empieza con la palabra CONFESIÓN y así continúa: *Si nos ceñimos a las normas de rigurosa preceptiva, esta obra literaria no es justamente una novela, aunque así lo asegure en la portada el categórico subtítulo con que se arriesga a los azares de la publicidad... He aquí la primera mentira, la segunda es mi nombre...* El libro —como todos los demás— estaba dedicado: *Querido Ramón, no he encontrado un ejemplar decente de esta novela. Sólo este de la primera edición, que tiene más erratas que el autor años. Cuando la censura me permita sacar a la luz la quinta edición, te pagaré el ejemplar que te debo. Conténtate, por ahora, con este para hacer bulto en tu biblioteca, Salvador. Málaga, 28-VI-44.* Entre las novelas de Salvador González Anaya y las de Gonzalo Torrente Ballester, boca abajo y encuadernado en piel española, había un libro de Rosa Chacel que yo había leído creo que en una edición argentina, aunque no lo puedo asegurar. En realidad no es una novela y está mal puesto. Lo abrí: *¿Por qué escasean las memorias, y más las confesiones, en la literatura española?... Las confesiones más dramáticas, entre las grandes de la historia, son las que están animadas por el sentimiento de culpa. Ahora Sade, que en las manos de Freud era un tema profuso, laberíntico, ha invadido la estética y la ética. Yo considero que Cervantes es el único que nos dio una verdadera, auténtica confesión.* A pie de página, una nota autógrafa de RGC, que por única vez hasta la fecha y con letra temblona, decía: *Rosa, querida Rosa, quizá Kierkeegaard, san Agustín, Unamuno o Cervantes, y perdona el cocktail, nos vuelvan a juntar.* Puse el libro en su sitio pensando en las amistades literarias de don Ramón, a quien creí jurista y tal vez lo fuera y, sin embargo, ahora, en esta declaración de amor a Rosa Chacel, traspasaba la barrera del sonido.

Una llamada discreta trajo a Mateo Carrasco y me pilló en un momento de exaltación lírica, de tal modo que corrí hacia él, se me cayeron las gafas y no se rompieron porque eran irrompibles, y lo abracé, aun a riesgo de derramar el granizado de limón:

—¡Mateo, no sea usted jodío, primero se disculpa usted por pinchar teléfonos y luego yo le cuento la cena con el señor Muñoz, pero así no podemos seguir, coño!

Mateo se separó de mí con precaución, quizá extrañado de mi impropio lenguaje, puso distancia y añadió con dignidad:

—Yo todo lo que hago lo hago por su bien, madame, y si me tomé la libertad de escuchar aquella conversación es porque...,

CAPÍTULO IX

permítame que lo diga así..., soy una especie de gorila encargado de protegerla a usted.

Miré con ternura al particular gorila y me lo figuré defendiendo mi vida y mi honra en cualquier garito de Chicago o en un perdido *saloon* del Oeste, que bien podía estar a la altura de Humphrey Bogart o de John Wayne, y, bebiendo a pequeños sorbos el granizado, le pregunté:

—¿Quién le encargó ese trabajo?

—El mismo patrón que la contrató a usted.

—¿Se refiere al señor Muñoz?

Mateo, molestísimo, inclinó la cabeza y dio media vuelta, pero yo me adelanté y le impedí llegar a la puerta.

—Oye, hermanito —le dije—, tú y yo somos de la misma sangre: si me cuentas tu gran secreto, yo te cuento algo que no sabes y que no sabrás nunca.

Los ojos de Mateo Carrasco brillaron codiciosos, como los del burro del *TBO* cuando le ponen la zanahoria en el hocico, pero se contuvo y murmuró un *madame* tan dulce y delicado que me hizo comprender que si en algún momento hubo escaramuzas entre el divino duende y esta humilde bibliotecaria que suscribe, cesaron para siempre. Mateo —después de advertirme que había cambiado las toallas del baño y volvían a ser de color rosa— salió en triunfo y yo me dije: tengo que traerle un regalo, no sólo porque se lo merece, sino porque el pez muere por la boca y él guarda un gran secreto.

Y así continué clasificando la biblioteca y, cuando di fin a la novela española contemporánea, que terminaba con las obras de Carmen Martín Gaite, a cañonazos, con banderas rojas, banderas de falange, el *Oriamendi*, el *Cara al sol*, *¡A las barricadas!*, el *Himno de Riego*, gestas heroicas, milicianos, internacionales y requetés, rompí el frente de la guerra civil, donde se juntaban más de mil volúmenes. Uno a uno fueron cayendo, y entre la Dolores del *No pasarán* y *El único camino*, *La guerra de liberación nacional*, *Las crónicas del Tebib Arrumi*, *España, ensayo de Historia Contemporánea*, de Salvador de Madariaga, *Guerra y visicitudes de los españoles*, de Zugazagoitia, donde al comienzo había una nota de RGC: *lo fu-*

siló Franco de forma indigna y vergonzosa; nunca fuimos amigos, pero cuánta razón tiene en algunas de las cosas que dice, o *El arte militar,* del general Aranda, con dedicatoria del autor y comentario de mi jefe: *fue un extraordinario personaje y lo conocí bien en el Casino de Madrid, cuando él era presidente y víctima de Franco, hablo de 1959.* En *España, ensayo de Historia Contemporánea,* Editorial Hermes, México, Buenos Aires, y en el capítulo octavo, que el autor titula *La batalla de los tres franciscos,* había dos entradas del cine Kursaal, de San Sebastián, con fecha anotada por RGC, y así lo hago constar: 20 de diciembre de 1936. En *La guerra de liberación nacional,* página 277, donde se refiere a la ocupación de San Sebastián, escribe don Ramón: *en esta ciudad, un mes después de mi salida de Madrid, fui feliz, quizá más feliz que nunca, y esto lo digo en 1982, cuando nadie me puede censurar la página.* Tras la colección de *Blanco y Negro,* editado en Madrid durante la guerra, *Milicia Popular, diario del 5º Regimiento,* se alineaban, como siempre en meticuloso desorden, los ocho tomos de la mentirosa *Historia de la Cruzada española,* Ediciones Españolas, S. A., Madrid, 1940. El volumen séptimo, mal colocado entre el quinto y el sexto y, como en otras ocasiones, con tira de periódico señalando una página, precisamente la 347, del tomo 30, y en ella —subrayadas con lápiz— unas líneas, que archivé: «Hoy se ha desmoronado la resistencia roja en nuestro frente. Las brigadas de Navarra han avanzado sin encontrar enemigo, enlazando por la izquierda con el coronel Muñoz Grandes. A las 17 horas, el grueso de la 4ª Brigada ha entrado en Gijón, aclamada por la multitud.» Al pie de la página, ahora en tinta y escrito con letras mayúsculas por RGC, decía: *Día terrible y dichoso al tiempo: en tal fecha, 21 de octubre de 1937, recuperé a mi mujer y a mis hijos, refugiados en Gijón en casa de un entrañable amigo, Luis Álvarez Sampedro, que hubo de huir a Méjico, donde murió exiliado. A mi buen padre, simpático, inteligente y valeroso, me lo mataron en Asturias. ¡Sea bendita su memoria! Yo lo llevo en mi corazón, que desde entonces sangra dolorosamente. Desgraciada y salvaje guerra la nuestra: cuando escribo estas líneas lloro por los desencuentros e incluso por los encuentros y por los días felices que no volverán. Madrid, diciembre de 1940.*

Guardé el volumen en el sitio que ocupaba, porque así lo quiso él, y me dirigí al rincón en el que se solía sentar. Miré la

CAPÍTULO IX

butaca *chippendale*, que una vez más me acogió amablemente, aunque quizá fuera por costumbre y no por cariño. Me parecía oír la voz de aquel hombre de cuarenta y dos años —uno menos que yo— guapo, rico, deportista, inteligente y sensible, lo que se dice un galán de cine, murmurando aquellas palabras...: lloro por los desencuentros e incluso por los encuentros..., lamentando la muerte de su padre, doliéndose de la pérdida de un amigo y, a mi entender, casi indiferente a la recuperación de su familia. Esas palabras escritas hace casi cincuenta años decían mucho más que los cientos de libros archivados hasta ahora. Ya sé que no estoy aquí contratada para interpretar —y bien me lo dijo JM—, sino para fichar, pero también me dijo que siguiera el rastro y que las notas personales no tenía que registrarlas en el ordenador. Claro que aquella, escrita antes de que yo naciera, no podía dirigirse a mí, pero si la lógica o la disparatada desorganización significan algo, siento que es la más personal de todas. ¿Por qué habla de los días felices que no volverán? Según voy entendiendo, en aquel tiempo no hubo días felices y, sin embargo, ahora él me dice lo contrario... *Aquellos días felices que no volverán...* ¿Volvieron? Tengo derecho a saberlo porque me dice *ahora sé que me escuchas*, y, ya que te escucho, atente a las consecuencias, so cabrón, que voy a revolver tus tripas hasta arrancarte la llave con la que estás jugando, porque encima juegas, pero no sabes con quién te la juegas. Me pareció entonces que el sillón de cuero temblaba, como si riera y quizá como si fuera feliz: además de guapo, sentimental y listo; so zorro, la mano derecha daría yo por encontrar un hombre como tú. Y precisamente al alcance de la mano tenía los libros que con frecuencia manejaba RGC. Al azar tiré de uno de ellos y me tocó *El libro de las tierras vírgenes*. También yo lo leí de chica y también lo leyó mi madre. En tiempos me separé de Rudyard Kipling porque le puse la marca registrada del imperio británico en la frente y me parecía presuntuoso, falso, solemne y ridículo, más que nada por su amor a los ejércitos, a la virilidad, a la deportiva honradez y por su poema *If*, que está en casi todos los despachos de los hipócritas del mundo y que seguramente inspiró la *Oración del perro*. A Gimeno Coes le gustaba Kipling y no se lo reprocho, porque pasados los años volví a él de otro talante.

¿Tú quién serías en esta historia de animales con sello propio? El Lobo padre, de blanquísimos dientes, ¡fuag!; Shere Khan, el tigre feroz; Akela, el enorme lobo gris; la honrada Bagheera, pantera negra y generosa; Baloo, el oso más fuerte y más sabio de la selva; Kaa, la serpiente maga de ojo fatal; Hathi, el elefante, o Tabaqui, el lameplatos, el despreciable chacal. No, tú eres, y yo también soy, uno de los bandar-log, de los monos locos que pueblan las colinas de Seeonee y se olvidan de todo, aunque yo no pienso olvidar nada, porque tengo un ordenador a la última, cosa que falta en los árboles de los bandar-log.

Tres días después di fin a los módulos de la guerra civil y me interné en el territorio salvaje de las ciencias naturales. Primero clasifiqué la hermosa obra que llamamos, confianzudamente, el *Buffon*, editada en Madrid, 1847, que comienza con la Historia Natural de la Teoría de la Tierra y termina en el tomo 32, dedicada a los peces, sin contar el 33 y el 34, de índices generales. En el tomo 7, y en el capítulo de los orangs-utangs, el pongo y el joco, encontré una fotografía de periódico con este pie: *El difícil arte de la emisión de la publicidad. Medina y Del Pozo se esfuerzan en mantener la atención del radio-escucha para sus anuncios.* Más adelante, en la página 408, *Bípedos que no tienen piernas traseras*, otra foto: *La actualidad teatral por radio: los ilustres artistas Carmen Díaz y Rafael Bardem, del teatro Lara, que el miércoles 20, ante el micrófono de Unión Radio, leyeron una escena de* Hilos de araña, *del eminente dramaturgo don Manuel Linares Rivas.* Y por último, en el apartado Huevos del *crocodilo*, la foto de una tiple, bastante gordita, con el correspondiente pie: *Consuelo Picatoste, que actuará el sábado en Premios Unión Radio.* Detrás de la foto había una nota de don Ramón: *excelente tiple y hermosa mujer; no ganó, pero yo hice lo que pude.* Para mí aquella era una zona en sombra, una de las caras ocultas de RGC. ¿Qué tuvo que ver con la radio y concretamente con Unión Radio, según mis noticias la emisora más importante de Madrid en tiempos de la República? Tal vez, si pillaba a Mateo de buenas, me lo quisiera contar. Seguí adelante con el honorable *Buffon*, que estaba lleno de preciosos grabados. El tomo 10, página 192, lucía la ilustración del ruiseñor, la alondra, la curruca, el candirrojo y el petirrojo, y por el otro lado, la página de un periódico con el título de *¡Hip! ¡Hip! ¡Hurra!, en el Coliseum.* Y las fotos de dos señoras vestidas de capricho: *La Yankee realza con su primoroso estilo, toda finura y garbo, los números coreográficos del espectáculo al que nos referimos.* Y la otra: *Conchita Leonardo, la impar artista de las elegancias, hermosa mujer por su belleza y sus juveniles gracias, de la revista que con éxito excepcional, en el arte frívolo, se representa en el Coliseum.* En el guacamayo rojo, página 507, se escondía la foto de Cecil Sorel, ya un poco pasadita, vestida muy siglo XVIII, pero con el desparpajo de los treinta, y así decía: *Madame Sorel, que al abandonar la Comedia Francesa ha llevado su tradición de Célimène al alegre escenario de un music-hall.* Me estaba dando una buena sorpresa mi querido galán, pero aún faltaban ciencias naturales... En el tomo 27, la ballena franca (2), había una página doblada de *Ondas*, número 210, 50 cts., con una chica levantando las piernas y otra disfrazada de Madame Butterfly. Y luego, 268, el delfín común, la explosiva foto de *miss Dolly, bailarina gibraltareña, reina del Charlestone* y el correspondiente comentario de RGC: *Fuimos felices en Bruselas.* Estuve a punto de estampar el libro. ¿De modo que un salido de la radio, un chisgarabís, un rastreador de bragas es mi héroe romántico, el fugitivo de la revolución, el valiente que se juega la última peseta en el Casino de Biarritz, el mismo que tiene los cojones de decirme *ahora sé que me escuchas* y de ilusionarme como a una doncella? Mentiroso, engañador, farsante, ahora te llevas lo que pagas: una funcionaria de Archivos y Bibliotecas, una tía con gafas de miope, desengañada una vez más, que anotará todo lo que salga en tus librotes, profanador de libros, violador de libros, para vergüenza y asco de los becados y becadas y de los lectores y lectoras de tu puta Fundación. Con piel de *crocodilo*, como decía Buffon, y el ánimo desgraciado por la última puñalada de hombre a quien yo creí distinto, llegué al tomo 34, donde —entre las páginas finales— se escondía la estúpida noticia: *guardo en estos volúmenes algunos de mis más queridos recuerdos y sé que nadie los mancillará, porque en esta casa el más listo no sabe la primera declinación del latín y no habrá persona humana, si es que así se les puede llamar, que pase de la página cinco del ilustre e ilustrado Buffon.* Sin embargo, el príncipe *encantado sería capaz de entender el grosero disfraz de sapo y le besaría en los labios, pero ya no hay príncipes encantados, o al menos yo no sé dónde encontrarlos. Madrid, 1935.*

Entonces se me fue la insensata furia: Mari, guapa, una vez más ese h. de p. te toma el pelo y tendría gracia que fueras tú el príncipe encantado. En aquel momento sonó la especial llamada de Mateo, que venía con el suministro: le eché una sonrisa y requerí sus servicios utilizando el dedo índice, luego tapé la fecha de la última nota del *Buffon* y le pregunté de quién era aquella letra. Mateo se puso las gafas y observó atentamente el libro, para preguntarme a su vez:

—¿Todavía no la conoce usted?

Yo asentí.

—¿De qué fecha, más o menos?

Mateo leyó el párrafo con aire profesional y al cabo de unos segundos dictó sentencia, asegurando que el señor Gimeno Coes escribió aquello el año ochenta y tres o el ochenta y dos como mucho. Entonces levanté la mano, como un prestidigitador: 1935. El señor Mateo negó con gesto de superioridad:

—¿Por qué está tan seguro?

—Porque conozco la letra de mi señor y podría clasificarla de año en año, madame; porque esta obra la compró mi señor el setenta o el setenta y uno y porque en 1935 no había bolígrafos.

Miré de nuevo el libro, y así pude dar fe de mi torpeza y de la sagacidad de Mateo. Sin embargo, me sentí mucho mejor: RGC me dedicaba una broma, una broma elaborada, y eso quiere decir que tenemos mucha más confianza, porque además la broma es de las verdes, de las que dan celos, de las que se gastan los novios. Entonces me eché a reír como lo que era: como una tonta. Mateo, sin perder su aire trascendental, me preguntó si quería algo más.

—Que se dé usted la vuelta y que cierre los ojos.

Aquella orden desconcertó al duende, pero él estaba allí para obedecer, giró en silencio y no sé si cerró los ojos, porque me dio la espalda. Entonces yo saqué un paquetito de una bolsa, le toqué en el hombro y se lo entregué. Mateo no sabía qué hacer, y yo le dije que era una sorpresa, y entonces abrió el paquete y no se lo podía creer:

CAPÍTULO IX

—¿Es para mí, madame?

Yo asentí.

—No puedo aceptarlo —balbuceó como un niño chico—. Es demasiado.

—Lea lo que pone en la tarjeta.

Y Mateo leyó: «Al condenado a muerte que salvó su vida por hacer fotos y vino a esta casa de jardinero, su admiradora y amiga, Mari Arana.» No pude entender las últimas palabras, porque se le engollipó la voz de emoción y yo también estaba emocionada. A Mateo le temblaban las manos que sostenían el regalo y no cesaba de repetir: es demasiado, es demasiado. Era una máquina Leyca, modelo 1936, que funciona con película de 35 mm y que encontré en una tienda especializada: me había costado carísima, pero el señor Mateo se lo merece todo. El pobre seguía mirándome sin creer que aquel tesoro era suyo y, aún más, sin poderse creer que alguien le considerara un ser humano con derecho a recibir regalos. Me acerqué a él, tuve que inclinarme, le agarré de los alones y le di dos besos para rizar el rizo. Mateo no aguantó más y se dirigió a la puerta, para no hacer el ridículo o para no perder el conocimiento, y no exagero. Allí se volvió:

—¿Tiene usted algún compromiso esta noche, señora?

Yo negué un poco confusa.

—¿Puedo invitarla a cenar?

—¿No será para corresponder?

Negó en silencio. Yo le sonreí y acepté. Mateo salió de la biblioteca y todos los libros empezaron a temblar de risa.

—Sí, sí... —les dije—, pero quien ría el último, reirá mejor.

Una hora después, volvió a llamar Mateo, y ya sereno me indicó que podía pasar al baño, y así lo hice: en una bandeja de paja tejida había colocado mi muda limpia y recién planchada.

Eran pasadas las diez cuando salimos a la calle y yo le había birlado a la Fundación —como dice mi tía Tere— una hora de trabajo; claro que, teniendo en cuenta la intensidad del esfuerzo y las emociones de la tarde, aún me deben dinero, porque no es lo mismo ser piloto de pruebas, pongamos por caso, que dependiente en una tienda de efectos religiosos. El señor Mateo se había puesto un traje azul pavo que le venía algo grande, y lucía una corbata con ositos blancos sobre fondo azul marino: por fortuna nada de rojo. Yo iba limpia como una flor, oliendo a mi rica colonia, fresca y dispuesta a sacarle información a mi galán. Le agarré del brazo y así cruzamos la calle: entonces me vino a la memoria mi encuentro con la mamá y el niño vestido de *pierrot*, porque nosotros debíamos componer un dúo por lo menos de segundo premio en un desfile de máscaras de a pie, sección parejas mixtas. Así llegamos hasta *El Porrón,* una tabernita limpia y marchosa, donde el señor Mateo era rey. Me presentó con orgullo a los dueños —Petra y Eliseo— diciendo que yo era la señora bibliotecaria y archivera encargada de poner en orden la magnífica biblioteca de la Fundación Gimeno Coes. Y yo, que muchísimo gusto, y ellos, que a mandar, que allí tenía mi casa y que bastaba con que fuera con el señor Carrasco y más zalemas y cortesías. Nos sentamos a la mesa *de siempre,* junto al patinillo, y en seguida nos trajeron un porrón con vino clarete muy frío. Yo me tuve que poner una servilleta, porque soy muy torpe en el uso de estas vasijas y estuve a punto de echar el vino por las narices; el señor Mateo rió feliz y me hizo una demostración, poniéndose en pie y levantando el bracillo todo lo que pudo, y así se bebió más de medio porrón. Eliseo nos trajo la carta, pero nos pidió que le dejáramos a él la responsabilidad de la cena, y bien cierto es que lo hizo a plena satisfacción: primero llenó la mesa de platillos veraniegos, exquisitos y refrescantes, algunos de su invención y otros de la señora Petra, y luego nos trajo una dorada a la sal, que acababa de llegar de la mar y estaba prácticamente dando saltos de gozo. El porrón siempre a punto, pero yo —al fin y al cabo las mujeres somos débiles— volví al tradicional vaso, porque así protegía la inmaculada limpieza de la blusa, recién planchada por mi chico. Después del postre, ensalada de frutas y helado de la casa, juzgué que, en aquellas especialísimas circunstancias, ya tenía trabajada a mi víctima y, con paciencia y muy en miss Marple, aguardé a que la fruta cayera del árbol: cayó con un tequila frío convite de la casa, y se manifestó con una pregunta al parecer tonta:

—¿Usted sabe el nombre del perro mecánico, madame?

Puse las orejas tiesas, negué, y Mateo por poco se atraganta de la risa.

—¡Tornabous!

Buen principio: aquel era el apellido de la señora de RGC.

—¿Y eso qué significa? —pregunté mirando hacia otro lado, como si me importara un rábano la respuesta.

—Así se llamaba la señora de mi señor: Beatriz Tornabous y Suñé.

—Usted me dijo que no la conocía.

—Y no la conocí, porque aquello no se puede llamar conocimiento, ni siquiera entre criados y señores. Era una de las personas más difíciles de tratar y de las más rabudas que he visto en mi vida, e incluyo a los carceleros de Porlier; no me dijo nunca una palabra amable, ni siquiera cuando falleció mi mamá, que en paz descanse, ni se interesó cuando le salvé la vida al señorito José Luis, que se cayó debajo de un tranvía, el 3 para ser exactos, el que cubría el trayecto de Serrano, y me quiso echar a la calle cuando pillé una enfermedad de juventud, y menos mal que mi señor se vestía por los pies.

Observé entonces que Mateo no hablaba con acento andaluz, sin duda porque aquel tema pedía otro decorado.

—A mí me llamaba *Matea* o *Mateíta*, según pintaran espadas o bastos, y decía que era la doncella del señor y una celestinona, y usted, que ya me conoce, se habrá dado cuenta de que puedo ser lo que sea, y a mucha honra, si me permite decirlo así, pero que no soy ni doncella ni celestinona —sonrió evocador, hizo una pausa y añadió—: si llega a verme la noche en que *El Campesino* y yo nos metimos en Caudete, cerca de Teruel, ya en manos de los fascistas, ni se lo cree. Nos paró una patrulla y yo lo calé rápido, y *El Campesino*, que también se dio cuenta del inminente peligro, se tapó con la bufanda y se hizo el dormido, y yo, con sangre fría, que tampoco era raro, porque estábamos a veinte bajo cero, dije: ¡Arriba España!, Mateo Carrasco, chófer del general Varela, a las órdenes de usted, mi sargento. ¿Quién va contigo? Un comandante de la Legión Cóndor, mi sargento. Los de la Legión Cóndor eran los alemanes, y yo los había visto con cazadora de cuero, como *El Campesino*. El salvoconducto, pidió el sargento, y yo me vi fusilado, señorita, pero entonces los faros de un coche empezaron a echar destellos desde atrás y el claxon a sonar como si estuviera loco. ¡Es su excelencia el general don Antonio Aranda!, gritó un soldado, porque los fascistas eran muy cumplidos. Y el sargento: ¡Guardia a formar! ¡Generala! Y el trompeta, que estaba medio alelado, se puso a tocar generala en medio de la noche, y el general Aranda, que se asoma a la ventanilla y grita como un poseso: ¡Imbéciles, que esto no es la semana santa! Y, como tenía razón, empiezan a sonar tiros de ametralladora y se apagan las luces y el trompeta se traga el instrumento y todos... ¡Venga! ¡Pasen, pasen! ¡A sus órdenes, mi general! ¡Mi comandante! Y yo arranco y Aranda que grita: ¡Sargento, mañana se me presenta usted a las ocho en punto! Y el chófer, que me dice: Serán gilipollas... ¡Hoy nos han podido joder por el reglamento! Y yo que pienso, tú empezaste echando luces y tocando la bocina y eso nos salvó la vida. Y cuando dimos la vuelta me dice *El Campesino:* ¿Qué prefieres, camarada, un ascenso o una pieza de solomillo, pero de solomillo de verdad? Y yo, el solomillo, camarada general. Pues ya lo tienes hasta que te hartes y mi aprecio, camarada, que esta noche has salvado la vida al *Campesino.* ¿Eso lo hace una doncellita, lo hace un mariquita?

Y se bebió la copa de tequila.

—¿Qué fue de la señora Tornabous?

—Cuando se murió Franco y ya sabía ella que aquí no tenía nada que rascar, le pidió los gananciales a mi señor, y, como mi señor era un santo, se los dio, y ella se fue a San Juan de Luz, porque tenía miedo de que volvieran los rojos y le rebañaran el gañote. Así fue como nos libramos de la señora, que según parece murió en 1980, ya en París y sin herederos, y por eso toda la fortuna de mi señor, salvo algunas mandas muy especiales, se vino a la Fundación.

—¿Y el padre de don Ramón?

—Yo no le conocí, claro, pero él hizo los dineros en América y por mala suerte volvió a Asturias, donde lo fusilaron, que en todas partes se hacía el bestia. Está enterrado en Celorio debajo de una estatua que el artista Planes hizo por encargo de mi señor, y tiene un premio de poesía que lleva su nombre.

Eliseo vino con refuerzos, y yo, cautelosamente, le pregunté cómo murió el hijo pequeño de RGC.

—El señorito José Luis, que en gloria esté, no fue nunca señorito, sino hombre de ideas muy particulares, no como el señorito Fernando, que se acomodó en seguida. Ya de chiquillo se mudó a América a hacer la revolución, pero siempre quiso mucho a mi señor, que no llevaba bien aquellas ideas, sobre todo cuando le tocó ser embajador en Argentina, aunque los hijos no tienen por qué pensar como los padres —meditó unos segundos y alzó su copa en silencioso brindis—: murió en la guerrilla de Guatemala o en la de Paraguay, que no lo sé de cierto, y ya en esta casa no se volvió a hablar nunca de él.

Eliseo vino con refuerzos, y yo, cautelosamente, pregunté al señor Mateo por el protagonista del cuento, aunque ya sabía su respuesta.

—Fue el hombre más valiente del mundo, el más listo y el más generoso, fue mi dios, mi vida y mi amor, y le juro a usted, madame, que ahora mismo me dejaría hacer pedazos por volver a verlo un minuto.

—¿Y yo? ¿Yo qué pinto en esta historia?

Aquella sí era una pregunta clave. Mateo se tomó su tiempo antes de contestar:

—Usted está mucho más cerca que donde estaba antes. Hasta ahora ha ido por el buen camino, pero no pierda el hilo de los libros. Ya le dije que andaba en los libros y que él quería hablar con usted, pero, como los muertos no se manifiestan, se inventó un lenguaje.

—¿Y la llave?

—Eso sí que lo sé. Mi señor me dijo: cuando la veas madura, le pones una llave a su alcance, y si ella quiere encontrarse conmigo, me buscará, pero si no quiere, seguirá hurgando en la biblioteca y entonces ya habremos fracasado. Y usted siguió el rastro y dio con mi señor.

—Pero yo, ¿por qué?

—Juré no decir nada hasta después, como ahora he dicho, pero le prometo, y no es la primera vez, que sé muy poco, lo justo para entendernos, pero también sé que él no quiere que pierda el rastro y que lo que cuenta, misterios terribles o gloriosos o las dos cosas juntas, está del derecho o del revés, porque no olvide que tenía siete gatos en la barriga y muy mala leche y pondrá trampas, como hay Dios.

—¿Vale la pena?
—Pregúnteselo a los libros, madame.
Luego, bajó la voz:
—Mañana, si usted quiere, le digo mi gran secreto, aunque, vistas las circunstancias, usted ya lo sabe.
—¿Y por qué no ahora? —también yo bajé la voz.
—Porque ahora ya no estoy en mis cabales.
Después me sonrió y, haciéndome partícipe de sus confidencias, me preguntó a lo llano:
—¿A que es guapo?
—Es el hombre más guapo que he visto en mi vida,
La verdad es que me salió del alma.

X

Kay Francis

La Nieves secretaria entró en la biblioteca con un gran ramo de flores y, sonriéndome con amabilidad hasta entonces inédita, me dijo que lo habían traído para mí. Yo, un poco sorprendida —siempre me sorprenden los detalles—, pregunté de quién era, y ella, la muy retorcida, que para eso estaba la tarjeta. Y es que no tengo arreglo, no soy mujer de mundo, y lo peor es que Nieves, la suculenta, se sentó en una butaquita, cruzó las piernas e intentó deslumbrarme con el magnífico espectáculo de sus muslos, pero a mí esos paisajes no me impresionan. Mientras abría el sobrecito miré de reojo, la verdad es que era muy raro verla en la Fundación por las tardes: la propia Nieves se encargó de aclararme el misterio:

—Es que mañana —dijo como si leyera mi pensamiento— me voy de vacaciones y tengo que arreglar los papeles.

¿A mí que me importaba que se fuera de vacaciones el primer premio de la Fundación?

—Me voy a Bali y Singapur —añadió con irrefrenable orgullo.

La tarjeta era del señor Muñoz y ponía simplemente *Muchas*

felicidades, Joaquín. Al ver mi cara de estupor, Nieves sonrió con malísima leche y me informó de que ella misma había comprado las flores, que los jefes solían hacer tales encargos a las secretarias, pero que no me preocupara porque la firma era auténtica: aquel desplante de mal estilo me hizo entrar al trapo como una erala:

—Conozco perfectamente su letra.

Luego me senté frente a la Nieves y, mucho más molesta conmigo misma que con la reseñada moza, le dije que tal vez me pudiera aclarar lo que significa *felicidades,* porque según mi DNI —de sobra conocido en la Fundación—, yo no cumplía años hasta abril. Y Nieves, que estaba pasando un rato delicioso, me explicó el equívoco: ella sabía, porque para eso tiene agendas, que mi santo es el 30 de agosto, pero que con esto de las nuevas modas lo cambiaron al 23, que el señor Muñoz tenía un pequeño lío con el santoral, pero, como de cualquier forma no iba a estar en el despacho en agosto, le daba lo mismo felicitarme un mes antes y, para terminar, me dio la noticia de que el encargo lo había recibido el día después de nuestra cena en *Tejas Verdes,* donde ella naturalmente hizo la reserva. Entonces me preguntó que dónde iba a pasar las vacaciones y a punto estuve de decirle que en el Yemen, Nuevas Hébridas, Mauricio o en la Patagonia, pero frené la arrancada y contesté, con toda sencillez, que en Cercedilla. La Nieves impávida me encargó que le diera recuerdos a Paco Fernández Ochoa, que era muy amigo de casa. Ella estaba deseando que le preguntara con quién se iba a Bali y a Singapur, pero yo no entro dos veces al trapo, aunque recibí su mensaje. Menuda zorra estás tu hecha, hermosa, pero por mí te puedes largar a Singapur con Sandokán o con el obispo de Bilbao. La Nieves se levantó y me dio dos besos, y yo aproveché para instalarle el ramo de flores en las manos:

—Llévaselo a la Virgen de tu barrio, bonita.

—En mi barrio no quedan vírgenes.

Y lo dejó sobre el pupitre. Me tiró otro beso y se mudó con tal bamboleo que me dije: será un milagro que pase la puerta sin arrancar el marco. Cuando salió me vino la risa: hay que ver cómo son las mujeres, algunas mujeres, claro. Esta se había presentado con la intención de ponerme a cien y marcar su territo-

CAPÍTULO X

rio, lo mismo que hizo JM cuando la meada en el cuarto de baño. Supongo que la historia de JM, el jaleo con mi santo y el ramo de flores era cierta, y desde luego tampoco es de extrañar que la secretaria reservara mesa en *Tejas Verdes;* sin embargo, su inocente remate me parecía improbable. JM no se iba de vacaciones con la suculenta N., quizá se la haya tirado alguna vez, pero de eso al lío formal hay mucho camino y después de todo a mi qué. Pues no tan qué, guapa, recuerda el sofoco que te dio la tarjeta y lo del ramo de flores, que nunca debías haberlo devuelto, y ella te puso en tu sitio con lo de las vírgenes del barrio. El caso es que Nieves me trastocó y tardé un rato en volver. A mí las mujeres no me gustan nada, y no me refiero al sexo, sino a la amistad. Me encuentro muy bien entre hombres e incluso puedo ser brillante, los llevo por donde quiero y casi siempre —excepto con algunas debilidades— hago lo que me parece, porque siempre he estado segura de lo que valgo y de a dónde puedo llegar, pero las mujeres —sobre todo las tías buenas o las más imbéciles— me descolocan y, en el fondo, me hacen dudar de la capacidad de los hombres, que confirman aquello de que tiran más dos tetas que dos bueyes de carreta o como se diga. Yo estoy bien con mis amigas, incluso con la pobre Carmencita Rodrigo o con la inestable Julia Garrido, y no digamos con Curra Montejo, pero a las demás prefiero tenerlas a distancia y bien perfumadas. Me ocupaba en tales reflexiones, cuando se abrió la puerta:

—Bueno..., pues hasta septiembre.

Se había puesto una gorrita pichi graciosamente ladeada, y a mí me entró algo así como ternura.

—¡Espera!

Nieves se detuvo sinceramente sorprendida, y más se sorprendió cuando le di dos besos y le deseé gloriosas vacaciones.

—Ten cuidado con los mosquitos.

—¿Qué mosquitos?

—Todos los mosquitos: son mucho más peligrosos que los tigres, porque dan la fiebre amarilla, el paludismo y la malaria.

—Vamos vacunados.

—No sabes el peso que me quitáis de encima.

Subrayé el plural, me besé la punta del índice de la mano derecha y lo deposité en su naricilla haciendo ¡muaj! como en el mapa del Pazo de San Pelagio. Aquel simple recuerdo me volvió a la realidad con nuevas fuerzas, como si mi encuentro con la secretaria Nieves me hubiera convertido en Jack Dempsey, legendario campeón de boxeo, y de tal guisa me fui al centro de la biblioteca y comencé a bailar sobre las piernas, manteniendo la guardia cerrada y el ojo avizor.

—¡Soy Jack Dempsey, el invencible, el rey de los cuadriláteros, y vosotros, libros asquerosos, el público inmundo que se rinde a mis pies! —los libros empezaron a temblar de ira y yo continué—: ¡Así vi rodar al elegante Carpentier, al feroz *Toro de las Pampas,* así mordió el tapiz el noble Paulino Uzcudun y Joe Louis, llamado el *Bombardero de Detroit,* y el paracaidista Max Schmelling y el científico judío Max Baer, artista de cine y pegador de leyenda, y el orgullo de Mussolini, Primo Carnera, y el chaquetero, el velocísimo Cassius Clay, que se hace llamar Mohamed Alí! ¡Toma Rivadeneyra, toma Diccionario Curioso y Museos de Europa, toma Madoz, toma Cossío, toma Historia de España del padre Mariana!

Los libros bramaban, y yo, dueña del centro del cuadrilátero, los derribaba uno a uno, sin ayuda de los árbitros y sin aceptar trampas ni sobornos de la Federación Internacional de Boxeo. En aquel momento entró el señor Mateo y al verme —y ya iban dos— se puso verde botella. Yo, para arreglarlo, me acerqué con la guardia más cerrada que nunca y él intentó huir, pero mi finta lo descolocó y casi pierde pie, y así lo agarré en el cuerpo a cuerpo, como quien se faja con un esqueleto de mirlo: no se asuste, señor Mateo, que estoy nerviosísima y hoy tengo el soplo de que voy a descubrir algo cumbre; no estoy loca, señor Mateo; estoy simplemente trastornada, pero usted es la única persona en el mundo que puede ayudarme. Se me doblaron las rodillas y caí en el tapiz. ¿Quién ha sido? ¿Max Schmelling, Mohamed Alí o Luis Romero?

—Ha sido *La historia de la cruzada,* niña querida —Mateo me sonreía como una vieja aya—. ¿Quiere que le prepare una infusión de santolina? Es muy buena para los nervios...

—No se preocupe: estoy mejor que nunca, pero no olvide llamar a la puerta.

CAPÍTULO X

—Siempre llamo, pero cuando está usted en trance no me oye.

No supe qué contestar y el duende añadió comprensivamente:

—Ya que lo sé, no me importa... Muchas veces los nervios se sueltan moviendo el cuerpo; por eso gusta tanto el baile.

De pronto se fijó en el ramo de flores, fue hacia él como una novia y lo abrazó exclamando ¡qué hermosura! Entonces, yo se lo ofrecí y él se negó al obsequio alegando que era mío, y yo le dije: pues si no lo quiere usted, llévelo a la Virgen del barrio, y con las flores que sobresalían de sus hombros fue hacia la puerta:

—A las nueve en punto le contaré mi gran secreto —abrió y, antes de desaparecer, me preguntó—: ¿No ha visto el otro regalo? Está en la mesita de mi señor.

Y, sin esperar respuesta, salió de la biblioteca. Sobre la mesita de RGC, medio escondido entre sus discos y sus libros favoritos, había un paquete cuadrado envuelto en impecable papel de regalo. Lo quité con mimo, con miedo de romperlo. Una caja, y dentro, una preciosa muñeca de esas que hacen los rusos: la abrí, otra más chica; la abrí, otra más chica, así hasta cinco; la última tenía una capita de papel rizado de color rosa y en ella decía con letra diminuta *siempre se encuentra lo que se busca con afán. Su criado, amigo y admirador, M. C.* Eché la cabeza hacia atrás y la apoyé en el respaldo del sillón, pensando que mi criado, amigo y admirador nunca fallaba, aunque tampoco había estado mal JM. ¿Y tú, querido don Ramón, qué vas a hacer esta tarde, qué me vas a regalar el día de la falsa santa Rosa de Lima?

Los libros son como las tropas del mariscal Rommel, como los amantes, como niños de escuela o como los toros de lidia: esperan el ataque por un flanco, los cariños por donde siempre, la pregunta traidora o la muleta por la izquierda; pero si se les cambia el son, suelen venirse abajo y entonces descubren su lado débil o se comportan con lealtad. Yo he aprendido a tratar a los libros desde muy joven, a no darles importancia y sobre todo a no ofrecerles la mano porque se toman el pie; pueden ser los mejores amigos del mundo, los más perversos o los más pesados. Aquí me están observando, me conocen de sobra, saben lo que esconden y se ríen de mí; pero tampoco ignoran que los quiero, que los respeto y que nunca sería capaz de hacerles daño; por eso —porque tenemos confianza— se atreven a murmurar e incluso a protestar, y por eso, en el día de la falsa santa Rosa de Lima les cambio el tercio y, cuando esperan que siga largo viaje por los módulos de Botánica, me traslado a la zona asturiana, para estar más cerca de don Ramón: menudo chasco se van a llevar el Dioscórides y el Cavanilles.

Así doy con un curioso libro que se titula *De Llanes a Covadonga. Excursión geográfico-pintoresca,* Manuel Foronda, Editorial El Progreso, Madrid, 1893. Entre sus páginas encontré cinco esquelas, cuyos desgraciados protagonistas anoto: Don Felix Álvarez García, *Felinos El Sastre;* Don Luis Canga Junco, *El Empinau;* Don José Fuentes Huerta, *Pepito de Gandarilla;* Doña Flora Arroyo González, *Florina, viuda de El Picu,* y Don Ricardo Alonso Quintana, *Hijo de El Marañu.* Me sorprende aquella afición de guardar recuerdos funerarios, aunque ya había encontrado estampas entre los libros y la esquela de don Amador Santiponce Santiponce, fallecido el 24 de marzo de 1966, el mismo día de *Mario,* el de las *Cinco horas,* y aún me choca más el que todos los muertos tuvieran mote; quizá fueran amigos de Gimeno Coes o, simplemente, los apodos asturianos le llamaron la atención. *De Llanes a Covadonga* tiene varias notas de RGC: *Este libro, que era de mi padre, fue de los pocos que se salvaron en la revolución.* Y más adelante dice: *Mi hijo se llama Fernando por llamarse así el señor Fernando Gimeno Coes Cañedo, mi bisabuelo, doctor, abogado de fama, fiscal de la Audiencia de Oviedo, catedrático en su universidad y miembro de la Academia de Legislación, nacido en Llanes. Hijo de este fue mi abuelo don Álvaro Gimeno Coes Pavón, gobernador del Principado de Asturias, y mi padre, don Luis Gimeno Coes y Ordóñez, que, arruinada la familia por desgraciados avatares, hubo de emigrar a las Américas, para volver otra vez rico y poderoso. Yo, Ramón Gimeno Coes O'Neil, nací en Buenos Aires en 1898 y vine a España a la edad de cinco años. Este libro es exclusivamente mío, y si cae en manos distintas de las de mis hijos, échelo al fuego para que se convierta en ceniza y humo.* De nuevo sentí como si estuviera profanando una tumba y dudé si archivar aquella excursión, pero las órdenes de JM eran precisas y obedezco. La primera nota, sin duda alguna, era posterior al año treinta y nueve, y la segunda tal vez fue escrita antes de la muerte de don Luis Gimeno Coes y del nacimiento de José Luis, el hijo pequeño de don Ramón. Luego fiché *Los poemas de Llanes,* de Celso Amieva, Méjico, 1955, con expresiva dedicatoria del autor. En la última página había un comentario de R.G.C: *Amieva es un gran poeta y un gran amigo; pese a la distancia y a nuestras dispares ideas lo recuerdo entrañablemente. Exiliado después de la guerra en Francia y Méjico, vive en la actualidad en Moscú y de memoria puedo recitar uno de sus sonetos.* En voz alta yo leí la poesía y no fue tarea excepcional, porque siempre leo en voz alta los versos, aun a riesgo de que me tomen por loca o fanfarrona:

> De América volvió con jipijapa,
> espejuelos, bigote y voz criolla.
> Mas verse en Cué, sin pesos ni bambolla,
> indiano pobre, le importó una papa.
> Se agenció una pianola con la chapa
> de Ferreiro y ganó para su olla
> yendo de Cué a Belmonte, a la Borbolla,
> músico andante del llanisco mapa.
> Dándole cuerda a su sonoro trasto,
> fumando con fruición un mataquinto,
> brindó a la mocedad la dicha a pasto.
> Hizo con su rocín vida tranquila
> desde que por la sidra y por el tinto
> sacrificó mezcal, pulque y tequila.

Estuve a punto de tocar las palmas al artista: Mari, hija, los indianos son algo muy serio y Asturias merecería estar más cerca de Sanlúcar o yo qué sé. En este libro encontré un artículo, un recorte de periódico y una carta: el artículo, que se titulaba *El bufón de Vidiago,* era de Gimeno Coes y fue publicado en *El Oriente de Asturias,* sin fecha a la vista. El recorte decía: *Los niños de Llanes, Pancar, Cué, La Pereda, Parres, Soberrón, La Galguera, San Roque, Andrín y Purón y sus familias agradecidas recordarán con cariño a don Luis, insigne benefactor del pueblo, y la nación alabará siempre la obra por él fundada.* Después de archivar los datos a la salud de JM, miré la carta con cierta aprensión. El sobre estaba escrito a máquina de forma un tanto curiosa: M. Ramón Gimeno Coes, Gobierno Militar, San Sebastián (Espagne). En uno de los bordes ponía suplicado y llevaba un sello verde oscuro, con alegoría de la República Francesa, matado en París el 25 de mayo de 1937. Le di la vuelta y observé el remite: J. P. Mabillon, 35, Avenue Victor Hugo, Paris 16. Según *Un capítulo de mi vida*, RGC había llegado a San Sebastián en septiembre de 1936 y, por lo visto, en el 37 ya estaba en el gobierno militar o, al menos, conocía a alguien en el gobierno militar. El tiempo y la ciudad correspondían a las frases que dejó anotadas en uno de los libros de la guerra: *en San Sebastián fui feliz, más feliz que nunca... Aquellos días felices no volverán.* ¿Quién era aquel J. P. Mabillon, que vivía en uno de los barrios más pijos de París? Mis ojos se pasearon por los estantes llenos de libros, y algunos parecían divertirse, aunque otros —de lomo más oscuro— me miraban severos: no pierdas tiempo que tú has venido a trabajar. Hoy es mi santo, el día de la falsa santa Rosa de Lima, y además don Ramón y yo somos amigos y tenemos confianza; no sólo me autoriza sino que me pide que lea sus cartas: conque ya lo sabéis, listos. Miré hacia el tomo de *Las confesiones,* de san Agustín, que tenía perfectamente localizado, y dije *¡Talassa! ¡Talassa!,* que significa ¡La mar! ¡La mar!, exclamación de los diez mil griegos mandados por Jenofonte al ver las orillas del Ponto. Esto de *talassa* lo repetía sin cesar la madre Leticia en la clase de Historia Universal y seguramente lo entendía san Agustín. ¿Verdad, rico mío, que lo entiendes? Me tapé la cara y me dio risa: los libros van a pensar que estoy loca, pero lo que ocurre es que tengo miedo de abrir la carta y no sé la razón.

    Dentro había otro sobre más pequeño, escrito a mano, con letra cuidada y buen pulso: *para Ramón Gimeno Coes, de su padre.* Una carta del pobre don Luis, seguramente escrita pocos días antes de que lo fusilaran en Gijón.

    Gijón, 2 de mayo de 1937

    Querido hijo, espero que esta carta llegue a tus manos. La mando por conducto de nuestro buen amigo el diputado M. Jean Pierre Mabi-

CAPÍTULO X

llon, a quien sin duda recordarás y a quien pido disculpas por escribirla, precisamente, el 2 de mayo. Vaya por delante que tus hijos están magníficos, aunque se aburren sin salir de casa, y que tu mujer sigue tan guapa y tan encantadora como de costumbre. Yo, con mis achaques de siempre, aguantando el encierro con paciencia, pero con la seguridad de que muy pronto volveremos a vernos. Como podrás comprender, no te mando nuestras señas; en primer lugar, porque no podrías escribirnos, y en segundo, porque más vale prevenir que lamentar. La vida en Gijón es muy monótona y mucho más para mí, que estoy medio escondido o escondido del todo, sin culpa de nada y sin explicarme lo que está pasando en España. Pero no quiero que mi carta te entristezca ni que se vaya por otros caminos. Por M. Mabillon, que estuvo en Asturias con una representación del Congreso de los Diputados, supe que habías salido de Madrid y que te encontrabas en San Sebastián a salvo. Ya puedes suponer la alegría que me llevé. El mismo Mabillon, que es hombre práctico, me trajo a esta casa, propiedad de un súbdito francés, y me obligó a guardarme (me da vergüenza decir esconderme). Yo no he hecho mal a nadie, sino todo lo contrario, pero ya pasará la riada. No quiero leer periódicos, para no llevarme disgustos, aunque sigo las noticias de la guerra por las radios nacionales, que a veces ponemos de noche. No creas que me gustan mucho, sobre todo las burradas de Queipo de Llano, que siempre fue un animal. Con la comida nos defendemos: un paisanín nos trae pan, huevos y cosas de la huerta y de cuando en cuando carne, que reservamos para los chicos. Yo he dejado de fumar porque Beatriz, cuidando siempre de mi salud, me lo tiene prohibido. ¡Qué gran mujer tienes, hijo: cuando no está leyendo el Kempis se dedica a echar cuentas y a mirar los estadillos de los bancos de junio del 36, aun sabiendo que esa actividad no sirve de nada! Ella quiere estar preparada para el día en que lleguen las tropas de Franco y se normalicen sus cuentas. Es admirable. Los domingos viene un cura, que va disfrazado de miliciano y dice misa secreta. Yo no quería asistir, ya sabes que soy agnóstico, pero Beatriz se empeña en salvar mi alma y por no darle disgusto... Por cierto, no me extraña que el cura se mueva tan campante por Gijón, porque tiene cara de miliciano. A la noche rezamos el rosario. Al principio yo me resistía, pero tu mujer dice que es la mejor forma de pasar el rato, que más vale rezar el rosario que jugar al parchís. Por la mañana, después de desayunar, hago una hora de gimnasia... ¿A que te estás riendo? Yo, que odio la gimnasia y los deportes en general, excepto el juego de la rana... Pero Beatriz, que, como digo es una mujer admirable, tiene razón: hay que estar en forma y si no hago gimnasia se me secan los huesos. Ya te envidio a esa mujer, tan señora y tan entera, qué suerte tienes. En fin, hijo, vida aburrida y monótona que gracias a Beatriz no se hace martirio o enfermedad, porque en estas, cuando lleguen las tropas de Franco, me habré convertido en un santín y un deportista, más que Lángara. Con la esperanza de verte muy pronto, de fumarme un habano como un poste de telégrafos y de recuperar la libertad, me despido de ti con un beso muy grande, echándote de menos y queriéndote mucho, porque eres lo que más quiero en el mundo, Papá. PD. Ni los chicos te escriben ni tu heroica esposa, porque no me da la gana de que lean esta carta y porque M. J. P. Mabillon tiene prisa y un poco de prevención a los bombardeos.

La carta estaba escrita de un tirón, con letra firme y juvenil, sin las pretensiones ni la retórica que luego —por lo que he leído entre las páginas de estos libros— adornaron la obra literaria de RGC. Ya sé a quién sale usted y de dónde le vienen las aficiones, y menudo punto fue don Luis, pobrecito mío, escribiendo con ese desparpajo días antes de que lo fusilaran, y vaya pieza la mentada señora Beatriz Tornabous, transmutada ahora a perro mecánico.

Besé la carta como quien besa la foto de un primer novio definitivamente perdido, pero nunca olvidado, hice la ficha completa de *Los poemas de Llanes* y continué —triste y melancólica, esa es la verdad— con el módulo que trabajaba, dedicándole un último pensamiento al indiano don Luis Gimeno Coes.

Entre todos los libros de Asturias di con uno extraviado intencionadamente: *Lunfardía, acotaciones al lenguaje porteño*, José Gobello, Buenos Aires, 1953, que abunda —una vez más— en la forma peculiar que tiene RGC de llamarme la atención. Dentro había una postal con la reproducción del cuadro de *Las Lanzas*, de Velázquez, escrita con letras mayúsculas por Gimeno Coes y con una breve noticia de agencia pegada a la izquierda: *Buenos Aires, 5. El ilustre escritor Enrique Larreta tiene el propósito de volver a España, donde terminará una novela de tema histórico. La época será el reinado de Alfonso XIII, hasta el golpe de Estado del general Primo de Rivera. Efe.* Debajo: *Señor E. Larreta, en Buenos Aires.* Así de sencillo. El texto decía: *Madrid, 6 de noviembre de 1948. Ilustre maestro, para ese libro, que por ser suyo será muy leído, investigue, inquiera, busque la verdad que, como el agua artesiana, corre muy honda. Repudie todo lo oficioso y el clamor de la fanfarria. Pregúntele a Ortega, a Baroja, a Marañón y al portero de Gobernación. Escribo al revés esta postal, porque así también suele descubrirse la verdad, Pedro Candiles. P. S. Si es Vd. espiritista, evoque a Maura y a Sánchez Guerra, a Cánovas, a Santiago Alba y a Canalejas. Ellos le dirán.*

Me quedé de una pieza, bajé de la escalera y se me cayeron las gafas, que no se rompieron, porque eran irrompibles. Después me senté ante el pupitre y examiné el nuevo rastro, que indudablemente estaba escrito en el año 48 y por tanto no me podía servir como huella programada. Estaba escrito al revés —el texto en las señas, y las parcas señas, en el texto— y bien claro decía que la verdad se descubre así y, como el agua artesiana, corre muy honda. La referencia al espiritismo era curiosa, porque hasta entonces no había tenido conocimiento de que RGC se relacionara con las ciencias ocultas, y la firma, Pedro Candiles, me resultaba desconocida. Luego desde aquel tiempo, o mucho antes, don Ramón era aficionado a jeroglíficos y adivinanzas; el revés lo utiliza en su biblioteca para llamar la atención, el toque a la política es una de sus obsesiones y quizá el espiritismo quiere significar testimonio o deseo de inmortalidad. Pensé también que formaba parte de una broma, pero aquella insólita postal —y no hacían falta expertos— estaba escrita en 1948. De cualquier manera, tampoco podía dar demasiada importancia al hallazgo, que consigné en el archivo, sin copiar el texto, porque no era de los que JM considera dirigidos sólo a mí. Y continué con el interesante módulo asturiano. Al guardar *Acotaciones al lenguaje porteño* vi en el suelo una foto, al revés, por supuesto, y sin duda de una película americana de los años treinta: una pareja, muy elegante, se mira a los ojos con amor; él va de tiros largos y ella también, de boina, zorros y peinada con ondas. Me resultan muy familiares, pero no me vienen sus nombres a la cabeza. La foto se debió de caer al abrir el libro, y el tortuoso RGC la puso entre las páginas de *Lunfardía* como cebo de primera, y la curiosa postal firmada por Pedro Candiles, como ayuda o propina.

Claro que don Ramón no contaba con mi dureza, ni siquiera con mi experiencia, y yo seguí en aquella zona-valle, porque hasta entonces —y salvo el susto de *ya sé que me escuchas*— no había tenido revelaciones sensacionales. Y así, al término de la jornada, volví a instalarme en el *chippendale* de mi señor con la foto al alcance de los ojos y pensé en las diversas formas que utilicé para distinguirlo de los demás humanos: don Ramón Gimeno Coes y O'Neil; RGC; jefe, dicho con cierta ironía; don Ramón, ya respeto y reconocimiento; él, que significa mucho, y ahora mi señor. Mirando a la morena de la boina y los zorros, se me vino a la memoria una canción:

> *Que no te vuelvo a ver*
> *que embarco mañana*
> *en un barco de vela:*
> *voy pa La Habana.*

Aquella copla la cantaba mi madre para dormirme y, cuando estaba triste, esta otra, siempre a gritos y alarmando a la vecindad:

> *Dicen que con un indiano*
> *te vas a ir a Madrid.*
> *Prefieres ser murmurada*
> *antes que sayar maíz.*

Y pienso ahora: ¿De dónde sacó mi madre la vena asturiana, si mi familia no tiene nada que ver con esa preciosa tierra donde tanto me gustaría mezclar la sidra con la manzanilla?

Sonó entonces la campana del reloj grave y luego la del jacarandoso, coincidiendo el último agudo con la llamada discreta de Mateo, que venía a buscarme con combinación de la americana de la noche anterior y los pantalones blancos del día de la corbata roja.

—Madame, si no le importa acompañarme, hoy le sirvo el tentempié en la feria de Sevilla.

CAPÍTULO X

Tan extrañas palabras no me impidieron enseñarle la foto. El señor Mateo dudó un instante, se acercó para ver bien, me echó un vistazo, sonrió con malicia y dijo:

—Él no me acuerdo como se llama, y ella es la Kay Francis, inolvidable artista de la Warner Bros.

Luego, fue hacia la puerta y con gesto que yo calificaría de señorial me señaló el camino. Atravesamos el amplio vestíbulo —desierto a aquellas horas— y al llegar a la escalera de mármol me indicó que, en lugar de subir, debíamos bajar. Mateo Carrasco, que estaba poseído por un extraño frenesí, intentaba contener sus nervios y parecía más duende que nunca. Cruzamos un pasillo ancho de puertas cerradas, y al llegar a una de color verde me pidió que diera la vuelta y que entrara a la voz. Instantes después comenzaron a sonar una sevillanas antiguas: *Por la calle de las Sierpes, mi arma, iba Arfonsito, iba Arfonsito con un sombrero ancho, con un sombrero ancho, mi arma, vendiendo cisco, y lo que gana se lo da a la Victoria, se lo a da la Victoria, mi arma, para avellana.*

Al cabo de unos segundos Mateo me llamó con voz que pretendía ser natural, me volví y lo que vieron mis ojos fue algo tan sorprendente que, de verdad, de verdad, nunca lo pudiera imaginar: era una habitación de buen tamaño, con las paredes pintadas de blanco, aunque una estaba llena de fotografías y otra con estantes y vitrinas; muy colocados había focos, trípodes y algún paraguas de vivos colores; en el centro, una mesita diminuta con dos sillas para enanitos, una botella de manzanilla, dos cañas, un plato con jamón y otro con aceitunas gordales, y al fondo un forillo con la Giralda, la Torre del Oro, castañuelas, abanicos y la plaza de la Maestranza, alegoría sevillana a la que sólo le faltaba un medallón con santa Justa y Rufina; pero el golpe de efecto era el mismo Mateo, que se había puesto una chaquetilla corta y llevaba un sombrero ancho garbosamente colocado sobre la coronilla. Entonces Mateo se acercó al decorado, le dio a un botón, se enrolló la Giralda y aparecieron los Alpes; otro botón, y he aquí cómo surge la estatua de la Libertad, los rascacielos de Nueva York y el puente de Brooklin, y por fin, el Pilar de Zaragoza, con artísticas y esponjosas nubes sobre las que cabalga el apóstol Santiago. Yo no pude articular palabra, y Mateo me abrió una puerta, que daba a un cuartito pequeño con una docena de vestidos, que iban de gitana a demonio, pongo por caso. Después me enseñó otro y dijo que era el laboratorio. Y el segundo, el *water*. Por último me hizo cruzar un pequeño vestíbulo o salita de espera y abrió la última puerta que daba a una calle lateral y que sin duda en algún tiempo fue la de servicio en el palacete: sobre ella brillaba una placa *Naranja y Oro, estudio fotográfico*. Inmediatamente recordé a la mamá gorda con el niño vestido de *pierrot* y a los curiosos personajes que alguna vez vi por la calle. Sin poder articular palabra entré en la feria, Mateo me ofreció una de las sillitas, él ocupó la otra, sirvió dos cañas y me invitó a brindar.

—¿De modo que este es su gran secreto?
—Pero usted ya lo sabía.

Negué, quizá un poco decepcionada, porque esperaba que el *gran secreto* estuviera relacionado con don Ramón o al menos con la biblioteca.

—Si no lo sabía... ¿Por qué me regaló usté la máquina de fotos?
—Porque una máquina de fotos le salvó la vida.
—Ya.

Y volvió a llenar las cañas. Como en las novelas, esperé a que Mateo Carrasco me contara el misterio de aquel extravagante estudio.

—Desde la cárcel tuve el gusanillo de la fotografía, si lo puedo decir así, madame, y en Buenos Aires un muy querido amigo me regaló una cámara más que de mérito y con ella hice mis primeros pinitos. Al volver a España y como andaba escaso de plata, en plan aficionao, me dedicaba a la foto, casi siempre en el jardín de esta casa. Un día mi señor me pilló retratando a un guardia civil en uniforme de gala. No abrió la boca, pero por la noche me hizo cantar y dijo que si me pilla la señora me pone en la calle sin remedio. Yo le juré, por lo más sagrao, que no volvería a suceder y quise entregarle la máquina, pero él la rechazó alegando que no era de aduanas. Cuando se largó la señora, si me permite decirlo así, un día me llama mi señor: Mateo, si quieres hacer fotos, no hay inconveniente, y te digo más, esta casa es muy grande y estamos tú y yo solos, por mí puedes

CAPÍTULO X

montar un estudio en el sótano y utilizar la puerta que da al callejón. Así era de bueno y de generoso mi señor, madame.

Llenó las cañas de manzanilla y continuó hablando:

—Y no sólo eso, sino que me prestó el dinero para instalar el laboratorio y el estudio.

—¿Lo sabe el señor Muñoz?

—Lo sabe, pero no puede hacer nada: el testamento de mi señor manda que mientras exista esta casa, o sea, la Fundación, puedo utilizar el sótano en usufructo y luego —tocó madera— vuelve al principal.

De nuevo se puso en pie y yo le seguí, abrió la puerta del vestíbulo y me señaló una foto grande, coloreada, del señor Gimeno Coes vestido de embajador: RGC tendría entonces de cincuenta a sesenta años, aunque estaba irreconocible por los retoques. Tal vez Mateo adivinara mi pensamiento:

—Cuando murió, antes de que llegaran los de la funeraria, también lo maquillé.

No respondí, y Mateo, cambiando de tercio, me dijo que le gustaría mucho hacerme una foto de gitana con Sevilla al fondo, y yo le respondí que a mí me sentaba como un tiro el vestido de gitana.

—A usté le cae bien el vestido de gitana y lo que se ponga, porque es usté una belleza y lo ha sido siempre de los siempres y por todos los siglos.

Halagada a mi pesar, me volví y descubrí entonces otra foto en la pared: era una mujer morena de ojos azules.

—¿Y esta quién es, señor Mateo?

—La Kay Francis de la Warner Bros.

Durante la vuelta a casa Mateo Carrasco ocupó mis pensamientos; en verdad, aquel duende pintoresco y algo paticorto era un capricho de la naturaleza, y menuda suerte tuvo el capricho al dar con don Ramón, a quien ya tenía fichado de primera mano: hombre inteligente, sensible, conservador, retórico, aficionado a escribir, nostálgico, loco por Cervantes, de buena familia, deportista, guapo, con sentido del humor, rico y generoso, sobre todo generoso. Lástima no haberlo conocido hace veinte años. De la cosecha del día —aparte de la posible foto vestida de flamenca— guardé dos preguntas: ¿Cuáles fueron los *desgraciados avatares* que arruinaron a la familia GC y por qué Mateo tiene en su estudio el retrato iluminado de Kay Francis, que por cierto es la misma artista de la huella encontrada en *Acotaciones al lenguaje porteño*?

    Al entrar en casa me dirigí al salón, cuarto de estar o *living*, donde estaba encendida la tele, a la que Carmencita Rodrigo no prestaba la menor atención: sentada en el suelo, como una niña de quince años, contemplaba algo en el sofá. Me llamó sonriente, di la vuelta y descubrí cuál era el objeto de su embeleso: seis o siete fotografías de un caballo. Me informó de que el animal se llamaba *Tornado* y no pude evitar que me diera algunos otros detalles: como podía observar, era blanco, tenía ocho años y dos sangres o cruce de razas señeras, la española y la inglesa, que reúnen nobleza, valentía e inteligencia. Es duro y elegante y hace preciosidades: paso español, un trote que no te imaginas y levanta la pata derecha o la pata izquierda y anda para atrás y de costado. Una verdadera ganga. Yo le pregunté si intentaba venderme un caballo, y ella me respondió que no lo vendería por todo el oro del mundo. Entonces comprendí el horror de la situación... ¡La pobre Rodrigo había comprado un caballo blanco! Le pregunté el precio y me contestó que esas cosas no se dicen, y luego, que el imprevisto desembolso le impedía hacer el viaje, pero que de momento no se lo dijera a las niñas.

    —Espero que no se te ocurra traerlo a casa.

    Carmen rió de buena gana y me comunicó que estaba en el picadero de Pepe Seco, que por cierto se había contratado como profesor de equitación en el Club de Campo, y que allí pensaban trasladar al noble bruto en cuanto hubiera sitio en las mazmorras, y que la verdad es que tiene sólo un defecto: está capado, algo que en caballos no desmerece, porque uno entero, como decimos los jinetes, es mucha tela para una señorita.

    —¿Lo has pagado ya?

    —Sólo piensas en el dinero, hija.

    Recogió las fotos y me llevó a su cuarto, donde abrió el armario. Por un momento pensé que *Tornado* iba a saltar sobre nosotras, pero no fue así. De un estante sacó una gorra de tercio-

CAPÍTULO X

pelo negro, de esas que usan las infantas para montar, y se la puso, luego me enseñó una levita roja, unas botas lustrosas y unos *breeches* blancos y se justificó:

—Es que yo monto a la inglesa.

—Carmen... —le hice una caricia—, eres... magnífica.

Y me fui a mi cuarto. Antes de apagar la luz, besé la foto de RGC y pensé que entre fotos andaba el juego y que Carmencita Rodrigo y yo éramos de la misma sangre, cruce árabe y gilipollas, y para firmar la sentencia metí la foto de Ramón debajo de mi almohada.

XI
ROSA

Aquella noche apenas pude dormir. Entre el calor y el disgusto que me produjo el cuento del caballo de la pobre Rodrigo, me la pasé dando vueltas en la cama, y encima el noble bruto se llama *Tornado*, que es nombre de aspiradora. Estaba segura de que aquel animal ni tenía dos sangres ni tres, y me daba el viento que al timo económico se iba a juntar una catástrofe sentimental. Claro que yo soy muy desconfiada en cuestión de hombres y tengo el colmillo retorcido —una de las expresiones favoritas de Carmen—, cualidad o defecto que me libra de más de un revolcón, dicho sea en el mejor sentido de la palabra. Y me extrañaba que el tal Pepe Seco no se hubiera beneficiado a Carmen, que está un poco gordita, pero de buen ver: o era un lírico o era otra cosa. Además, la noticia de la mudanza suena rara y, como en las carreras, apuesto cinco mil a uno a que Carmencita Rodrigo no vuelve a echarle la vista encima.

Me levanté temprano y salí a la calle, no sin dejar en la cocina un papelito advirtiendo a Carmen de que me iba sin desayunar, porque tenía que hacerme un chequeo rutinario y que eran cosas del ayuntamiento: hasta la noche, un beso, M. Desayuné sin freno en una cafetería, porque no estaba de humor, y pasé la jornada deambulando en el Archivo de Villa, donde la proximidad de las vacaciones y los cuarenta grados a la sombra contribuían a bajar el rendimiento de los funcionarios.

A las seis en punto llegaba a la Fundación, llamé al timbre, ladró alegremente *Tornabous* y me abrió Mateo, tan feliz como el perro mecánico. Tras una zalema oriental, me anunció:

—Ya estamos solos, madame, por lo menos hasta el 15 de agosto.

Luego —como si fuera un criado de película de los años treinta— me precedió hasta la biblioteca y me dijo que ya tenía elegido el vestido de gitana, que era de lo más clásico, fondo rojo y lunares blancos. Pero yo no estaba de humor y asentí aburrida, procurando no ofender. Antes de cerrar la puerta se me ocurrió hacerle una pregunta:

—Mateo... ¿Usted entiende algo de caballos?

Se quedó blanco, lo mismo que el día que le pregunté si RGC era aficionado al circo, e intento desmarcarse.

—No, madame; de caballos ni una palabra.

Y precipitadamente fue a la puerta, abrió sin mirarme y salió perseguido por la sombra de una duda. Me suena que este zorro entiende de caballos más de lo que dice, y sonreí al advertir el equívoco del verbo principal. De nuevo estaba frente a los libros: aspiré el olor de la cera, el del cuero y el del viejo papel, mis olores, y dije en voz alta:

—Aquí me tenéis, queridos míos, partida de cabrones, aquí me tenéis y me da que hoy entramos en la meta cabeza a cabeza.

Me puse las gafas, comprobé módulo y estante... Y llamaron a la puerta: era Mateo Carrasco.

—Madame, yo de caballos, nada, pero... conozco alguien que sabe tela. ¿Se trata de algún problema con los libros o de un asunto privado?

—Es un asunto privado, pero no se preocupe, Mateo —ahora me hacía la digna.

—Insisto, madame.

Al fin y al cabo —aunque alguien pudiera llamarme metijona— mi obligación era proteger a Carmencita, como la obligación de los padres es educar a sus hijos. Le conté la historia del caballo, él me prometió que consultaría a Herrerita y antes de que pudiera evitarlo —tal vez por cumplir una penitencia— me contó que Herrerita había sido yóquey campeón afamadísimo y que hubo un tiempo en que los dos coincidieron muchas veces en el hipódromo, pero, como así es la vida, acabaron separándose; Herrerita engordó cinco kilos y encontró a la mujer de sus sueños: ahora es tratante de caballos y tiene tres hijos, pero por fortuna conservan una buena amistad y algunas veces se ven. Si era mi gusto —desde luego, sin mencionar nombres—, él podía preguntar al viejo yóquey. Le di las gracias, olvidé al caballo *Tornado* y a su pobre dueña y entré en el módulo de Botánica, donde pasé, sin novedad, la obra de José Quer, el Dioscórides español, cinco volúmenes de Anazarba, máxima autoridad en botánica, y el Cavanilles, alhajas de las bibliotecas dignas de elogio y que valían una pasta. Sin embargo, el primer libro que llamó mi atención fue *Les fleurs de pleine terre,* de Vilmorin-Andrieux et Cie., París, 1909: era un curiosísimo ejemplar que necesitaba una buena labor de restauración. En la primera página decía: *Compré este libro querido en un mercadillo de Bayona en octubre de 1936, sólo por una lámina.* En la página 894 di con dos barreras de sombra de la plaza de toros de San Sebastián, y por detrás de una de ellas, la nota de RGC *Debut de Pepe Luis Vázquez y Juanito Belmonte en San Sebastián.* No tenía fecha. En la última página decía: *volvió a mis manos en abril de 1939 y no me dio tiempo de restaurarlo: tú eres, de entre todos mis tesoros, el que más quiero, fleur de terre, fleur d'amour.* Y al final, con letra mucho más blanda: *así te conservarás, destruido como yo y sin encuadernador que nos encuaderne.* Como era mi obligación, todo lo registré en la correspondiente ficha, aunque me quedaron varias dudas y algunas certezas: Ramón se hizo con este libro en *un capítulo de mi vida,* cuando salió de Madrid y ganó en el casino de Biarritz, pero ignoro por qué compró un libro de botánica, materia a la que él no debía de ser aficionado. ¿Cuándo debutaron Juanito Belmonte y Pepe Luis Vázquez en San Sebastián y por qué guardó las entradas? Sin duda regaló a alguien *Les fleurs de pleine terre,* pero por qué se lo devolvieron y, sobre todo, por qué hay que conservarlo destruido y sin encuadernador y tú eres, entre mis tesoros, el que más quiero. Como no era cosa de pasarme toda la tarde meditando y aquellos mensajes no estaban dirigidos a mí, seguí adelante: *The Concise British Flora in Colour*, Londres, 1965. Siempre me ha sorprendido que los ingleses pongan mayúsculas en cada una de las palabras del título. Y luego *El gran libro de las plantas del jardín*, de Vladimir Mölzer, Praga, 1978. Esta obra se publicó en España después de la muerte de RGC, pero él conservaba el original con diez o doce páginas traducidas. Y estaba al revés, como alguno de sus peligrosos vecinos. Tan incómoda posición significaba algo que yo sólo sabía. En la página 84 una señal de periódico marcaba un texto incomprensible y los dibujos que lo ilustraban: *Zorina, Junior Miss, Carole Amling, Garnette*... Eran rosas rojas y rosas. Pasé la página, *Orange Sensation, Paprika, Koncerto, Lili Marleen, Nordia, Skania, Orange Triumph, Jan Spek, Rimosa, Rumba, Milena, Gloria Dei, Pink Peace, Primaballerina, Gruss an Heidelberg, Dance des Sylfides*... Rosas amarillas, blancas y naranjas. Cada uno de aquellos nombres estaba escrito en un papelito y cuidadosamente pegado sobre el original checo, quizá para llamar la atención de una ignorante. Y yo era la ignorante.

Apenas podía respirar, el olor a cera me mareaba y lentamente me dejé caer al suelo apoyando la espalda en los libros, que me acariciaron sin saberlo. Así acurrucada escondí la cabeza entre las rodillas, como cuando era chica, y me di con mi nombre en la boca: tía Tere —cuando quería ser cariñosa— me llamaba Rosita o Rosina; papá me llamaba María Rosa; la madre Leticia, la más buena del cole, siempre Rosina, y mi primer novio, Rosicler de Alejandría, toda luz, gracia y poesía, y fui yo, por marcar la frontera con mi madre, por hacerme la tía singular, quien decidió ser María a secas y luego, por natural degeneración, Mari. Ramón me estaba llamando Rosa y yo sin enterarme. Ahora sé que me escuchas, ¿pero quién escucha? Rosa, Rumba, Pink Peace, Primaballerina, Carole Amling... Soy yo y lo dicen los libros: *rose cocktail*, Rosa Chacel, la piedra Rosetta, que por fin engancho con Champolion, el hilo de Ariadna y el Laberinto.

Entonces corrí hasta el ordenador, pulsé una tecla donde pone *entry* y grité hasta que no pude más. Le di a otra tecla que tiene una flecha marcando a la izquierda y en la pantalla empezaron a saltar números: era libre, estaba sola y tenía todo el derecho del mundo a volver atrás. Mi rey lo quiere: 10 de junio de 1984.

En menos de una hora —tuve que repasar todos los libros archivados— encontré los que marcaban la posible huella y así los consigné:

1) Hallazgo fortuito: *El viajero universal,* tomo XI, página 179, un pétalo que puede ser de rosa, aunque resulta irreconocible. La página 179 se refiere al Pico del Teide, dato inútil hasta ahora.

2) Enciclopedia Espasa, tomo correspondiente a la CH fuera de su lugar: entre las páginas 1488 y 1489 hay un hilo que ahora advierto de color rosa. La voz Champolion señala a los jeroglíficos, siguiendo el hilo daré con la salida del Laberinto, pero sobre todo es de notar la piedra *Rosetta.*

3) Entre los módulos de Derecho se encuentra, voluntariamente descolocado, *La ley mojada,* de Pedro Chicote. En la página 226 se señala un cóctel: *Rose cocktail.* La palabra *rose* no está puesta por casualidad.

4) Entre las novelas de Salvador González Anaya, voluntariamente descolocado, encuentro un libro de Rosa Chacel, *Confesiones.* Sin duda alguna, RGC quiere marcar la palabra *Rosa,* ahora con mayúscula: Rosa como nombre de mujer.

5) Entre los libros de Botánica encontré —puesto al revés como algunos otros— *El gran libro de las plantas del jardín,* y en la página 84, una auténtica orgía de rosas, a mi juicio indicadas por un motivo bien claro.

Copié todo aquello en un disquete, borré el original y lo registré de forma fría y ordenada, como si no fuera conmigo. Sin embargo, era parte del encantamiento al que estaba sometida: un pétalo de rosa, un hilo rosa, un laberinto y una piedra que se llama *Rosetta, Rose Cocktail,* Rosa Chacel y todas las rosas de *El gran libro de las plantas.* Pero me faltaba algo, una última prueba. Recordé también —según la versión de Mateo— la música que sonaba cuando murió su señor, *Rosa de la Alhambra,* y me parece demasiado, porque, aunque yo sea vanidosa, es imposible tal obsesión por una desconocida.

Me alejé del rincón donde trabajo y me di a pasear por la biblioteca, arriba, por la derecha y por la izquierda, por las murallas de Lugo, por el valle y por los picos más altos, que si alguien me hubiera visto —a excepción de Mateo, que está hecho a mis excentricidades— hubiera pensado que no estaba en mi juicio, porque, además, hablaba sola: este es un momento muy difícil y muy delicado, porque te puedes equivocar, Mari, bonita, que ahora resulta que te llamas Rosa. Ramón está jugando contigo, recuerda el día de la tragedia, y cuando digo tragedia ya sabes a lo que me refiero, al drama, o sea, a las bromas que nos gastamos, que por poco piensas que él es un viejo de esos que ligan por encima de la tumba, un violador consentido, y bien que hiciste el ridículo, porque aquello lo escribió en el 82 y no en el 35, y anda que no tiene guasa.

Lancé entonces un grito aterrador y se dispararon las alarmas del perro Tornabous, que empezó a ladrar:

—¡El Bufooon!

Y corrí hacia los libros que tenía bien localizados: era uno de los últimos... 31, 32, 33... ¡34! *¡En esta casa el más listo no sabe la primera declinación del latín!* ¡La primera declinación del latín, me estaba diciendo Ramón! Tenía que encontrar, entonces, una gramática latina. Busqué en el fichero, en el de siempre, el que está escrito a mano: gramática, gramática, gramática española, alemana, francesa... ¡Latina, arriba del todo! ¡El muy mamón me lo ponía al borde! Subí por la escalera, se me cayeron las gafas, pero no se me rompieron porque eran irrompibles, llegué al último peldaño, pero allí, entre todas las gramáticas, faltaba la latina y una cinta rosa quizá señalara el hueco, tiré de ella y noté cierta resistencia... Hijo de puta, ¿qué has hecho? ¿Qué nueva fechoría inventas, cabronazo? Fui bajando estantes y siempre estaba allí la cinta rosa, y llegué al primer piso, y tuve que subir al estante catorce, y bajando, agarrándome a los libros como si fuera la mujer mosca, descendí hasta el uno, donde tiré todos los grandes, los que me estorbaban: *Historia general de Francia, Historia de los franceses, Historia de la Revolución francesa*, Barcelona, 1853. Clavada en la pared, había una pequeña gramática latina, plan de 1938, seguramente la que estudiaron sus hijos. La primera declinación estaba enmarcada en color rosa: nominativo, *rosa;* genitivo, *rosae;* dativo, *rosae;* acusativo, *rosam;* vocativo, *rosa;* ablativo, *rosa.* Rosa, de la rosa, a la rosa, ¡oh rosa!, para, con, hasta rosa. Y la letra inconfundible de mi señor: *TÚ ERES ROSA, ¿VERDAD?*

—¡Síííí! —grité de nuevo—. ¡Yo soy Rosaaaa, Rosae, Rosam!

Y salí de la biblioteca llamando a voces a Mateo, bajé la escalera de mármol, corrí por el pasillo y empujé la puerta verde y entonces la luz me deslumbró: apenas en lo que se llama un *flash* americano o relámpago de Castilla, pude distinguir un forillo azul celeste, lleno de lunas, astros y estrellas y algún templo griego con palmera agarena. Delante de aquel bonito decorado, con peluca rubia y en atlética postura, se exhibía un hermoso joven en pelota, que por las trazas era un dios griego que marcaba sus poderosos músculos untados de aceite, y frente a él Mateo se escondía tras una cámara de fotos. Al verme, el joven en pelota se encogió para tapar lo que pudiera, Mateo gritó en vocativo: ¡Oh, Madame! Y yo me desmayé.

XII

SUEÑOS DE AGOSTO

—¿Tú te has desmayado alguna vez?
—Una vez, en San Fermín, y me hice caca.
—Qué vergüenza, hija.
—No creas que me importó mucho; además, así aquella noche conseguí dormir en un ambulatorio, porque llevaba tres noches sin pegar ojo.

Me bebí el resto del martini y señalé la copa al camarero Herminio, que, comprendiendo mi necesidad, se dispuso a fabricar otra dosis.

—Lo que me choca es que una mujer como tú se desmaye por ver a un tío en pelota.
—No me desmayé por ver a un tío en pelota, que además no estaba en pelota y te lo he dicho seis veces, que llevaba una hoja de parra.
—No es tiempo.
—Era una hoja de parra de plástico.
—Entonces, ¿por qué te desmayaste?
—Eso me lo deberías decir tú; supongo que por la tensión y por todo eso.

El camarero Herminio, atento y mudo, cambió las copas y nos sirvió dos nuevas dosis.
—Oye... ¿No crees que bebemos mucho?
—Yo, en septiembre, no vuelvo a probar el alcohol.
—Ni yo tampoco.
—¿Tú qué harías?
—No es lo mismo: yo estoy casada y, por un muerto, no destrozo mi hogar.
—Hablo en serio.
—Yo también.
—Dame una pista.
—Son cinco mil duros.
—Vale.
—Tienes dos caminos: con uno ganas dinero, pero pierdes la razón, con el otro pierdes dinero, pero no es seguro que conserves la razón y si lo dejas ahora te lo estarás reprochando toda la vida: ese viejo perverso, por las trazas se nota que es malísimo, juega contigo tal vez por venganza de algo que no sabemos o de las mujeres en general o porque le divierte hacer putadas después de muerto. Agárrate a él y no lo sueltes hasta que te lo haya contado todo, porque ya sabes que en este mundo traidor nada es verdad ni es mentira.
—Ya.
—Que pase la siguiente.
Abrí el bolso, saqué el talonario y pregunté:
—¿Nominativo o al portador?
—¿Tú tienes seguridad social?
—¿En la seguridad social hay psiquiatras?
—Hay loqueros, reina mía.

Las niñas, aquella noche y a causa del calor, cenábamos en casa de Luisita Ibáñez Castelló, señora del juez Pellón, que se había ido a pasar el fin de semana con su amante la bruja, detalle que desconocía Luisa o que le traía al fresco. Los señores de Pellón viven en un piso bueno de la calle de Lagasca, al que yo he ido unas cuantas veces, siempre en ausencia del magistrado. Mi decorado favorito es el despacho, y cuando puedo abro la puerta y

CAPÍTULO XII

gozo del espectáculo, porque es más espectáculo que despacho. En parte fue de su padre, aunque tiene una vitrina del abuelo, afamado juez de Zaragoza, porque la familia es de tradición jurista. El despacho, en su conjunto, resulta horroroso y transmite una profunda tristeza: como es de suponer, los muebles pertenecen al fementido estilo falso Renacimiento español, vulgarmente Remordimiento. Son incomodísimos, trabajados en roble oscuro y forrados en damasco granate, para dar más pena. El juez Pellón no interroga a nadie en su casa, pero si así lo hiciera, a la vista del despacho, confesaría el mismísimo Al Capone, Chicago años treinta. En una de las paredes, detrás de la mesa hay un enorme retrato del señor Pellón padre, en traje de faena: es de José Moreno Carbonero, autor de la *Conversión del Duque de Gandía*. En otra pared se puede disfrutar de una animadísima copia (2×3) de la muerte de Alfonso XII, más conocida como *El último beso*, cuyo autor fue don Juan Antonio Benlliure y Gil y que perteneció al señor Pellón abuelo. De remate, la tercera pared tiene otra copia, esta de Pinazo Camarlench, que se titula *Las hijas del Cid*, sádicos desnudos que sin duda animaron a los justicieros Pellón. En la vitrina del abuelo se guardan entrañables recuerdos: un birrete, las primeras puñetas del padre, la toga apolillada del bisabuelo nacido en La Habana, una gumía y una hermosa colección de cruces y grandes cruces que no tendrían precio en el Rastro. Pero donde de verdad disfruto, últimamente, claro, es contemplando las dos librerías que guardan las obras jurídicas de la familia Pellón: en nuestra biblioteca hubieran quedado absolutamente ridículas; mi Ramón —en aquel terreno y en otros, faltaría más— se diría inabordable. Sin embargo, cuando reflexiono en torno a la apasionante figura del juez Pellón, sobre todo por amor a Luisita, me choca que tan estrafalario ejemplar tenga una amante bruja y una mujer del fuste de la Ibáñez Castelló. Por las trazas han firmado un armisticio que les permite convivir, marcando incluso territorios en el despacho y en el comedor. Mi parte equilibrada es consciente de que algo tendrá el juez cuando lo bendicen.

La otra pieza equívoca es el comedor, donde se exhibe un testero con bonita vajilla de Sargadelos y una mesa redonda para doce o catorce apretados. Todos los muebles están hechos por Herráiz y, como era de esperar, son copias, y en las paredes cuelgan bandejas de plata y dos bodegones, originales, de Pancho Cossío.

Aquella noche —por el calor, como dije antes— en vez de almorzar, las niñas nos reunimos con el propósito de cerrar el viaje, que llevaba más retraso del previsto. Flora se empeñó en servir la cena: Flora tiene ochenta y cinco años y fue la tata de las Ibáñez Castelló. Nunca en su vida consiguió ascender a primera doncella, y ahora, en cuanto puede, pide cofia, delantalito encañonado, zapatos de tacón y falda corta, como si fuera la pequeña de las hermanas Gilda. Lo malo es que le tiemblan las manos y suele derramar las sopas, pero el anti-veneno consiste en no llenar las soperas y taparse con servilletas cuando se acerca el peligro. Luisita nos regaló con una sopa fría de pepinos a la hierbabuena y su toque de nata; rollo de carne, también frío, con ensaladilla de canónigos —ahora le dicen *mash*—, y tarta Saint Honoré, y todo ello acompañado de un albariño que me olía a cohecho: el café y la copa, en esta época del año *poire Williams* helado, se sirve en el campo de Luisita, una habitación cómoda puesta en tonos melocotón albaricoque tirando a calabaza encendida, muy de señora a la última, pero sin personalidad. Un cuadro de Álvaro Delgado retrata a Luisita con un elegantísimo traje de noche, y cuatro dibujos, a lápiz y carbón, de Juan Ignacio Cárdenas le recuerdan la existencia de sus cuatro hijos queridos. A pesar de todo se está muy bien allí, entre otras cosas porque los señores de Pellón tienen aire acondicionado.

Curra Montejo, a quien le gusta vestir las cenas aunque sean informales, se bajó la cremallera de su pantalón de raso negro, porque como de costumbre se había puesto ciega, mientras la plasta de Julia Garrido se dedicaba a calumniar a sus jefes de Galerías Preciados, Candela González Anaya iba sacando folletos de una cartera y Luisita Pellón hablaba —sin hacer caso de Julia— de lo difícil que resulta mantener las plantas de interior en verano, porque si echas las persianas —que es lo natural— se te mueren y no vas a tener la casa achicharrada por culpa de las plantas, aunque también el aire acondicionado seca mucho. Carmen Rodrigo se mantenía en silencio, con la expresión perdida o soñadora o las dos cosas al tiempo, y yo pensaba en el

CAPÍTULO XII

peligroso trance: por primera vez en cinco años iba a traicionar a mis amigas y, sobre todo, iba a traicionar a Curra, que era la que me importaba. Curra y yo nos conocimos en un curso de botánica, aproximadamente el año setenta y cinco, que dirigía Leandro Silva, arquitecto paisajista uruguayo, y Luisita Pellón, que estaba matriculada en el curso, se nos pegó de inmediato. Un día yo junté a estas dos chicas con mi Carmen particular, que a su vez tenía una íntima relación con Julia Garrido, que nació en Galerías Preciados a causa de la compra de una tienda de campaña, que luego resultó en mal estado, pero pudo cambiarse gracias a los buenos oficios de la Garrido. La última fue Candela González Anaya, que reencontró a Luisita en una velada literaria en honor de Pepe Carlos de Luna, poeta malagueño autor de *El Piyayo y El café de Chinitas*. Luisa y Candela habían ido juntas al colegio y se conocían de Torremolinos. Los hombres también fueron culpables indirectos en la formación de este club, porque si yo me apunté al curso de botánica, se debe a que entonces tenía un ligue propietario de un vivero en el pueblo de Barajas, y si Carmen Rodrigo se compró una tienda de campaña, es porque estaba por los huesos de un montañero de Huesca, y mira por dónde ahora la botánica vuelve a ser protagonista de la mano de otro hombre, el que me manda rosas de libro. En 1979 hicimos nuestro primer viaje juntas, y desde entonces no hemos fallado ningún año, y lo curioso es que en esta reunión no tenemos nada que ver unas con otras, aunque puede que yo me equivoque como siempre y cuando digo que no tenemos nada que ver no me refiero a mi amiga Curra, que ya es como si fuera mi hermana.

La voz de Candela me volvió al presente: según su opinión, o se decidía aquella noche o se lavaba las manos. Como es lógico, nadie hizo caso de la advertencia: Carmen y yo, aunque parezca mentira, pensábamos, y Luisita y Curra hablaban de las plantas de interior, mientras Julia Garrido iniciaba un monólogo: llegará un día en que El Corte Inglés devore a Galerías Preciados y ese día, una vez más, seremos el hazmerreír de Europa. En vista del éxito, Candela, que tiene muy buena voz, gritó:

—¡Yo dimito, que organice el viaje vuestra puta madre!

Aquella salida de tono hizo enmudecer a las niñas y murmurar a Julia Garrido:

—Hija..., tampoco es cosa de mentar a la madre de ninguna, a ver si me entiendes.

Candela, que es muy educada y por eso me chocó su salida de tono, se disculpó asegurando que puta madre no hay que tomarlo en el sentido literal de la frase, que no es un insulto y mucho menos desprecio o desdoro para las madres de todas, que era sólo una llamada de atención, y que si queríamos hacer el viaje se hablaba del viaje o, en caso contrario, guardaba los folletos en la cartera y tan amigas como siempre. Luisita Pellón, a la que algo se le ha pegado de la ecuanimidad del juez, se manifestó de acuerdo con Candela: sin ir más lejos, sus hijos que están muy bien educados, se pasan el día diciendo de puta madre, esto es de puta madre y aquello también es de puta madre, y ella no se da por aludida, aunque siempre le han molestado ciertas palabritas. En aquel momento y como era de prever, Julia, Luisa y Candela se dedicaron a explicar —es un decir— lo que ellas entendían por puta madre y el peso de ciertas voces en el lenguaje cotidiano, y de cómo la retórica en tiempos pasados enriquecía al idioma y en cambio ahora con cuatro lugares comunes y trescientas palabras nos arreglábamos. Julia Garrido comenzó a gritar: ¡Ah, no, blasfemias, no! ¡Por las blasfemias yo no paso! ¡Yo no paso por las blasfemias! Fue entonces cuando se hizo oír Curra:

—¡Pero a qué coño hemos venido aquí!

Una psicóloga es una psicóloga, y si se centra un tema, ya no hay nada más que decir: habíamos ido a hablar del puto viaje, como añadió la misma Curra, pues del puto viaje se habla. Candela González Anaya volvió a sus folletos, y cuando iba a entrar en materia con precios de aviones y hoteles con desayuno incluido o media pensión, Carmencita pidió, tímidamente, la palabra. Las niñas se quedaron atónitas, porque hasta entonces nadie había echado cuentas de Carmen Rodrigo, que parecía ausente, como si no estuviera allí. Con cierta dificultad dijo que aquel año, y sintiéndolo muchísimo, no podía acompañarnos. Hay momentos en las asambleas en que se presta atención y aquel fue uno. La Rodrigo confesó que no tenía di-

CAPÍTULO XII

nero, que últimamente había hecho algunos gastos imprevistos y que incluso había tirado de sus ahorros. Curra me miró, y Luisita Pellón, que es generosa y rica, le dijo que por el dinero no se preocupara, que ella se lo adelantaba con muchísimo gusto.

—No es sólo el dinero... —Carmencita no se atrevía a mirar a ninguna—, es por Pepe... Pepe, ya sabéis quién digo, está en Austria, en un curso de alta escuela, vuelve dentro de dos semanas y yo quiero estar aquí.

Y como nadie le preguntaba nada, decidió contarnos la parte económica del negocio, y acabó confesando la hermosa historia del caballo y cómo inesperadamente había encontrado el amor y su vocación, que si llega a ser más joven se hace rejoneadora. Candela, que es una mujer práctica, le preguntó cuánto le había costado el caballo, y Carmen, en vez de decir que de dinero no se habla, dijo que un millón. Curra y yo seguíamos mirándonos y las otras tres también se miraron: la verdad es que allí nadie sabía nada de caballos, pero, tratándose de Carmencita y mediando un hombre, aquello olía a timo de película. La Rodrigo, al advertir la tensión producida por sus palabras, tomó ardorosamente la defensa del noble bruto y aseguró que tenía ocho años, la edad ideal, que era de dos sangres, fantástica mezcla de inglesa y española, una verdadera ganga, y que si quería venderlo ahora mismo le daban dos millones.

Las chicas asintieron, Candela fue a lo suyo y entonces entré al baile:

—Un momento... Siento deciros que yo tampoco voy al viaje.

—¿Tú también te has comprado un caballo? —me preguntó Julia Garrido de muy malos modos.

—Yo me he comprado unos cojones —respondí con toda la razón del mundo.

Y de nuevo saltaron chispas en la reunión, aunque ahora hablábamos todas al tiempo:

CARMEN.— Siento muchísimo haber sido la causante del jaleo y me vais a perdonar, pero más vale una vez coloraocolorao que ciento amarillo, y si por las causas que a ella sólo le interesan, Mari tampoco va, no es cosa de dramatizar y...

JULIA.— Perdona, Mari, pero ya me estás calentando, que tú eres como el capitán Centella, y yo te he hecho una pregunta con toda la educación del mundo y no aguanto sofiones de nadie y...

CANDELA.— Quisiera yo saber por qué coño me molesto y sobre todo por qué molesto a mis amigos, y para vuestro conocimiento os diré que contabilizando las horas que llevo metida en este maldito viaje y...

YO.— Os voy a decir una cosa, guapas, y a ti sobre todo, Julita, y no te asustes, mona, que no pienso blasfemar: lo primero, no es el capitán Centella, sino Araña, y entérate, reina, no voy al viaje...

CURRA.— ¡¡Silenciooo!!

Por fortuna, y como dije antes, una autoridad es una autoridad y, aunque a regañadientes y dejando caer palabras como tiros de gracia, nos la envainamos, algunas un poco avergonzadas, que aquello parecía más bien un foro internacional que una reunión de amigas. Curra dijo, y nadie objetó nada, que éramos libres de ir o no al viaje y que ella conocía mis motivos, frase que me hizo temer lo peor.

—Mari tiene un trabajo muy pesado y muy difícil en la fundación esa como se llame, y ahora todo el mundo se va de vacaciones y ella puede adelantar el trabajo, porque no le gusta estafar a nadie, o al menos eso es lo que entiendo.

Me la hubiera comido.

—Y ahora que levanten la mano las que quieran ir al viaje de los cojones.

Candela González Anaya, Julia Garrido, Luisita Ibáñez Castelló de Pellón y la misma Curra levantaron la mano.

Me sentía orgullosa por saber ocultar de aquel modo mis pensamientos y también liberada en cuanto al viaje, porque el mío, el auténtico, estaba en la biblioteca, y qué mejores vacaciones que las que pudieran transcurrir en María de Molina, junto a mi Ramón y al anciano y disparatado duende Carrasco. Abracé entonces la almohada como si se tratara de un ser vivo y me puse a hablar sola: lo que más me gusta de ti es el cuello y tus hombros, y me voy a comprar un picardías, que es una palabra que quizá no hayas oído nunca. ¿Sabes lo que más me gusta de ti, aparte del cuello y los hombros? El sitio donde estás... Las mujeres somos muy raras, y tú tienes que saberlo porque eres un hombre guapo, inteligente y deportista... A mí, por decir algo, lo que me va es una voz insinuante o el anochecer en la orilla del mar, un buen anochecer me pone cachonda, y perdona la palabra, o el amanecer en el desierto, y por eso me gustas tú, que no vayas a creer que yo tiendo a la necrofilia, soy perfectamente normal, aunque he tenido muy mala suerte con los hombres, que sólo buscan lo que buscan como si no hubiera otra cosa: ya sé que estás muerto y que eso no es bueno, pero no soy la primera que se cuela por un fantasma; tú y yo tenemos todo el tiempo del mundo o, al menos, todo el mes de agosto, y sé que después de follar no te darás media vuelta en la cama, ni te fumarás un cigarro humillante.

La que dio un salto en la cama fui yo: me estaba declarando a un muerto y le decía lo que nunca había dicho a nadie. Encendí la luz y miré mis fotografías, y pensé que si fuera tía Teresa, rezaría entonces, o si fuera Carmencita Rodrigo, me haría una paja a la salud del muerto, pero yo no era ni una cosa ni otra, ni chicha ni limoná, ni frío ni caliente, yo era un fracaso sexual desde que tuve catorce años hasta la fecha. ¿Por qué? Seguramente porque le pedía a los hombres más de lo que me podían dar: nunca me conformé con un buen polvo, ni con un ramo de flores, ni con una bonita poesía, y siempre preferí estar sola a bien acompañada.

De nuevo apagué la luz. Él me llevó hasta su alcoba para enseñarme una foto y un libro que decía *ya sé que me escuchas*, y me obligó a investigar y llenó los libros de rosas, hasta que en la gramática me preguntó: *Tú eres Rosa, ¿verdad?* Rosa, rosae, rosam, rosa, rosa. ¿Qué quieres decirme y por qué me lo dices a mí? Me encogí como cuando era chica y pensé en la carta de bienvenida, la alhaja de la biblioteca, alhaja que no es lo mismo que joya, en besa sus pies, en un capítulo de mi vida, en el casino de Biarritz, dos butacas del cine Kursaal y el debut de Pepe Luis Vázquez y Juanito Belmonte en San Sebastián. *En esta ciudad fui feliz, más feliz que nunca.* 21 de octubre de 1937... *recuperé a mi mujer y a mis hijos...* ¿Por qué me parece que aquella fecha es terrible, sólo porque has dicho *lloro por los días felices que no volverán*? Mientras me duermo, oigo una voz que canta *dicen que con un indiano te vas a ir a Madrid. Prefieres ser murmurada, antes que sayar maíz*. ¿De quién es esa voz que he oído tantas veces? ¡Rosina, Rosina! ¿Tú crees que regalan el cola-cao? Unos pedacitos de hielo, unas gotas de kirsch, unas gotas de granadina, media copita de Dubonnet, media copita de vermut Noilly Prats, agítese y sírvase en copa de cóctel, añadiendo una guinda. Me temo que yo soy la guinda.

Mateo, como una beata mecánica, se persignaba muy seguido. Su voz venía de lejos y repetía: otra vez, otra vez, tenía que ocurrir otra vez, y le oía llamarme, señorita Rosa, señorita Rosa, no se muera, no se muera, madame, por favor, no se muera. Entreabrí los ojos y me dieron ganas de decir ¿dónde estoy? como las desmayadas profesionales. Al fondo, cubierto por una bata de falso cachemir, me miraba horrorizado el chico que hacía de dios griego, que aún llevaba puesta la peluca rubia. ¡Ya vuelve, ya vuelve!, y Mateo me puso en los labios un vaso con ginebra, que más que gusto me dio tos. Entonces vinieron las explicaciones, que aquel chico —se llama Angelito— era un cliente y que llevaba una hoja de parra de plástico, me la enseñó, que no estaban haciendo nada malo, que eran fotografías artísticas. Yo hubiera querido contestar, pero no tenía fuerzas, y él venga a insistir en lo de la hoja de parra y en la foto artística; que no, Mateo, que a mí me da igual lo que hagan ustedes en el estudio, que no me he desmayado por ver a Angelito en pelota, que ha sido por el mensaje de su señor, que se me fue la cabeza, pero está muy bien perder el sentido, que te quedas como flotando en el espacio... Sin embargo, todo lo que pude hacer fue un gesto con la mano que venía a significar ancha es Castilla, ya hablaremos, y Mateo lo entendió y me dijo que me iba a llevar al cuarto de los huéspedes, y yo que no, que prefería ir a casa, y Mateo lo entendió también, porque mandó a Angelito que fuera a buscar un taxi, y Angelito, que debía de estar deseando oír de labios humanos una orden parecida, puso pies en polvorosa. ¡Pero adónde vas tú en bata a la calle, que no nos faltaba más que eso! Yo quería sonreír y cerré los

CAPÍTULO XII

ojos... La hoja de parra era de plástico... Recordando aquella escena me quedé dormida.

Por una habitación luminosa venía don Ramón Gimeno Coes, un viejo muy derecho, muy limpio y muy bien afeitado. Don Ramón se acercó a mí y, después de darme los buenos días, me preguntó si guardábamos los periódicos de la semana. Abrí los ojos de par en par: tal vez fueran las ondas de la fotografía de la almohada y los sabios consejos de Curra, pero había sucedido. Encendí la luz: eran las seis y media y por la ventana empezaba a entrar la claridad del amanecer. Yo conocí personalmente a Ramón Gimeno Coes. Me hubiera subido a la cama a dar saltos y estuve a punto de despertar a Carmencita Rodrigo para contárselo todo. Conocí a Ramón en la hemeroteca el año ochenta o el ochenta y uno. Era como la vuelta atrás en una película.

Aquel señor, de impecables modales, vino a pedirme los periódicos de la semana pasada, me tendió su carné de identidad, que yo apenas vi, y aguardó unos minutos mientras un conserje cumplía su encargo. Ahora recuerdo que me miraba medio burlón, medio interesado, medio amoroso, medio triste: cuatro medios, me miraba dos veces. Yo, un poco azarada, le pregunté: ¿Quiere usted también los deportivos? Y él, desde su altura, me dijo que no, que le bastaban los diarios de información general. Observé cómo se instalaba en una de las mesas y desde allí, mientras se ponía las gafas, me lanzó una última y curiosa mirada. Entonces advertí que alguien se había dejado en mi pupitre una revistilla donde vienen crucigramas, acertijos, charadas, jeroglíficos y criptogramas, y por matar el tiempo, tiré de bolígrafo y me puse a resolver todos aquellos problemas. Sin duda la hemeroteca estaba medio vacía y quizá fuera verano o tal vez Semana Santa. La voz de aquel viejo me hizo levantar la cabeza: Señorita... ¿Me permite? Me he dejado aquí... Y miró la revistilla de acertijos y también se azaró. Yo quise morirme: había violado la propiedad privada y, lo que es peor, la propiedad privada de un cliente del ayuntamiento. El distinguido caballero se llevó la revistilla, sonrió y me dijo: le aconsejo que haga los crucigramas con lápiz, porque siempre se pueden borrar los errores. Lápiz Faber-Castell B2 y goma Pelikán. Como es lógico, me quedé muda. Pasó las hojas y noté que me aprobaba en aquellas materias, incluso me subía la nota. Se guardó la revistilla y siguió repasando los periódicos de la semana anterior.

—¿Pero cómo es posible que no te acordaras?
—Claro que me acordaba, si pasé un rato fatal..., pero no le ponía la cara y ahora, ya ves tú, se la pongo.
—¿Estás segura?
—¿Quién me dijo que metiera la foto debajo de la almohada?
—Va a resultar que no entiendes una broma.
—Pues funcionó.

Había sacado literalmente de la cama a mi sufrida Montejo y, como no quería testigos, en vez de vernos en su casa o en la mía nos citamos en un bar del centro. Curra se atrevió a darme un consejo: lo mejor que podía hacer era ponerme en manos de uno de sus colegas, porque ella —en razón de amistad— era incapaz de atenderme.

—No necesito ni psicólogos ni psiquiatras.

Entonces levantó los ojos como si se dirigiera a un ser superior y justiciero:

—Lo que tú necesitas, y perdóname la blasfemia, Dios mío, es una camisa de fuerza, y bendigo al fantasma inmundo que me libra de ti en el viaje que nos disponemos a emprender a la isla de la Reunión.

Ahora iba a reprocharme lo de las las niñas, porque Curra se apuntó al viaje segura de que tres deserciones lo arruinaban sin remedio. Debí de poner tal cara de angustia que no quiso ensañarse con el vencido.

—Te voy a decir una cosa, Mari —me hablaba como una madre—: ese chico no te conviene, pon tierra o agua por medio, tranquilízate y deja que pase el tiempo.

—No puedo: estoy sola y he firmado un contrato.

Curra sabía que era inútil insistir y yo recordé entonces la famosa frase, ¡prefiero veros a todos muertos antes que perderlo a él!, que me llevó de patas a la boda con Francisco Pascual; claro,

CAPÍTULO XII

que entre aquellos dos hombres, el bestia de mi ex marido y el refinado Gimeno Coes, no había color. Curra entonces me hizo una pedante radiografía de la personalidad de RGC. Según ella, por todo lo que yo le había contado, por la carta y por la escritura del sujeto, era un tipo asustadizo, tímido y caprichoso, obsesionado por las mujeres y de probable tendencia homosexual, que se sentía superior al mundo, al que odiaba, pero, como también era sensible e inteligente, resultaba muy peligroso: te está buscando y te va a hacer daño, te tiende trampas y se burla de ti, viene en los libros, no en los de su biblioteca, viene en los míos. Yo respondí que si quería decirme que Ramón estaba loco, habíamos terminado, y Curra me contestó que ya no hay locos ni cuerdos, pero insistió en el tema. Sus ojos iban más allá y seguramente pensaba que si en tal situación alguien pedía a gritos tratamiento de urgencia, era yo. Por fin, con inesperada dulzura, me preguntó si podía hacerme una visita a la biblioteca y yo le dije que bueno, pero sin consejos, ni metiendo el cazo donde no le llamaban. Curra, aunque fuera vestida de moro amigo, no desaprovechó la ocasión:

—Me parece que eres tú quien me ha llamado.

—Y yo que creí que te caía bien...

Curra Montejo se emocionó un poquito.

—¡Y me caes bien, Mari; eres una de las pocas mujeres que aguanto en este mundo!

—No..., si decía él.

Curra me miró con emocionante tristeza, se puso en pie y se fue sin pagar.

M ientras bajaba por la calle de Alcalá, acera de la sombra, en dirección a Cibeles, iba dándole vueltas al tema, enterrada en la más negra de las depresiones: siempre la misma cosa, todo el mundo tiene tendencias homosexuales y ahora resulta que Ramón es maricón y odia a la humanidad y me pone trampas y se burla de mí. Pues no opinabas así la primera vez, mona, que bien me acuerdo, me dijiste que era presumido y generoso, limpio y ordenado, que había sufrido una barbaridad y que le gustaban mucho las mujeres, de maricón nada: tiene mala conciencia, pero de maricón nada. Lo que ocurre es que estás celosa, porque en este entierro nadie te da vela y finges preocuparte por mí... Me reí, porque estuve a punto de soltar aquello de *prefiero verte muerta a perderlo a él*...Y me contuve, pobre Curra, en el fondo está cuadriculada como todos los de su especie y sólo se alimenta de lugares comunes. Al pasar frente al teatro Alcázar —cerrado aquel verano por culpa del incendio de *Alcalá 20*— había remontado el mal trance, y mucho contribuyó al remedio el que tres chicos muy jóvenes que se cruzaron conmigo se volvieron a mirarme, y un mensajero que iba en una vespa de museo me gritara ¡tía buena! También lo dijo Curra la otra noche: tienes un hermoso cuerpo.

XIII

Una foto de gitana

Me arreglé a conciencia, como si fuera a acudir a una primera cita, mientras sonaba por la radio una selección de *Cabaret*, ya con más de diez años de vida, y es que aquí no tenemos remedio, cuando agarramos un tema es para siempre, como los matrimonios antes de la ley del divorcio, y recuérdese al efecto *Siete novias para siete hermanos*, *West side story* y *My fair lady*. De todas formas son obras bonitas, inspiradas, como dice tía Tere, y a mí Liza Minnelli y Joel Grey me servían en la ocasión para acompañar un bello despertar, un prometido *wonderful day*. Me peiné hacia arriba, dejando el cuello al aire, un cuello —por cierto— en perfecto estado, y me maquillé discretamente pero con la sabiduría que dan veinticinco años de afeites y pomadas: un fondo, una pizca de rimel en las pestañas, apenas sombra en los párpados y un poco de color en los labios, todo muy suave, muy de mañana de agosto. Luego, me puse un jersey largo de algodón a rayas horizontales blancas y azules, una falda plisada azul marino y alpargatas de doble suela, también azul marino, atadas con cintas, y como adorno, tres pulseras de marfil que fueron de mi madre. Por último, en una maletita me llevé otra muda, porque aquel día empezaba mi veraneo y no hay veraneo sin equipaje, por chico que sea.

Llamé al timbre, ladró *Tornabous* y al poco tiempo me abrió el señor Mateo. Al verme se quedó blanco, dio un paso atrás y tuvo que agarrarse al tirador de la puerta: yo creí que perdía el conocimiento y pensé que la risa iba por barrios. Pero como Mateo Carrasco es hombre de temple, se repuso en breves segundos y me invitó a entrar, dijo que estaba guapísima y alabó mis pulseras de marfil, que no se le habían pasado por alto. De camino hacia la biblioteca, y después de recoger mi maleta, insistió en que la hoja de parra era de plástico, y la fotografía, artística.

—Vale, Mateo —le reñí—, y no me vuelva a hablar de la hoja de parra, que ya sé que Angelito no estaba en pelota, hombre.

Mi voz sonó un tanto áspera, Mateo acusó el desplante y entonces le dije que me podía hacer la foto de gitana antes de comer. Él seguía mirándome presa de un ligero temblor, como si estuviera frente a un fantasma, tanto es así que no tuve más remedio que preguntarle si le ocurría algo, y Mateo Carrasco me respondió que no, que se sentía feliz por tenerme en la Fundación mañana y tarde y que las pulseras eran una maravilla. Después me tendió las manos, murmuró un ¿me permite, madame? casi patético y mirándome a los ojos besó las pulseras. A continuación se rehízo, sonrió y prometió venir a buscarme a la una en punto para hacerme la foto de flamenca, y que si quería un café o cualquier otra cosa llamara dos veces al timbre, y se quedó con ganas de algo más, pero quizá no lo consideró oportuno.

En cuanto salió Mateo me puse en jarras y lancé una mirada circular a los libros, desafiándolos y haciéndoles ver que iba dispuesta a todo. Los libros, al sentir mi presencia, produjeron un sordo murmullo de protesta al que no fueron ajenos el sillón *chippendale* y el pupitre.

—Ahora soy la reina y mando que habléis claro, que ya me tenéis muy harta.

Me dirigí al armarito misterioso e intenté abrirlo, pero como siempre se mantenía cerrado: ya caerás, que tú eres el peor de todos.

CAPÍTULO XIII

Alguien —como Curra, sin ir más lejos— podría pensar que estaba alocada y que aquellos susurros, temblores o protestas eran hijos de una mente enfermiza, y no: los libros hablan, y las habitaciones, y los muebles, como hablan las avispas y las ruinas o el viento, sólo hay que saber escuchar y mostrarse amable o dura, según los casos, porque a un libro, como a un hombre, si le das la mano se toma el pie.

—Le toca a usted, san Agustín, el primero de la lista, abra la boca y enséñeme los dientes: módulo uno, estante uno, *Confesiones*.

Cuando lo tuve entre mis manos remiré la página de *La Codorniz*, el misterioso chiste de Herreros y el damero maldito de Conchita Montes, resuelto con lápiz Faber Castell B-2. Buscando otras pistas, examiné a fondo el criptograma y di con ciertas huellas bonitas: *Amor oculto*, gracias, pero no vale la pena. La poesía entera es una declaración de amor y bien encajan las palabras *dolor, amantes, muerte, rosaleda, comentarte y octogenarios,* claro que los plurales no cuentan, porque se deben a la necesidad de meter la mayor cantidad de eses que se pueda. *Savonarola* me hizo sonreír, *famoso y controvertido personaje del Renacimiento italiano;* llamábamos *Savonarola* a una monja del colegio que tenía cara de ave rapaz. Y luego *oemor*, que me parece mal colocado, pero por algo será: *oemor* es *Romeo,* aunque tenga ochenta años y esté al revés. ¿Y la S que corresponde a la inicial del autor? Quizá sea una errata, porque S. del Palacio tiene que ser M. del Palacio.

Amor oculto, nada nuevo me contó san Agustín, que vuelve a su sitio, M-1, E-1. Y ahora, Mari, guapa, hay que seguir el camino, paso a paso, sin saltarse las reglas y sin correr, porque las prisas no conducen a ninguna parte, y así fui, feliz y contenta, módulo a módulo, estante por estante y otra vez escaleras arriba a la muralla de Lugo, como si rosa, rosae, rosam, no hubieran abierto la gramática latina. Por fin di con ellos: más difícil todavía, he aquí los libros del circo.

Iba por delante un ejemplar dedicado de *El circo,* de Ramón Gómez de la Serna, portada de Bartolozzi, Imprenta Latina, primera edición, precio una peseta, de venta en todas las librerías: *A Ramón de Ramón, cronista de circo, Buenos Aires, Madrid, Londres* y *París, hijo de William y director de circo*. El segundo y el tercero, el mismo título, pero de otras ediciones, uno encuadernado en pasta española y otro en rústica. Dentro del último había una tarjeta de libre acceso al Price firmada por Manolo Feijoo y una felicitación de Navidad 1950, de Juan Carcellé. Luego *Les Fratellini, Histoire des trois clowns*, L'Ile de France, éditeur à Paris, también con dedicatoria: *A mon ami Ramón en souvenir de nos soireés au cirque, le 11 Juin 1926, Paul Fratellini*. Así que *mon ami Ramón* se trataba con payasos en su juventud... ¿Por qué Mateo se desconcertó cuando le pregunté si su señor era aficionado al circo y no quiso contestarme? Sigo adelante sin pestañear: *El circo y sus figuras*, de Sebastián Gasch, Barcelona, 1947, y *Le merveilleuse histoire du cirque, de Henry Thétard, 1948*. También tengo en casa este libro y he mencionado el nombre del autor, del que hay una carta fechada en París, 5 de abril de 1956, que empieza así: *Mon chere confrére...* En esta carta Henry Thétard le pide noticias y precisiones a Ramón acerca del pueblo de Catarroja (Valencia), sobre los hermanos Hervás y el payaso *Pichel*, allí nacidos. De modo que Gimeno Coes era historiador del Circo, U. H. C., y su padrino fue Henry Thétard. No sabría decir por qué, pero estos datos desconocidos para mí me alteraron el pulso y tuve que sentarme en la escalera. Es bonito compartir aficiones con la gente que quieres y coincidir, modestamente, en algunos libros: recordé entonces que mi madre no sólo me contaba las aventuras de la enana mademoiselle Monique Ziekenvertleden —domadora de gatos—, sino otras muchas, trágicas, asombrosas o divertidas, como si ella misma hubiera vivido bajo la carpa ambulante, y ahora resulta que RGC, abogado de fama, embajador en Argentina, académico de Jurisprudencia y alpinista, era historiador del circo y amigo de payasos y artistas... También es casualidad. Permanecí en posición fetal, esa que tanto me gusta, sintiendo un remusguillo de placer como si fuera gata y me estuvieran rascando detrás de la oreja. Luego continué: por lo menos me quedaban ochenta o noventa libros de circo, pero uno de ellos me llamó la atención, porque era viejo entre los nuevos, y en encuadernación y estatura desentonaba del conjunto: *El genio de las bestias, zoología pasional* de Toussenel, Madrid, 1859. ¿Otra vez, don Ramón? ¡Déjeme usted respirar! ¿Qué hace esta zoología pasional en una pista de circo? Hace lo que hace y bendita sea, porque para eso estamos. En la página 359, y así lo registro, hay un recibo de Mantequerías Leonesas, que a juzgar por los productos —turrón, anguila de mazapán, jamón serrano, botellas de champaña y otras delicias— debía de corresponder al tiempo de Navidad, y por los precios, más o menos, a los años cincuenta. Leí la página sin saber quién dominaba a quién, si el texto o el recibo de las Leonesas.

Cierto día en que aparentaba buscar perdices conmigo, en un patatar, sale de entre sus piernas una liebre y me grita:
—*¡Vuestra es, tirad!*
—*Toma, y vos... ¿qué hacéis?*
—*Es verdad, atended.*
Tira y el animal da en el momento un salto prodigioso, terrible, cayendo en seguida exánime: había recibido un balazo entre las dos orejas. Hacía treinta años que este cazador de otras épocas cargaba siempre con bala y lo había olvidado en aquel instante.

Esta vez —tampoco es una novedad— no entendí el tortuoso mensaje, aunque le di vueltas tratando de adivinar quién era la liebre que fue muerta de un balazo y quién el cazador que cargaba siempre con bala. Sin pensarlo volví a oír las palabras de Curra: te está buscando y te va a hacer daño, te tiende trampas y se burla de ti.

—Pero olvidas una cosa, reina mora: olvidas que me quiere.

Y sin dar mayor importancia a la liebre, al cazador y al recibo de Mantequerías Leonesas, seguí clasificando los módulos de circo, donde ya no encontré ninguna señal, excepto programas de funciones en Madrid, Lisboa, Viena, Londres, París o Buenos Aires, y algunas fotos de artistas, como Grock, el ventrílocuo Felipe Moreno y su loro Kiko, el domador Jesús Vargas o el malabarista Rastelli. Sólo me llamó la atención, y no sé por qué, una tarjeta de visita que estaba entre las páginas de *O Coliseo dos Recreios*, Lisboa, 1940: Norberto Murciego y Morris, circo, teatro y variedades, calle de Las Huertas, 18. Madrid.

A la una en punto Mateo Carrasco vino a buscarme y, aunque estaba más tranquilo que a primera hora, noté que seguía un poco agitado. Me llevó por la escalera abajo, abrió la puerta del estudio, donde ya tenía lista la cámara y el forillo de ambiente sevillano, y me dio una bata rosa de admirable limpieza, rogándome que me cambiara, porque tenía que maquillarme.

—¿No estoy bien así? —le pregunté con malísima intención y turbia coquetería.

El pobre Carrasco pareció vacilar, como si aquel juego le hubiera llegado al alma.

—Está usted maravillosa, madame, pero si la foto es de flamenca debo hacerle notar que las flamencas...

—Era una broma.

Y como si Mateo no estuviera presente, me quité la falda y el jersey y me puse la bata, ocupando a continuación la silla que me indicaba. El duende-fotógrafo me echó un lienzo blanco por los hombros y entonces yo le dije:

—Aféiteme.

Mateo, que ya había recuperado el tono, me respondió vanidosamente:

—Pues no se ría usted, porque también he sido barbero.

Y se quedó fijo en las pulseras de marfil, que yo moví con intenciones de serpiente de cascabel o de rabo de escorpión.

—Cuando un día le pregunté si el señor era aficionado al circo, usted me salió por peteneras, y ahora resulta que es historiador del circo.

—Es que hay temas, madame, que están prohibidos, y el circo es uno de ellos: usted ha llegado muy lejos y ya podemos hablar de muchas cosas, de las que yo sé, porque insisto una vez más en mi ignorancia.

Estuve a punto de mandarle a tomar por saco, pero al mirarle me contuve: había tal cantidad de amor en sus ojos, que me dominé y cerré el pico. Yo he vivido bastante, he conocido a muchos hombres, algunos en la cama y otros en la mesa del café; algunas mujeres, ninguna en la cama; pues entre todos y todas, quizá el ejemplar más extraordinario de la zoología pasional sea este Mateo, fiel a un muerto que me tiene encandilada, redicho en el habla en ocasiones como la presente y andaluz medio analfabeto otras veces.

—Mateo... ¿Cuándo me vas a dar la llave del armarito misterioso?

CAPÍTULO XIII

El duende, aprovechando el tema maquillaje, me arreó una cariñosa bofetada con tres dedos:

—Está prohibiiido.

La próxima vez emplearía napalm o haría la guerra bacteriológica. Cerré los ojos y le dejé seguir. No sin recordar que cierta noche triste maquilló el cadáver de RGC. Mateo me soltó el pelo y con la precisión de un peluquero de tronío lo fue ondulando. Luego pasó sus manos, de dedos muy suaves, sobre mis mejillas y la barra de *rouge* sobre mis labios, y por fin, con un lápiz blando, me pintó un lunar. Yo le pregunté por qué me pintaba un lunar, y él me contestó que todas las gitanas güenas llevaban lunar, y por último me pidió que no me mirara al espejo hasta el final. Después, ya sin ningún pudor ni disimulo, me sirvió de doncella y me ayudó a vestirme de flamenca, y cuando me miré al espejo apenas pude hablar: lo que tenía enfrente era una belleza de los años cuarenta, una mezcla de Lady Hamilton, Dolores del Río y mamá, que ahora se me venía encima como no lo hiciera en vida. Entonces me eché a llorar: las lágrimas arrastraban el maquillaje y me entraban en la boca destrozando la labor del pobre Mateo, que no paraba de decir... Madame, pero madame... Es que me estoy acordando de una perra que yo tenía de niña... Se llamaba *Pipa*... La mató un camión porque era una loca y se escapaba siempre que le venía el período y cruzó la calle y el camión no paró... Madame, pero madame... Me abracé al diminuto duende y tuve la sensación de que abrazaba a Flash Gordon.

—¿Y ahora cómo hacemos la foto?

—Otro día la hacemos, señorita —pronunció aquella palabra en un tono ronco, que no olvidaré nunca—. De momento yo la tengo aquí y siempre la tendré aquí.

Mateo se señaló la frente y volvió a besarme las pulseras; entonces sonó el timbre de la calle y *Tornabous* —el perro mecánico— empezó a ladrar.

El portal estaba medio cerrado y por la escalera subían y bajaban vecinas con aire de circunstancias, la señora Mercedes —la portera— vino hasta mí, suspiró oficialmente y me dio un beso, el primero y el último de su vida, porque era muy antipática. Tía Tere me hizo entrar en el ascensor y me dijo que fuera valiente, que mamá nos estaba viendo desde el cielo, frase que iba a repetirse cientos de veces aquella mañana y que, por más esfuerzos que hacía por apartarla de mí, me llevaba al diablo Cojuelo levantando tejados y metiendo las narices para fisgar en las casas. El tío José Manuel y la tía Tere se habían encargado de todo, de pagar un entierro de primera y una sepultura perpetua, de mandar dos coronas con lazos y dedicatorias, una en su nombre y otra por papá y por mí, y de publicar esquelas en todos los periódicos e incluso de comprar café, pasteles, jamón serrano, vino dulce para las señoras y seco para los caballeros, porque los duelos hay que vestirlos, que una cosa es el dolor y otra la cutrez. Al entrar en casa —la puerta estaba abierta de par en par—, percibí un murmullo de conversaciones que parecía el ruido del tráfico y olí a cera y a incienso. Por el pasillo venía Felisa, vestida de negro y con una bandeja de pastas, que por poco se le cae al suelo: me abrazó sollozando y a tía Tere le costó Dios y ayuda apartarla de mí. La casa estaba llena de vecinas enlutadas y de compañeros de mi padre, empleados de la Diputación; pensé entonces que mamá no tenía amigas y que aquello era bien curioso. Nunca había visto tanta gente en casa y no me explicaba cómo cabían todos en un piso tan pequeño. Las vecinas me llenaban de saliva, de besos y de lágrimas, se sonaban y bebían café o vino dulce y rivalizaban por darme ánimos: mamá está en el cielo, y el diablo Cojuelo, pensaba yo, ahora tienes que ser muy buena, mamá nos está viendo desde el cielo, no es tu mamá y además no sé por qué tiene que verte a ti, ya eres una mujercita, no iba a ser un camionero, ahora habrás de cuidar a papá, que está solito y tú eres la mujercita de la casa. Y si soy mujercita, ¿por qué me habláis como si fuera retrasada mental? Los hombres se limitaban a sonreírme y a murmurar sentido pésame, te acompaño en el sentimiento, y ninguno se atrevió a besarme, aunque tal cual me miraba de otra forma, como en el metro, porque mis trece años parecían dieciséis. La tía me llevó hasta la alcoba, y cuando yo me detuve indecisa, me dio un ligero empujón, susurrando tienes que ser valiente. El tema de si yo debía ver a mi madre muerta fue muy

CAPÍTULO XIII

debatido aquella noche en casa de los tíos, hasta que se decidió que sí, que ya tenía edad. La alcoba de mis padres estaba muy cambiada: en el centro había un ataúd sobre un pedestal cubierto de rojo, y en las esquinas, cuatro velas grandes y todas las sillas que se habían podido reunir ocupadas por mujeres que rezaban el rosario y me miraban, aquellas no tenían que decir que mamá estaba en el cielo y que yo era una mujercita, porque su misión era otra: rezar y mirar. Me acerqué a la caja, que era de rica caoba, y observé a mamá, vestida de seda blanca con un crucifijo en las manos y rodeada de flores diminutas; estaba muy pálida, apenas se le veían los labios, y en cambio destacaba el lunar de su mejilla derecha; me hubiera gustado darle un beso, pero me daba vergüenza, y así me quedé mirándola hasta que tía Tere me sacó de la alcoba, porque en el pasillo estaba papá, que me abrazó en silencio, sin decir ninguna tontería, y entonces sí noté que me entraban ganas de llorar, pero me aguanté todo lo que pude, porque ya estaba rodeada de mujeres dispuestas a consolarme. Fui al cuarto de baño y tuve que esperar a que salieran dos vecinas, que al verme iniciaron un lastimero sollozo, pero yo las empujé y eché el pestillo por dentro, y cuando me quedé sola me tiré al suelo, me tapé la cara con los brazos y me puse a llorar bajito para que nadie me oyera.

Ahora, con un gin-tonic al alcance de la mano, estaba repasando las fotos de papá y mamá y las mías, cuando era pequeña. Aún no había llegado Carmen Rodrigo, y ojalá no viniera, porque no me gusta dar malas noticias, aunque esta era más que previsible.

Tornabous, el perro mecánico, se disparó cuando llamó al timbre una visita, y la visita no era otra que el señor Herrerita, antiguo yóquey e íntimo de Mateo Carrasco. Yo me quité el maquillaje de artista y volví a cambiarme de ropa, y en el patinillo nos dispusimos a dar cuenta de una botellita de vino blanco bien frío y unas tapas de cocina que había preparado el señor Mateo. Herrerita no mediría más de un metro cuarenta y ocho y no creo que pesara treinta y cinco kilos, había nacido en Perú y aún hablaba con acento. Iba impecablemente vestido y se teñía el pelo de castaño, la cara estaba llena de arrugas porque no le salía barba y en cambio tenía un vozarrón tipo Fedor Chaliapine, que si cierras los ojos te imaginas un gigante, pero si los abres topas con el enano don Paquito. El señor Herrerita dijo que había estado en el picadero para examinar al caballo *Tornado*, e hizo entonces una breve descripción del animal: era blanco, aunque en su juventud fuera tordo, porque a los caballos también se les pone el pelo blanco como a las personas. Él le calculaba unos veinte años, aunque podían ser dieciocho; tenía los dientes limados para que pareciera joven, y los cascos, lo mismo de lo mismo. Estaba ensillado, que quiere decir con la columna vertebral hecha polvo, y ya no servía como no fuera de caballo de picador en la plaza de toros. El señor Mateo me habló de Pepe Seco, a quien conoce de sobra, pero el otro día le dio vergüenza decírmelo; por supuesto, también lo conoce el señor Herrerita. Mateo dijo que era maricón, y se quedó tan tranquilo, y que media vida se la había pasado pegando enfermedades secretas a sus novios, y el señor Herrerita, que allá Pepe Seco con el sexo, pero añadió que, además de maricón —cosa lógica y disculpable—, era un estafador y un chapucero capaz de vender a su mamá por cien duros. Luego se excusó por las malas palabras, pero no encontraba otras.

Las fotos que más me fascinaban eran las de Willy Koch en San Sebastián, las del vestido de noche: había cuatro o cinco, desde un primer plano, hasta otras de cuerpo entero, sonriendo o seria, pero en todas era feliz; parecían de ayer mismo, no quedaban cursis, ni muchísimo menos pasadas de moda. Entonces sentí que una mano se apoyaba en mi hombro y me llevé un susto tremendo:

—Hay que ver —me dijo Carmen Rodrigo a modo de saludo— cómo se parecía tu madre a Irene Dunne.

—A quien se parece es a Kay Francis.

—Y a ti... Sois igualitas, igualitas las dos.

—Sólo que ella tenía un lunar en la mejilla.

Y después de señalar la foto, cerré el álbum.

XIV

Del amor al odio

Estaba furiosa, irracionalmente furiosa, me sentía engañada, traicionada y ridícula, y todo lo que hasta ayer fuera aventura mágica y sorprendente lo sentía hoy sucio, pegajoso, enfermo, incluido el servil Carrasco y sobre todo el viejo inmundo que se llamó en vida Ramón Gimeno Coes, a quien veía ahora en su auténtica dimensión: fatuo, pedante, maniático, manipulador, fundador de nada, gracioso después de muerto y cursi de alma. Y lo peor es que había intentado destruir la imagen de mi madre, que fue su querida según creo entender; cuánta razón tenía Curra al decir que me haría daño el cerdo de RGC, a quien en mala hora conocí un día. Ahora lo veo todo claro, las mariconadas de Carrasco y los estúpidos misterios del loco: *está aquí metida en los libros, las mujeres dignas de tenerse en cuenta andan por el borde de los veintiocho y salen siempre en los libros bien rematados... Mi querida niña, vive usted para encontrarlo...* Tu puta madre. ¿Y el otro, el refinadísimo hortera de nombre Muñoz? *Es él quien quiere verla... Las notas que encuentre en los libros, las que se dirijan sólo a usted, no tiene que registrarlas en el ordenador... La voluntad del señor Gimeno Coes y la foto...*

Pero lo peor de todo es *ya sé que me escuchas* y *tú eres Rosa:* soy María Rosa, la hija de tu amante Rosa María. Entonces me sacudió un escalofrío desde la coronilla a las uñas de los pies. ¿Y si yo era hija de aquel cabrón? ¿Y si al final me lo iba a decir, tanta leche con san Agustín, las cintitas rosa, el hilo rosa, Champolion, la piedra Rosetta, terminan en un vulgar melodrama, peor, en un culebrón venezolano?

Estuve bajo la ducha más de una hora tratando de limpiarme las babas del viejo, y pensé incluso en no volver a la Fundación, pero eso sería dar ventaja, y voy a sacarle, además de las vergüenzas, la manteca y el dinero. ¿Qué pretendes, tranquilizar tu conciencia o joderme viva o las dos cosas?

De momento no volví a María de Molina, me quedé con Carmen, a quien conté, casi regocijada, la historia del caballo *Tornado* y del estafador Pepe Seco, menuda suerte, por lo menos está vivo y le puedes marcar la cara. Y no me puse al teléfono cuando me llamó Curra. El domingo, mientras Carmen lloraba en su cuarto, me llegó la paz y pude pensar con cierta lógica. Tenía que ver a mi tía Teresa, porque estoy segura de que ella sabe algo, lo malo es que hace más de un año que no me ocupo de mis tíos, ni siquiera para felicitarles la Navidad, y es que no tengo nada que decir y no me gusta la familia, mi familia fueron mis padres y ahora mi única familia es el recuerdo de papá. Al anochecer de aquel domingo tiré de bolígrafo y anoté algo así como las etapas por donde transcurría:

1) Descubro que RGC quiere hablar y me intereso por él y, para qué vamos a andar con mentiras y chorradas, me enamoro del muerto.

Estuve tentada de poner alguna nota al margen, pero me aguanté.

2) Después descubro que soy yo a quien se dirige RGC y me siento halagada y feliz.

Sí, halagada y feliz, esa es la verdad por mucho que te reviente.

3) Por último descubro que la mujer descrita es mi madre y tengo celos, aunque no me lo confiese, y el amor hacia RGC se torna en odio.

Lo escribí de un tirón como si no fuera dueña de mi mano, y

CAPÍTULO XIV

el verlo escrito me tranquilizó, porque yo no podía mentirme. Luego, rompí el papel en cachitos y me fui al cuarto de Carmen, que seguía en la cama, llorando.

—Venga tía, para ya, que ningún hombre merece la pena, que encima has tenido suerte, que si no llega a ser maricón y te lías con el Seco ese, vete a saber lo que te ocurre; lo peor es el dinero, pero también se arregla, y tú te vas a ir a la isla con las niñas y te vas a tirar a todos los nativos, que yo te invito.

A pesar del drama, Carmencita Rodrigo sorbió los mocos y sonrió, para volver inmediatamente a lo suyo. Yo, que cuando quiero tengo una fuerza que no sé de dónde me sale, la agarré por los sobacos y la puse firme:

—¡Vale ya, joder, no llores más que te hostio como me llamo Mari!

Carmen se mordió los labios y debió de comprender que iba en serio, y entonces la abracé, retorciéndole una oreja para que no se enterneciera.

—Ahora arréglate y ponte guapa, que te llevo a cenar al mejor restaurante de los que quedan abiertos, pero como se te ocurra mirar a un tío te vuelvo la cara del revés.

Fuimos al restaurante del Palace, que nunca falla, no sin antes visitar el bar en busca de dos martinis bien secos. Carmen se encontraba mucho mejor, y en cambio a mí me subió la calentura y pegué un puñetazo en la barra, al grito de ¡maldita sea una y mil veces el *rose cocktail!* Carmencita me miró con horror, y yo le dije que no era nada, sólo calores de última hora. Al fondo del mostrador había un hombre cuya espalda me resultaba familiar: el tipo se estaba comiendo literalmente a una magnífica pelirroja, dándole aceitunitas en el pico. La pelirroja podía ser una puta cara o la señora de algún agregado de la República de Irlanda, y no pretendo ofender, que lo digo por la hermosa melena roja. De pronto, el caballero, al buscar otra aceituna, medio se descubrió: era el diputado Federico Sañudo en horas libres. Bajé del taburete y, ante el asombro de Carmencita Rodrigo, me acerqué a él:

—Hola, Fede..., que abandonada me tienes, hijo.

No hay nada que asuste más a los hombres que un ligue les pille con otro ligue. El pobre Sañudo apenas pudo pronunciar un ¿conoces...?, porque yo le besé dulcemente en los labios y luego, mordisqueándole una oreja, susurré que era un cerdo. Él terminó la presentación, ¿conoces a Andrea? Y yo que no, que no la conocía. Es fotógrafa y está preparando una exposición para el invierno. La inocente me miraba con curiosidad, pero sin ningún temor: Is she your wife? —le preguntó—. ¡No, no, no! —negó alteradísimo Sañudo—. She is only a good friend! She might want to have dinner with us. No, muchas gracias —respondí yo—. He venido a cenar con una amiga; llámame, Fede, no seas malo, hombre. Me di un besito en la punta del dedo y lo puse en los labios del caballero, luego miré a la hermosa Andrea, cuyos ojos brillaban divertidos o cómplices quizá, y volví junto a Carmen, que, interesadísima por el diputado, me preguntó quién era:

—Uno que no volverá a llamarme en su vida.
—Hija..., pues está como un queso.
—Está vacío como el agujero de un queso.

Me gustaba ser mala, porque indudablemente aquello era una perfidia gratuita. Tipo Cojuelo seguí observando: Sañudo intentaba explicar algo a la chica, que me miraba sin ningún disimulo, hasta que por fin consiguió arrancarla del taburete y se la llevó despidiéndose de mí con un sobrio ademán, mientras la pelirroja Andrea me sonreía con sus blanquísimos dientes. Cagueta... —pensé—, ahora por huir de mí te vas a volver loco hasta encontrar un restaurante abierto en domingo y en agosto.

Haciendo de tripas corazón fui a ver a mis tíos, que, como todos los años, pasaban el verano en El Escorial. En rarísimas ocasiones sacaba mi Volkswagen, viejo en años, pero recién estrenado a juzgar por sus kilómetros, pintado de amarillo y que llamaba la atención en el Madrid de 1975. Disfruté por la carretera, que me resultaba familiar, y casi olvidé la triste misión que me conducía. Había llamado a tía Tere, que, muy sorprendida al oírme, me preguntó si necesitaba dinero:

—No, sólo quiero hablar contigo.

CAPÍTULO XIV

—Vente a comer mañana.
—¿Aún vive Juli?
—Juli es inmortal, niña.

Mi tío José Manuel Arana construyó aquella casa en 1946, al pie del cerro Abantos en El Escorial, porque allí tenían las suyas otros personajes muy conocidos en Madrid y él no iba a ser menos: Víctor de la Serna, el arquitecto Luis Feduchi, el doctor Fernández Iruegas, el aplaudido Fernández Shaw y don Ramón Menéndez Pidal, puede que aquí me equivoque, puede que don Ramón tuviera su casa en San Rafael, que tampoco cae lejos. Desde 1947 y hasta la fecha en que desgraciadamente me casé, veraneaba en El Escorial, y eran de mi pandilla los Fernández Shaw, los Feduchi, Paco Alonso, Julito Bravo, Carmen Giralt, los Arenillas y algún La Serna, que venía de cuando en cuando. Todo estaba muy cambiado, los accesos, las carreteras y sus consecuencias, las infinitas direcciones prohibidas; El Escorial amenazaba con venirse abajo, el hotel Felipe II coqueteaba con la Universidad Complutense y ya no era refugio de escritores ni picadero de ricos.

La casa de los Arana, llamada humildemente «El Refugio», hecha de piedra gris, triste y aburrida, parecía inspirada por el último suspiro del arquitecto Herrera y Gutiérrez de la Vega. El jardín estaba hecho un desastre, las plantas sin podar desde hacía años, los lilos a lo suyo, la yedra invasora, los rosales más salvajes que cultivados, sólo polvo y agujas de pino en las veredas, ortigas por todas partes, lagartijas huidizas, piscina de agua verde botella y coníferas hartas de desmelenarse en días de invierno. Me abrió una chicuza que no tendría más de dieciocho años, vestida con una camiseta ajustada, pantalones vaqueros y alpargatas que usaba como chancletas, y supuse que estaba allí para ayudar a la vieja Juli en las tareas más pesadas. Avancé por el jardín, procurando no asombrarme demasiado, pero sin dejar de compararlo conmigo misma. Iba dispuesta a ser implacable, a ir directamente al grano, a sacar todo lo que supieran mis tíos —si es que sabían algo— de la relación entre mi madre y el señor Gimeno Coes. Tía Tere me aguardaba en lo alto de la escalera de piedra de Colmenar, a la puerta de la casa, vestida de blanco, diminuta y arreglada en mi honor. Siempre me cayó bien tía Tere, que aún conservaba los ojos vivos, la calidad de su cutis pálido e indudables restos de inmortal belleza, porque fue muy hermosa en su tiempo, aunque nunca le sacó provecho a la ventaja por cerril y virtuosa. Me tendió las manos y me abrazó murmurando dichosos los ojos. Luego me miró casi con curiosidad y dijo que estaba muy guapa.

—Ya, ya, igual que mi madre.

Me había propuesto no ser antipática, ni pedante, ni cruel, ni redicha; así que con una sonrisa traté de borrar el mal efecto de la frase. Pregunté por el tío y me contestó que ya lo vería, que estaba en la parte de atrás del jardín, que se pasaba el día entero arreglando el jardín, pero que le iba muy bien porque así se movía. Luego, me llevó a una salita oscura y fresca y le pidió a la chica una jarra de limonada con miel y mucho hielo. Cuando nos sentamos me preguntó si había llegado sin novedad, porque ahora El Escorial ya no era El Escorial con tantas casas y tantas calles y tanto ruido, que hasta en Abantos se escuchaba el escándalo de las discotecas. Vino el primer ¿te acuerdas? y luego las quejas: ya no hay nadie, todos se han muerto, sólo quedamos cuatro gatos, pero yo amarradita a esta casa, que de aquí me sacan un verano con los pies *p'alante*, porque estaba convencida de morirse en verano, eso sí, después del tío, que no se vale sin ella. Sin poderlo remediar, me hizo una confidencia: el tío José Manuel había mandado instalar un urinario, como los de los cafés, en el cuarto de baño principal, de tal modo que ella tuvo que mudarse a otro baño, porque sólo de ver tal adminículo se le revuelven las tripas, ya no le falta más que poner un letrero en la puerta que diga *caballeros*. Por fin me preguntó cómo me iba, y yo aproveché aquel pase de la muerte:

—Muy bien... Ahora estoy trabajando en la Fundación Gimeno Coes.

Tía Tere miró hacia otro lado y susurró un aah, apenas audible: había marcado un gol por toda la escuadra y era llegado el momento de atacar de la manera más salvaje posible.

—Tía... ¿Yo soy hija de Gimeno Coes?

Con un hilo de voz, aterrada, me respondió:

—Qué cosas se te ocurren, Rosita.

—Mírame.

CAPÍTULO XIV

Hizo un esfuerzo y me miró.

—¿Me lo juras?

—Te lo jura tu madre, que en gloria esté, y ahora vamos a hablar del tiempo.

Pero yo no podía soltar la presa y le conté mi aventura en la biblioteca, las huellas que fui encontrando, el retrato literario de mi madre entre las obras de Blasco Ibáñez, las alusiones en *un capítulo de mi vida*, mis recuerdos del circo, los lamentos de Gimeno Coes cuando liberaron a su familia en Asturias, pero sobre todo el empeño en que yo supiera algo que no sabía. Tía Tere me escuchó con atención impropia de su frívola edad y me aconsejó que no volviera a poner los pies en aquella casa, y yo, como es lógico, me negué sin mencionar los siete kilos que cobraba por el empeño.

—¿Tú lo sabías?

Ella asintió.

—¿Y el tío José Manuel?

—Los hombres nunca saben nada.

—¿Y papá?

—Se fue al cielo sin enterarse de que su mujer le ponía los cuernos.

—Cuéntamelo todo.

—Yo creí que habías venido a verme presa de un arrebato sentimental.

Miré a tía Tere con admiración, porque hay tías que mueren con las botas puestas.

—Te voy a proponer un trato, Rosita: si te cuento esta lamentable historia, te desheredo y todo lo que tengo, incluida esta hermosa finca, se lo dejo a los misioneros que lo necesitan más que tú.

—Acepto el trato.

Y tendí la mano como si estuviéramos en una feria de pueblo: tía Tere puso su mano en la mía y la noté temblando, como un pájaro asustado, y no pude por menos de besarla.

—No te asustes, tía: tengo derecho a saberlo.

—Con los padres está muy feo emplear esa palabra... No tienes ningún derecho, pero vas a saber todo lo que yo sé.

En aquel momento entró el tío José Manuel, que me estrujó

entre sus brazos: era un viejo limpio y alegre, que inmediatamente me comparó con mamá, mientras tía Tere dejaba escapar una risita cómplice. Venía de magnífico humor y nos informó del motivo: en la Olimpiada de Los Ángeles, Doreste y Molina habían ganado la medalla de oro en vela 450, y para celebrar el acontecimiento nada mejor que una cerveza bien fresquita o dos, si fuera necesario. La tía, manifestando que le importaba un pito la olimpiada, que tenía absolutamente prohibido beber cerveza y que se fuera con viento fresco a podar la parra. Tío José Manuel, digno y ofendido, sobre todo a causa de mi presencia, respondió que no era tiempo de podar parras, que eso en febrero.

—Pues vete al supermercado con Violeta.

—No se me ha perdido nada en el supermercado.

—Mira, Jose, esta es una reunión de mujeres y tú te incorporas cuando lo mandemos.

El tío pareció dolido, hizo una pausa, se puso rojo y a punto estuvo de montar una bronca, pero acabó obedeciendo a regañadientes, no sin antes resoplar, carraspear como en otras ocasiones memorables y huir dignamente pegando un rabotazo:

—Bueno..., pues luego, cuando me llaméis, ya no estaré, y tú, Teresa, no me busques, porque me habré ido por un camino y a lo mejor viene Violeta.

E hizo mutis con emocionante dignidad. Tía Tere, soberbia y eficaz, añadió:

—Ya lo has oído, amenazan hasta la tumba —luego suspiró resignada—. Yo nunca lo he engañado, nunca; pero supongo que él, todas las veces que haya podido.

Y después de recordarme que me desheredaba sin remedio y que si la interrumpía una sola vez cerraba el pico, porque estaba muy incómoda, comenzó a contarme la historia que siempre calló y que le vino de mi madre un día de ruptura y triste confidencia.

—En primer lugar te diré que Ramón Gimeno Coes fue uno de los hombres más guapos de Madrid; a mí no me gustaba, pero las cosas son como son: abogado de fama, deportista, culto, rico, mujeriego, según dicen inteligente y astuto, navegaba entre dos aguas, y tan pronto se le veía en la tertulia de Indalecio Prieto como dándole coba a Gil Robles: le tiraba el dinero y se moría por salir en la foto. También te diré que era un canalla, un tipo sin escrúpulos, amoral y jugador, que además se creía un genio. Sus andanzas fueron famosas en Madrid, y por un mal chiste era capaz de vender a su madre. En el año 35, después de la revolución de Asturias, se significó por las derechas, y si lo pillan en el 36 lo zancochan, niña, pero, como había nacido en Buenos Aires, pudo refugiarse en la embajada argentina y pasar al otro lado. Y aquí es donde entra Rosa María, que se casó muy poco antes de la guerra con Luis Arana, tu padre, que también era abogado, ya se había metido en líos de Falange y el mismo 18 de julio pudo escapar, porque si lo cogen lo apiolan, y la portera, que era buena gente, escondió a Rosa, y no sé quién, sería el destino digo yo o algún pariente de tus abuelos, le contó que tu padre había muerto en el Cuartel de la Montaña y la enchufó en la embajada argentina, donde conoció a don Ramoncito. Hermosa y joven viuda y guapo abogado debieron de consolarse a gusto, aunque luego la guerra los separó. Él fue a San Sebastián y ella lo siguió poco después. San Sebastián era como Sodoma y Gomorra, niña, y allí estuvieron haciendo lo que les vino en gana, hasta que las tropas del Caudillo entraron en Gijón y devolvieron la familia a Gimeno Coes. Tu madre, entonces, se separó del muy sinvergüenza, pero no por mucho tiempo, ya que la pobre estaba enamorada de aquel sátiro y volvieron a juntarse sin el menor recato, y cuando terminó la guerra, el bendito uno de abril, Rosa María, tu madre, recibió la noticia de que su marido vivía en Madrid y había estado en la Quinta Columna, y entonces, como en el fondo era una mujer de buenos principios, abandonó al seductor y volvió a casa y naciste tú el año 41, de tu padre, un Arana, que tenía lo que hay que tener, aunque estaba ciego, y un año después, esto ya no me lo contó tu madre, se liaron otra vez por una simple casualidad y siguieron juntos el camino de la perdición. Yo no puedo justificar a Rosa, porque en este tiempo engañó a conciencia, se dejó mantener y puso en ridículo a tu padre, que no se enteró de nada.

Se calló, como si me diera la venia, pero yo tenía demasiadas cosas encima y tía Teresa añadió un último dato:

—Incluso se fueron a Tenerife en un barco inglés que tomaron en Lisboa, aunque creo que volvieron en aviones distintos. En el fondo, la pobre Rosa estaba completamente loca, era una incosciente y se dejó llevar por el lujo, el dinero y por la labia de aquel miserable, a quien Dios haya perdonado.

Y dejó de hablar. La historia aquella podía estar muy cerca de la realidad, aunque los juicios sobre mamá iban por mal camino: ni fue pobre mujer, ni codiciosa de dinero, ni tuvo buenos principios, ni muchísimo menos estaba loca. Pero lo demás era cierto: San Sebastián, Biarritz, el cine Kursaal, el debut de Pepe Luis Vázquez y Juanito Belmonte, el recibo de las Mantequerías Leonesas, las ridículas pistas, el pretencioso *capítulo de mi vida*, el ya sé que me escuchas, *Rose cocktail*, Kay Francis y el lunar, el amor imposible. ¿Imposible? ¡Cien polvos en la cama de mi padre! Tía Teresa, persona certera, realista, juiciosa y cruel, remató el cuento antes de llamar a su marido:

—Ten la seguridad de que entre abril de 1939 y 1942 no se vieron, y tú naciste el 41. Eres tan Arana como tu tío.

Y como me viera callada, preguntó:

—¿Desde cuándo no te confiesas?

—¡Y yo qué sé!

—Eso es lo malo: los jóvenes despreciáis la religión y así va El Escorial.

—Ya no soy joven.

Al día siguiente me peiné con moño, me puse unos pantalones vaqueros más bien anchos, una camisa sufridita, zapatos bajos y gafas de sol, todo aséptico y vulgar, como si no me importara mi persona. Carrasco abrió la puerta y no se atrevió a preguntar nada, ni siquiera por qué había faltado los últimos días, y yo no pude contener la lengua:

—¿Hoy no le recuerdo a nadie?

El anciano suspiró, haciéndose el mártir, me acompañó a la biblioteca y cuando se disponía a salir cerré la puerta, tendí la mano y le exigí la llave del armario. El pobre movió la cabeza y me dijo que era imposible, y yo le contesté que me habían contratado para ordenar los libros, todos los libros, incluidos los

CAPÍTULO XIV

del armario. Carrasco insistió: todos los libros menos los del armario, y yo me mostré conforme, pero le anuncié mi dimisión y ya se lo podía ir diciendo al señor Muñoz, y de paso que me tenía sin cuidado el contrato y la cláusula donde renuncio al fuero. Mateo estaba pasando las penas del infierno, se retorcía las manos y me suplicaba:

—El señor no quiere, el señor lo dejó dicho y yo tampoco quiero, madame.

—No vuelva a llamarme madame, por favor.

—Es lo último..., lo último...

Echó mano al bolsillo del chaleco, que siempre llevaba puesto, y me tendió la llave, asegurando que aquello nos traería desgracia.

—Puede usted marcharse.

El infeliz salió abrumado, murmurando desconcertado como si la tierra se hundiera a sus pies. Yo me volví en silencio y miré los libros, que ahora callaban: por supuesto, me disgustó presionar al viejo, pero tampoco iba a darle una patada al armarito misterioso, que podía contener cartas de mi madre o de RGC, fotos, documentos, el relato de aquella historia o yo qué sé, y para darme valor y justificar mi acción me convencí de que tenía derecho sobre el armario, más que derecho tenía la obligación de abrirlo. Metí la llave y giró como si estuviera recién engrasada la cerradura.

El armarito, como siempre ocurre en las películas de misterio, estaba casi vacío, ni cartas, ni relatos, ni fotos, ni documentos comprometedores: sólo un cuento y un ejemplar de *La Codorniz*. El cuento era *Barba Azul*, mensaje del señor Gimeno Coes bien simple: había violado el secreto de *Barba Azul* y sus reales órdenes, y mi femenina curiosidad —que así lo hubiera dicho él— podía perderme. *La Codorniz* correspondía a un ejemplar de 1942. Lo repasé de arriba abajo y caí en la cuenta de que le faltaba la página del Damero Maldito, que sin duda alguna estaba en las obras de san Agustín. Aquello era una señal inequívoca, tal vez fatal, el puto secreto del armarito misterioso, la pócima que debía beber y que, de rebote y por entremetida y cojuela, me llevaba al infierno.

Volví al damero de san Agustín convencida de que oculta

mucho más de lo que enseña y me quedé enredada en la tramposa S. del poeta, que es M. de Manuel. La S de Savonarola es un escándalo y una provocación, porque el autor —sin duda— es Manuel del Palacio. Miré el número 110, y donde tiene que haber una S hay una M. Luego el controvertido personaje del Renacimiento no es Savonarola. La A está en su sitio, pero la V del 157 es una Q: *Maq...* No hace falta seguir, ¡Maquiavelo! Don Ramón es Maquiavelo y lo confiesa; por tanto, el Damero Maldito, escrito con lápiz Faber-Castell B-2, está trucado y ahora lo que me pide el cuerpo es la goma Pelikán para abrirme paso. Mis ojos se fueron al otro autor, a Shakespeare, al revés oemor, pero al derecho me sale Otelo y además él ha imitado letra de imprenta en el original. Hay otra palabra falsa, *antimonio*, que en realidad debe ser *arsénico*, pero a *antimonio* le sobra una letra y observo que precisamente el número 173 está añadido o ha puesto una rayita traidora. Las que permanecen: dolor, amantes, ley, muerte, rosaleda, telegrama y octogenario rematan la confesión. RGC, maquiavelo y retorcido en *Amor oculto*, quiere decirme que por celos —*Otelo*— envenenó a Rosa de rosaleda, y ya octogenario, cuando le llega la muerte, fuera del alcance de la ley, me lo cuenta de forma absurda y disparatada. Cuánta razón tiene tía Tere, el viejo está loco, pero los locos también matan. *La confesión sincera, sólo tú mi secreto no conoces, sin yo quererlo te lo digo a voces y acaso has de ignorarlo eternamente.*

¿Pero por qué la mató y a qué clase de celos se refiere y, sobre todo, por qué me reta? Es indudable que confiesa y que en los libros anda suelta la historia de un crimen. Cerré el armarito y observé la biblioteca, que ahora me parece sombría, amenazadora y silenciosa: es un arma, y en ella se esconde la muerte y a mí me ha llamado el asesino. ¿Por burla, por tranquilizar su conciencia o sólo por maldad? Donde hubo amor encontrarás venganza, voy a remover tus huesos y cuando dé con la prueba destruiré tu recuerdo y acabaré con la Fundación.

Comencé a pasear entre los libros tratando de poner en orden mi confusión: debo firmar la paz con Mateo Carrasco, que si ha leído esa *Codorniz*, cosa muy probable, no creo que haya encontrado el damero maldito de san Agustín. Mateo es la reina de esta partida y sin duda conoció a mamá, seguramente la

CAPÍTULO XIV

quiso y yo se la recuerdo, y bien sabe de quién eran las pulseras de marfil. No cabe duda de que Gimeno Coes me ha citado para entablar esta batalla, pero si nunca hubiera abierto el armario, no se me habría ocurrido sospechar. ¿O cuenta con la curiosidad de una mujer desconocida? ¿Y si todo es un juego y sólo se ríe de mí? Vale. Como si alguien me observara, giré la cabeza y hablé en voz alta:

—Tengo que volver atrás: módulo uno, estante uno.

Toqué entonces el timbre dos veces. A los pocos instantes entró Mateo Carrasco con cara de circunstancias, y yo me acerqué a él, dispuesta a hacerle una confesión general.

—Perdóneme, Mateo... He estado muy desagradable y muy antipática y usted no se lo merece.

Le devolví la llave, que él tomó en silencio, sin levantar los ojos.

—En el armario sólo había un cuento y un periódico viejo. La otra mañana, cuando vine vestida de azul y blanco le recordé a mi madre, ¿a que sí?, porque además usted conocía las pulseras de marfil, y yo, al volver a casa, mirando fotos, me di cuenta del parecido y vi el lunar de Kay Francis, ese que yo no tengo. Las madres parecen distintas, y es muy duro descubrir que son iguales a todo el mundo —terminé en tono muy bajo, agarrándome al melodrama.

Después imaginé a la perrita *Pipa*, despanzurrada en medio de la calle, con los ojos abiertos y un charco de sangre que manchaba su pelo blanco, y las lágrimas comenzaron a rodar por mis mejillas.

—Mamá fue la amante de Gimeno Coes y toda la biblioteca me lo está diciendo, y los libros se burlan de mí: si usted estuviera en mi lugar, querido Mateo, sentiría como yo y pensaría en papá, que fue la víctima inocente.

Mateo Carrasco estaba a punto de fundirse.

—Es muy fuerte, muy fuerte... Sólo quiero saber una cosa... ¿Yo soy hija de don Ramón?

Casi me aplaudo el medio mutis, mientras el pobre Mateo vacilaba al borde del abismo.

—No, le juro que no: mi señor y la señorita Rosa no se volvieron a ver hasta el año 42, cuando ya estaba yo en esta casa, que lo sé de fijo.

Miré al suelo y suspiré.

—Voy a seguir el trabajo como si nada hubiera ocurrido, como si nada supiera. ¿Puede seguir confiando en mí?

—Sí, señora, como siempre.

Me acerqué a él y le puse las manos en los hombros y le pregunté si aún éramos amigos, y me dijo que sí, que hasta la muerte, y yo me disculpé emocionada y me fui al cuarto de baño a pasarme una toalla húmeda por los ojos. Cuando volví a la biblioteca encontré un *gin-tonic* muy frío junto a una servilleta de hilo: levanté el vaso y lo dirigí al sillón *chippendale* en silencioso desafío.

XV

Un cazador de otras épocas

Para averiguar dónde, cómo y por qué fue muerta mi madre, debía transformarme, dejar a un lado el rencor o el deseo de venganza —que, por cierto, lo tengo muy arraigado—, nada que enturbiara mi razón, ni prisas, ni agobio; tenía que hacer de policía cerebral como Hércules Poirot o cachazudo y paciente, tipo comisario Maigret, y demostrar que mis sospechas no eran fantasía, aunque hasta entonces sólo contara con la confesión de un loco hecha a través de un damero maldito trucado. Tenía que poner a prueba mi instinto, mi voluntad, y, con la ayuda de Mateo Carrasco, que incluso pudo ser testigo, encubridor o cómplice del crimen, llegar a la última página. A partir de ahora yo soy tonta, sentimental y cariñosa, pero cuando se esconda el sol afilaré las garras y a las doce de la noche le rompo el cuello a Dios.

En primer lugar —y ya que en esta historia los testigos son libros— revisé los de casa, por si me podían decir algo: no dejó muchos mi madre, que además murió hace ya treinta años, y menos aún mi padre, poco aficionado a leer. Los que conservo de mamá, salvo dos o tres, no me contaron nada. Tenía algunas novelas en francés de Pierre Loti y de Pierre Benoit; la biografía de *María Antonieta* y *Amok* de Stefan Zweig; *Contrapunto*, de Aldous Huxley; *Grand Hotel*, de Wiky Baum; *Don Juan*, de Marañón; *Primavera mortal*, de Lajos Zilahy, y los que pasaron a mí, *Celia*, de Elena Fortún, *Pipo y Pipa*, *Alicia en el país de las maravillas* y *A través del espejo* y *Moby Dick, la ballena blanca*. Después los que pudieran servirme de algo: *La merveilleuse histoire du cirque*, de Henry Thètard; *Un mes en el circo*, de Alfredo Marqueríe, y *Las calles de Madrid*, de Hilario Peñasco y Carlos Cambronero. En *La merveilleuse histoire du cirque* —probable regalo de RGC— y en la página 16 di con tres iniciales escritas a lápiz, juraría que Faber-Castell B-2: R.T.Q. El libro de Marqueríe estaba dedicado a mamá, y en *Las calles de Madrid*, que repasé letra a letra, sólo encontré un número en la de Las Huertas: el 18. Por mucho que me detuve, por más que intenté manosear aquella cifra, no conseguí identificarla con nada conocido, y el caso es que hay un recuerdo que me viene de cerca. Entre los libros de mamá —estoy segura— falta uno: *Les fleurs de pleine terre*, lleno de rosas, el que compró RGC por una lámina en el mercadillo de Bayona en 1936 y que volvió a sus manos en 1939. Mamá le devolvió todo a su amante —y es probable que incluso joyas o regalos valiosos— cuando se enteró de que papá no había muerto en el cuartel de la Montaña. Luego, se ocupó en parirme y un año después buscó otra vez la protección del gran hombre.

Papá tenía menos libros, los de su carrera, los que utilizó para las muchas oposiciones adonde acudía aterrado y vencido antes de sacar la bola y algunos muy especiales que guardaba fuera de mi alcance: *Las memorias de Casanova*, *El Decamerón*, tres novelas de Felipe Trigo y unas poesías indecentes de Espronceda. Debió de ser muy triste la sexualidad de mi padre y su experiencia política: él fue de los pocos que no quiso aprovecharse de la victoria de Franco, aunque contaba con el apoyo de su hermano José Manuel, mejor colocado entre la burocracia del régimen. Decidió hacer oposiciones a notarías, y yo lo recuerdo, de niña, estudiando el Código Civil y el de Comercio, rumiando, repitiendo temas, para disolverse luego como un azucarillo a la hora de la verdad, porque era incapaz

CAPÍTULO XV

de aguantar la mirada del tribunal, aunque todos estuvieran dispuestos a darle la plaza. Luego, lo intentó en registros y por último en judicatura, hasta que se resignó a hacer unas humildes oposiciones —estas sí las ganó gracias a los buenos oficios del marqués de la Valdavia— en la Diputación Provincial. Y de aquel destino vivimos siempre, con Felisa incluida. Entre sus secretos descubrí dos docenas de fotografías de una chica desnuda, más o menos de los años sesenta, hechas con una Kodak 6x9: la chica, que era todo menos un producto erótico, trataba de ser obscena y valiente, pero parecía monja mártir o criada de pensión de entrecejo pobladísimo y sexo en la penumbra, porque papá no se atrevió a utilizar una bombilla reveladora. Y eso fue todo: mamá imposible, porque le venía muy grande; el poder y el dinero, aún más lejos, ya que era incapaz de engañar al jefe; yo fuera del mundo, porque nunca quiso hablarme por derecho; su timidez pesando toneladas; el sexo en manos de una pobre mujercita tan miedosa como él y, sin embargo, lleno de talento, pero falto de indecencia, la que le sobró, en vida y muerte, a RGC. Papá dibujaba como un chino del siglo XI y, desde 1954, cuando murió mi madre, hasta la fecha en que conocí al animal de mi marido, se dedicó a pintarme señoritas con toda clase de vestiditos y luego aviones y barcos de guerra, a escala, diminutos, que no tendrían las señoritas más de tres centímetros de altura, y los acorazados, como mucho diez. A tinta china y con acuarela, una perfección. También se inventó un juego muy divertido que llamaba de los *botones*, y era una especie de fútbol casero. Hacíamos porterías pequeñas, rellenábamos de plomo cajas de cerillas —los porteros— y las cubríamos de tiras de goma; los botones eran los futbolistas, y el balón, una bolita de papel de plata, y con otro botón movíamos los más grandes, como en el viejo juego de la pulga. Así celebrábamos los campeonatos de liga en el suelo y pintando las rayas del campo con tiza, desde la fecha en que murió mamá hasta el día en que yo me enamoré del bestia de Pascual. Yo era el *Atleti* de Madrid y papá el Real Madrid, disfrutábamos mucho y me sabía de memoria las alineaciones de todos los equipos. Nunca salíamos, nunca me llevó al cine y mucho menos al circo, nunca trajo una mujer a casa, ni me dio ocasión de protestar y, sin embargo, ahora resoplo como *Moby Dick* porque me viene un mal pensamiento. ¿Y si papá asesinó a mamá al enterarse de sus amores con RGC? ¿Y si RGC me está contando el suceso con muchísima educación? En una historia de muerte y de celos —que no es lo mismo que testamento y dinero— hay tres partes y ahora descubro que me falta una: dos enamorados, dos, pero a veces se cruza un tercero que desata lo que dicen un crimen pasional: mi madre tuvo otro amante, y Gimeno Coes o papá descubrió el engaño y no se le ocurrió otra cosa que lavar su honor. Me hubiera chiflado, pero papá no era capaz de lavar ningún honor y menos a costa de sangre humana, y, sobre todo... ¿Por qué detenerse en la de mamá? Es mucho más lógico, y aquí entra el comisario Maigret, que el asesinato lo cometa un tipo duro e impulsivo y no un asustadizo, que sólo sería capaz de matar con los ojos cerrados, y aquí es donde entra Hércules Poirot. ¿Qué hizo papá en la guerra civil, de la que nunca habló en casa, ni guardó una sola foto, cómo se movió en aquella Quinta Columna, de dónde sacó el valor de 1936 a 1939? Lo recuerdo resignado y triste ante el final —un cáncer se lo llevó en tres meses— y muriendo con una entereza y un coraje que contradecían su vida entera. Yo le dije: qué bien te estás portando, papá. Y él me contestó: es que yo soy un hombre, hija, porque hay hombres y medio hombres. Aquella madrugada murió. Quizá papá fuera un hombre y RGC medio hombre; pero nunca pudo ser un asesino, y mucho menos matar por celos, y firmo esta declaración ante dos policías de primera, Hércules Poirot y Jules Maigret, y si me hace falta un testigo, buscaré a miss Marple.

Iba a la Fundación sumisa y entregada, más débil que nunca y con vestuario, maquillaje y peinado que recordara confusamente a mi madre Rosa María, pero sin pasarme jamás, como si tratara de buscar un tiempo y no una persona concreta; incluso imité la letra de mamá, y así dejaba notas a la vista de Carrasco, esperando que toda aquella actuación ablandara su resistencia. Era el mismo procedimiento que usó *Judy Burton* para recrear a *Madelaine Elster* (Kim Novak) en *Vértigo (Entre los muertos)*, claro que yo no era Hitchcock, ni Mateo Carrasco, James Stewart. No podía dar ni un paso en falso, ni permitirme una sola vulgaridad. Sobre el pupitre colocaba las pistas, desde la primera, el pétalo de rosa en *El viajero universal*, que se refiere al pico del Teide, en Tenerife, lugar que, según tía Tere, visitaron juntos don Ramón y mamá, hasta la última aún sin clasificar. No me servían las referencias al color rosa, porque aquel capítulo ya estaba resuelto, ni que yo fuera la persona que él buscaba, ni siquiera el retrato literario de mi madre. Los tristes extremos *de un capítulo de mi vida* son pura retórica y lugares comunes, pero guardaban pequeños guiños que ahora comprendía, como *el sentimiento de no ver nunca más a nadie* o *mi espíritu remordido;* menudo cara RGC, liado con una joven imponente, supuesta viuda, mientras fusilan a su padre y no sabe si volverá a ver a su mujer y a sus hijos, algo que le sienta fatal en *La historia de la Cruzada*, toma de Gijón: *día terrible y dichoso al tiempo, en tal fecha 21 de octubre de 1937, recuperé a mi mujer y a mis hijos.* Y perdiste, provisionalmente, a la hermosa Rosa María. No me resulta difícil reconstruir su vida en San Sebastián, separados por unas cuantas calles, ella en una pensión recatada en Iparraguirre, por ejemplo, él quizá en un piso de Peña y Goñi, de la avenida de España o de Zumalacárregui, pasando la frontera porque RGC era imparable y medio representante del gobierno de los generales o camino de los frentes, del Cinturón de Hierro de Bilbao o a Zaragoza, cuando la ofensiva de Teruel, en los varietés de Conchita Piquer, en las zarzuelas de Eladio Cuevas, en el restaurante de la Nicolasa, en el debut de Pepe Luis Vázquez y siempre en Chicote de San Sebastián, con García Sanchiz, Juan Ignacio Luca de Tena, Víctor de la Serna, Pujol, Pepito de la Morena, Marcial Lalanda, el maestro Afrodisio, García Morato y los aviadores que venían de machacar el frente rojo y contaban sus hazañas a las chicas en el Victoria Eugenia, en el Gran Hotel de Salamanca o en el de Zaragoza: aquel era un escenario perfecto para Marlene Dietrich y von Sternberg, y quizá allí naciera el *Rose Cocktail*. Me hubiera gustado vivir ese tiempo de la historia de RGC, porque la guerra, cuando definitivamente cae del lado de los vencedores, cuando sobra el dinero y el poderío, debe de ser magnífica, y me figuro a mamá coqueteando con los guapos oficiales de permiso, sin perder de vista a su hombre y dándose importancia en Auxilio Social. Tampoco puedo olvidar *un capítulo de mi vida*, cuando te juegas tus pobres francos en Biarritz a los números mágicos 27, 2 y 16, que no son casuales, porque tú sabes que mamá nació el veintisiete de febrero de 1916, y el 27, el 2 y el 16, amor, te dieron toda la suerte del mundo, la que tú cambias por un veneno, Judas, más que Judas, que ahora me gustaría olvidar la copla que cantaba mamá para dormirme, la que tú le enseñaste: *dicen que con un indiano te vas a ir a Madrid. Prefieres ser murmurada, antes de sayar maíz.* Te fuiste con el indiano, madre, y aún sigues murmurada después de muerta.

Y los títulos: *Novelas de amor y muerte, Los dramas del adulterio,* el prólogo que empieza con la palabra confesión, *Amor oculto* y la frase de Rosa Chacel —rosa una vez más—: *Las confesiones más dramáticas son las que están animadas por el sentimiento de culpa.* Tampoco podía olvidar las esquelas, que empiezan en *Cinco horas con Mario* y acaban reunidas en el libro *De Llanes a Covadonga* y, sobre todo, la postal escondida en el diccionario del lunfardo: *escribo al revés porque así también suele descubrirse la verdad,* y la alusión al espiritismo y la evocación de los muertos. Por último busqué *La zoología pasional,* donde estaba el recibo de los ricos dulces de Mantequerías Leonesas, que seguramente acabaron en casa y ahora me amargaban el recuerdo. Y la página señalada, donde sale una liebre —una víctima— y hay que matarla: *¡Vuestra es, tirad! El animal da un salto prodigioso, terrible... había recibido un balazo entre las dos orejas. Hacía treinta años que este cazador de otras épocas cargaba siempre con bala y lo había olvidado en aquel instante.* Me lo está diciendo: él es el cazador y mamá el pobre animal que recibe un balazo entre las orejas y añade que el cazador es de otras épocas, que siempre fue certero y marca un tiempo: treinta años. Estamos en 1984; hace treinta, 1954, el año en que murió mamá, dos fechas: 27 de febrero de 1916, nació Rosa María Miranda en Sanlúcar de Barrameda; 14 de noviembre de 1954, murió asesinada en Madrid Rosa María Miranda.

CAPÍTULO XV

En aquel momento llamó, más suave que nunca, el duende Carrasco, y yo le di la venia con voz cristalina:

—Una señora pregunta por usted, madame.

Quité los ojos por si algún rastro de malicia quedaba en ellos y pregunté quién era, aunque ya lo sospechaba:

—La señora Curra Montejo.

—Dígale que pase, por favor.

Era inevitable: antes de levar anclas, Curra, por fidelidad, curiosidad, profesionalidad y amistad, no iba a dejar irse de rositas —y no lo digo con segunda intención— a la biblioteca del señor don Ramón Gimeno Coes y O'Neil. Venía atronadora, vestido amplio color barquillo, que ocultaba sus adorables michelines, y, por muy miope que fuera, con una luz en los ojos que revelaba la intensidad de su empeño. Sonrió como si tal cosa, descubriendo sus magníficos dientes apoyados con más descaro que nunca en sus preciosos labios. Me gustó verla y me sentí culpable de no acudir al teléfono, pero la Montejo —que por algo se dedica a estudiar al enfermizo género humano— no dio señales de disgusto, ni mucho menos de alarma. Lo primero que hizo fue ojear la librería, pero frenó en seco, porque algo le llamaba la atención, y algo era yo. Sería el olor, un desconocido instinto, un mensaje oculto, cualquier cosa menos el sentido de la vista: se puso entonces sus gafas culo vaso y vino a mí, preguntando qué me ocurría y de qué iba vestida. La verdad es que nada raro podía causar extrañeza en mi ropa, pero el diseño del personaje no se le escapaba a Curra:

—¿Por qué vas de novela de Concha Linares Becerra?

No sabía yo que fuera experta en género rosa, y tampoco es alusión.

—No sé a lo que te refieres.

—Pues, hija, está bien claro.

Era difícil engañar a Curra, y busqué la huida por el camino de la lógica verbenera:

—La moda vuelve, bonita, y lo que nos parecía ridículo en 1970, hoy es la última; por suerte, yo guardo los trajes de mamá, como hacen las hermanas Gutiérrez Caba con los de sus tías y los de su madre.

—¿También te dedicas al teatro?

—Si has venido a criticar mi vestuario, ya te puedes ir con viento fresco a tomar un poquito por culo en María de Molina.
—He venido a despedirme.
—Pues adiós, adiós, que aquí me quedo, reina mora.
—Aún tienes tiempo, el avión de Casablanca no sale hasta la una cuarenta y cinco a.m.

Luego, me volvió la espalda, abrió los brazos y olfateó como una ardilla en un pinar de las Navas del Marqués:

—Comprendo tu fascinación, hermanita; este es el más hermoso paisaje del mundo, el olor más rico, y por él hubiera dado la vida mi padrino Juan *El Cojo*, que nunca quiso aprender a leer, porque pensaba que no era cosa de hombres: aquí darás con tus mejores compañeros y dirán lo que tú quieras, porque los has contratado de mercenarios y para pudrirte sólo te falta un misal y *Crimen y castigo*.

Renuncié a responder a tan bello parlamento, que parecía sacado del último acto de una obra del mismísimo Priestley. Un poco decepcionada y tras una larga pausa, Curra añadió:

—Y ahora escucha lo que no quieres oír, jodía.

Debió de contar tres, cuatro, cinco y seis, levantó los brazos y giró sobre la punta de los pies procurando que le volara la falda, como hacíamos en el colegio cuando queríamos escandalizar a las madres y enseñar las piernas a los golfos de la calle. Me fijé entonces con qué agilidad había dado la vuelta Curra y qué bonitas eran sus piernas gordotas y fuertes, como de bailaora principio de siglo.

—¿Puedo robar un libro, el más modesto de todos, uno que me sirva para adornar la vitrina de casos perdidos? En esta biblioteca, adviértanlo ustedes, queridos alumnos, hay una muerta de uno de los libros...

—¿Por qué dices una muerta?
—He dicho una muestra.
—Eso es lo que se llama un acto fallido. Sigue.
—He dicho una muestra, pero muerta o muestra me da lo mismo: adviertan ustedes, queridos alumnos, la muestra muerta de uno de los libros hallados por la señora María Rosa Arana en circunstancias difíciles y que le llevó a descubrir... ¿Qué has descubierto, reina mía?

CAPÍTULO XV

—Que Ramón Gimeno Coes, académico de jurisprudencia y embajador de España, asesinó a su amante, Rosa María Miranda, en noviembre de 1954.

—¿Rosa María es tu madre?

Yo asentí, y Curra se rascó el cuello, su último gesto, el que remataba la sesión, el que repetía mecánicamente cuando estaba perpleja; me preguntó si entre los papeles de casa había visto el certificado de defunción de mamá o si recordaba que le hubieran hecho la autopsia o si alguien sospechó entonces que aquella muerte fuera provocada. Y yo le respondí que tenía el certificado de defunción —mi padre lo guardaba todo en unas horribles carpetas marrones— firmado por un médico del barrio, chocho y muy viejo, que se llamó en vida don Antonio Firma Ilegible. Según Firma Ilegible, mi madre falleció de embolia cerebral, pero, como ella nunca estuvo enferma, el caso me da qué pensar. La Montejo —armada de odiosa paciencia— preguntó de qué manera había llegado a tan peligrosísima conclusión, y yo, después de burlarme de sus palabras, que parecían de novela de *suspense* traducida en Caracas, le dije que todo viene a través de una primera confesión de RGC, que naturalmente testificará en su momento, que me lo está diciendo en los libros y más que nada en el traidor damero maldito, y no tuve otro remedio que enseñárselo: Curra se lo encajó a diez centímetros de las gafas, lo examinó largo rato, mientras yo me iba poniendo cada vez más tensa. ¿De modo que por tres palabras —arsénico, Otelo y Maquiavelo— supones que asesinó a tu madre y que además lo confiesa y por cierto a su hija, a quien contrata por una pasta, para que acabe con su digna memoria y la Fundación de sus sueños de inmortalidad? No pude más y le grité que no era mujer, sino presuntuoso pez de charca, que las mujeres tienen intuición y yo tenía intuición, y que ella, sin ir más lejos, me había dicho que Gimeno Coes era un asesino y un malvado.

—No hay tal —me respondió el pez de charca sin inmutarse—: te dije que era asustadizo, tímido y caprichoso, de probable tendencia homosexual, que te haría daño y en todo caso que estaba loco.

—¡Ya te tengo! —grité—. ¡No se puede decir loco! ¡Es una palabra prohibida!

—¡Pues este era un loco, porque sólo a un loco se le ocurre contratar a una locaaa!

Lancé un largo aullido, me senté en el suelo y me tapé los oídos. Menuda psicóloga. Curra Montejo me acarició la cabeza, que yo aparté como si quisiera arrancármela. Luego, ella también se sentó tipo jefe indio y me dijo con su infinita sabiduría:

—Lo que yo no sabía es que odiaras a los hombres.

Para tal frase no era suficiente un aullido, hubiera tenido que saltarle al cuello, pero no me encontraba con ánimos. Mis ojos querían decir ten piedad de mí, pero mis labios no se abrieron, a diferencia de los de Montejo, que volvió a proponerme una cura de reposo y a decirme que aún era tiempo de acompañar a las niñas a la isla de la Reunión.

—No quiero ir contigo a ninguna parte y mucho menos a la isla de la Reunión.

En aquel momento entró Mateo con la mirada huidiza y dos refrescos, mientras sonaban las campanadas graves del reloj grande y al poco tiempo las agudas del reloj de consola. Curra lo miró en silencio y él se turbó, según costumbre:

—Es usted Mateo Carrasco, ¿verdad?

—Para servirla, señora.

—Cuídela mucho... —buscó las palabras—. Está delicada desde hace años, yo creo que desde el 54.

—Ya lo sé.

No daba crédito, pero Mateo encontró aquello de lo más natural o quizá le pareció entender 84. Me miré las uñas de los pies, pintadas de rojo sangre según la moda de los cuarenta, y me puse a considerar, como en la copla, qué pocos amigos tienen los que no tienen qué dar, y no te fíes de la vecina, que te traiciona a la primera, ni en cómo se organizan las alianzas para acabar con los pobres, según costumbre, y qué absurda carrera es la de psicología, y, mirando de mala forma a Curra, pensé de últimas: si fueras veterinaria o economista, me iba contigo a la isla de la Reunión, pastora.

XVI

El caso de las tres doncellas viejas

Ya que era miércoles y precisamente los miércoles recibía doña Margot, viuda de Padrón, pasé por Génova. Carmencita Rodrigo estaba en trance de maleta y quizá dispuesta a obsequiarme con sus últimas lágrimas en homenaje al sinvergüenza de Pepe Seco.

Iba a ver a doña Margot por dos razones: la primera, porque me caía bien y me intrigaba saber qué clase de amistades reunía los miércoles, y la segunda, por si había escondido alguna carta principal en torno al *señor del 36* y ese día se le soltaba la lengua al borde del tercer whisky, siempre y cuando las visitas me dejaran un hueco.

Llegué alrededor de las ocho y ya estaba cerrado el portal, porque, aun en casa de portero y uniforme, ya se sabe que agosto es agosto. Toqué el timbre y me respondió una voz ronca, preguntando quién era y qué razones me llevaban a turbar la paz de tan lujoso inmueble: di el santo y seña y me identifiqué, y el cancerbero trasladó el mensaje a quien fuera menester. Al cabo de unos segundos, y por medio de un moderno sistema electrónico, las autoridades de aquel territorio me franquearon el paso: frente a mí estaba el portero de paisano, con todas las trazas del guardia civil retirado, que me abrió solemnemente la puerta del ascensor metálico y no me pidió, de milagro, el DNI. El ascensor tenía asiento de terciopelo gastado y espejo; desprecié el asiento y me miré al espejo: no estaba mal, era muy probable que gustara a los ancianos visitantes de *Pinga V*. Salí del ascensor y toqué al timbre del tercero izquierda. De dentro llegaba una música inadecuada al escenario e imaginé que las reuniones de doña Margot podían resultar animadísimas. Poco después escuché la hermosa voz de Ingrid Bergman por un interfono a la última:

—Pasa, hija, pasa: ya sabes el camino.

El vestíbulo estaba a oscuras, pero al fondo del pasillo, entelado en damasco verde, había claridad. Volvió a embriagarme el olor de la cera virgen y aguardé a que viniera a buscarme la vieja criada: pensé entonces que aquella historia podía haberla escrito Erle Stanley Gardner con el título de *El caso de las tres doncellas viejas*, Luchi de Margot, Juli de los tíos y Flora del juez Pellón; pero en lugar de las doncellas aparecieron los tres gatos siameses arrastrando su pereza contra las paredes. Ya había identificado la música: *Thriller*, de Michael Jackson, que no estaba mal como fondo. En vista del éxito decidí seguir el camino y así llegué al saloncito de la *Pinga*, que, sentada en el gran butacón, cubría sus piernas con una manta de cachemir, y los hombros, con una toquilla celeste.

—Perdona que no haya salido a recibirte, hija, pero cuanto menos me mueva, mejor.

Estaba más pálida que el otro día, pero sus ojos seguían brillando como luces. Me dijo que en el mes de agosto Luchi se iba al pueblo con sus nietos y no quería contratar extraños; la portera limpiaba por la mañana y le hacía la comida, y ella se comunicaba por el interfono con Aurelio, el portero. Como era más lista que nadie, añadió que, también a causa del fatídico mes de agosto, las visitas escaseaban, y por semejante razón estaba más que contenta de verme: aquello era cierto, y tal vez Margot tuviera miedo de estar sola, sobre todo por la noche. Advertí entonces que no le había llevado nada, ni una triste botella de ginebra, ni un kilo de pasteles, y tuve que subir la voz y aguzar el oído, porque la música iba más allá de lo previsto y la anciana hablaba con sordina. Aun así, entendí que me ofrecía una bebida, yo contesté que no se molestara, y ella, que no pensaba molestarse, que fuera a la cocina, donde encontraría de todo, y que para dar con la cocina lo mejor era llamar a los gatos y ofrecerles un plato de leche, pero que no se me ocurrieran engaños porque los animales toman represalias. Un poco desconcertada, salí al pasillo, bisbisé y aparecieron los tres gatos, mirándome con cierta curiosa insolencia:

—¿Queréis un poco de leche?

Fingí que echaba a andar, mientras el gato jefe, frotándose contra las paredes enteladas —que debían de estar llenas de pelos—, avanzó hacia el fondo, seguido por los otros dos. Así llegamos a la cocina, lo que se llama un modelo de exposición: grande, blanca, luminosa, limpia, orgullo de la portera o de Luchi, llena de adelantos y de máquinas alemanas, americanas o japonesas. Abrí la nevera, llené un cacharro de leche y se lo ofrecí a los gatos. Luego, comencé a buscar las botellas abriendo y cerrando armarios, y recordé una sabia recomendación de Mrs. Agatha Mary Clarisa Miller, conocida como Agatha Christie: para resolver un enigma es muy conveniente darse a tarea monótona, como fregar cacharros o lavar ropa, pero nunca cocinar, porque la cocina es un arte y pide la misma atención que resolver un crimen. Así ocurre con los armarios y la busca de vasos, copas y hielo. Pensé que la suerte me favorecía y que era mucho mejor que aquel miércoles no hubiera visitas en casa de Margot. Ya rodeada por botellas, copas, vasos y limones, descubrí una preciosa jarra de cristal e imaginé un cóctel refrescante, y a partir de entonces me dejé de misterios y enigmas, porque mezclar bebidas con gracia también es arte. Mientras me preguntaba por dónde iría el gusto de Margot y si las botellas serían las adecuadas, comenzó a sonar *Synchroniciti*, de Police: sin duda alguna, *Pinga V* estaba al tanto de las más atrevidas novedades. Una generosa dosis de whisky, zumo de limón, bien de hielo y de azúcar, y no es que yo sea una experta, pero aquel *whisky sour*, casi llené una jarra, resultaba digno de Dashiell Hammett: con el ácido brebaje —así lo hubiera dicho RGC— volví a la salita de Margot, que me miró con ojos golosos:

—¿Qué traes?
—*Whisky sour.*
—Ya ves..., a la pobre Luchi no se le hubiera ocurrido, y mira que es fácil.

Con un mando a distancia bajó la música:

—Esta música es ideal para conservar el tipo, el físico y el otro, pero si prefieres Chopin, Schumann o Debussy, no tienes más que pedirlo, e incluso, si te parece, quito *Synchroniciti*.

Bebimos las dos, fijó en mí sus ojos inquietos y me preguntó si la visita se debía a algún motivo especial o al simple deseo de charlar y perder el tiempo. Sin duda alguna, lo que no quería Margot era perder el tiempo.

—Yo tampoco quiero perder el tiempo, doña Margot.

No le gustó nada aquella frase, y me hizo saber que no volviera a llamarla doña Margot, ni a tratarla de usted, que no era tan vieja. Acepté la condición y decidí que más valdría echar la verdad por delante. Lo que a mí me interesaba era el señor del 36, y ni yo iba a escribir una tesis ni un guión de cine, lo cierto es que estaba ordenando la biblioteca de RGC y que, por medio de los libros, RGC me contaba una historia de amor y muerte, una especie de confesión póstuma. Margot quiso saber si RGC era el señor del 36, y yo asentí. Aquello animó a la anciana, que aseguró que los hombres eran muy aficionados a las confesiones cuando ya no venían a cuento, y volvió a decirme que el señor del 36 no era el padre de Quino, que por ese lado estuviera tranquila, y a punto estuvo de repetirme las aventuras de las *pinganillas,* algo que impedí con toda cortesía. Después fui al tema central y le rogué que hiciera un esfuerzo de memoria por si se había dejado algún detalle en el tintero.

—Te lo he dicho todo, y si me dejé algún detalle, en el tintero o en cualquier otro sitio, es cosa mía, y no se te ocurra pensar mal del señor del 36, porque fue un amigo y un caballero, y en mi casa a un amigo no se le pone a los pies de los caballos.

Entre el tintero, la hermosa y autoritaria voz de Margot y los caballos, me vi obligada a rectificar, mientras la anciana —un poco digna— se bebía un buen trago de *whisky sour*. No tenía testigos ni medios para reconstruir la historia —a excepción de Mateo Carrasco y la tía Tere—, así que lo más sensato era sacar

CAPÍTULO XVI

de mentiras verdades, esperar algún descuido o desliz de la rocosa viuda de Padrón o un momento de debilidad. Con mi más dulce sonrisa le serví otro *whisky sour*:

—El señor del 36 y mi madre fueron amantes, primero en San Sebastián y luego en Madrid.

—O sea, que tú eres hija del señor del 36 —me interrumpió doña Margot, mucho más animada.

—No, yo soy hija de mi padre, y está más que probado.

Hice entonces su papel y me mostré ofendidísima: o creía en mis palabras o en ese mismo instante dábamos por terminada la entrevista. Margot me pidió perdón y quiso saber si mi padre había muerto, y en tal caso, cuál era su nombre. Luis Arana, respondí yo fría como el hielo, fallecido en Madrid en 1970. Margot me informó que, aunque no era creyente, le rezaría un padrenuestro aquella noche y que antes de irme apuntara el nombre en una hojita, y por último si tenía algo que ver con los Arana de Vitoria. Nada que ver y pude continuar mi relato.

—Por circunstancias que ignoro, el señor del 36 me ha confesado, utilizando una clave, que asesinó a mi madre.

Margot se incorporó en la butaca y yo retrocedí instintivamente:

—¿Que asesinó a su madre? —su voz hacía vibrar los cristales de las ventanas—. ¿Ha dicho usted que asesinó a su madre de usted? —me tiraba el usted como si fueran piedras—. ¡El señor del 36 era un hombre bueno y honrado, incapaz de levantar la mano a una mujer! ¡Le he dicho cien veces que fue amante de la niña y ahora usted me viene con que también asesinó a la niña! ¡Pues entérese, la niña es monja y está viva, bien viva aunque sea monja! ¡Y salvó a esta familia y yo lo tengo en un altar, porque se lo merece y porque soy agradecida, y todas las noches le rezo un padrenuestro, y a quien no le voy a rezar un padrenuestro es a su padre de usted! —e intentó incorporarse—. ¡Y ahora... salga de esta casa!

Margot se ahogaba, se había puesto roja y tenía las venas del cuello a punto de estallar. Le acerqué la copa de *whisky sour*, pero ella me rechazó, cerrando los labios como una niña chica. No tuve más remedio que disculparme por segunda vez y decir algo del cariño de una madre y de las locuras que una puede pensar cuando descubre que esa madre vivió amancebada, que se ha burlado del hombre a quien juró amor eterno y ha mancillado el hogar. Aquel idioma truculento le gustaba muchísimo a Margot, y tanto le gustaba que consintió en beber el *whisky sour*, y luego, a la manera de *El secreto de una huérfana*, me exigió respeto al difunto y que alejara de mi mente aquella horrible e injusta sospecha. ¿Qué iba a hacer yo? Respetar al difunto y alejar de mi mente la horrible sospecha. Me hubiera gustado irme, pero no tenía corazón: *Pinga V* había envejecido veinte años en diez minutos. Ahora sonaba *The wall*, de Pink Floyd, y Margot callaba perpleja, aunque no duró mucho el silencio:

—También tienes que perdonarme tú, hija —volvía a llamarme de tú—: soy una mujer de carácter y muy burra en ocasiones... Si me hubieras visto partir leña en el Pazo de San Pelagio y guiando, con una sola mano, cuatro caballos de tiro, no te lo crees ni loca. A los setenta y seis cumplidos le ganaba el pulso a muchos jóvenes de veinte, para que te enteres de las vueltas que da el mundo.

Debió de advertir algún signo de impaciencia en mis ojos, porque me pidió que no la dejara sola, que no le apetecía cenar con la portera, que me quedara, y yo le dije que bueno, porque aquel ejemplar bien merecía una atención: así que llené su copa de *whisky sour* y me fui a la cocina a ver qué podía hacer.

En la nevera descubrí un gazpacho y huevos duros rellenos de atún con tomate y cebolla; pétreos, helados, como los que nos daban en el colegio los jueves. El gazpacho estaba soso, le faltaba esa gracia que derrama Carmencita Rodrigo y que yo copio en ocasiones. Comencé a abrir armarios y encontré espagueti, queso, cebollas, ajos y tomate en lata: con todo aquello podía hacer una sencilla pasta al *pomodoro*, mi única especialidad. Precedida por los gatos, corrí al saloncito y le pregunté a Margot si le apetecía cenar espagueti y, en tal caso, si no le importaba esperar veinte minutos: me echó una sonrisa, movió la cabeza negando y levantó la copa hacia mí: no le importaba. Los gatos me seguían por la cocina y yo les facilité nuevas reservas de leche con la esperanza de que reventaran. Para qué iba a engañarme: la visita a Margot *Pinganilla* fue un fracaso, aunque bien lo pude imaginar. ¿Qué iba a saber ella de las aficiones criminales del señor del 36? Sin embargo, me gustaba su lealtad y la apasionada defensa del asesino, porque RGC es un asesino y ahora tenemos que medirnos a muerte. Creo que nunca he sido injusta, nunca, y sé que aún me falta una prueba definitiva, pero estoy segura de que RGC me la va a entregar muy pronto, porque no sólo canta, sino que se arrepiente y juega, pero hay juegos que remueven tumbas, señor del 36. Mientras refreía el tomate con la cebolla, pensé qué hubiera ocurrido si no abro el armarito misterioso, y me cruzó una idea sorprendente: aquel armario era una trampa destinada a castigar mi curiosidad. A punto estaba de arrebatar la cebolla muy picadita cuando recordé el consejo de Agatha Christie: hay que prestar atención a la cocina y dejarse de charadas policiacas cuando se manejan cazos. Puse un gran puchero de agua a la lumbre y entonces empezaron a maullar los gatos; no me gustan mucho los gatos, pero cuando alborotan me gustan menos, y además los maullidos parecían lamentos, y la verdad es que no tenía ninguna gracia cómo se mezclaban con los sintetizadores de los Pink Floyd. Si hubieran sido perros, los mando callar y en paz, pero los gatos no hacen caso ni al faraón de Egipto, su legítimo dueño. Salí de la cocina y no los vi, pero los escuchaba removerse y maullar en el salón e incluso me parecía ver sus sombras reflejadas en el pasillo: serían los gatos, el ruido del agua al hervir, los Pink Floyd o los últimos rayos de sol que entraban por las calurosas ventanas de poniente, pero el caso es que la mezcla me ahogaba y eché a correr llamando a Margot. Me apoyé en el quicio de la puerta: los tres gatos siameses habían tomado el salón, dos corrían por encima de los muebles y otro, desde abajo, lamía la cara de su ama produciendo un ronroneo angustioso: Margot tenía los brazos caídos, la cabeza inclinada sobre el pecho y los pies asomando al borde de la manta de cachemir, como si hubiera intentado levantarse. Durante unos segundos la miré con la seguridad absoluta de que estaba muerta, luego me acerqué a ella, empujé al gato que le lamía la cara y le levanté la cabeza: aún brillaban sus ojos azules, que cerré. Tenía el cuello de la blusa desabrochado y lo abroché, le subí los brazos y junté sus manos. Los tres gatos se habían sentado a la puerta y me observaban en silencio, como si quisieran apoyar cada uno de mis movimientos, y entonces pensé que los gatos, como los perros, también son personas. Yo soy muy nerviosa, muy apasionada, muy gritona y a veces muy injusta, pero cuando hace falta calma y tranquilidad ni resbalo ni me asusto. Mi tía Teresa dice que esta vida es un *compuesto* y nunca podemos saber lo que hay al otro lado de la esquina, y al otro lado de la esquina yo tenía a Margot muerta, una vieja desconocida y a la que ahora quería mucho. Recordé sus palabras: *yo no soy creyente, pero esta noche rezaré un padrenuestro por tu padre,* y así pasé dos dedos sobre sus ojos, sobre su boca y sobre su frente y murmuré yo te bendigo en el nombre del Padre, del Hijo y del Espíritu Santo, menudo consuelo y menudo seguro de eternidad, pero no tenía otro mejor a mano. Me volví hacia los gatos y a punto estaba de bendecirlos cuando recuperé el tono: muévete, Mari, guapa, que no estás haciendo una obra de Claudel. Corrí a la cocina, apagué el gas, me fui dando golpes por todas las esquinas hasta conseguir encender las luces y llamé al portero, que se negó a subir porque ya no estaba en horario de trabajo:

—¡Suba usted ahora mismo, pero ahora mismo!

El guardia civil, que temblaba como una flor, pretendía llamar al juez.

—¡Aquí no se llama a ningún juez, usted avisa al médico de esta señora y al pariente más próximo y me lo trae del fin del mundo, y ahora, lárguese!

El portero se cuadró instintivamente, murmuró *a sus órdenes* y salió disparado.

—¡Y dígale a su mujer que suba ya mismo!

Entre la portera, que era valiente, enjuta y dura, y yo, llevamos el frágil cuerpo de *Pinga V* a su alcoba; la desnudamos y la envolvimos en una sábana de hilo, yo encontré en el cuarto de baño un perfume y lo derramé sobre el cadáver y luego no me importó que me dejara sola la portera. Los tres gatos seguían vigilando, y yo pensaba lo rarísimo que es todo, quién me iba a decir que en un caluroso agosto, en lugar de ir con las niñas a la isla de la Reunión, estaría en casa extraña, velando el cadáver de una vieja de la que ignoraba hasta el nombre hacía apenas

CAPÍTULO XVI

dos semanas, y, sin embargo, al mirar su rostro, que poco a poco se iba afilando, me llenaba la sensación de que algo muy querido había muerto en mí.

Esperé largo tiempo sin moverme y dándole vueltas a la cabeza, pensando si yo había sido culpable de saltar la cuerda de aquel frágil reloj, pensando que tal vez adelanté la muerte de *Pinga V* por preguntar demasiadas cosas y alterar el ritmo de sus pulsos. Entonces me levanté a verla, le acaricié la cara: ya no tenía remedio. Poco después llegó el guardia civil con el médico de Margot, un anciano señor de toda la vida, que no se sorprendió al verme y certificó que la viuda de Padrón había muerto de un infarto. Otra coincidencia: un médico de casa certificó que mamá había muerto de una embolia cerebral, y bien fácil me hubiera sido envenenar a la pobre Margot con un *whisky sour;* estuve a punto de decirlo, pero iba a liar el tema inútilmente. El anciano médico de toda la vida sonrió al cadáver, como si le dijera hasta la vista, y se fue murmurando que él se hacía cargo del papeleo, y el portero —mucho más domado— me informó de que ya estaban avisados y se mandó mudar. Otra vez me dejaron sola con ella.

—De modo que ahora voy a conocer a la niña.

Serían las cinco de la mañana cuando llegaron unos tipos con lo que llamaban *el servicio*. No quiero hacerme la valiente, pero sin mí aquello hubiera sido muy distinto, ni tampoco me apetece extenderme en detalles. Eché a los gatos, y en menos de una hora acondicionamos la alcoba de Margot, dejándola tristemente parecida a la de mamá. Y seguí de guardia. Cuando amanecía sentí que la niña hurgaba en la cerradura, me puse en pie y esperé en la puerta: no era la niña, era Joaquín Muñoz, que no me dijo nada, entró en la alcoba, miró a Margot, se inclinó sobre ella y la besó en la frente. Tenía un magnífico aspecto, moreno de playa, vestido con buena ropa deportiva de marca acreditada en la tele, duro contraste con el fúnebre escenario. Vino hacia mí y me abrazó murmurando gracias, y yo estuve a punto de contestarle: no hay por qué darlas, señor Muñoz, pero frené a tiempo.

Aquella mañana me acosté con JM en el cuarto de invitados de la viuda de Padrón, quién me lo iba a decir. Otra coincidencia: el día del entierro de mamá, la Felisa pasaba bandejas con fiambres y todos bebían café, vino dulce o seco y, como dijo una vecina, *el muerto al hoyo y el vivo al bollo*. Va por ti, Margot, viuda de Padrón y por todas las pinganillas putas, pedigüeñas y heroicas desde 1830, 40 o 35, más o menos, arriba o abajo, bajo la tripa ardiente o perezosa de peregrinos, mendigos, soldados, usureros, clérigos, mercaderes y señores, paridoras de niñas hasta que un espermatozoide revolucionario les hizo clarear varoncito y de la misma tacada metió en el convento a la última y por fin libre pinga.

Yo le acariciaba el pelo, pensando si era mi amante, mi patrón, mi adversario o mi aliado, y él me miraba perplejo sin entender una palabra, porque lo llevé a la cama con retorcida inocencia, como siempre ocurre cuando una está a punto de abandonar y necesita cambio de aires, y aquel era de buena clase, porque JM —Quino decía ella— podía ser mi hermano, que mucho lo disimulamos los dos, que bien clarito debía quedar, ya que por tiempo y circunstancias mi madre y la suya, ambas folladas y quizá amadas por RGC, estaban seguras, y no así los padres, un torero que toreó en la acreditada feria de Pontevedra y un falangista valeroso que no llegó a notario.

—Tengo una duda... —le susurré al oído.
—No te preocupes de nada más.
—¿Qué hacemos con los gatos?
—Arroz.

En tales circunstancias aquella palabra merecía un suspiro de amor.

XVII

Una página de sucesos

O yendo *El Largo* de Haendel, yo pensaba que le hubiera gustado irse con *Synchroniciti* de Police, pero las formas son las formas y hay que guardarlas. Por suerte, el curioso saloncito donde yacían los restos de Margot estaba refrigerado. Antes, acompañada por los porteros, el anciano doctor de toda la vida, don José Luis Bienzobas, el practicante y doña Cuqui Magnusson, la vecina del tercero derecha, me había deshecho en elogios a la difunta y a la admirable sensibilidad de los animales, esta vez gatos siameses. Entonces don José Luis Bienzobas, sin venir a cuento, dijo: *Cor hominis abyssus,* y todos suspiramos dándole la razón. Era aquel un patio reducido de tapias blancas y cubierto de yedra, vecino del saloncito crematorio, desde donde percibíamos el tráfico de los automóviles y el alboroto que producían las chicharras, porque aquella parte del cementerio parecía más campo agostado que jardín bendito. A la hora prevista llegaron las autoridades: la niña, una monja de compañía y JM. *Pinga VI,* la mamá de Quino, que según mis cuentas tendría alrededor de sesenta y cinco años y en apariencia no alcanzaba los cincuenta, iba de monja moderna color gris perla, toca discreta, zapato bajo y falda más corta de lo habitual en ellas: sus ojos eran tan azules y tan vivos como los de Margot, y me hubiera gustado ver su pelo, que adivinaba aún rubio y abundante. Saludó al público con una inclinación de cabeza, se acercó a mí y me estrechó la mano con fuerza, como si fuera tenista en vez de monja. Luego murmuró algo así como *le agradezco lo que ha hecho por mi madre* y se largó al saloncito, seguida por su secretaria, que era una monja muy joven de aire campesino, cejas pobladas e incipiente bigote. JM —traje de hilo y corbata negra— que hacía de anfitrión, me dedicó una mirada especial y todos pasamos al saloncito, donde ya estaba emplazado el ataúd y un cura murmuraba frases misteriosas. Don José Luis Bienzobas me susurró: *fugit irreparabile tempus*. Transcurrieron algunos minutos de recogimiento y oración, hasta que una mano desconocida subió el volumen de la música y la caja de la viuda de Padrón se fue sobre un ingenioso y chirriante tapiz y por último se abrió paso entre cortinas granates, camino de la gran hoguera, y desapareció de nuestra vista. Yo incliné la cabeza y sonreí, recordando una novela que había leído de chica: *¡Arde, bruja, arde!*, de Abraham Merritt, Editorial Molino, Biblioteca Oro, que con el título de *Muñecos infernales* fue llevada al cine por Tod Browning en 1936. Pobre brujita mía, sólo nos vimos dos veces, pero yo te recordaré siempre y te prometo alimentar, consolar y asistir a tus gatos, cuyos nombres desconozco. Amén. El practicante Bienzobas también inclinó la cabeza y al oír la palabra amén dijo en voz demasiado alta: *talis vita finis ita*.

Entre el tercer y el cuarto polvo —pongo por testigo a Margot viuda de Padrón, que en su alcoba está de cuerpo presente—, el llamado Quino Muñoz me contó un sucedido. En enero de 1982 RGC, novio de su madre la monja *Pinga VI*, le invitó a comer en el restaurante *Jockey* de Madrid, para celebrar su incorporación a la Fundación. Previamente, en la intimidad de aquellas fúnebres sábanas, yo le había confiado algo de los mensajes de la biblioteca, la fijación que RGC tenía conmigo y lo más señero de todo: que fue amante de Rosa María Miranda, mi madre.

CAPÍTULO XVII

Claro que me cuidé de decirle —hay que saber con quién se habla— que el señor Gimeno Coes había asesinado a mamá. JM comprendió muchas cosas y me dijo que ahora entendía las estrafalarias razones por las que yo había sido contratada a tan alto precio, y cómo él, confuso y desconcertado, intentó confundirme con la broma del Ministerio de Asuntos Exteriores. En su opinión, el pretexto de mi trabajo fue un regalo a la memoria de Rosa María. Inmediatamente quiso saber si yo era hija de RGC, a lo que respondí que en tal caso seríamos hermanos, porque él también iba en el mismo zurrón. Por todos los santos me juró que aquello era imposible, y yo le pedí que me concediera idéntica gracia: tampoco era hija de RGC. Accedió de buena gana, y así nos libramos del incesto, pero perdimos un maravilloso amor oscuro. Como JM es cobarde —aunque a veces se muestre astuto y más que certero—, cambió trágica relación por aburrimiento, que yo aproveché para iluminar algunos puntos oscuros de la biografía de RGC, y tal era el caso de la razón por la que hubo de emigrar don Luis Gimeno Coes a las Américas, motivo al que su hijo se refiere diciendo algo así como «arruinada la familia por desgraciados avatares». Mateo, o no sabía una palabra de la historia o no me la quería contar; pero el pajarillo atrapado entre mis muslos estaba desguarnecido en poder del sexo y de la soberbia, que suelen enturbiar las cabezas locas de algunos hombres, sobre todo cuando una mujer como Dios manda —en este caso yo misma— maneja los hilos con sencilla inocencia. JM, contento de hacer una pausa en los gozos de amores que tanto le enorgullecían, me dijo que los Gimeno representaban a lo más brillante de Asturias oriental, cosa que yo sabía por los libros. Fueron militares, catedráticos, políticos y afrancesados, como era lo suyo en muchas familias ilustradas y liberales. Entonces yo le mordisqueé el lóbulo de su oreja izquierda, para hacerme la ratita y como si no me interesara el caso. Parece ser que don Álvaro Gimeno Coes Pavón —abuelo de RGC— se enamoró perdidamente de la mujer del embajador de no-sé-qué reino centroeuropeo y que se metió en gastos terribles y estafó incluso al Banco de España. Iba a ir a la cárcel cuando le salvó de la ruina y del deshonor el mismísimo general Narváez, gran amigo suyo, aunque le exigió devolver lo robado y le obligó a dimitir de todos sus cargos. Don Luis, entonces muy joven, decidió sacrificarse por los suyos, abandonó la universidad y se fue a América, pero antes compró dos décimos de lotería, depositando uno en el cepillo de la Iglesia de su pueblo. Lo asombroso es que le tocó el primer premio, pero aun así emigró a la Argentina. Parece ser que allí trabajaba de sol a sol, como tantos otros, pero él tuvo suerte y ya en 1875 sus confiterías y tiendas de abarrotes eran conocidas no sólo en Buenos Aires, sino también en Córdoba, Rosario y Tucumán. Casó con una irlandesa muy guapa que murió de parto y volvió a España ya con el recién nacido en sus brazos: aquí no tuvo la misma suerte, porque ya sabes que lo fusilaron en la guerra civil.

—¿Qué fue de don Álvaro?

—Nunca se supo: echó a andar por la carretera y desapareció camino de Orense.

JM quedó en silencio, perdido entre los recuerdos de aquella familia que no era la suya. A mí de poco me servían los desfalcos de don Álvaro o la desgracia de don Luis, aunque en torno a RGC se iba formando algo así como un hábitat o un cultivo donde me era más fácil entender los turbios manejos del caballero. Joaquín intentó revolver alegremente las sábanas, pero yo le puse en su sitio y le dije que de amores nada, que primero me tenía que contar el célebre almuerzo en Jockey, y juraría que la tregua le venía bien, porque pasó la página sin ningún dolor:

—Tío Ramón —yo le llamaba tío, para que lo sepas— me invitó a *Jockey*, restaurante lujoso y tradicional como él, y después de bebernos unos finos encargó la comida a su amigo el maitre número uno. Lo de siempre, lo popular, lo que nunca falla, donde se ve el arte del cocinero y no la trampa de la cocina elaborada: *patatas rellenas Clemencio* y *callos a la madrileña* y ya hablaremos del postre. De vino, lo mejor de Vega Sicilia, porque hoy es día de fiesta. Durante el almuerzo me contó anécdotas de circo y de montaña, y me dijo que él boxeaba con la elegancia de Carpentier y que siempre fue un *sportman*. Después me habló de mujeres y del fracaso de su matrimonio, culpa suya por casarse con una Tornabous, y de cómo encontró a su amor, en la guerra, en la embajada argentina.

CAPÍTULO XVII

JM me miró entonces y yo escondí mi impaciencia refugiándome en su pecho.

—Luego, cambió de tercio y se fue a los toros, porque presumía de torear con el arte de Belmonte y de matar como don Luis Mazzantini. Estuvo callado largo tiempo y al final pidió natillas y un *mare de Champagne*, y con la copa en la mano y la mirada perdida me dijo que él sólo había sido feliz durante diez días en toda su larguísima vida.

Yo alargué las orejas, porque aquellos días tal vez tuvieran que ver con *El caso de las tres doncellas viejas*.

—En la embajada argentina, recuerda *un capítulo de mi vida*, conoció a una mujer joven, que acababa de perder a su marido y, según me dijo, se enamoraron nada más verse, como en las novelas, pero cada uno salió por su lado del Madrid en guerra para embarcar en Alicante, como sabes, y los dos asociaron la separación a la muerte y al mar y se prometieron hacer un viaje juntos si conseguían sobrevivir. Este viaje se cumplió en 1952: en un barco inglés, que iba a Nueva York y hacía escala en Tenerife, salieron de Lisboa y luego volvieron en avión, separados y de nuevo relacionando el mar con la muerte. Tío Ramón me dijo también que aquella mujer murió dos o tres años más tarde. Después alzó la copa de *mare de Champagne*, bebió un sorbo y la estrelló en el suelo. Quizá aquella mujer fuera tu madre.

—O la tuya.

—No creo... Tal vez sea una tercera... Pobre viejo.

Pobre viejo, menudo farsante tío Ramón —pensé yo—: claro que aquella mujer era mi madre, asesinada el 14 de noviembre de 1954; pero mis labios no se abrieron, porque a nadie, absolutamente a nadie, pensaba contarle ni una palabra, que muy torpe estuve al hablar con Curra Montejo y con Margot. Nunca más: por desgracia, callada la una para siempre, y la otra, discreta por naturaleza y oficio. JM me dijo que a partir de entonces sólo trataron de la Fundación, porque Gimeno Coes era muy reservado y el almuerzo en *Jockey* fue una excepción y una rareza. De nuevo me dejé abrazar por mi galán pensando que había ido a la calle Génova para sonsacar a la pobre *Pinga V* y ahora, en sorprendente cama, confirmaba la historia del barco y la huella del pétalo de rosa en *El viajero universal*, tomo XI. Señor

Muñoz... —recordé mi primer día de trabajo—. ¿Si encuentro un pétalo que hago con él? Ya le he dicho a usted que se archiva todo, absolutamente todo, un pétalo, un décimo de lotería o un recordatorio.
—¿En qué estás pensando? —me preguntó JM, con un inesperado brote de desconfianza.
—En ti, amor mío.

Al día siguiente encontré en la biblioteca un enorme ramo de rosas y un sobre, que abrí: contenía una tarjeta de Joaquín Muñoz, presidente de la Fundación Gimeno Coes, y una nota: *gracias por todo, Joaquín*. El muy desgraciado subrayó *por todo*, lo cual confirma mis sospechas de que es un hortera y un animal con sorprendentes destellos de lucidez. Apenas le dediqué unos segundos, porque ni estoy enamorada de JM ni encoñada siquiera, aunque tampoco me arrepiento de la fiesta *post mortem*, y a más a más, como dice mi ginecólogo, por rizar el rizo ignoro incluso si es casado y en qué parte del mundo veranea. Al tajo, Mari, guapa, que llevas dos días en blanco. Ya no me importaba desobedecer las órdenes del jefe ni la última voluntad del difunto: iba derecha a los libros clasificados, pasando por mi querido *Drácula*. En *Drácula* hay una postal de San Sebastián firmada por Perry, su fiel servidor, q.b.s.m. Va por las ferias del Norte y le recuerda, pero con ese nombre no puede ser torero. *Novelas de amor y muerte*, de Blasco Ibáñez, primera descripción de Rosa María y una señal de papel de periódico. *El castillo de irás y no volverás* empieza con la palabra Confesión, hay una señal. Así hasta *La historia de la Cruzada española:* cuatro tiras de periódico marcando páginas. Observé la primera, que decía arriba y con letras mayúsculas PECTÁ, y abajo lo que supongo fragmentos de nombres de cines de Madrid, *pitol, seum, alto, de la Mú:* sin duda alguna es la cartelera de esPECTÁculos. La tira que señala *El gran libro de las plantas del jardín* —y que hasta ahora yo no había examinado— pone *domingo 14-11-54.*

Apenas podía moverme: aquella era la fecha en que murió mamá y estaba marcando la página de las rosas, que empezaba a odiar. Me puse en pie y me salió un ¡*ayyyy!* de voz profunda,

CAPÍTULO XVII

como si representara una obra de teatro de las que hacían entonces Elvira Noriega, Mercedes Prendes, María Jesús Valdés o Tina Gascó. Luego, me dirigí al sillón de RGC y le pregunté: Cabrón, hijo de puta, ¿qué significa esa cartelera de noviembre de 1954?

Como un rompecabezas de los que me traían los Reyes Magos cuando era chica, armé las tiras del periódico sobre la mesa grande y con celofán devolví la vida a la cartelera de espectáculos, que repasé lentamente: nada me dijeron las obras de teatro, las zarzuelas, las revistas, las películas estrenadas o repuestas en cines de reestreno y programa doble, ni siquiera el Circo Price, ni los anuncios o avisos. Otra gracia de RGC. Como en algunas novelas de misterio, intenté meterme en la piel del asesino para descubrir sus intenciones, y, después de observar la cartelera por última vez, dije en voz alta:

—So burra, los periódicos se imprimen por un lado y por otro y te estoy señalando el otro.

Lancé una breve mirada al sillón, di la vuelta a la página y encontré la de sucesos: *Un juez asesina a su amante en Bélgica y se suicida*. Cerré los ojos para alargar el placer del hallazgo y recordé que cuando era niña y en verano venía de jugar, acalorada y sudorosa, llenaba un vaso de agua y no me lo bebía hasta que la sed me resultaba insoportable, y entonces, el agua fresca se convertía en lo mejor del mundo. Un juez asesina a su amante, pero ocurre en Bélgica, porque aquí, en el año 54, estaban prohibidos los amantes y nadie cometía un crimen pasional y mucho menos un señor juez, una persona decente, honrada y seria, con toda seguridad padre de familia y, para colmo de los colmos y vergüenza de las democracias occidentales, el pecador se suicida: en España, el año 54, estaba prohibido el adulterio y el suicidio, y si alguien desobedecía —casi siempre masón, homosexual o comunista—, se le daba garrote vil, a los suicidas también y, desde luego, estas improbables noticias no se publicaban: en Bélgica era otra cosa. Y me bebí el vaso de agua:

Un auténtico escándalo ha sacudido los cimientos del Palacio de Justicia de Bruselas: el magistrado J. S., jurista de reconocida fama mundial, asesinó a su amante, la señora V. B., esposa de un acaudalado joyero holandés. Al parecer, los celos han sido el motivo del cri-

men. El juez J. S. disparó contra la señora V. B. y a continuación él mismo se voló la cabeza de un tiro. Los cuerpos fueron descubiertos en la habitación de un modesto hotel de carretera por un cliente que oyó las detonaciones. La ausencia de documentación mantuvo en la sombra el trágico suceso, hasta que el juez N. S. recibió por correo la carta de J. S., donde le notificaba el asesinato y su propio suicidio. La referida carta, encabezada con el tradicional «no se culpe a nadie...» iba dirigida a su hermano, porque se da la terrible circunstancia de que el juez N. S. era hermanastro del juez J. S.

Esta es la enrevesada confesión del cínico RGC, que ni siquiera tuvo cojones para suicidarse, como su colega el belga JS, mucho más riguroso y desde luego más valiente, porque también entre los asesinos hay clases: Gimeno Coes mató a mi madre y se escondió en su madriguera, hasta que, viejo y atormentado por los remordimientos, decidió confesar el crimen a la hija de su víctima. Mari, nena, para el carro que ya no está en el mundo de los vivos la viuda de Padrón. Concéntrate en lo tuyo: móvil, tal vez los celos. Ocasión y lugar, no lo sé. A pesar de todo, yo voy ganando. Toqué el timbre dos veces, ladró *Tornabous*, el perro mecánico, y me fui al cuarto de baño, que daba gloria ver: Mateo Carrasco había puesto toallas limpias, pastilla de jabón nueva y pasta de dientes. Me miré al espejo, me retoqué un poco, agité las pulseras y, al secarme las manos, advertí que las toallas eran de color amarillo claro y recordé que mamá fue muy supersticiosa en vida y no soportaba el amarillo —ni el cadmio, ni el cromo, ni ningún otro—, ni podía ver dos monjas de espaldas, ni un sombrero sobre la cama, ni un paraguas abierto dentro de casa.

Mateo había acudido a la biblioteca provisto del granizado de limón, y yo hice una entrada que hubiera envidiado la mismísima Greta Garbo en *Margarita Gautier*: me apoyé en el pupitre y, tratando de parecer cansada y triste, le di las gracias por el cambio de toallas y le rogué que no las pusiera amarillas, porque yo era muy supersticiosa:

—No se moleste usted, madame, y con todos mis respetos, permítame la confianza y no intente parecerse a la señorita, porque bastante se parece usted, ni se esfuerce en llevar las pulseras de marfil, que ya sé de quién eran, porque yo mismo las

CAPÍTULO XVII

compré por encargo de mi buen señor —para quitar hierro a aquellas palabras, sonrió con dulzura—: ¿Recuerda lo que le dije aquel día? Está usted en estos libros y ya no se puede escapar.

El duende Carrasco, una vez más, me ganaba por la mano.

—¿Y ella?

—La señorita también.

—Una sola pregunta, Mateo: ¿Dónde se veían?

—No lo sé.

Mateo pareció incómodo y desazonado y buscó la puerta de la biblioteca, yo me crucé, le puse las manos delante y estuve tentada de contarle mis sospechas, pero por suerte frené a tiempo.

—La última, palabra de honor: ¿Vino a esta casa muchas veces?

—Sólo dos.

Asentí resignada y le dije que no se molestara en cambiar las toallas, que eran preciosas, pero que se llevara el ramo de flores de JM. Mientras Mateo cumplía la orden se disculpó por darme un consejo, ya que los criados nunca deben aconsejar a los señores, aunque hay circunstancias que obligan a quebrar la regla: con cierta dificultad me pidió que siguiera el orden establecido, que a su amo le había costado desorganizar la biblioteca casi tres años, y yo, por respeto y disciplina, no podía ordenarla en dos meses. Añadió que abrir el armarito fue un error y que los errores se pagan. Y me dejó sola y confusa de nuevo. Mis encuentros con Mateo Carrasco, tanto si habla con acento andaluz como relamido, terminan igual, porque cuenta lo que quiere y se guarda lo que le da la gana. Volví al sillón y me dije que me las daba de lista, pero en realidad era la más tonta del pueblo y encima tonta disfrazada: había perdido siempre, con RGC, con Mateo Carrasco, con Joaquín Muñoz e incluso con Curra Montejo, y si me descuido me deja en ridículo Federico Sañudo.

—Voy a jugar limpio: seguiré hasta llegar al final, todos los días menos hoy.

Volví al ordenador y continué repasando las notas, las personales y las informaciones de aquellos dos meses, aunque ya me las sabía de memoria. Fui husmeando por todos los módulos conocidos sin encontrar nada útil, hasta llegar a *O Coliseo dos Recreios,* donde estaba la tarjeta de Norberto Murciego y Morris, circo, teatro y variedades, calle de Las Huertas 18, 3º izq., Madrid. Ahora, en la segunda vuelta, el nombre de Norberto, al relacionarlo con el circo, me decía algo y también la dirección, Huertas, y la palidez de Mateo al preguntarle si su señor era aficionado al circo, y vaya sí lo era. Es muy probable que mamá me llevara al Circo Price por influencia de RGC.

Llegué a casa pasadas las once y, aunque yo me creía algo así como un chaleco antibalas, me entristeció la soledad y eché de menos —y ya es echar— la sartén ardiendo en la cocina y los grifos abiertos del cuarto de baño, porque una se acostumbra a todo, incluso a vivir con Carmen Rodrigo. Desde el salón, cuarto de estar o *living,* llamé a tía Tere para preguntarle si mamá, de joven, era aficionada al circo. Tía Tere me contestó muy nerviosa —seguramente acababa de tener una bronca con el tío José Manuel— que siempre le había conocido esa afición y que dejara de meter el hocico en la vida de los demás y me ocupara de lo mío. Yo, con muchísima educación, dije que no era la vida, sino la muerte lo que me interesaba, y aquello le sentó fatal y ya embalada añadió que me creía muy lista, pero en el fondo era un poco corta y siempre había estado dominada por una madre de libro, absorbente y loca, que también se creía el ombligo del mundo, y que entre las dos habíamos destrozado la vida del pobre Luis, la única persona normal de la familia, y no quería decir más, porque luego se iba a arrepentir. Me obsequió con un buenas noches protocolario y colgó, y a mí no me cuelga ni Dios por muy tía que sea Dios. Volví a llamar a El Escorial, pero el teléfono comunicaba y así aguantó más de una hora: la zorra de tía Tere había descolgado para no enfrentarse conmigo, y eso que yo era un poco corta. Pues mejor, aquí se acaba la historia de la familia Arana. Para celebrarlo me hice un *dry martini* muy seco y para torturarme busqué *Las calles de Madrid* y *La merveilleuse histoire du cirque.* En *Las calles* me fui a la página 258, Huertas, donde estaba anotada la cifra 18, y en el del circo también a la 18, donde encontré las iniciales TQR. Huertas, 18 era una di-

CAPÍTULO XVII

rección, la de mi desconocido amigo Norberto Murciego y Morris, por quien levanté mi copa de martini, y TQR, un nombre, Teodoro Querol Rodríguez, o Tasio Quintana Ramírez... Claro que podía ser una frase, *tú que rompes... tú quién eres... ¿Y la E? También quiero rosas...* Ya estamos con las rosas. Si me descuido, me paso la noche inventando frases absurdas, y para remediar semejante memez decidí volver al espacio infinito como en las novelas de ciencia ficción y entrar en el cerebro de la persona que escribió TQR, con toda seguridad Gimeno Coes, y meterme, una vez más, en el pasado: supongamos que le regaló el libro aquel para señalar la calle de Las Huertas, 18, y supongamos que en aquel tiempo estaba enamorado de mamá: *También quiero rosas, quiero a Rosa...* Soy completamente idiota: TQR significa *te quiero, Rosa,* y el muy cerdo tiene el tupé de mandarlo a casa de mi padre ofreciendo la dirección de Huertas 18, 3º izq. a mamá. El amor y una casa —aunque fuera la de Norberto Murciego y Morris— algo se juegan y quizá ya tenga el lugar, aunque todavía me falte la ocasión.

Casi en paz me fui a la cocina, pensando en la pobre tía Tere: los viejos chochean generosamente y pueden llegar a decir cosas horribles, pero no hay que llevarles las cuentas. ¿Cómo voy a ser faltita y desde cuándo he sido dominada por mi madre? Corta la tía Tere, más bien retrasada mental, y para colmo manejada por los agustinos. Pero no me importa: dentro de quince o veinte días perdonaré su ofensa sin el menor esfuerzo.

No me había fijado en la nevera: Carmen Rodrigo es muy aficionada a poner pastillitas imantadas en la puerta, un Mickey, una Rita Hayworth, una mariquita monísima, la madrina de Blancanieves, una ensaimada, un cangrejo y Lenin. Debajo de la madrina de Blancanieves di con un papel escrito por ella: *busca en el estante de arriba y abre el congelador de abajo. Un beso, C.* En el estante de arriba encontré una magnífica perola de gazpacho y un pollo con su rótulo: pollo a la cerveza, y en los cajones, fruta, lechuga, tomates y pimientos. En el congelador de abajo —siempre con letreritos—, una enorme tartera de consomé y otras de canelones, espinacas a la crema, bonito con tomate, perdices en escabeche y bacalao al ajo arriero; además de helado de marcas acreditadas. La impar Carmencita se había pasado veinticuatro horas cocinando para mí, claro que ese aburrido trabajo apartaba su pensamiento del canalla de Pepe Seco. No seas desagradecida, Mari: bien sabes que la cocina es un arte, lo ha hecho por ti y sólo por ti, y a ti ni loca se te hubiera ocurrido nada igual.

—Porque yo —le dije a la nevera— tengo cosas más importantes en que pensar.

—La cocina es un arte —me respondio la nevera.

—Déjate de chorradas.

A la mañana siguiente, aprovechando el desganado tráfico de agosto, saqué mi Volkswagen amarillo, me dirigí a Santa Ana, de donde arranca la calle de Las Huertas, y aparqué como una reina, en la misma plaza, que crucé muy despacio, procurando evitar las palomas, que me dan verdadero asco. La calle Huertas tiene para mí un recuerdo temible: cuando la chacha Felisa me llevaba al cine en los años cuarenta, se las arreglaba para salir de casa hora y media antes y pasar por el número 11, donde vivía una anciana tía de su madre, que, no contenta con la visita y con llenarme de besos y babas, me hacía preguntas de cultura general, alegando que su marido fue en vida maestro nacional, fusilado por los falangistas en la toma de Sigüenza, y que ella había heredado su sabiduría y amor a la cultura general. A mí, a causa de la visita, me costaba un mundo ir al cine, pero nunca me chivé de Felisa. La calle Huertas empezaba en el lugar que ocupó el cementerio de la iglesia de San Sebastián, ahora jardincillo con verja de hierro donde hay una tienda de flores, y enfrente, esquina a la del Príncipe, un bonito edificio de estilo madrileño al que llamaron del Príncipe Negro, y allí vivió don José Canalejas y de allí salió una mañana para ir a Gobernación y morir asesinado frente al escaparate de la librería San Martín, de la Puerta del Sol. Toda la calle estaba llena de tiendecitas pequeñas, como si fueran de pueblo: había droguerías, ultramarinos, tabernas, alguna papelería, estancos, cacharrerías —que a mí me fascinaban— e incluso una carbonería. Ahora sólo veo bares de nombres exóticos, casi todos cerrados por la mañana, porque la calle Huertas es una de las más completas en bares

CAPÍTULO XVII

exóticos de todo Madrid. Cuando la tía de Felisa me dejaba en paz, yo me asomaba al balcón, por la parte principal, a mirar hacia los árboles del fondo, porque parecía el campo, y luego me iba a la ventana del cuarto de la plancha, desde donde se veía el enorme patio de un garaje o taller de reparaciones con una plataforma giratoria para arreglar los coches, pero tampoco era un espectáculo que me volviera loca.

Llegué al portal del 18 y, aprovechando que salía una vecina, me colé sin preguntar. Un poco asustada subí la escalera de madera ancha con bancos triangulares en las esquinas de los descansillos, muy bien puestos para recuperar el resuello. No tenía mucha esperanza de encontrar a Norberto Murciego, pero no me podía permitir el lujo de ignorarlo. Al cruzar el descansillo del segundo observé que una de las puertas estaba entornada e imaginé que dos ojos me seguían: era, sin duda alguna, el diablo cojuelo de la calle de Las Huertas, probablemente encarnado en vieja aburrida y curiosa. En la puerta del tercero izquierda descubrí un rótulo ennegrecido, *Hostal Maravillas*: animada por aquel prometedor nombre llamé al timbre y esperé, volví a llamar y fue inútil, entonces empujé la puerta, que estaba abierta y se enganchaba al fondo por culpa del suelo abarquillado. En un vestíbulo muy oscuro, decorado con marinas descoloridas, carteles de turismo de los años setenta y gaviotas metálicas sujetas con dos clavos a la pared, un tipo amarillento, que leía *Marca*, se acodaba en un mostrador de madera deslucida: el amarillento me miró por encima de sus gafas sin el menor entusiasmo, yo le saludé con encantadora sonrisa y le pregunté si vivía allí el señor Norberto Murciego, teatro, circo y variedades, y el amarillento, que también era medio transparente, negó en silencio:

—¿Y usted no lo conoce de nada..., no le suena lo de señor Murciego?

Volvió a menear la cabeza. No me molesté en darle las gracias y salí dejando la puerta enganchada al fondo, para que el medio transparente tuviera que abandonar la prensa deportiva. Bajando el tramo de escalera oí un grito escandaloso y suspiré satisfecha, aunque había perdido definitivamente el rastro de Norberto Murciego Morris. Crucé el descansillo del segundo piso y a mi espalda sonó una especie de vocecilla intermitente que recordaba mucho la del pato Donald. Ya bajando hacia el primero, el sonido se tradujo en algo así como palabras:

—¿Qué bus-ca us-té?

Me volví: la puerta del segundo continuaba entornada y en la oscuridad sentí los ojos del Asmodeo de voz metálica, que tal vez fuera un niño o la vieja que pasaba el día entero vigilando aquel tramo de escalera. Poco me costaba contestar, y así, ingenua y agobiada a la vez, respondí:

—Busco al señor Norberto Murciego Morris.

El silencio que siguió a mis palabras me hizo suponer que el vigilante sabía más que el amarillento. Me acerqué a la puerta y repetí:

—El señor Norberto Murciego Morris, teatro, circo y variedades.

—Pue-de que lo co-noz-ca.

La voz de trompetilla sonó mucho más arriba de donde yo miraba, casi a dos metros del suelo. Distinguí unos ojos muy negros y pensé que el niño, la vieja o quien fuera se había subido a una silla y me estaba gastando una broma. Abrí el bolso, saqué tres mil pesetas y puse un billete a la altura de la cadena que cerraba la puerta: una mano huesuda, de dedos muy largos y muy fríos, me lo arrebató. Luego, oí cómo alguien quitaba la cadena y me invitaba a pasar. Encendió una bombilla de cuarenta vatios: era un anciano de casi dos metros de altura, que llevaba puesto un pijama a rayas grises y marrones, amarillento por la entrepierna y de mangas muy cortas, tenía el pelo teñido de negro mate y olía a polvo, a sudor y a orín; del fondo del pasillo venía un olor dulzón entre basura y muerto, un olor que me produjo una arcada desde los talones a la boca. El destartalado vejestorio me tendió la mano esperando el resto del dinero, y yo le hubiera dado todo lo que tenía en la Caja de Ahorros con tal de poder escapar de allí, así que puse en su mano las dos mil pesetas. El viejo habló otra vez con voz tan ridícula como dramática: estaba operado de garganta y sus palabras salían por un tubo medio húmedo:

—La úl-ti-ma vez que le vi en la es-ca-le-ra fue cuan-do se mu-rió Fran-co. Me acuer-do muy bien por-que se mu-rió Franco el ve-ra-no pa-sa-do... Tra-ba-ja en el cir-co y sue-le pa-rar en el Club de los Pa-ya-sos, si no se ha muer-to, allí le da-rán razón.

La voz y el olor me estaban mareando, asentí y traté de abrir la puerta, y entonces el anciano me pegó una palmada en el culo, una palmada de esas que más que golpear reconocen, palpan y estrujan zona. Salí a la escalera y bajé de dos en dos los escalones, mientras las tripas del vigilante gritaban por la trompeta:

—¡Dé-le mu-chos re-cuer-dos de don Fe-li-cia-noooo!

El ¡nooooo! agudo parecía el toque de atención de un guarda jurado. Corrí calle Huertas arriba, y al llegar a la plaza de Santa Ana me metí de cabeza en la Cervecería Alemana y sin preguntar el camino me fui al cuarto de baño, donde eché la primera papilla, la que me diera la tata Felisa, porque a mamá —en señal de protesta— se le retiró la leche cuando nací en 1941. Después alcancé el mostrador y sin resuello pedí un doble de cerveza. Mientras me lo servían noté que alguien me estaba mirando y me volví: era un torero gitano, no recuerdo su nombre, muy guapo, de ese género que dicen color de aceituna y ojo verde. Le sonreí aliviada y él miró hacia atrás un poco sorprendido, luego me sumergí en el doble hasta las cejas y trasegué como dromedario en oasis salvador. En Huertas, 18 ya no vivía el misterioso señor Norberto Murciego Morris, pero al menos tenía una dirección: Club de los Payasos. De golpe dejé la cerveza sobre el mostrador y exclamé en voz alta, ante el asombro de los presentes:

—¡Soy gilipollas!

E incliné la cabeza sonriendo, dueña de mi particular recuerdo del Circo Price: *mi madre parecía incómoda ante aquel hombre al que llamaba Norberto, y yo, Levita Roja.* Y muchos años después: *se me acercó un payaso y me dio una bolsa de caramelos. ¿Te acuerdas de Levita Roja? ¿Ahora eres payaso? A ratos soy payaso, pero estoy montando un número muy importante... ¡Cómo te pareces a tu madre! ¡Buena suerte!* Norberto Murciego es *Levita Roja* y mi madre lo conoce. Tan a gusto me sentía que, olvidándome del anciano de dos metros, del hombre amarillento y de las tripas revueltas que me hicieron vomitar, pedí una de gambas al ajillo.

Entonces, el torero gitano de ojos verdes, se me acercó considerando que nos habíamos visto en alguna parte.

—No creo.

—Como antes me mirabas... —dijo con el aplomo que no suele mostrar ante los toros de lidia.

—Es que a mí me gusta mirar a los hombres guapos.

Como es de ley, el gitano pegó la *espantá* y se refugió en la mesa de sus amigos, y es que los hombres y los toreros, cuando una se arranca por derecho y con nobleza o cuando un toro muestra su bravura, se suelen encoger: pero yo tenía la huella de *Levita Roja*.

XVIII

EL CLUB DE LOS PAYASOS

Decidí apagar el fuego que alimentaba mi horno —la imagen del horno caliente le gusta mucho a Carmen Rodrigo— y continué clasificando libros en la biblioteca de la Fundación como si nada ocurriera: la mañana, dedicada a mi ordenado trabajo, y la tarde, en pesquisas exteriores: por el momento iba a seguir la huella de Murciego Morris, alias *Levita Roja*.

Aquel día llegué a la Fundación vestida de blanco, rematada por alpargatas de suela de esparto y pequeña alzada —blancas, naturalmente— y con cintas en las pantorrillas. Mientras me arreglaba pensé que bien podía ser el personaje romántico de un retrato de los Madrazo, o una mujer en playa levantina nacida por la gracia de Joaquín Sorolla o de su discípulo Cecilio Plá, y a más a más —como dice mi ginecólogo—, una elegante dama de *Muerte en Venecia* imaginada por Visconti o un dibujo de cola larga y paseo por el bosque de Aubrey Vincent Beardsley, brisas japonesas y añoranzas de kabuki. Igual que Narciso, me tiré un beso en el espejo, porque hay veces que me gusto mucho y aquella era una de las mejores, y luego consideré que las bellezas oficiales, las que salen en las revistas del corazón, poco tienen que hacer ante una hembra de mi talla, y digo hembra con todas sus consecuencias, sabiendo que a mis amigas de la Dirección General de la Mujer —porque a Curra nada le importan estas minucias— les repatea el terminito.

Al abrir la puerta de la Fundación el buen duende Mateo Carrasco a poco pierde el sentido: dio un paso atrás y se apoyó en el quicio y yo le pregunté quién era, esperando ilusionada su respuesta que no me defraudó: ¡La Kay Francis, madame! ¡La Kay Francis! Y se tapó la boca riendo, como si hubiera dicho una mala palabra, vino a la biblioteca y antes de cerrar me pidió que aguardara sin poner las manos en ningún libro polvoriento. Transcurrieron unos minutos, ladró *Tornabous* —el perro mecánico—, dio la media el reloj solemne y repitió aviso el más frívolo. Entonces volvió Mateo Carrasco con un gran delantal que se identificaba con el nombre de *La Brigada*, San Telmo, Buenos Aires: era blanco y tenía una vaca dibujada de los cuernos al rabo, pasando por el bife y el asado de tira. Mateo me dijo que se lo ponía su señor cuando le daba el venate cocinero, siempre con él de pinche y, como es lógico, después del fallecimiento de su legítima Tornabous y Suñé, que le tenía prohibida la entrada en la cocina. Yo debía ponérmelo para no mancharme con el polvo de los libros, y mucho dudé en complacer a Mateo, por si favorecía los planes del asesino, pero acabé discerniendo que sería la pera rastrear la huella del homicidio disfrazada de criminal; así que me lo puse, subí a la escalera y se me cayeron las gafas, que no se rompieron porque eran irrompibles, y me enfrenté al módulo de turno que pertenecía a la sección taurina. Entonces comenzó a sonar un pasodoble —*España cañí*—, y los libros a esponjarse y algunos a decir ¡olé! por lo bajo. Sin dar mayor importancia al ambiente, clasifiqué los tomos de la revista *La Lidia*, muy bien ilustrada por Perea y llena de firmas gloriosas del siglo XIX, y luego los de *El Ruedo* y *Dígame*, donde se publicó el reportaje de Castán Palomar que me llevó a RGC ya hace tiempo. Después de las revistas taurinas venía el *Cossío*, sólo siete tomos, sin duda porque los últimos se publicaron después de la muerte del fundador. En el primero —Espasa-Calpe, Madrid, 1945— había una nota: *lo compré en la librería Nerecán durante la Semana*

CAPÍTULO XVIII

Grande de San Sebastián, al precio de doscientas pesetas. Entre sus páginas, programas de mano, entradas de toros, artículos, reportajes, fotografías y críticas, una de ellas de **El Alcázar**, Madrid, 1952, me llamó la atención: *Con la corrida del Montepío de Toreros recuperó su más bella y dramática emoción la fiesta de los toros. Antonio Bienvenida, Juan Silveti y Manolo Carmona consumaron la hazaña de cortar siete orejas a seis toros del Conde de la Corte, en puntas y con trescientos kilos.* Luego, *Pasos de toreo*, edición de lujo, ejemplar número 278, de Felipe Sassone, con dedicatoria del autor y de Antonio Bienvenida, que había inspirado el libro. Entre sus hojas encontré un dibujo del pase cambiado de Antoñito Bienvenida, original de Roberto Domingo, reproducido en la página 39 del libro, también dedicado a RGC, que además de asesino debió de ser hombre de variados gustos. Después de archivar el libro, las críticas y el dibujo, di con un volumen titulado *Las letras del tango* y, por si hubiera error en la colocación, comprobé que le seguía *Índice taurino*, Sucesores de Rivadeneyra, Madrid, 1912. Me detuve un segundo, consciente de que don Ramón me citaba de nuevo, esta vez buscando mi querencia: no se confíe usted, maestro, susurré en voz baja, y me arranqué con los ojos abiertos. Entre tangos y milongas estaban subrayados dos títulos: *Pobre corazón mío*, 1926, y *Tus besos fueron míos*, también 1926, ambos de Carlitos Gardel. En la página 268, enmarcado en rojo brillante y fuera del tiempo, lucía su triste hermosura *Sus ojos se cerraron*, tango canción, letra de Alfonso Le Pera, 1935. El miserable RGC me llamaba desde su desconsuelo y yo leí los versos, mientras sonaban las guitarras y el bandoneón de acompañamiento, como el muy cerdo quería, tratando de engañarme a lo inocente de aldea:

> *Sus ojos se cerraron...*
> *y el mundo sigue andando,*
> *su boca que era mía*
> *ya no me besa más,*
> *se apagaron los ecos*
> *de su reír sonoro*
> *y es cruel este silencio*
> *que me hace tanto mal.*

*Fue mía la piadosa
dulzura de sus manos
que dieron a mis penas
caricias de bondad,
y ahora que la evoco
hundido en mi quebranto,
las lágrimas pensadas
se niegan a brotar,
y no tengo el consuelo
de poder llorar.*

Sorbí mocos con ruido de cisterna y se me llenaron los ojos de lágrimas... Hijo de puta, ¿por qué la mataste si la querías y por qué me enseñas ahora estos cantos? Papá nunca hubiera sido capaz; papá aguantó la infidelidad de Rosa María; pero, claro, era un ser superior, y tú, un trepacerros, asesino y mentiroso chapucero a buenas horas.

*Por qué sus alas tan cruel quemó la vida,
por qué esta mueca siniestra de la suerte.
Quise abrigarla y más pudo la muerte.
¡Cómo me duele y se ahonda mi herida!*

Observé la página con atención y por poco me trago el delantal de *La Brigada* por la zona de la bola de lomo: sobre la palabra *muerte* había una pequeña rugosidad, por donde pasé la yema de un dedo: tal vez aquello fuera el nido abandonado de una lágrima, no te jode, si es que a tangos estamos.
—¡Nooooooooo! —grité como si el RGC pudiera oírme.
Luego estrellé el libro contra el suelo y quedó boca abajo, espanzurrado como un perro atropellado en la carretera.
—Es mentira, mentira... ¡Mentira!
Me agaché, recogí el libro abierto por la página 268 y un verso saltó a mi vista: *mentira, mentira, yo quise decirle...* Y yo te lo digo ahora, RGC: mentira, como lo prueba la página 268, que no tenías prevista, ni con cintita rosa, ni pedazos de periódico: mentira, letra de Alfredo Le Pera, 1935.
Aquella tarde de verano justificaba el refrán —*agosto, frío en*

CAPÍTULO XVIII

rostro— porque había llovido el día anterior y hasta bien entrada la mañana y, según la *tele*, en toda la península Ibérica se anunciaban bajas temperaturas por culpa de una esplendorosa borrasca que tenía su centro al sur del cabo de Gata, para desconsuelo de veraneantes en Benidorm y Torremolinos y gozo de los pobres madrileños que se tostaban en el asfalto de Chamberí o Ventura Rodríguez.

Fresca —maldita sea, iba a decir como una rosa—, limpia y recién duchada, fui por la calle de Serrano, acera de la sombra, hasta Goya y la plaza de Colón; casi todas las tiendas del barrio estaban cerradas para horror de las señoras, claro que las señoras como-Dios-manda ya habían anclado en el Norte. Coroné Génova y terminé mi primera etapa en Santa Bárbara, cervecería de la Cruz Blanca, uno de los pocos locales de Madrid donde se tira la cerveza con gracia: allí me bebí un barro de esos que no se acaban nunca y di cuenta de una ración de gambas de Huelva, despreciando la advertencia de los estrechos meses sin erre. Ya tranquila y sintiéndome pieza deseada y muy pocas veces cobrada por los inocentes cazadores del verano madrileño, seguí por Hortaleza hasta llegar a Santa Brígida, donde estuvo el teatro Martín, aquel de las revistas de Bárcena, Lepe y Heredia y de las poderosas ancas de vedettes de posguerra, que seguramente vería en secreto papá, hablo de las hermanas Daina, Maruja Tomás o Maruja Tamayo, la delicada Virginia de Matos, la espirituosa Monique Thibaux o la rotunda y magnífica Queta Claver. Por la calle de La Reina —donde un confitero inventó las *paciencias*, para deleite de la reina Margarita de Austria— todavía se puede oler el pis de gato, el polvo y la humedad del escenario y de los sótanos del teatro Martín, donde aún se oyen los pasos errantes de los benditos fantasmas de Bárcena, Cervera, Casaravilla, Lepe y Heredia. Y así, por la calle del Barquillo y del Marqués de Cubas, crucé el paralelo 38 —también llamado Carrera de San Jerónimo— para adentrarme por uno de los barrios más nobles de Madrid, hasta llegar a la calle de Ventura de la Vega, llamada en tiempos Del Baño por haber fregado allí sus caballos el marqués del Valle, descendiente de Hernán Cortés. Por fin alcancé mi meta en el número 3, restaurante Hylogui, conocido por su exquisita cocina casera y que por fortuna no cierra en agosto. Entre fogones besé amorosamente a Higinia y a Santiago —que como siempre me dijo buen provechito—, en el pasillo a Eduardo, y en el comedor a Demetrio. Pedí media botella de vino de Arganda, una de espárragos gigantes —por suerte no estaba la Rodrigo para hacer comparaciones—, pescadilla rabiosa de toda confianza, y de postre, arroz con leche y canela.

A eso de las cinco y media estaba en la plaza del Rey lamentando la ausencia del querido Circo Price. Yo recordaba que a la izquierda, según se mira la puerta principal, había un café de nombre *Hespérides,* donde se reunían los artistas y donde a mí más de una vez, me convidó mamá a un refresco: también aquel café se lo tragó el Ministerio de Cultura y la Tabacalera, en colaboración con la banca internacional. Al otro lado, a la derecha, estaba el *Bar del Circo,* que no tenía nada que ver con el circo. Entré en el local, pedí un *cortao* y me dirigí a un camarero muy pálido y lleno de granos que atendía la barra sin ningún entusiasmo:

—¿Usted sabe dónde está el Club de los Payasos?

El lívido me miró con ojos estúpidos y a su vez preguntó con cara de asco:

—¿Eso es un bar o qué?

—Eso es un club donde van payasos de circo o qué.

—Aquí ya no hay circo.

—Pues es una lástima... —y me callé lo que estaba pensando.

En la puerta había una ciega que vendía cupones y junto a ella me detuve para comprar uno terminado en dieciséis. Pagué con un billete de mil pesetas; para darme la vuelta abrió una caja de puros y advertí que por dentro tenía pegadas fotografías de artistas, y pude reconocer —aunque las veía del revés— a Pompoff y Thedy y a Ramper. Así que le pregunté que si ella estaba allí desde los tiempos del Price, y me contestó que en el año cuarenta trabajaba de *charivari* y que se quedó ciega de una mala enfermedad, por culpa de un domador austríaco, porque si hubiera sido turco tendría una explicación, pero austríaco era lo que se dice un contradiós, y me informó también de que gra-

CAPÍTULO XVIII

cias al señor Carcellé entró en lo de los cupones y ahora vivía como una reina.

—¿Usted sabe dónde está el Club de los Payasos?

—Yo no lo sé, pero existe, y quien lo sabe de seguro es la señorita Rafaela, secretaria del señor Castilla, teléfono 2225899. Diga que llama de parte de Dora, *Ojo de Lince,* y si no le importa me compra usté otro cupón por el servicio y me paga un café con leche.

Cumplí con *Ojo de Lince* y llamé a la señorita Rafaela, que me dio la dirección del Club de los Payasos y me confirmó que aquel precioso título respondía a una realidad. Luego, como quien no quiere la cosa, me contó la historia del Circo Price desde 1920 a nuestros días, sin dejar de mencionar los nombres de Zumárraga, Juanito Carcellé, Marqueríe, Leocadio Mejías, Aragón, Popey y, por supuesto, los Feijoo y Arturo Castilla. Por fortuna se me acabaron las monedas y la señorita Rafaela se quedó sin red y colgada del hilo.

El Club de los Payasos estaba en la calle del Pez, entre San Bernardo y la Corredera Baja de San Pablo, en pleno centro de Madrid, justo en el tercer piso, y en la puerta había un letrero que decía *pase sin llamar,* y así lo hice. Me detuve en un vestíbulo sombrío, mucho más casa de huéspedes que club misterioso, donde olía a tabaco, a cerrado y a zotal. Cuando mis ojos se acostumbraron a la oscuridad descubrí que estaba rodeada por viejos carteles de circo y docenas de fotografías de payasos, que me miraban con fría indiferencia: no sé la razón, pero me asustó aquel escenario y estuve a punto de abandonar allí mismo, diciéndome que ningún derecho me asistía a meter las narices en los asuntos de mi madre y ni siquiera en los de RGC, pero luego, intentando ser valiente, consideré que había firmado un contrato, que cobraba buen dinero y que RGC quería confesar —precisamente a mí— nada menos que un crimen. Al fondo de un pasillo brillaba la luz y por algún lado se oía la retransmisión de un partido de fútbol, voces excitadas y un golpear disonante. Me asomé y de forma más bien estúpida pregunté si había alguien: era evidente que había, pero también era seguro que nadie me escuchaba. Avancé unos pasos y repetí la idiotez, y entonces, a mi espalda, una voz aguda me preguntó si buscaba a alguien por casualidad. En medio del vestíbulo había un enano con una varita y un cigarro puro vestido de niño, quiero decir que llevaba pantalón corto, calcetinitos blancos de perlé y zapatos de charol. Su cara estaba llena de arrugas y sus ojos eran muy azules, casi blancos. Pedí perdón, me disculpé por haber entrado sin permiso y azarada como una mona, pero intentando parecer tranquila, dije si allí me podrían dar razón de un tal Norberto Murciego Morris, que trabajaba en el desaparecido Circo Price.

—Yo soy don Tulio Murillo Souplet, domador de elefantes.

Y me tendió la mano.

—María Arana, mucho gusto.

El enano me sujetó y yo tuve que repetir la historia.

—No se moleste: estoy completamente sordo.

Y sin soltarme de su mano calentita y húmeda, pasillo adelante, tiró de mí. Ya no sólo tenía miedo, sino que aquella situación me parecía absolutamente ridícula: una mujer tan guapa como yo, de casi uno setenta y cinco, vestida de blanco impecable, arrastrada por un enano, empequeñecido domador de elefantes. Así entramos en un salón amplio puesto con mesas de mármol y sillas oscuras, presidido por una tele, que retransmitía un emocionante partido de fútbol. Dos butacas de *skay* completaban el mobiliario y la barra de un bar, con fondo de botellas, cerraba la habitación. En una de las mesas cuatro ancianos jugaban al dominó golpeando el mármol con las fichas, mientras tres más miraban la tele y otros dos, en las butacas, leían o dormitaban. El enano Murillo Souplet me llevó al centro y con su vocecilla errante anunció:

—No sé lo que quiere esta joven, si busca a alguien de ustedes o vende algo.

Por fin conseguí librarme de la manita del domador, que me sonreía embelesado, mientras los viejos —que habían suspendido cualquier actividad paralela— me miraban curiosos, pero sin abrir la boca. Más que arrepentida de mi visita al club, tuve que exponer la razón de mi presencia y, con la moral por los suelos, repetí el nombre de *Levita Roja* sin el menor entusiasmo, y uno de los jugadores me obligó a decirlo tres veces, porque era algo duro de oído. Entonces todos negaron y pude percibir frases como *no viene por aquí, no lo conocemos de nada, debe de ser*

CAPÍTULO XVIII

una equivocación y otras aún más confusas: *ese tiene que ser Stangelmeier, que se suicidó en Berlín* o *ella dice Fernando O'Sullivan, domador de focas cómicas*. Al llegar a este punto se enzarzaron en una violenta discusión donde entraban las focas, las barras verticales, los bellísimos turbillones, las incomparables bellezas Fla, Evelina, Mirella y Flirierme, madame Gómez y sus feroces pigmeos y la niña Suzanne Collicourt, que no sabía reír. Intenté disculparme, murmuré *no se molesten ustedes* y, perseguida por la confusa posibilidad de que el misterioso Norberto Murciego Morris hubiera trabajado en el Price, en el Circo de Invierno de París o en el Mills de Londres, o si nació enano, gigante, hombre-perro, mujer barbuda o siamés, traté de escabullirme, pero, antes de llegar a la puerta, desde la barra del bar me llamó un hombre cuya figura se recortaba a contraluz, como en las películas de espías.

—¿Busca usted a Norberto Murciego?

Asentí confusa, mientras la discusión subía de tono.

—Soy yo.

Le miré a él y luego a los excitados ancianos que reñían sin tino y, por supuesto, sin escucharse ni dar razones de nada.

—Ellos no saben cómo me llamo: sólo me conocen por Perry Morris, domador de perros sabios o domador de perros que yo convierto en sabios, como prefiera.

Entonces recordé la postal con la *Oración del perro*, que estaba entre las páginas de *Drácula* y de la firma, Perry, que no podía ser un torero. El hombre salió de la oscuridad y me sonrió:

—Cómo se parece usted a su madre...

Y sin dejarme responder me besó la mano. Norberto Murciego tenía voz bronca y acento peculiarísimo, que recordé en aquel instante como si viniera a través del tiempo: si una se limitaba a oír sin escuchar, diría que era catalán; si prestaba atención, parecía inglés, y afinando un poco más, algo así como centroeuropeo, y no era raro, porque la gente del circo es porosa y a fuerza de hablar docenas de idiomas —y de mezclarlos— acaban teniendo un acento que no hay oído que cale. Era alto, pero aún lo parecía más porque estaba subido a la tarima interior del bar. Lo miré en silencio e intenté sonreír. De modo que *Levita Roja*, Perry y Norberto Murciego eran la misma persona. En aquel momento la histórica medalla de plata que acababa de conseguir el equipo español de baloncesto en la Olimpiada de Los Ángeles convirtió la discusión de los viejos en entusiasta clamor patriótico, mientras burlonamente *Levita Roja* me ofrecía un caramelo de fresa. Era curioso, no la medalla de plata, sino los ojos negros y profundos de Murciego Morris, que yo recordaba ahora: su nariz aguileña, los labios finos y la sonrisa perdida, que venían como si no hubieran pasado los años, claro, que le guardaban las sombras.

—Usted dirá.

¿Pero qué iba a decir? Advertí en aquel momento que, para iniciar la encuesta que me llevó a la calle de las Huertas, no tenía ninguna pregunta preparada, porque era absurdo hablar de lo que contaban los libros de la Fundación. *Levita Roja* debió de entender mi desconcierto y me brindó una tregua en forma de vermut rojo. Los viejos —tras la alegría de la medalla— olvidaron la pelea y estaban pasmados, observándome en silencio, y el enano Tulio Murillo Souplet se encaramó a una de las banquetas del bar para oír bien.

—A su madre le gustaba mucho el vermut.

Ya sabía yo que el vermut tenía una bala en la recámara.

—El otro día —dije con dificultad— revisando un libro de las calles de Madrid encontré una tarjeta suya y una nota de mi madre... —*Levita Roja* me escuchaba sin dejar de sonreír o eso me parecía a mí—. Yo ahora trabajo en el Archivo de Villa y necesito algunos datos sobre el Price.

Miré a los ancianos, más por apartar mis ojos de los burlones, algo extraviados y confusos de Perry Morris o Norberto Murciego, también llamado *Levita Roja*.

—No se preocupe por ellos, recuerdan muchas cosas, pero no saben dónde colocarlas.

Levita Roja me ofrecía una salida digna que yo acepté agradecida, y entonces me explicó que no todos fueron payasos, que había artistas de muchas especialidades, que se encontraban allí mejor que en otros sitios y que el enano Tulio Murillo Souplet oía perfectamente, pero no le gustaba reconocerlo. El domador de elefantes respondió a estas palabras lanzando una despectiva bocanada de humo azul de su gigantesco cigarro puro.

CAPÍTULO XVIII

Murciego Morris terminó diciendo que estaría encantado de ayudarme en mi trabajo de investigación y me dio una tarjeta con su teléfono y dirección, y añadió que podía llamarle desde el mediodía hasta las seis de la tarde, porque él no madrugaba nunca. Intenté pagar el vermut, pero *Levita Roja* se negó escandalizado, alegando que aquel era su territorio, y yo, su huésped. Antes de salir, llevada por mi mal carácter y movida por mi ridícula actuación, me volví a los silenciosos viejos y grité, señalando a Perry Morris:

—¡Este señor es Norberto Murciego, que no se enteran ustedes de nada!

Al oír el nombre, los ancianos retomaron la bronca, y entonces salió a la pista el Circo Olympia, el Louis de Dinamarca, el Busch de Alemania, Hella Hodgini, la antipodista Taniko, el forzudo Holtum —que detenía con las manos una bala de cañón— y don Fructuoso Calonge, precursor de los prestidigitadores españoles. Me di la vuelta y, caminando hacia el pasillo, sentí que los ojos de los caballeros se posaban en mi grupa, como ocurriera con JM el día de mi debut en la Fundación. Y así, de forma descarada y provocativa, me señalé con un dedo el sitio donde mamá me ponía las inyecciones de cal: me respondió entonces un cariñoso ¡oooh! y una estruendosa carcajada de Norberto Murciego Morris.

Cuando pisé los adoquines de la calle del Pez, eché a andar velozmente hacia la estación del metro de Noviciado, pensando en la sensibilidad y buena crianza de *Levita Roja*, que me daba tiempo a preparar una entrevista delicada, pero quizá inútil. ¿A quién me recordaba el elegante e inmortal *Levita Roja*? Estaba clarísimo: a Basil Rathbone, pero con ojos negros.

En el buzón de casa —entre docenas de inútiles impresos— había una postal de las niñas: desde la isla de la Reunión me recuerdan con cariño, me felicitan el año y Carmen quiere saber si me gustó el detalle de la nevera bien provista. Lo de la felicitación de año nuevo puede sonar raro. Me parece que se le ocurrió a Luisita Ibáñez Castelló, que, por razones familiares, tiene que celebrar la Nochevieja en la tétrica casa de los Pellón parientes, y así propuso que en nuestros viajes hiciéramos siempre un cotillón de año nuevo entre mujeres, con tiernos regalos, pero de poco precio. Este año no he podido asistir y me encuentro sola, triste y embarcada en una encuesta policiaca.

Casi en un hipo abrí la puerta pensando que en mala hora me dejé enredar por don Ramón Gimeno Coes y sus compinches. Hice pis y me fui a mi cuarto para cambiarme de ropa, que ya me pesaba el maldito vestido blanco Visconti. Me senté en la cama, que pareció sollozar conmigo, y me di a pensar, cosa que es malísima en las circunstancias en que yo vivía, porque puedo engañar a Dios padre, pero no me puedo engañar yo misma. Soy una mujer realista y práctica, un poco descarada y chula, y Dios padre —el de antes— me hizo hermosa e instruida, aunque por desgracia jamás pude desarrollar mi talento. Estos secretos nunca los haría públicos, ni siquiera los compartiría con una amistad o un amor, por el simple hecho de que soy hermosa e instruida: pero a mí y ante el espejo no me la doy. Entiendo a la madrastra de Blancanieves, a la Reina de Corazones y a la Mujer Pantera y quiero ser mala, pero me veo débil y vulnerable. La verdad del caso, y lo confieso ahora, con la barbilla clavada en el esternón, es que le estoy peleando el hombre a mamá, que ignoro de qué forma o a través de qué filtro traidor he caído en amores de ultratumba y tenían que ser los mismos, quizá porque nos parecemos a Kay Francis, y si yo busco la prueba del crimen, no lo hago por vengar la muerte de una madre —que se dice pronto—, sino por arrastrar la memoria del miserable que no fue capaz de serme fiel ni siquiera antes de nacer yo. Abrí entonces el cajón de la mesilla de noche y saqué la foto de RGC, que aún no he tenido ni tiempo ni valor de destruir:

—Si la querías, ¿por qué la mataste y por qué me llamas?

En los ojos parados de aquel distinguido anciano de película noble me pareció advertir un brillo maligno. Miré la foto de mamá, la de San Sebastián, la que le hizo Willy Koch con vestido de noche y comprendí por qué sonreía feliz. Faltaban cuatro años para que yo hiciera mi gloriosa aparición en el mundo y ya estaba pidiendo cuentas: mamá, que aún no era mamá, tenía un querido —repetí la ofensiva palabra en voz alta para que sonara lo peor posible—, y papá, que todavía no era papá, se moría de miedo en Madrid, aunque nunca llegó a morirse de verdad. Lo que me resultaba más difícil era pensar en aquellas personas, mis padres, quitándoles la marca de fábrica, porque yo no puedo imaginar a mamá metida en la cama con un hombre, ni siquiera si ese hombre es papá. Las mamás no tienen sexo, ni follan, ni la chupan, ni engañan, ni sufren de amores, porque para eso son mamás, y cuando una descubre que están hechas de la misma pasta de otras mujeres se lleva un chasco melenudo, más que chasco una decepción, un disgusto tremendo, y piensa que infancia quiere decir engaño y que si los Reyes Magos son los papás, peor me lo pones, porque los papás embusteros son gente de a pie, y mucho mejor están los huérfanos del orfanato, que no tienen mamá conocida, ni Reyes Magos, ni nada, y pueden descargar todo su rencor dentro de la cabeza sin escrúpulos ni remilgos familiares. Y tú, hijo de puta —le dije a RGC—, señorito de mierda, ¿por qué la mataste y, sobre todo, por qué me lo dices? Entonces sí que rompí la foto de Gimeno Coes y puse los ojos en la de mi padre, disfrazado de falangista en el año cuarenta y más débil que nunca.

XIX

Nunca más

La mañana del 25 de agosto —san Luis Rey de Francia y fiesta nacional de Uruguay— comencé a clasificar los libros de gastronomía que honran la biblioteca de la Fundación. Recordé entonces las palabras de Mateo Carrasco referidas a los gustos de su amo, a quien le tiraba la cocina, territorio que no le fue consentido durante su triste matrimonio con la señora Tornabous y Suñé. Aunque tampoco soy experta en el tema —aquí quisiera ver a Carmencita Rodrigo—, ataqué el género con buen humor y excelente apetito, pese al pincho que me había tomado en Velázquez. El primer volumen que entró por mis ojos fue *La cocina de la Nicolasa*, con prólogo del doctor Marañón, Madrid, 1933, y luego *La pastelería mundial y los helados modernos*, Imprenta Helénica, Madrid, 1913. Ninguno tenía notas o señas de identidad particulares. Después di con un libro que me pareció muy curioso, titulado *Agenda de la cocinera*, Bailly-Baillière, Madrid, 1899. La página uno estaba firmada por Valentina Gimeno Coes, Llanes, 1900, y anotada por RGM: *Esta agenda, que fue de mi tía Toya, servía para apuntar los gastos diarios de casa y contiene un amplio manual de cocina con algunas re-*

cetas suyas. Así lo hice constar y continué: *Diccionario general de cocina. Obra completa igualmente útil para las mujeres de gobierno de su casa, para los más expertos jefes de cocina, para los aficionados y hasta para las cocineras de poco saber*. Dos tomos. José María Faquineto. Madrid, 1892. Pero, como era lógico, RGC acechaba, llamándome desde el fondo de un ventisquero o libro mal puesto: *Cuentos de Perrault*, Biblioteca Universal, Colección de los Mejores Autores, Perlado, Páez y Cía., Arenal, 22, Madrid, 1920: un tomito, de la llamada *Colección Universal*, de 14×8 cm, con lomo de piel azul marino, pasta marrón y ocre, iniciales en oro GC y número 73 en los costillares. En el mismo tomo estaba *El drama universal*, de Campoamor, seguramente para ahorrar dinero y espacio. Abrí los cuentos de Charles Perrault por el de *Caperucita Roja*, que aquí era *encarnada* e iba de la página 17 a la 20, bien poca cosa para tanto ruido editorial. Y de últimas me quedé; ya que en esta ocasión el lobo se come a la abuelita y a la niña, obedeciendo la sádica orden del dios Perrault, que en versiones más suaves procuran los buenos con la colaboración de los honrados leñadores, que se cargan al pobre lobo y sacan de su tripa mártir a Caperuza y abuela. Cuando yo era muy chica, mi abuela Gonzala, madre de papá —nunca he hablado de mis abuelos porque o no los conocí o los vivos no valían un pimiento—, tenía el vicio de contarme historias de Perrault, Grimm o Andersen y algunas otras de origen popular y fondo terrorífico, como la de *¿Caigo o no caigo?* y aquella de *María, dame la carne dura que me quitaste la sepultura,* que ponían espanto en los niños, aunque fueran de pelo en pecho. Los autores de cuentos infantiles —sin distinción de sexo ni edad—, desde Perrault a Walt Disney, se han complacido martirizando criaturas, y si el señor RGC me ofrece esta tierna página, se equivoca, porque yo estoy apuntada a otro club desde que me salió el primer colmillo. Al llegar a la página veinte, leí el remate de *Caperucita: Se ve por este cuento que las niñas, sobre todo las que tienen bonita la cara y gentil el talle, hacen mal en dar oídos a todo el mundo, pues su imprudencia puede costarles cara. Un lobo se comió a Caperucita. Bueno será que se tenga en cuenta que no todos los lobos son iguales. Los hay que, corteses y agradables, siguen y enamoran a las jóvenes en las casas y en los paseos. Estos lobos son, ¡ay!, los de más*

CAPÍTULO XIX

peligro. Charles Perrault se quedó en sórdido recaudador de hacienda y no fue abate de milagro, pero, seguramente, cuando hablaba de los lobos en las casas y en los paseos se estaba refiriendo a sí mismo. RGC es su hermano y por eso me lo presenta: violadores de confesionario, engañadores románticos, hipócritas de todos los tiempos que acabáis asesinando al amor de un amor o aterrando a las niñas. Tampoco quería pasarme, porque a mí me gusta mucho el equilibrio y la justicia moral, y así, aunque ahora me haya desahogado como una burra, acepto el juego: en la página 93, justo donde empieza *Piel de asno*, hay una entrada sin usar del cine Pavón de Madrid, que registro con lejana indiferencia, porque hoy no es mi día.

Y sigo por el país de los pucheros: le llega el turno a *El Practicón. Tratado completo de cocina y aprovechamiento de sobras*. Ángel Muro. Imprenta de Gabriel López del Horno. Madrid, 1903. Pasé la página y estuve a punto de caerme de la escalera. *Para que te apañes en tu nuevo piso y aprendas a freír un huevo. RTQ. SS., abril de 1936*. Tuve que sentarme en el suelo: aquella letra era la de mi madre y RTQ iba por el mismo camino del otro RTQ, el de *La merveilleuse histoire du cirque*: Ramón, te quiero. Rosa, te quiero. Y R. tuvo el valor de guardarlo, arriesgándose a que la bruja Tornabous lo encontrara, sobre todo porque era de cocina. Sin darme cuenta murmuré *ese eres tú*, me pareció que el viejo caballero ganaba un palmo de tierra en aquella partida y sentí lástima de mamá, pobre enamorada en pecado mortal, según opinión de tía Tere. Al repasar el libro encontré una señal en la receta *Pollo del maestro, como lo asa el maestro Barbieri*. En la última página había una nota de RGC: *este libro de cocina llegó a mis manos en circunstancias felices. Fue el primero. Luego, recordando al querido amigo que me lo regaló, vinieron muchos más. Madrid, 1941*. Aquí disimulaba el artista y llamaba *querido amigo* a mamá, y por el orden de las fechas —esta coincidía con el año de mi nacimiento— estaba solo. Así que habían cambiado dos gustos: la cocina y el circo. Rosa María Miranda llevó a Ramón a los pucheros, y Ramón Gimeno Coes metió en la jaula de las fieras a Rosa María Miranda. Lo curioso es que yo no recordaba a mamá guisando, que aquellas labores las desempeñaba siempre la tata Felisa. Clasifiqué *El Practicón* dando cuenta de las notas autógrafas, porque nadie —y mucho menos Joaquín Muñoz— iba a entenderlas. Y reservando el libro, como si fuera un caldo corto, seguí adelante. *Tercera ración de artículos del Doctor Thebussem*. Sucesores de Rivadeneyra. Madrid, 1898. En la página 219 —Gazpacho y piñonate. *A don José María de Ortega Morejón*— había una hoja de papel cuadriculado con una receta escrita por el señor Gimeno Coes, que copio a la letra: *Revuelto de setas venenosas. Se pican muy bien picadas dos docenas de* Amanita vaginata *y se añade cuidadosamente un ejemplar de* Amanita faloide, *sumamente venenosa. En una sartén honda se pone aceite de oliva del mejor y luego un ajo también muy picadito, que se deja dorar. Después se echan las setas —hay que tener en cuenta que las dos especies son exactas en la sartén—, se rehogan sólo cinco minutos y luego se revuelven con los huevos.* Al pie de la singular y traidora receta hay una posdata: *Mi querida amiga, si de verdad sólo quiere usted deshacerse de su marido, debe tomar una pequeña precaución: procure que las raciones se sirvan en cazuelitas individuales y dedíquele la elegida, porque si pone las setas en una fuente general, morirán todos sus invitados. Madrid, 1945.*

Me quedé de una pieza, sin saber cómo tomar aquello: o RGC era un gracioso y se burlaba de mí o iba de electrocardiograma urgente. Llamé dos veces al timbre y comencé a pasear por la biblioteca. Yo también había pensado en las setas venenosas como arma mortífera, jugando a inventar crímenes en 1965, con un novio aficionadísimo a los hongos que se llamaba Manu y era de Bermeo, y gracias a la *Amanita phalloide* —precisamente—, que se escribe con ph y elle, pero queda más descarada al modo de GC. Volví a mirar la receta, que parecía una broma negra dirigida a la bibliotecaria, pero estaba fechada en 1945, cuando yo apenas había cumplido cuatro años y aún no sabía leer. ¿Quién era mi querida amiga? Aquel año ya se veían los dos, aunque no es probable que aconsejara a mamá la forma más eficaz para acabar con papá. O tal vez lo escribiera en clave —vivía Tornabous— con objeto de facilitarle el revuelto de setas a su señora. En cualquier caso, me inclinaba por el gatuperio, chanchullo o enjuague, y no por el sutil envenenamiento, aunque si no estuviera fechado en el 45, relacionaría la receta mor-

CAPÍTULO XIX

tal con la pista del arsénico en el arreón del damero maldito y con la firma de Maquiavelo, el cocinero de su majestad.

En aquel momento sonó a la puerta la discretísima llamada de Mateo Carrasco y yo le di permiso con mi mejor sonrisa. Cuando le convocaba a destiempo, cosa que ocurría pocas veces, Mateo se presentaba con visibles signos de inquietud, como si le acechara un peligro, y cuando estaba próxima la hora del granizado con gotas, se retrasaba unos minutos y venía confiado y sonriente con el vaso, la bandejita y la servilleta de hilo, suponiendo que el calor y la sed me torturaban. Así ocurrió el día de san Luis Rey de Francia, fiesta nacional de Uruguay. Acepté el refresco, le dije que era un sol, que aquella mañana estaba especialmente guapo y le pregunté qué colonia usaba. Mateo me miró con desconfianza, yo pensé que me había pasado en mieles y decidí encarar el asunto con distante profesionalidad, empezando por el capítulo más sencillo.

—Estaba archivando los volúmenes correspondientes a la sección de gastronomía y enología —le informé con frialdad, mientras bebía un traguito de granizado.

Mateo asintió sin comprometerse.

—En el libro... del *Doctor Thebussen...*, este..., *Tercera ración de artículos*, en la página 219, hay una nota que no me atrevo a clasificar, porque tengo dudas sobre su autenticidad, aunque supongo que fue escrita por el señor Gimeno Coes.

A Mateo le gustaba mucho que le hablara en aquel tono doctoral y aún más que manifestara femeninas dudas que se debían a mi falta de confianza, porque los hombres, aunque sean mariquitas y siervos, no dejan de ser hombres. Sin embargo, no debía de gustarle el montaje, porque me preguntó si no conocía ya la letra de su señor.

—La conozco de sobra: el problema es la fecha que pone ahí.

Y le tendí la fórmula de las setas venenosas. Mateo se caló las gafas, me miró por encima de los cristales y se dispuso a leer, en tanto yo disimulaba moviendo el granizado de limón. Entonces sonrió imperceptiblemente, mientras me echaba un alegre reojillo. Tardó unos minutos en leer la receta y me la devolvió sin expresar emoción alguna, aunque yo hubiera apostado que era la primera vez que la veía.

—Es la letra del señor.
E intentó mudarse, cosa que impedí cruzándome en su camino.
—Ya lo sé... ¿Y la fecha?
Mateo Carrasco me midió con superioridad y, como aquel asunto a poco le comprometía, aseguró que la letra era de los últimos años del señor Gimeno Coes, porque en 1945... Y los dos exclamamos al tiempo:
—¡No existían los bolígrafos!
Carrasco se echó a reír como un niño chico y luego añadió que aquello era una broma que quiso gastar a alguien, porque era muy aficionado a las novelas policiacas. Luego, me preguntó si yo sabía de setas y si algunas eran tan venenosas, y yo le dije que sí, que bastaba con leer los periódicos en temporada. Entonces se permitió una licencia, que me vino divinamente, y disculpándose, quizá un poco avergonzado, susurró:
—Y eso de *vaginata* y *faloide*... ¿Es verdad o mentira?
—Es verdad, claro —respondí con voz neutra.
—¿Por qué?
—Será por la forma.
—En la vaginata no lo entiendo, madame.
—Quién sabe... Tal vez el descubridor de la seta se la dedicara a su señora en un arrebato.
Mateo asintió preocupado y terminó la excursión científica asegurándose de que la seta mortal era precisamente la *phalloide*, y al confirmar el hecho, se llenó de orgullo. Después intentó escabullirse y yo lo impedí por segunda vez.
—Hay otra seta que se llama *Phallus impudicus*, y esa sí que tiene una forma característica.
—¡No puedo creerlo, madame!
—Las dos se escriben con ph y con elle, para que lo sepa y por si necesita tomar nota.
—Gracias, madame.
Intentó llegar a la puerta, y yo, sonriendo con cierta explicable torpeza, le volví a cortar el paso: era mi ocasión, porque hasta entonces no habíamos alcanzado tal grado de confianza, y ahora, en reciprocidad, debía responderme.
—Quisiera preguntarle otra cosa.

CAPÍTULO XIX

Mateo asintió resignado, y yo, sin perderle la cara, por si se rajaba, fui a la mesa, cogí el *Practicón* y se lo enseñé, como suelen hacer los abogados defensores o los fiscales en las películas de juicios.

—¿Ha visto este libro alguna vez?

Me miró como si le faltara el aire, y yo me acerqué, ya sin hacer funciones ni fingir tonos. Hay veces que se te ocurre algo en menos de un suspiro, y así me vino, como si una sombra me empujara, como si dijera sigue o déjalo, sigue hasta el final o déjanos tranquilos. De la respuesta de Mateo dependían muchas cosas, entre otras que yo abandonara aquella busca malsana.

—Era este libro el que tenía en las manos, ¿verdad? El último... Cuando sonaba *rosa de la Morería, rosa de la Alhambra* —y no pude por menos de sonreír de forma muy distinta de como lo hiciera antes.

Mateo, atrapado por el recuerdo, metido en un saco o arrastrado por una corriente, era incapaz de fingir e incluso de escapar, y me dijo que estaba abierto por la página que sabía de memoria, y los dos —yo leyendo— repetimos: *para que te apañes en tu nuevo piso y aprendas a freír un huevo. RTQ. SS, abril de 1936.* Recordando la sabia iluminación que la otra tarde subrayaba la figura de Norberto Murciego en el Club de los Payasos, giré con el libro en las manos, para que el reflejo del sol —que entraba por la ventana de mediodía— marcara el contraluz ensombreciéndome la cara e iluminando el pelo por detrás. Quizá el efecto le hiciera sentir a Mateo otra presencia en la biblioteca, y así fue, porque me quitó la vista:

—Vino dos veces, una cuando mi señor se moría sin remedio y ella le salvó la vida. Mi señor supo la muerte del señorito Fernando en Cotos, y cuando iba a reconocer el cadáver del señorito se salió de la carretera y también iba a morir, y entonces ella vino aquí y pasó la noche entera en casa, moviéndose entre los libros, hablando sola como usted hace, porque no le importaba que la oyera nadie, y desde aquí mismo le fue echando fuerza y ganas de vivir, que yo creo que se puede hacer, que no hace falta estar juntos. Él sintió que alguien le necesitaba y quiso vivir. Luego, la señorita pasó muchos días en la puerta del hospital, sentada en un banco de la calle, arriba y abajo, mirando la ventana de mi señor o metiéndose en el cine de enfrente cuando tenía mucho frío. Yo hablaba con ella y le llevaba algo caliente, y ella le mandaba fuerzas a mi señor, pero él no lo supo nunca, aunque quien se enteró de todo fue la señora, que no dejaba de mirar por la ventana.

—¿Por qué no lo supo él?

—Porque la señorita me dijo que callara la boca.

Estuve a punto de preguntarle: ¿entonces por qué la mató? Mateo me quitó el libro, lo abrió por la página de la señal y, mirándome, añadió:

—Pollo del maestro. Es el pollo asado según lo asa el maestro Barbieri, que, por saber de todo, sabe más de cocina que Apicio y que Lhardy. Barbieri, que es un *gourmet* a carta cabal, coge un pollo orondo y mofletudo de pechugas y, sin mancharse, tarareando alguna de sus imperecederas jotas, lo arregla y prepara y ata como si no hubiera hecho otra cosa en su vida.

—¿Se lo sabe de memoria?

—Lo he leído mil veces, madame.

De nuevo le dejé hablar.

—Un viernes santo vino la señorita, aprovechando que estábamos los dos solos, y, aunque ella no quería pisar donde pisaba la señora, se moría de ganas de ver los sitios por donde andaba el señor, sobre todo la cocina, y tiene gracia, porque allí es donde no le dejaban entrar a mi señor. A pesar de la fecha, hizo un pollo *al maestro* inolvidable, claro que con coñac Otard Dupuy y manteca de novillo castrado, si me permite la palabra.

No le contesté, ni le dije que mamá no pisaba la cocina, y no recuerdo que guisara para mí ni para mi padre, porque de aquello se ocupaba Felisa, que cobraba diez duros al mes y salía los domingos por la tarde. También Felisa llamaba señorita a mamá y señor a papá.

—¿Por qué me llama madame?

—Porque usted es mayor.

Puso en mis manos el *Practicón* y me pidió permiso para retirarse con modales de licenciado en la universidad de Cambridge, donde seguramente hay facultad de mayordomos. Le dejé ir, pensando que aquel licor había que beberlo a sorbitos y con paciencia, y él, al llegar a la puerta, se volvió mientras yo

CAPÍTULO XIX

rompía el contraluz. Es curioso cómo en apenas la distancia de siete metros de tarima encerada puede cambiar tanto una persona: Mateo se había quitado diez años de encima y sus ojos brillaban expectantes y traviesos.

—¿Es comestible?

No supe qué contestar.

—La seta esa que dijo usted.

Sin duda alguna se refería a la *Phallus impudicus*.

—No tiene interés culinario.

—Lástima.

—Nadie es perfecto.

En aquel momento sonó el timbre y ladró *Tornabous*, el perro mecánico.

—Ese es el relojero, que ha vuelto del veraneo, señora.

—Llámeme madame, por favor.

—Gracias, madame.

Y cerró con suavidad, como si quicio y jamba fueran de terciopelo. Otra vez me quedé sola en la biblioteca, que me parecía distinta, al imaginar a mamá moviéndose entre aquellas paredes, gritando, quizá insultando a los libros o pidiéndoles ayuda, como hago yo algunas veces, y llorando, porque se moría su amante y no le dejaban verlo. Me detuve y, muy cansada, más que harta y aburrida, apoyé la cabeza en un estante que quedaba a mi altura y sentí que los libros estaban tibios, que me rozaban con sus lomos como si fueran gatos y me compadecían o recordaban a mamá en una noche de 1943, hace más de cuarenta años. ¿Cuándo volvieron a encontrarse? Quizá en el 42, después de nacer yo, y ahora estamos en el 43, en plena segunda guerra mundial, en plena segunda luna de miel. Permanecí con los ojos cerrados y luego pasé mi mano derecha por la espalda de los libros. Seguro que las obras completas de Voltaire se reían de mí, que el buen Chejov lamentaba mi cansancio, que el doctor Freud mullía su diván, que Simone de Beauvoir cargaba la escopeta en defensa de mamá y de todas las mujeres ultrajadas y que el padre Kempis, horrorizado, nos pedía a vozarrones que imitáramos a Cristo antes de que fuera tarde, amén. Abrí los ojos y di con *Los misterios de Londres,* de sir Francis Trolopp, cuatro tomos, imprenta de Morales y Gomes,

Sevilla, 1844, y, por si fuera poco, a la vera de los misterios, *La muñeca sangrienta,* de Gaston Leroux, bien guardada por el caballeroso *fantasma de la ópera.* Y junto a ellos un libro muy pequeño encuadernado en terciopelo azul grisáceo, mordido por el tiempo, medio calvo, de guardas azules, blancas y doradas: *Toi et moi,* de Paul Géraldy, Paris, Editions Stock, 6 rue Casimir-Delavigne. En la primera página decía: *Si tu m'aimais, et si je t'aimais, comme je t'aimerais!* Y subrayado con lápiz de cera mucho más azul que el grisáceo de la portada, pude leer:

J'aime une petite étrangemente belle.
Pourquoi, me dit-elle, étes vous jaloux? Cela se voit bien que je
[*suis fidele*
et n'aime que vous!

Aquel libro lo había encontrado por casualidad —como el *Viajero universal* del mes de junio— y no respondía a ningún desorden. Entonces sonaron dos campanadas en el reloj grande y respondieron las del pequeño y luego repitieron el cante algunos otros que habían estado mudos en las vacaciones del relojero. Los versitos de Paul Géraldy me revolvían las tripas, era un poeta cursi y relamido y RGC lo utilizaba para enamorar a mamá, ¡y en francés!, lo utilizaba para decir lo que él no sabía decir, como un ladrón de versos, como un Christián de Neuvillette a quien le falla su *Cyrano.* Mamá era *une petite étrangement belle:* qué imbécil, mi madre nunca fue pequeña, siempre fue mayor, grande y fuerte, pero me servía el segundo verso, *Étes vous jaloux?* ¿El viejo estaba celoso de la jovencita, tan celoso como para matarla? Giré el cuerpo mirando a los libros, que esta vez me observaban con tristeza en las zonas más humildes y con desagradable ventaja por los módulos de los santos padres, de los doctores de la iglesia y de la historia de España, especialmente en los apretados estantes de la guerra civil. Entonces me puse en jarras, les hablé con desprecio y volví a enfrentarme a los veinte mil tomos, sin respetar clases, minorías, celebridad, ni mucho menos categoría moral, rigor filosófico, santidad probada o ciencia alguna, que para mí ya era igual *El asesinato considerado como una de las bellas artes* que *La vida de Bernadette Soubirous*. No gustó nada mi proceder, porque el suelo comenzó a moverse, como en otras ocasiones, y los cristales de las ventanas a vibrar. Ahora estoy segura de que aquel sonido —o raro fenómeno, quizá— no podía percibirse fuera de la Fundación y que no llegaba ni siquiera a la calle de María de Molina, porque en tal caso hubiéramos salido en los periódicos. Era un asunto privado, un arreglo de cuentas entre los libros y yo. Dos de los más humildes, en rústica y medio desencuadernados, cayeron al suelo o fueron empujados por otros más ricos. Aquel gesto, que yo no sabía si era de paz o de guerra, acabó de alterarme, y así, grité con voz que parecía salir de otra garganta:

—Uno de vosotros... ¡Uno de vosotros pagará por todos!

Los libros ya no eran gatos de portería caliente, eran polvo de víbora, insectos repugnantes, celestinas cutres, peces venenosos disfrazados de colores. Subí la escalera hasta la muralla de Lugo, llegué al pasillo de balaustrada brillante y saqué uno para ajusticiarlo, como se ha hecho toda la vida de Dios con los libros culpables: le iba a arrancar sus páginas en vivo, como se arrancan las patas de un cangrejo. Por el cuello agarré al primero, le abrí la portada y tiré de las hojas, arrugándolas entre mis manos, rasgándolas una a una, y entonces, no sé por qué, miré al suelo: bajo la punta de mi pie derecho, zapato bajo de tafilete color café aguado, se desangraba un título, *Moby Dick*, de Herman Melville. Tenía que ser aquel entre veinte mil internos. Mi víctima era *Moby Dick, la ballena blanca*, en vez del *Código Civil*, *El pacto social*, de Rousseau, o *Los bandidos*, de Schiller... Era *Moby Dick*. Me arrodillé, sorbiendo un moco reticente, y leí: *¡Mirad, luna, cometas, luceros y estrellas, asesinos del hombre que va a morir, yo brindo contigo! ¡Oh, ballena jubilosa! ¿Por qué no huyes, Ahab? ¡Stubb quiere reír en calzoncillos, Stubb quiere morir entre la sal y el agua enrojecida por la sangre de la ballena blanca, y, sin embargo, daría su alma por una cereza! ¡Oh, Flack, qué no daría yo por una cereza antes de morir!* Me levanté, se me cayeron las gafas y, como eran irrompibles, las pisé hasta que saltaron en pedazos los cristales: era lo menos que podía ofrecerle al capitán Ahab.

Moby Dick, Alicia en el País de las Maravillas, Pipo y Pipa, Celia y La isla del tesoro, con la inesperada aparición de *El diablo cojuelo* y luego *Drácula*, fueron mis libros de infancia, y yo había destruido al más valiente de todos. Me llevé las páginas al pupitre, y de cerca, porque sin gafas el detalle lo veo mal, me puse a recomponer la ruina: ahora los libros permanecían hoscos, infinitamente callados, como si no pensaran hablarme nunca o, lo que es peor, como si tuvieran miedo. Los miré en silencio: estaban un poco desenfocados y mezclaban los colores de sus encuadernaciones, tanto los ricos como los de clase media o los pobres. Perdón, nunca más. Ya sé que os lo han dicho mil veces, pero por mí nunca más, hermanitos, ni índices eclesiásticos ni hogueras purificadoras. Entonces sonreí; nunca más juntaba las palabras mágicas que las niñas usábamos en el colegio y en casa cuando éramos malas: nunca más, madre; nunca más lo volveré a hacer, tía Tere, nunca más. Aquello no tenía el menor sentido, porque las niñas sabíamos que nunca más significaba hasta la próxima: pero ahora es distinto, nunca más volveré a romper un libro.

Extendí la primera página de *Moby Dick:* era el mismo que tuve yo, *Moby Dick, la ballena blanca.* Editorial Molino, Barcelona, 1950, traducción de Guillermo López Hippkis, cubierta de Bocquet e ilustraciones de R. Riera Rojas. Las recordaba todas: *Queequeg, desnudo de medio cuerpo para arriba, saltó al agua. ¡Por ahí resopla, por ahí resopla! ¡Jesús, qué ballena! Se llevó las dos manos a la boca en forma de trompeta... La espira volante cogió al capitán Ahab por el cuello y le arrastró del bote.*

XX

LEVITA ROJA

Norberto Murciego vive en la calle Asura, paralela de Arturo Soria. El barrio —Ciudad Lineal— antes modesto, es ahora uno de los más caros de Madrid, pero aún quedan muchos solares, antiguas ventas de carretera, algunas huertas donde el repollo sale a tres mil pesetas y docenas de imaginadas calles sin asfaltar. A las siete de la tarde —hay que tener en cuenta que son las cinco de siempre— el calor zurra lo suyo y, aunque sólo sean tres manzanas, me da miedo llegar sudada a casa de *Levita Roja*. En esta ocasión he cuidado la entrevista y el vestuario especialmente, y dudé mucho si ponerme falda con blusita o blusita con pantalón, hasta que me decidí por un vestido estampado de seda natural, buen escote y tirantes, que deja parte de la espalda al aire, todo ello rematado por incomodísimos zapatos de tacón. Era sábado y los obreros habían abandonado el andamio, porque en lunes no hubiera tenido valor a la hora de elegir vestuario y seguro que me pongo los vaqueros. Me gusta ir bien arreglada y reflexiono mucho antes de acudir a una cita. A los señores mayores —me resisto a llamar viejo a *Levita Roja*— les encanta que las chicas —yo soy la chica— vayan como Dios manda, aunque en este caso no estoy segura de si quien manda es Dios o el diablo Asmodeo. En el Club de los Payasos me sentí ridícula; en la calle de Asura no puedo dar un paso en falso, y mucho menos un resbalón. Volví a pensar en *el caso de las tres doncellas* y cómo la triste aventura donde estoy metida la interpretan ancianos y muertos; que si viejas son las tres doncellas, no lo son menos Mateo Carrasco, la querida Margot —que ya no está en el mundo—, la niña Pinga VI, tía Tere, tío José Manuel y no digamos RGC, que a su cualidad de anciano ilustre une la de asesino enterrado. Por eso quiero preservar la estrafalaria madurez de Norberto Murciego Morris.

Siempre fui partidaria de la Ciudad Lineal y del fino trabajo del arquitecto Arturo Soria y Mata, que mucho estudié cuando las oposiciones al Ayuntamiento. Hay temas que no se olvidan, y este me lo sé de memoria, quizá vía Sáinz de Robles y referido a 1892, seis años antes de que viniera al mundo RGC.

Y así, divertida, intentando olvidar los calores, el sudor y el miedo, comencé a murmurar como la tata Felisa cuando rezaba: Canillas, Canillejas, Chamartín y los Carabancheles. O sea, el trazo completo del cinturón mide cincuenta y dos kilómetros y la parte esencial será destinada a espacios libres, con lo cual se formará un collar arbolado, utilizable al mismo tiempo para establecer el tránsito. La existencia de la Compañía Madrileña de Urbanización (Ciudad Lineal) fue muy breve. Hubo de disolverse por falta de recursos, cuando sólo estaba terminado parte del primer trozo del ambicioso proyecto, entre la carretera de Aragón y Chamartín de la Rosa... O sea, Rosa María, María Rosa... Así se multiplicaron las pequeñas barriadas satélites, construidas por traperos, yeseros, tejeros, quincalleros, gitanos, buhoneros y otros, cuyas casas, emplazadas en terrenos sin preparación urbana, construidas en su mayor parte de una sola planta, carecían de los servicios públicos más indispensables. Muy pocas tenían fluido eléctrico, y las vías de enlace entre ellas solían ser caminos de herradura, intransitables en épocas de lluvia.

Estamos en 1984 y, por desgracia, los caminos siguen siendo intransitables en época de lluvia y agobiantes en el mes de agosto.

CAPÍTULO XX

Casi en la esquina de Bueso Pineda di con la casa de *Levita Roja*, que años atrás pudo ser de yesero, tejero, quincallero o gitano. Una tapia blanca cercaba la humilde propiedad, cuyo jardín —si así se le podía llamar— estaba en un plano inferior a la calle, aproximadamente metro y medio. La casa, también encalada, era muy pequeña, de ventanas verdes y tejas ocres, y me hizo considerar que no vivían mal los buhoneros y los traperos de tiempos de don Arturo Soria o que Norberto Murciego era un manitas. Conforme me acercaba al número 27 iba oyendo un bolero: *dónde estás, corazón, que oigo tu palpitar; es tan grande el dolor, que no puedo llorar...* Una verja me impedía el paso, toqué la campanilla y no escuché sonido alguno, porque la campanilla no tenía badajo. Entonces llegó hasta mi la voz de *Levita Roja:*
—¡Pase, está abierto!
Empujé la puerta... *yo quisiera llorar y no tengo más llanto...* Ignoro por qué razón aquella casa me atraía y me repugnaba al mismo tiempo. Bajé tres escalones y pude ver una conejera y un gallinero, el suelo de arena, una jaula de perdiz sin perdiz, algunos tiestos mal regados, otras plantas metidas en botes de conserva y una tumbona a rayas verdes y blancas... *la quería yo tanto y se fue para nunca volver...* Me pareció que aquella música encadenaba con la sinfonía del circo, que un platillazo y un redoble de tambor anunciaban el comienzo de la función: *¡Respetable y distinguido público, el Circo Price se viste de gala al presentar un espectáculo único en el mundo...!* Era el director de pista quien así hablaba: un hombre alto, cetrino, de aire moro, ojos negrísimos, bigote tieso, atractivo, que vestía frac rojo, camisa blanca con lazo de pajarita y pantalones *bridges* color crema, muy ceñidos por cierto, y saludaba enseñando sus dientes amenazadores mientras sostenía en la mano una chistera de treinta y nueve reflejos. Ahora sé que mis diez años niños temblaban de amor en un palco del Circo Price, y me viene al recuerdo con qué orgullosa golosería rechupaba el caramelo de naranja, limón o fresa —según los jueves— que en el descanso me regalaba el inquietante director de pista, y cómo un día la tata Felisa me dijo que tuviera mucho cuidado con los sacamantecas y los ponzoñeros de caramelos, que acechaban a las niñas en parques, cines, circos, casas de fieras y salidas de colegio, con ánimo de despa-

charlas o en el mejor caso de facturarlas sin retorno con destino al harén de un sultán degenerado. Yo no sabía qué era un harén, ni siquiera un sultán degenerado, pero si el harén era la casa de *Levita Roja* y el sultán degenerado él mismo, ya estaba apuntada. *Yo le quería más que a mi vida, más que a mi vida le amaba yo.* Entonces dejó de sonar la música y se abrió la puerta. Norberto Murciego Morris también había elegido su vestuario: camiseta ceñida de color azul celeste y manga corta, que le ayudaba a marcar los músculos de sus brazos, el izquierdo tatuado con un dragón imperial; *bluejean* ajustado a muslos y partes y pies desnudos. Me fije en sus manos limpias de manchas y en su cuerpo aún aparente, pero apenas me atreví a mirarle a los ojos. Ya no tenía la luz a la espalda, ni le guardaban las sombras del club, ahora le daba el solazo poniente de tarde de agosto en la Ciudad Lineal: estaba lleno de arrugas, pero no arrugas nobles de pueblo, sino arrugas de ciudad, de teatro, circo y variedades, aunque sus ojos seguían brillando como en las funciones del Price. Es probable que advirtiera el mal efecto, porque me hizo entrar y cerró la puerta: entonces volvieron las sombras y percibí la luz que se filtraba por las persianas de hierro 1935. Ya estaba arrepentida de la visita, aunque no del motivo de la visita, cuando observé que un cuerpecillo canela saltaba en dos patas: podía ser rata crecida o mezcla ignominiosa de chucho arrabalero y perrito león; entonces, haciendo la croqueta, salió del escondrijo butaquita isabelina un peludo y confuso ser, quizá perro de patio cruzado con lulú blanco. Y como si viniera del cielo cayó entre mis manos una pelota de colores y oí la orden jubilosa de *Levita Roja:*

—¡Atentas a la señora! ¡Atentas! ! *¡Manola! ¡Charo!* ¡Saque de banda! ¡Saque de banda!

Yo no soy de esas personas que reaccionan rápidamente, yo necesito meditar antes de entrar en acción, pero a veces repentizo, y comprendí que aquella orden —que sacara de banda— me iba destinada, sobre todo por la actitud expectante de *Manola* y *Charo,* que ahora, plantadas en dos patas y alentando con la lengua fuera, me observaban presas de extraordinario nerviosismo: puse el balón en juego, las perras saltaron, disputándoselo, y se lo llevó la rata crecida para pasarlo a la otra, la perra de patio, que en lugar de hacerlo añicos, como hubiera sido de ley, lo lanzó de cabeza sobre su camarada, que repitió el juego a la manera de los ases del balón. Ahora asomaba el hocico por el rellano de la escalera un perro enorme cubierto de lanas rubias, y cuando *Levita Roja* alzó un brazo puso fin a la escena con un ladrido seco y hondo, e ignoro si fue *Manola* o *Charo* quien me envió con admirable precisión la pelota, al tiempo que Norberto Murciego tocaba un pito y abría la puerta del exterior: la mezcla ignominiosa salió dando saltitos sobre las patas de atrás, el ser confuso, andando con las manos, y el peludo —que luego resultó peluda— braceando orgullosamente, tal que fuera caballo de escuela vienesa. Yo aplaudí la actuación, *Levita* me hizo una reverencia y cerró la puerta, feliz y riendo a carcajadas.

La emoción del partido no me había dejado ver la casa e incluso me taponó las narices durante unos minutos: ahora ya olía y veía. El olor, que no era precisamente *jeanpatou*, resultaba aromática mezcla de perro sin lavar y algo así como mixtura de puchero agrio, osera y gallinero, y pronto confirmé la exactitud del diagnóstico, porque dos gallinas —vestidas con una especie de camisetas a cuadros— habían ocupado el sitio de *Marita*, la perra de lanas que bracea como caballo de alta escuela. Murciego me las presentó —*Vistafina* y *Serafina*—, dos gallinas únicas en su género. Por hablar de algo pregunté la razón de las camisetas, y él volvió a reír, supongo que guardándose la respuesta para mejor ocasión. Después me ofreció un té con hierbabuena, y yo accedí pensando en meter la nariz en el vaso, aunque de momento la guardé en un pañuelo perfumado con ineficaces gotas de *guerlain*.

La casa de *Levita Roja* —pese a los malos olores— no dejaba de tener su gracia: mandaba una habitación grande con estufa de codo para el invierno, dos camas turcas con muchos almohadones de colores, una butaca, un tablero de madera cruda lleno de cuadernos, libros, cintas de vídeo y montones de revistas, una estantería, reproducciones de cuadros, algún cartel de circo y fotos, una de ellas del Price, otra más grande con un *Levita Roja* en su gloriosa madurez rodeado por perros disfrazados, y una tercera de un hermoso perro de lanas y mirada inteligente, con un nombre y una fecha al pie: *Popea, 1971*. Yo le pregunté cuántos llevaba en su número, y él me dijo que veinte en los buenos tiempos, pero que todas eran perras, que las perras son mucho más inteligentes, más sensibles, más delicadas y más cariñosas, y volvió a reír a carcajadas, mientras seguía manipulando el té con yerbabuena desde la diminuta cocinilla incorporada al cuarto grande. Por último, llenó una jarra, le echó casi un azucarero y la embotó de hielo, invitándome a salir al patio, que ya estaba en sombra y era más cordobés que de Ciudad Lineal, con su bonita parra ahora verde y llena, macetas con geranios, claveles y gitanillas y un cajón de madera con pensamientos, y en un rincón, botijo de barro blanco rezumando humedad. En el centro tenía una mesa de hierro colado y mármol, seguramente de un antiguo café, y cuatro sillas plegables. Aquel patio sí que alivió mis penas, regalándome incluso un lejano olor a jazmín plantado. *Levita Roja* se sentó junto a mí, me sirvió un vaso grande de té y me preguntó con exquisita cortesía:

—¿Cómo está el bueno de don Ramón?

—¿Qué don Ramón?

—Don Ramón Gimeno Coes... ¿No es usted su ama de llaves o algo por el estilo?

Tan asustada como es de suponer, le dije que don Ramón había muerto uno o dos años atrás y que yo no era ama de llaves, sino hija de Rosa María Miranda, y entonces él se interesó por la salud de mi madre.

—Murió el año cincuenta y cuatro.

—Cuánto lo siento... ¡Cuánto lo siento!

Y, aprovechando el triste motivo, puso una mano en mi muslo izquierdo y me golpeó cariñosamente, aunque con cierto regodeo. Luego, se quedó mirando mi escote, y aquella mirada me hizo pensar que tal vez había marrado el vestuario. *Levita Roja* rió entre dientes:

—Me estaba acordando de Napoleón... Napoleón le dijo en un baile a una de aquellas señoras de la corte, que iba muy escotada: Madame, guardad el pecho para vuestros hijos.

Y remató la anécdota con una alegre carcajada. Se me había venido el mundo encima. Norberto Murciego estaba peor que sus colegas del Club de los Payasos. En aquel momento estuve a punto de levantarme y abandonar la partida, pero algo en sus ojos me retuvo. Las dos gallinas salieron al patio y se pusieron a picotear como si no les importara llevar camiseta. Entonces Murciego Morris me contó que su afición a los animales venía de familia, que él era descendiente de don Manuel Goiri, fundador de la antigua Sociedad de Seguros Mutuos de Incendios de Casas en Madrid, y que precisamente en su calle, que se llama de don Manuel Goiri y está por Cuatro Caminos, había una notable casa de salud para perros y que fue allí donde se aficionó a las perras. Intentó recordar algo, y cerrando los ojos murmuró: *Oh, Señor de todas las criaturas, del mismo modo que yo soy siempre verdadero perro, haz que él sea siempre verdadero hombre.* Me acordé mucho de Curra y decidí preguntarle —cuando volviera de la isla de la Reunión— qué clase de niebla o barullo ensombrecía la mente de *Levita Roja*, que ahora miraba a las gallinas con verdadero interés. Luego, levantó el dedo índice, sonrió y me dejó sola. Por segunda vez estuve tentada de huir y por segunda vez aguanté el tirón. Murciego Morris vino con una caja de lata que tenía pintada a la Virgen del Rocío y por lo visto estaba llena de recuerdos. Como quien enseña el retrato de un hijo querido, me pasó una tarjeta de bordes dorados con la foto del perro de lanas de la pared. Por detrás ponía: *Popea ha muerto, no la olvides nunca. Madrid, 1972.*

—La quise más que a ninguna, y está aquí, enterrada en el patio, bajo el emparrado. Se llamaba *Popea* y era una gran artista, quizá la hayas visto en alguna película, porque fue una verdera estrella; lo malo es que, para que trabajara sin problemas, me aconsejaron que la esterilizara, y así lo hice yo, sin pensar. A partir de entonces perdió todo interés por el trabajo y por la vida y engordó mucho, y yo tuve que someterla a una dieta muy fuerte, que la dejó sin fuerzas. Recuerdo que en los últimos meses había que maquillarla: le poníamos sombra en los párpados y le echábamos gotas en los ojos, un ligero *rouge* en los labios, no comestible, por supuesto, la bañábamos dos veces y la peinábamos todo el tiempo. No lo resistió, ni me guardó rencor, y puede decirse que murió con las botas puestas.

Le dio un beso al recordatorio y después, con evidente orgullo, me enseñó el anuncio de una película, en tamaño postal, pintado de colorines, de aquellos de los cuarenta: Kay Francis, otra vez Kay Francis, pero ahora con William Powell, está acodada en la barra de un bar y brinda con una copa de cóctel. *Viaje de ida. Una bellísima historia de amor. La película más romántica del año.* Después me pasó una tarjeta postal del Teide y me señaló el sello de correos, que era del maestro Falla, valor de veinticinco céntimos, y decía: «Correspondencia por avión, visita del Caudillo a Canarias, octubre de 1950, sobre tasa diez céntimos.»

—Este sello vale más de medio millón de pesetas.

Pero yo estaba leyendo la postal, que bien conocía la letra: *Santa Cruz de Tenerife, 30 de octubre. Querido amigo Perry, desde esta hermosa isla le recordamos con afecto y no olvidamos su encargo, Ramón.* Y al borde de la cartulina, como si quisiera huir del compromiso, firmaba *Rosa*. Aquella era la prueba de la escapada de amor de mamá con RGC y tenía fecha. Hice un esfuerzo, sonreí e intenté probar la memoria de *Levita Roja:*

—¿Cuál fue el encargo?

—Un mantel de plástico —respondió sin vacilar.

Luego, puso entre mis manos la foto de mamá, la del vestido de noche, una de las que le hizo Willy Koch en San Sebastián, y apoyó su cabeza en mi hombro susurrando un ronco *cómo te pareces a ella.* Nadie guarda así, durante treinta y cinco años, una tarjeta postal y una foto: *Perry* estaba enamorado de mamá, y seguramente RGC o no se enteró nunca o le importaba un carajo. Las sienes me latían a golpes y no me atrevía a apartar la cabeza de Murciego, por si lo ahuyentaba:

—¿Qué tal era ese don Ramón?

—Era un miserable, niña, un hijo de puta que me compró esta casa para follarla.

Entonces sí que aparté la cabeza del domador de perras, que se llevó la foto de María Rosa Miranda para guardarla en la caja de lata de sus recuerdos.

—¿Por qué llevan camiseta las gallinas?

La siguiente pregunta pudo haber sido ¿la mató él?, pero de qué me servía la respuesta de *Levita Roja*, fuera la que fuera. Era mucho mejor interesarse por *Serafina* y *Vistafina*.

CAPÍTULO XX

—Llevan camiseta porque así no pueden poner huevos. Ponen huevos cuando yo lo mando.

—Es natural.

—No es natural, es trabajo: *Serafina* y *Vistafina* forman parte de mi espectáculo y trabajan con las perras. ¿De qué crees que vivo? No será del club, digo yo.

La voz de Norberto Murciego sonaba plácida, balsámica, como dice Carmencita Rodrigo cuando tiene ataque de pedantería; le miré a los ojos y comprendí que era el momento de repetir una pregunta con cierta variación de forma:

—¿Cómo era el señor Gimeno Coes?

—Era un hombre bueno y generoso: yo se lo debo todo.

Y quizá por reflejo o por sincero afecto, volvió a poner su mano en mi muslo izquierdo, y yo me levanté como si fuera tonta, preguntando dónde estaba el cuarto de baño. *Levita* me abrió una puerta, que cerré con pestillo: era un cuarto de baño diminuto y pulcro, más de vieja que de viejo, con sus toallas limpias, quizá dedicadas, y un frasco de colonia sin abrir. En parte por alejar el olor de la *troupe* Murciego Morris o por coqueteo halagador, me empapé las manos de colonia y me acaricié cuello y escote. Aquella casa de la Ciudad Lineal —mucho más arrabalera en 1950— era el picadero de mamá, el *pied à terre*, como hubiera dicho tía Tere, donde escondían su amor Rosa Miranda y Ramón Gimeno Coes. Abrí la puerta del cuarto de baño, me olvidé del olor a perro, conejo y gallina y contemplé a solas la habitación. Me hubiera gustado verla en 1950 o antes, y salí al patio. Sobre la mesa de mármol había un trozo de papel que en letras de imprenta anunciaba: «He ido a comprar tabaco, L.» A comprar tabaco, mentira. L es *Levita* y me deja sola en su casa para que yo fisgue a gusto y ¡vaya un detalle encantador!: me abre la puerta para que pueda escapar o tenga tiempo de reflexionar. Subí por la empinada escalera y me asomé al piso de arriba, pero no había piso, sino entreplanta: una tronera en el tejado daba paso a los últimos rayos de sol, que alumbraban una especie de guardilla, de apenas metro y medio de altura, donde había una cama, una mesa de noche y un taburete. Es muy probable que aquello fuera arreglo o novedad de Murciego, porque no me imaginaba a RGC entrando a gatas en la cama de su amor. El escenario principal tenía que ser la habitación de abajo, que ahora contemplaba desde el rellano de la incómoda escalera, metiendo las piernas entre los barrotes de hierro y balanceándolas como una niña. Treinta metros cuadrados serían. La estufa en su sitio, que siempre da aire bohemio y desenfadado, un gran sofá muy blando, un mueble bar y un tocadiscos último modelo. Alfombras espesas de buena calidad y libros para quitar hierro a la situación. En las paredes, muchísimo ojo y ni un solo grabado erótico, que añadiría lo inconveniente a lo hortera: pudieran ser estampas del viejo Madrid u originales de jóvenes pintores aún por descubrir. Biombos separadores, dos de los buenos. Si yo fuera Ramón, pondría uno de mariposas y otro de angelotes, y si fuera mamá, de ánimas del purgatorio y veneciano. Y detrás de los biombos, la reina, la casa, el mueble de los muebles, la cama, bien ancha, bien cómoda, bien tranquila, capaz de engañar a la madrastra de Blancanieves y de acariciar a Caperucita; pura maldad que en un descuido se convierte en sumidero lujoso tragador de falsas virtudes, las de mamá y las mías, y estoy por asegurar que las de tía Tere y las de todas las mujeres del mundo. Aquel *pied à terre* que aceptó Rosa Miranda nunca pudo llevar la divisa de RGC.

Volví al patinillo y me senté otra vez. Estaba casi perdida, aunque supongo que a todos los policías, incluso a los inventados, les ocurre lo mismo al llegar al ecuador de una encuesta oscura; claro que ellos tienen una ventaja: pueden interrogar al sospechoso principal, mientras que el mío calla sin remedio porque está muerto y si me habla es a través de otros testigos. Sonreí entonces: no me faltaba más que hacerle jurar a *Levita Roja* que diría sólo la verdad, toda la verdad, como en las películas de juicios; pero el abogado defensor se iba a oponer, porque Murciego Morris no estaba en sus cabales y tenían que examinarlo en un centro especializado.

¿Y mamá? Otra que tal baila. Tía Tere me dijo que estaba loca, porque en el fondo no era mala, y sólo a una loca se le podían ocurrir semejantes excentricidades, y papá, que nunca fue tan radical, lo pensaba también, y Felisa, y todos los que la co-

CAPÍTULO XX

nocieron. Era una loca porque no hacía lo que hacían las demás mujeres.

Me puse en pie, ya no tenía nada que decirle a *Levita*, me urge hablar con mamá y para eso tengo que buscar el territorio fértil, porque esta casa debe de traerle muy malos recuerdos o muy buenos o las dos cosas juntas. Pero antes de alcanzar la verja, volvió el estrafalario domador de perras y gallinas:

—¿Te marchas ya?

Le dije que tenía una cita urgente y ya era tarde. Él me preguntó si no volvería nunca más, y yo, que nunca sonaba muy feo y que me estaba prohibido emplear aquella palabra. Entonces me tendió un sobre cerrado que ponía mi nombre y me confesó que era mentira, que no fue a comprar tabaco, que quería dejarme sola y tranquila y escribirme una carta en la cafetería, porque le iba mucho el género epistolar y por la boca se expresaba torpemente; pero que no abriera la carta hasta llegar a casa. En sus ojos había tristeza y cordura a la vez e incluso paz, como si hubiera superado un mal trance de años y años. Lo cierto es que yo tampoco estuve muy expresiva y le tendí la mano, que él no atendió; en cambio puso las suyas en mis hombros, me abrazó y me besó, y sentí un arrebato furioso, lo empujé hasta que se clavó la verja en la espalda y se dolió, porque ya no era el de antes. No dijo nada, ni se disculpó, y entonces yo pensé que me había portado mal, que era una estrecha que no tenía perdón y, como al fin y al cabo salía a mamá y estaba loca, le pregunté:

—¿La besaste alguna vez?

Levita Roja negó en silencio, con mucha vergüenza en un tipo tan grande y tan viejo, y fui yo quien lo abrazó y lo besó, como si fuera un galán, el más guapo de todos, el del Circo de Price en 1950, y me sentí a gusto pagando una deuda que nadie me había exigido.

—¡Puta! ¡Putaa! ¡Putaaa!

Sin dejar de besarlo, tratando de que no oyera, abrí los ojos: por la calle Asura escapaban dos niñas diminutas con falditas plisadas de colegio y blusas blancas: huían riendo e insultándome. Con gobierno socialista en el poder, en plena Olimpiada de Los Ángeles y seguimos igual.

287

Resistí en el taxi la tentación de abrir el sobre que me dio Norberto Murciego. Llegué a casa y me fui derecha a la nevera, saqué una botella de vodka que tengo guardada para las emergencias y empiné el codo —expresión favorita de la tata Felisa— hasta llenar la tubería, y en estas circunstancias hice gárgaras, limpiando los conductos de la mugre psicológica y ambiental que en mis interiores había propiciado aquel día de agosto tan caluroso. Luego, tragué el munífico brebaje y tosí durante un par de minutos, como si fuera el espíritu del ofendido capitán Ahab. Más tranquila, saqué tres cubitos de hielo, los machaqué, añadí medio limón, una cucharada de azúcar y unas gotitas de angostura y, bien espatarrada en la cocina, brindé a la salud de Trotsky y de mi novio Julio Zurrido. Estos detalles —y otros que vengo contando— pueden inducir a error: yo no soy alcohólica, ni lo he sido jamás; me gusta mucho beber, mas casi nunca me emborracho, y no es que busque la ocasión, pero a veces me ahoga la necesidad y además hoy estoy sola. Hablaba de mi novio Julio Zurrido, a quien cierta noche de amor nombré rey del polvo y tuve el gusto de condecorar —en la bragueta, sólo en la bragueta— con una estrella de la Comunidad de Madrid. Claro que aquella noche yo estaba muy borracha y muy contenta, porque había sacado las oposiciones de Archiveros Bibliotecarios y ya tenía la vida resuelta. Julio Zurrido me ayudó mucho, y por eso lo recuerdo hoy gracias a una palabra o dos: munífico brebaje y mas, conjunción adversativa. Julito quería que yo sorprendiera al tribunal en el ejercicio escrito afirmando que en España no sabía escribir ni el presidente del gobierno, que otra cosa era Francia, donde los niños estaban mejor educados, y así me llevó por el camino de algunas palabras trasnochadas, pero que podían impresionar. Me aprendí muy bien lo de munífico y ahora lo recito caminando por el pasillo, mientras me desnudo: munífico, benéfico. Munífico, regalo o presente. Benéfico, hago bien. La munificencia es espléndida, la beneficencia, caritativa. Benéfico fue el beso que le di a *Levita Roja*. La munificencia regala, la beneficencia socorre. Yo creo que también fue munífico el beso que le di a *Levita Roja*. Podemos ser muníficos con todo el mundo, mas yo no pienso abonarme. De-

CAPÍTULO XX

bemos ser benéficos con los desgraciados, con Carmencita Rodrigo nunca lo fui. La munificencia es virtud social y me la paso por donde dice Curra. La beneficencia es virtud moral, que se la apunte tía Teresa si quiere ir al cielo. La munificencia es la beneficencia de los grandes, es decir, una gran mentira, y Julio Zurrido se ponía negro; la beneficencia es la munificencia de los pequeños, y entonces me reía, y Julio más furioso. Mas lo aprendí de memoria y cuando quería sacar de quicio a mi amor se lo recitaba. No recuerdo estas cosas porque sí; estoy calentando, en el mejor sentido de la palabra, porque hoy noche espero visita.

Me ducho, me perfumo y me pongo una bata transparente, una cursilería de bata que me regaló en navidades la Garrido y que salía directamente del horno lencero de Galerías Preciados. Pobre Julio *Cuatropolvos*, que una tarde volvió con su señora, harto de mí y de su conciencia.

Mientras abría la puerta de la azotea, le iba diciendo a mamá que no éramos tan distintas, que si ella causó dolor a una familia cristiana y a una pobre esposa, yo trabajaba en lo mismo, pero que los tiempos eran diferentes, y sin verle cambio a Julio Zurrido por el noble y elegante Ramón Gimeno Coes, que pudo ser asesino, pero estoy segura de que, a pesar de los pesares, mató con cariño y buena clase.

Puse la foto reconstruida de Ramón y la sorbí con los ojos y luego la besé con los labios abiertos, y no me masturbé en su honor porque hubiera sido benéfico, y yo, esta noche, tengo que viajar. Luego traje la de mamá y quise odiarla, pero hay cosas que no se consiguen fácilmente. Entonces intenté comprenderla y, acercándome a los dos, dije:

—Quiero un móvil y una ocasión: Señor Gimeno Coes y O'Neil, ¿dónde pasó la tarde del 14 de noviembre de 1954?

Entonces recordé la carta de *Levita Roja*, la abrí y encontré una cuartilla de papel cuadriculado, que decía en letras de imprenta: «Te quiero y te querré siempre, Norberto.» ¿Pero a quién se declaraba? ¿A mamá, a mí o a las dos? Dentro del sobre incluía el anuncio de *Viaje de ida*, la película más romántica del año. Kay Francis era mamá, cómo te pareces a ella. Yo también ejerzo de Kay Francis, pero somos distintas, porque me falta un lunar. De todas formas, gracias, *Levita*, por el detalle y por llamarme la atención, porque aquella foto tiene algo que ver con el crimen, y William Powell no es la primera vez que se aparece en este cuento.

Me asomé a la terraza dejando encendidas las luces de dentro, por si a algún insomne libidinoso le apetecía mirarme las transparencias. El bochorno había recalentado las paredes y aún subía por la calle Quintana. En agosto de 1936 también hizo calor. Ahora estaba viendo a Rosa María Miranda, que escapaba de casa gracias a la buena disposición de una portera anarquista y que sorbía las lágrimas, porque le habían dicho que mataron a su marido en el Cuartel de la Montaña. Por otra calle, sin saber que iban a juntarse en la embajada argentina, huía el *señor del 36* con un maletín de cocodrilo y quinientas pesetas en el bolsillo. Ignoro quién llevó a mamá a la embajada, tal vez fuera un agente doble, uno de la Quinta Columna, pero el caso es que allí aterrizó y entonces empezó a llorar. Los brazos del *señor del 36* la guardaron; él tenía perdida a su familia y los dos estaban en peligro de muerte, había que vivir la vida en un minuto y coincidían en tantas cosas... Es probable que una noche de miedo se encontraran en un colchón discreto; él era un condenado a muerte, y ella, una joven viuda sin esperanza. En el amor no hay edades, y el muerto al hoyo. De nuevo la guerra los separó, y ambos sintieron que aquella separación era definitiva y que el mar se los tragaba sin remedio entre Alicante y Biarritz: *no ver nunca más a nadie, mi espíritu remordido*. Pero en Biarritz cayeron las bolas de la buena suerte —27, 2, 16— y mamá se vistió de noche para que Willy Koch le hiciera una foto feliz, hasta que *un día terrible y dichoso al tiempo* entró en Gijón el coronel Muñoz Grandes y otro día, aún peor, Madrid se rindió al general Franco y salieron los muertos de la tumba. *Lloro por los desencuentros y por los días felices que no volverán*. Pero volvieron gracias a un accidente de montaña y al choque de un automóvil. Rosa María Miranda aceptó los amores del viejo *señor del 36* y los regalos de Mantequerías Leonesas, que yo compartí. El vivo al bollo. Y fueron felices diez días en un barco inglés, hasta que la muerte los separó un domingo del mes de noviembre de 1954.

CAPÍTULO XX

Pobre Luis Arana, que no se enteró de nada, y si supo algo, calló prudentemente. Y pobre señora Tornabous. Que se joda la señora Tornabous, y yo, por meter las narices entre las sábanas de Rosa María Miranda y Ramón Gimeno Coes. ¿A quién voy a engañar ahora, sola en mi soledad, en bata transparente, una noche de agosto en la calle de Quintana?

Yo, María Rosa Arana, hubiera hecho lo mismo que Rosa María Miranda y no hace falta que RGC me confiese nada, porque también le quiero, pero me las paga.

—Señor Gimeno Coes y O'Neil, ¿por qué asesinó usted a Rosa María Miranda?

—Porque ella, señor fiscal, me engañaba con otro hombre y está en los libros.

Mía o de nadie. Otelo, amor oculto, Maquiavelo y arsénico. No está en los libros, está en los periódicos que usted dispuso, señor RGC.

XXI

MÍA O DE NADIE

Madrid en verano tiene muchas ventajas y algunos inconvenientes; entre sus ventajas se halla la misma entraña de la ciudad transformada, más acogedora, con sofoquina claro está, incluso agobiante por la noche, pero medio vacía, de circulación suave y tranquila, casi caribeña, y suculentos espacios donde se puede aparcar sin multa, ni necesidad de ofender a la competencia sacando lengua de doble filo. Por eso yo, en agosto, llevo a pasear a mi Volkswagen amarillo y a la hora del aperitivo brindo por todos los infelices del rebaño que se fueron de vacaciones a Benidorm o Torremolinos. Pero si busco un restaurante, mi farmacia habitual e incluso el quiosco de periódicos, los veo ciegos y mudos, con su aviso *hasta septiembre,* y es fatigoso y, a veces, muy triste. Hoy fui al óptico de la calle del Marqués de Urquijo y lo encontré cerrado hasta septiembre, lo cual me proporcionó doble ración de incomodidad: la busca de otro establecimiento de gafas y tener que graduarme la vista una vez más, porque mi ficha está archivada en Marqués de Urquijo, y todo por una mezcla de furia y arrepentimiento que me hizo patear las gafas irrompibles después de haber destrozado *Moby Dick* un mal día en la Fundación. Di con la óptica propicia en la Gran Vía y, con recibo y promesa de anteojos, me fui a la Hemeroteca, en tan caluroso tiempo servida por el conserje Heberto Camacho, el bibliotecario Máximo Borrallo y mi joven colega Felisina Díaz de Comesaña, los tres de muy mala leche porque ya habían quemado las vacaciones en julio. A pesar de todo, se mostraron amables y se extrañaron muchísimo de que acudiera en plan de clienta. Le pedí a Heberto Camacho que me trajera los *ABC* del catorce, dieciséis y diecisiete de noviembre de 1954, e inventé un embuste para saciar la curiosidad de Felisina: necesitaba aquellos periódicos porque un profesor irlandés amigo mío iba a escribir la historia de la evolución de la prensa en España durante el período franquista y yo le había brindado mi colaboración.

—¿Es guapo? —me preguntó la joven Felisina.

—Es horroroso.

Aquello pareció tranquilizarla, y me dijo que ya que estaba allí, se iba un momento a tomar café. Como yo sabía que mi negocio no se solucionaba en unos minutos, me resigné a esperar paseando por el local vacío, a riesgo de alterar la paz del señor Máximo Borrallo, que daba ejemplo dormitando sobre un pupitre. Y hablé sola: Tranquila, Mari, guapa, que se avecinan horas de peligro... Borrallo abrió un ojo y me observó, y yo, para disimular, inicié el tema de *Summer time*. En aquel momento llegó Heberto Camacho con un tomo encuadernado de *ABC*. Yo le agradecí el favor, y él aprovechó para decirme que ya que estaba allí se iba a tomar café.

Entonces mi corazón pidió tiempo muerto, como en los partidos de baloncesto, y estuve ojeando los periódicos, hasta que pasaron tres minutos: *mantas de Antequera Regel, abrigan y no pesan; Orquesta sinfónica alemana de acordeones Hohner, director R. Wurthner; Conferencia de Edgar Neville en el Ateneo sobre «El teatro y la vida»; magnífico piso, barrio de Salamanca (tocando calle Alcalá), seis habitaciones, calefacción, casa moderna, pesetas 190.000. Alas, Alcalá, 32.* ¡Tiempo!

Busqué en las últimas páginas del martes 16 de noviembre, y, entre varias esquelas de diferentes tamaños, descubrí una, ni grande ni pequeña: *Doña Rosa María Miranda de Arana falleció*

CAPÍTULO XXI

cristianamente en Madrid el 14 de noviembre de 1954, habiendo recibido los Santos Sacramentos y la bendición apostólica. R. I. P. Su esposo, su hija, sus hermanos, sus cuñados y su fiel sirvienta Felisa ruegan una oración por su alma. El funeral por su eterno descanso se celebrará el sábado 20, a las diecisiete horas, en la Parroquia de Nuestra Señora de la Concepción (Goya, 26), Madrid.

Yo fui al funeral —lo recuerdo muy bien— agarrada de la mano de papá, con unos tíos que vinieron de Sanlúcar, la tía Tere y el tío José Manuel de aquí, que pagaron el entierro, las misas y la fiesta del *vivo al bollo,* y la pobre tata escondida bajo una gasa negra, que si no fuera por los ayes y los hipos parecía edificio en restauración, de esos que les echan redes encima. ¿Y RGC? ¿Dónde estaba RGC? Tal vez agazapado en el último rincón de la parroquia, sin atreverse a poner una esquela secreta o a mandar una corona de flores misteriosa, como suelen hacer los asesinos, porque les alivia la conciencia o incluso les sirve de coartada.

Volví entonces al *ABC* del domingo 14 de noviembre de 1954, página de sucesos, la mía, la que reconstruí con las tiras de periódico. *Un juez asesina a su amante en Bélgica y se suicida. No se culpe a nadie. Iba dirigida a su hermano.* El medio traidor del que se sirvió RGC para confesar —con la complicidad de san Agustín, Cervantes, Blasco Ibáñez y Rosa Chacel, entre otros— el asesinato de Rosa María Miranda. *Víctima de hidrofobia, ha muerto un niño en Bilbao. En agosto último fue mordido por un perro.* ¿Y eso qué tiene que ver? Las lágrimas me nublan los ojos y no son de pena, sino de impotencia. Yo quiero machacar a un muerto más que muerto, que no es niño de Bilbao, pero que me reta desde un armarito misterioso a una confesión perdida: yo quiero vengar con tinta el asesinato de mamá hace treinta años, total, un suspiro.

Pensé entonces en el dichoso armarito y en la posibilidad de que el retorcido RGC hubiera decidido castigar tal osadía desviando —de paso— mi atención, porque él no ignoraba que yo, antes o después, acabaría forzándolo.

Por curiosidad, por entretenerme, porque si hay algo que me gusta son los periódicos viejos —no es casual que trabaje en archivos y bibliotecas—, pasé la página y di con la cartelera de espectáculos, donde quedé enganchada la tarde en que descubrí uno de los trucos favoritos de Gimeno Coes. Allí estaban los cines y los teatros de mi adolescencia, muchos ya desaparecidos: compañía de comedias de Conchita Montes, *La ratonera*, en el Infanta Isabel; Rafael Rivelles en *La Muralla*, de Joaquín Calvo Sotelo; Queta Claver en el teatro Martín, y Charlie Rivel en el Circo de Price. Y los cines que ya no existen: Actualidades, Calatravas, Felipe II, Colón, Génova, Oraa, Salamanca, Panorama, Gong, Sol, Voy, Pavón... Y me quedé de muestra como un perdiguero: 3'45, 6'45 y 10, *numeradas: Batallón de la muerte, Viaje de ida*.

No era capaz de moverme, ni siquiera de respirar, cerré los ojos y vi algo así como chiribitas de colores: la entrada de cine que encontré en *Piel de asno*, de Perrault, era del Pavón. Aquella localidad, que nunca fue usada, pudo ser de RGC, y tal vez la otra, la vecina, de mi madre. Quizá mamá pasó la última tarde de su vida, aquel domingo de noviembre, en el cine Pavón, donde seguramente no había estado nunca, porque no era de su barrio ni del centro, y fue al cine sólo porque allí ponían una película muy particular —*Viaje de ida*— que interpretaba ella misma, Kay Francis, y ahora yo, Kay Francis sin lunar. *La película más romántica del año*, decía el anuncio de Norberto Murciego Morris, *Perry, Levita Roja*, director de pista, domador de perras y de gallinas, que por algo me había regalado el anuncio. Luego RGC no me estaba señalando un crimen pasional en Bélgica, sino la cartelera de espectáculos, como pensé, semanas atrás, al reconstruir la página del periódico.

Yo tenía que ver aquella película, porque en *Viaje de ida* pudiera estar la solución de mi largo viaje por la biblioteca.

Con Carmencita Rodrigo en Madrid supongo que me habría sido más fácil, porque en el Ministerio de Cultura deben de tener un registro general de películas estrenadas, y ella se maneja bien. Me presenté en la plaza del Rey, alegando mi condición de funcionaria, porque en este país —y yo creo que en todos— es bueno sacar un carné a tiempo. Sin embargo, a pesar del carné e incluso de invocar la bendita presencia en el

CAPÍTULO XXI

Ayuntamiento del *Viejo Profesor* —que ya había puesto una vela a Dios y otra al diablo—, no se aclaraba nadie, aunque les parecía bonita y graciosa medida el mandarme de piso en piso, tal vez para probar la eficacia de los ascensores. Una encantadora secretaria —que se llama Susa y es compañera de la Rodrigo— me dijo confidencialmente que aquel barullo era comprensible y que volviera mañana, porque estaban recién instalados en el edificio nuevo y aún no habían deshecho las maletas. Casi en la calle, un viejo conserje, que arrastraba sus galones desde la dictadura y había pasado por el cilicio de Arias Salgado y la tranca de don Manuel Fraga en la avenida del Generalísimo y otras casas de fuste, me recomendó que fuera a la Filmoteca y en su defecto a la *tele,* donde todo estaba divinamente organizado. Y así salí del Circo Price y me encontré rodeada de sucias y cagonas palomas en la plaza del Rey, recordando al pobre Mariano José de Larra y decidida a no volver mañana.

En la *tele* fue mucho peor: por lo pronto me humillaron unos guardias de toda la vida, que vigilaban celosamente la entrada de Prado del Rey, temiendo —o deseando— que Tejero se escapara de Alcalá de Henares y montara el pollo del Congreso-bis. Luego, me marcó un ujier policía que se quedó con mi pobre carné de identidad a cambio de un papelito, y por fin me destinaron a un despacho lejanísimo, donde un funcionario que se llamaba don Luis Balbas se aburría mortalmente. Don Luis Balbas estaba muy disminuido y no tenía nada que hacer en aquella joven y agresiva *tele* socialista; él fue compinche de los censores Palacios y Ortiz Muñoz, a quienes ayudó a poner chales, prohibir besos y tachar rojos de la nómina, y ahora estaba de más, pero por aquello de la transición no se le podía ni fusilar ni echar a la calle. Don Luis Balbas esperaba la ocasión de hacer algo en su polvoriento despacho, y así, me acogió con el entusiasmo de una araña peluda que ve caer rica mosca en amorosa tela. Me retuvo casi tres horas mientras consultaba el Espasa y llamaba a algunos despachos, donde no le hacían el menor caso. Justo es decir que no se rindió nunca, que me pidió que volviera mañana, que él mismo hablaría del tema con el excelentísimo director general —el señor Calviño—, del que era íntimo amigo. Después levantó tímidamente el puño y me despidió con un enternecedor *hasta mañanita, compañera*, que nunca se cumplió, porque yo no volví jamás a Prado del Rey, y el tal don Luis Balbas resultó anticipadamente jubilado, previo pago de dieciocho millones, que, según costumbre, salieron de los bolsillos de los ciudadanos de estas tierras. A punto de llorar —hay veces que me aflijo muchísimo— di con Juan Tebar en la pestilente cafetería de Prado del Rey. Conozco a Juan desde hace años, porque nuestras madres iban a la misma tertulia en el Café Gijón y nosotros coincidíamos con frecuencia en algún *forum* progre e incluso en ciertos cineclubs a la última. Le conté mi problema de *Viaje de ida*, y, aunque él de cine lo sabe todo, ignoraba aquella película de la que yo ni conocía el nombre del director. Me prometió llamarme en cuanto consultara sus libros y su archivo, y me ofreció un consejo: tal vez en la embajada de los Estados Unidos de América, Servicio Cultural e Informativo, me dieran razón. Por último, me convidó a una cerveza y a un pincho de tortilla momificada.

En la embajada americana no era fácil entrar —ni entonces, ni ahora, ni nunca, claro—, y así, me despojaron de todos los carnés que llevaba, de las llaves, de otros objetos metálicos e incluso de unas tijeritas de uñas de oro de Toledo. El funcionario que me desatendía tiraba más bien a cerdo panocha que a entrañable gitano, y yo tuve la mala pata de preguntarle si debía entregar las bombas de mano. Entonces me rogó finamente que pasara a una habitación y allí me tuvieron esperando más de dos horas. A los americanos no les gustan nada las bromas, sobre todo las bromas de seres inferiores nacidos en el Sur, y las hacen pagar en dólares-paciencia e incluso en lágrimas. Al cabo del tiempo me devolvieron mis cosas, también las tijeritas de Toledo, y cortésmente me pusieron en la calle, afirmando que mi solicitud de visado había sido denegada:

—¡Pero si yo no he pedido ningún visado!

—Bueno, pues no lo pida usted —me aconsejó el amable funcionario.

Y me encontré en la calle de Serrano, mi calle de Serrano, sin visado para ir a Nueva York, sin noticias de *Viaje de ida* y todo

CAPÍTULO XXI

por culpa de Kay Francis y de RGC. Mejor, estoy segura de que en la embajada USA saben de espías y de misiles, pero lo ignoran todo de su propio cine.

Por la noche me llamó Juan Tebar y me dijo que en la Filmoteca nadie sabía nada de aquella maldita película, que no había noticias de que existiera copia alguna y que quizá en la Academia de Hollywood me dieran razón. Yo no tenía ni tiempo ni dinero para ir a Hollywood, ni siquiera visado para entrar en los Estados Unidos, así que recibí como agüita de mayo —que decía mi tata Felisa— el resumen que me envió mi amigo Juan Tebar:

VIAJE DE IDA, USA. WARNER BROSS (One way passage), 1932. Director, Tay Garnett. Intérpretes: William Powell, Kay Francis, Alice MacMahon, Warren Hymer. Un filme dirigido excelentemente por Tay Garnett. Se trata de una historia de amor que se desarrolla en un transatlántico durante los dieciocho días que dura el trayecto de Shanghai a San Francisco, entre un hombre condenado a muerte (William Powell) y una mujer desahuciada por los médicos (Kay Francis). Cada uno sabe perfectamente que la muerte es el término inexorable del viaje, pero esto no impide que surja una intensa pasión entre ellos. Al final de la travesía se citan en un bar sabiendo que ninguno de los dos acudirá. Pero a la hora exacta en que se deben encontrar para no volver a separarse, dos copas de cóctel se rompen en el mostrador, repitiendo así un gesto de los amantes, en una oclusión de belleza raras veces igualada en el cine romántico. 65 minutos. Blanco y negro.

Juan no pudo resistir la tentación y —por si me era de alguna utilidad— añadió a la sinopsis de *Viaje de ida* un erudito resumen de las películas triunfadoras en Hollywood aquel año de 1932, el mismo que mamá cumplió dieciséis, Ramón Gimeno Coes treinta y cuatro y yo aún no había nacido:

Aquel año la MGM produjo Gran Hotel *y ganó el Oscar a la mejor película. Frederic March también lo ganó por su interpretación de* Dr. Jekill and Mr. Hyde *(aquí,* El hombre y el monstruo*) y Walt Disney recibió una mención especial como creador de Mickey Mouse. Otras películas notables:* Tarzán de los monos, *con el campeón olímpico Johnny Weissmuller,* El signo de la Cruz, *de Cecil B. De Mille,* Rin-tin-tin, La venus rubia, *con Marlene Dietrich,* Torero a la fuerza *de Eddie Cantor,* El expreso de Shanghai *(a Shanghai se podía ir por tren y por mar) y* Little women *(Mujercitas). Como ves, hubo una buena cosecha aquel año. Un beso, Juan.*

De modo que *Viaje de ida* es una historia romántica con muerte, dos muertes, y Gimeno Coes, un caballero asustado que se las da de literato, que le obsesiona el mar —bien claro está en *Un capítulo de mi vida*— y que encuentra a una chica a la que se cree predestinado. Es fácil que hablaran de los ausentes y que se consideraran primeros pobladores de un mundo nuevo, aunque por desgracia condenados sin remedio. Me figuro al sinvergüenza de RGC acosando a la joven viuda, conquistando aquel territorio paso a paso en nombre del dolor y del miedo, entre frases altisonantes y evocaciones de la mar. La guerra los había hecho el uno para el otro, y el Madrid rojo se encargaba paradójicamente de santificar su amor. Pienso ahora cuántas inocentes doncellas, honestísimas viudas de héroes, novias abandonadas por soldados que van al frente a morir, monjas perdidas en el asfalto —rezando luego a escondidas—, cuántas acabaron en brazos acogedores de ilustres caballeros camuflados en embajadas propicias, cuántos polvos, entre ayes, suspiros, promesas y remordimientos florearon el verano del 36, y cuántas pobres mujeres se quedaron en el andén, olvidadas por aquellos magníficos constructores de la España imperial, que a la primera volvieron con sus familias legítimas, con las bendiciones y la sonrisa de disculpa de los obispos que levantaban el brazo. A ellos les aguardaba el perdón e incluso un gracioso recuerdo picante: *las bellas mujeres aprestan coronas de flores y bajo los pórticos vense sus rostros de rosa* —ya estamos— *y la más hermosa sonríe al más fiero de los vencedores.* Y a ellas, las bellas, como siempre, la sequedad del abandono, el amargor de la culpa y, como gran consuelo, un perdón de confesionario con carga de penitencia y olor a tabaco mal apagado. Claro, que había otras, las que se tiraron a los señores de las embajadas, las que follaban encima de los remilgados y los cursis, y luego se hacían dueñas de la retaguardia y valientes enfermeras en los hospitales del frente, adonde no llegaban las pudorosas arrepentidas. Supongo que

CAPÍTULO XXI

mamá fue hembra guerrera, porque nunca la vi llorar, ni suplicar, ni estremecerse de miedo, y raras veces la vi reír; claro, que tampoco entraba en la cocina, ni pasaba la noche al raso esperando que en una ventana se encendiera la luz. Mi madre quiso a RGC, y RGC no fue señor de embajada, fue mucho más, aunque es probable que Rosa María en 1954 —con sólo treinta y ocho años— encontrara a otro hombre o decidiera volver con papá, y el fuerte, el dominador, el amo, no lo consintiera. La película más romántica del año, pero *mía o de nadie*.

No me podía dormir: la embajada de Argentina, el viaje de ida, las infidelidades de mamá, las sospechas que pesaban sobre mi absurdo amor —al que un día trituraré a la salud de la madre de todas las mantis religiosas— no me dejaban dormir. A mayor abundamiento, me empezaron a latir los fondos de los ojos y las sienes y a zumbar los oídos, como si viniera de memorable resaca. Intenté conciliar el sueño, pero no conseguí nada. Traté de imaginar aventuras imposibles y luego conté ovejas, y a la una de la madrugada ya estaba leyendo *La religión dentro de los límites de la razón*, de Immanuel Kant, que no me ha fallado nunca. Pero todo fue inútil. Entonces, me levanté, me duché, me vestí como si fuera a ir de excursión y me perfumé de cine. Necesitaba quemar millones de calorías, olvidar mi salto atrás, sentirme joven, pero sobre todo bailar, bailar, oír música, gritar, aturdirme, beber y sentir el olor de la gente joven para enterrar al de la tumba y la ancianidad, que ya me ahogaban. Por un momento eché de menos a JM, pero rechacé la absurda tentación —además estaba veraneando en el Norte— porque yo buscaba sangre fresca, como mi querido Drácula cuando aún no había cumplido trescientos años. Y así agarré el volante del Volkswagen amarillo y, derrapando en la calle de Quintana, puse proa a Doctor Fleming, donde en tiempos había tenido un interludio con un búlgaro que estaba para mojar pan en yogur. Allí, en Fleming, había un sitio muy a propósito para mi vela: *Arde París*, con efluvios del pintor Keith Haring hasta en las cañerías, música estridente y gracias coreadas por jóvenes yuppies y viejos universitarios. Desde la barra del bar, con dos gintonics en la reserva, me abrí paso hasta la pista y gané la medalla de oro: durante dos horas estuve sin parar, grité sola y sin vergüenza y me hice cachos. Las tres doncellas me ahogaban y el *rose cocktail*, el viaje de ida, RGC, las turbias andanzas de mamá, tía Tere, la abuela Margot, Mateo, *Levita Roja* y mi señor don Ramón, todos muertos o disecados en las páginas de los libros. Cuando ya estaba a punto de abandonar la posición, se me puso delante un mozo moreno, rezumando porro y peste a sudor, de hermoso cuerpo, seriedad vacía y estupidez natural, con un magnífico paquete falso o auténtico bajo sus pantalones vaqueros. Yo también me puse muy seria, como si me fuera la vida en el trance, y así estuvimos enfrentados treinta minutos en un absurdo escenario de nombre *Arde París*. Al salir le pregunté ¿quieres que te lleve a casa? Y él me dijo: vale, tía. ¿Dónde vives? En el paseo de Extremadura. Pues llévame.

Nos besamos en el Volkswagen amarillo, me desabrochó la blusa y me metió mano hasta sacarme una pelusilla del ombligo. Luego subimos al quinto piso, por la escalera, y yo por poco reviento. En la casa del mozo apenas había luz, una pareja estaba follando en lo que pudiéramos llamar cuarto de estar, y él me llevó hasta el suyo, el último rincón de un pasillo, desde donde se oía roncar a otro elemento. Entramos en la alcoba de mi chico y poco después —yo le exigí una ducha— nos entreteníamos en joder un rato. Aquel joven elemento, del que nunca supe su nombre, tal vez por culpa del alcohol o del sueño no alcanzó las envidiables cotas de mi novio Julio Zurrido, *Cuatro polvos*, ni siquiera las más modestas de Joaquín Muñoz, pero tenía veinte años, aunque por su lengua —activa en otros menesteres— no pasó palabra en cristiano.

Dos horas después —cuando ya venía por la ventana la luz de agosto— me levanté sin hacer ruido y fui al cuarto de baño, y al mirarme, con el maquillaje hecho un cristo, a poco pierdo el conocimiento. Ni Kay Francis, ni arrebatadora, ni siquiera de la zona media, los ojos enrojecidos, las patas de gallo movilizadas, los labios pálidos y amargos, las mejillas hundidas, cuarenta y tres años bien zurrados y haciéndome la jovencita revoltosa. Me calcé las botas, recogí mi ropa, envainé la espada, me puse el chambergo y tomé un camino, procurando que no se me oyera

CAPÍTULO XXI

en el campamento. Pero antes me detuve. Boca abajo, en una cama turca, resoplaba en pelota un gordo de morrillo grasiento y peludo, y a sus pies —sin duda expulsada por el gordo después de usarla— dormía una hermosura que no habría cumplido veinte años, de piel de seda —y así lo dirían los viejos y galantes novelistas de mi biblioteca—, de mandíbula redonda y labios perfilados, pechos como manzanas con botones de fresa, caderas como ánforas, muslos de favorita oriental y escondite arropado de terciopelo.

—Oye, tú...

Abrió los ojos, encima verde limón, de Quintero, León y Quiroga.

—Me llamo Asmodeo y te cambio mi alma por tu cuerpo.

—¿Qué?

—Olvídalo.

Salí al noble barrio de Carabanchel. Aquella muchacha dormida era mamá, que limpia entró en la embajada argentina, quizá para dar con un culo gordo y conservador o con un arrebato amoroso irrepetible, pero que nunca fue capaz de cambiar su alma por el cuerpo de nadie, ni viceversa.

XXII

Rose cocktail

Hoy es sábado uno de septiembre y se cumplen ochenta y cinco días desde la fecha en que acepté tragarme el bebedizo que me recetó RGC. Yo nací un sábado —nunca lo he comprobado—, pero es seguro que abandoné el hogar que me encadenaba al bestia de mi marido la madrugada de un sábado, aprovechando que estaba borracho como un cerdo, y pido disculpas a los cerdos, a quienes no aludo de ninguna forma. Por eso me cae bien el sábado y porque está dedicado a Saturno —el viejo Cronos que se almorzó a sus hijos—, y porque en playas, páramos y otros lugares desolados las brujas del mundo corren sus juergas. Y, hablando de brujas, en el contestador tengo un recado de tía Tere, y en el buzón recogí anoche otra encantadora postal de las niñas, que vuelven la semana próxima.

Según las cuentas, que casi nunca me salen, la hermosa secretaria Nieves asentará su apetitoso bullebulle en la Fundación a partir del lunes, y ese mismo día JM subirá otra vez al puente de mando. Me quedan dos días de vacaciones, un fin de semana entero, y quiero aprovecharlo para exprimir a Mateo Carrasco, porque me vienen vientos de cara y alguien me sopla al oído que este sábado le quito el pasamontañas a RGC. Lo malo es la resaca y el infame sabor que *Arde París* y los chicos del paseo de Extremadura me dejaron en las tripas. Pero como la Virgen Santísima me ha dado una merecida moral de hierro, este mediodía, después de bañarme, perfumarme y ya ligeramente maquillada, he vuelto a considerar mi posición en la parrilla de salida, y yo creo que incluso en la llegada a la meta: para entendernos, me gustaría ver a la chica del paseo de Extremadura a los cuarenta y tres años cumplidos.

Antes de ponerme en marcha llamé a tía Tere, que, con voz enternecedoramente dulce, me preguntó si yo le podía dar la fecha exacta del último diccionario de la Lengua publicado por la Real Academia. Le facilité el dato con cierta brusquedad —porque estaba claro que aquello era un pretexto—, y tía Tere tuvo a bien disculparse: ni yo era corta, ni soberbia, ni mi madre absorbente, ni mucho menos loca, y allá cada cual con su conciencia. Me enterneció la tía, que casi nunca daba su brazo a torcer, y le prometí que iría a comer con ellos y que no se preocupara por lo del diccionario.

—¿Qué diccionario? —me preguntó la inocente.

—El de la Lengua, hija.

La pobre había olvidado el disimulo.

Después de desayunar, saqué el Volkswagen amarillo con la certeza de que también se le acaban los paseos de agosto, porque en septiembre vuelvo al metro y el Volkswagen al garaje, pobre mío. Era una gloria guiar por un Madrid casi desierto, arrancar en los semáforos mecánicamente, frenar con toda educación en los pasos de cebra pensando en las musarañas, e incluso cederles la vez a los taxistas, que en agosto tienen pocos motivos de cabreo. En la calle Génova, cerca de la salida del metro de Alonso Martínez, me detuve junto a una gitana que vendía flores y, ante su incredulidad —yo creo que no se había estrenado aún—, le compré un bonito ramo y no discutí el precio, que era más bien abusivo: nada de rosas ni de claveles; margaritas y flores de verano, naranja, amarillo, blanco y morado y mucha esparraguera.

Cuando Mateo me abrió la puerta de la Fundación puse en sus brazos la ofrenda y le dije que era para él. Tuvo un mo-

CAPÍTULO XXII

mento de desconcierto, porque según me informó después aquello no le había ocurrido nunca.

—Las flores son para las mujeres y para los muertos, madame.

—Pero cambian los tiempos, y los hombres ya no se avergüenzan de recibir flores.

Curiosa virilidad la de Mateo, que, pese a la tradición, sonreía feliz con su vistoso ramo. Entonces se me ocurrió una idea que ahora me atrevo a calificar de brillante, y le pregunté si aquella noche tenía algún compromiso. Mateo me dijo que no, que casi todos sus amigos estaban veraneando en Sitges.

—¿Podemos cenar juntos?

No supo qué contestar; le pedí tiempo y le besé suavemente en los labios. El pobre duende retrocedió sin explicarse nada de lo que allí ocurría, y yo escapé por el jardín en busca del Volkswagen amarillo, considerando —como hubiera dicho Carmencita Rodrigo— que ya lo tenía en el bote y que, por lo menos en doce horas, no debía dejarlo salir del mismo bote.

Mientras me dirigía al insigne mercado de San Miguel, probablemente lleno de delicias de la huerta, de la casquería, de los mares y de los prados, iba pensando en Mateo Carrasco y en la evolución que a mis ojos, y sobre todo de mis reflexiones inconscientes o provocadas, había sufrido. Recordaba perfectamente lo que me dijo Joaquín Muñoz un día que ya me parecía muy lejano: *Este es el señor Mateo Carrasco, guarda de la Fundación: estará a sus órdenes durante el tiempo que dure su trabajo.* Y también recordaba que me miró de forma distinta, como si me reconociera, y la frase que me dijo casi en secreto: *usted ya lo sabe.* Luego pensé en las toallas del cuarto de baño, en la colonia que me puso, en cómo pidió que le llevara la muda limpia y en la confianza que le otorgué. Mateo Carrasco, el mariquita, el anciano duende, que a veces habla con acento andaluz o con repajoleros remilgos, se ha convertido en el anarquista de salud y libertad que libró de la muerte al *Campesino*, en el fotógrafo de estudio que retrata niños y gitanas, en el pobre guardián del armarito misterioso y de los secretos de la biblioteca; pero, sobre todo, en el enamorado a dos bandas de Rosa María, la señorita, y don Ramón Gimeno Coes y O'Neil, su señor. Aunque fuera neutral, y no lo soy, valía la pena sacarle las tripas a Mateo Carrasco aquel uno de septiembre de 1984 y, de paso, condenar al infierno al asesino RGC.

Siempre me gustaron mucho los mercados. Cuando llego a una ciudad que no conozco, los suelo visitar, y si nos caemos bien, vuelvo siempre, tal es el caso de San Sebastián y Valencia; San Sebastián, por la variedad y el fuste de sus pescados, y Valencia —también en Murcia—, por los lujuriosos productos de la huerta, que más de un desmayo produjeron entre clientes y visitadores. Con los parques zoológicos me ocurre algo parecido: dime cómo es tu casa de fieras y te diré qué clase de ciudad eres; no así con los museos, por ricos que se presenten. El mercado de San Miguel, que a punto estuvo de caer bajo la piqueta asesina, se encuentra muy cerca de la plaza Mayor, y a mi juicio es de lo mejor compuesto de Madrid. Como no está en mi barrio, nadie me conoce, y así, puedo merodear entre el alboroto y los gritos sin que me llamen desde los puestos o me ofrezcan lo que no quiero, ya que casi nunca compro, porque no suelo entrar en la cocina. Pero esta vez es distinto: me voy a llevar lo mejorcito para hacer *pollo del maestro Barbieri,* cuyos ingredientes —vía *El Practicón,* de don Ángel Muro— conozco de memoria. Un pollo de granja, y si no lo hubiera, capón. Hay pollo garantizado de piel amarilla y aristocrática, nada que ver con la violeta lividez de las aves de fábrica. En San Miguel no hay manteca de vacas de Isigny, pero encuentro de Santander, calidad muy parecida: nuez moscada —bien fresquita— y coñac de marca. Compro de todo para la ensalada, me regalan perejil y me hago, ya en la calle Zaragoza, con una rica tarta de yema y una botellita de fino.

—A mí nunca me cayó bien, nunca.

Después de pronunciar tan rotunda frase, Mateo Carrasco se puso tan rojo como uno de los magníficos tomates de huerta

CAPÍTULO XXII

que yo había comprado en el mercadillo de San Miguel. Entonces disimulé una sonrisa hundiendo el morro en la ensalada, y el muy inocente continuó:

—Mira mal, no es de fiar, y le sacó los tuétanos a mi señor, cosa nada fácil por cierto.

Se refería a *Levita Roja*.

—En realidad se llama Segundo Urrutia Mendilla.

Llenó el pollo de aceite virgen y lo agitó como si fuera una coctelera.

—Así lo hacía la señorita.

Y le puso unas gotas de vinagre de vino. Mateo llevaba un delantal blanco largo hasta los pies, y yo —con otro del mismo calibre— seguía sus instrucciones y preparaba la ensalada en la hermosa cocina donde en tiempos mamá hizo *pollo del maestro Barbieri* para su amante el señor Gimeno Coes.

Sin mucho entusiasmo, pero con cierta nostalgia atrasada, me siguió señalando las características personales de *Levita Roja*, un tipo difícil y atravesado, según el buen duende. El futuro domador nació en Marruecos de un sargento de intendencia, del que aprendió a robar, y de una morita descarriada, de la que aprendió a mentir. De joven dedicó sus afanes a vender corbatas en Tetuán, fue también contrabandista, bailarín profesional, limpiabotas, boxeador, torero cómico y buzo. Durante la guerra civil se alistó en la legión, y en la batalla del Ebro ganó la medalla militar individual, pero en mala hora le rebañó el gañote a un brigada y le tocó la *pepa*, como a Mateo, o sea, la condena a muerte. Sin embargo, y debido a su impecable hoja de servicios, lo dejaron escapar. A partir de entonces se llamó Norberto Murciego Morris, y se vino a Madrid. Fue estraperlista barato, reventa —de fútbol, toros, cine y teatro—, y conoció a don Ramón, que tuvo a bien enchufarlo en el Price de acomodador sin sueldo, y allí dormía, medio escondido, entre las jaulas de las fieras y a veces en el palco de la música. Hacía recados a los artistas y paseaba perros de las señoras, e incluso paseaba a las señoras de los perros. La verdad es que Mateo, a lo largo de este relato, iba desarrollando una mala baba que hasta entonces yo no le conocía, e incluso llegó a calificar a *Levita Roja* de repugnante reptil entre los más asquerosos y repugnantes reptiles.

Una noche —ya habíamos echado al pollo sal, pimienta, una pizca de nuez moscada y coñac—, el regidor del Price agarró el *piojo verde*, un mal tifus para entendernos, y Murciego Morris, poniéndose el frac y bigotes postizos, lo sustituyó. Como el muy cabrón tenía un tipazo de cojones —cito palabras de Mateo—, gustó a las damas y fue tolerado por los caballeros, entre ellos mi señor don Ramón, que ya recibía a la señorita, y perdóneme el modo de señalar. Quizá usted lo recuerde, porque le llevaba caramelos al palco. Mi señor compró una casa en la Ciudad Lineal y se la alquiló de mentira al trepa de Murciego, y en aquella casa, si vuelve a permitirme la manera de señalar, se veían su mamá y mi señor. Murciego, entre tanto, compró seis perras a un circo que se había arruinado en Valdepeñas, y así empezó de domador o lo que fuera. Corría el año 54 cuando la señorita falleció, y mi señor, generosamente entristecido, le regaló la casa de Ciudad Lineal, agradeciéndole los servicios prestados, y por tercera vez disimule usted, madame.

—¿A usted le gustaba Murciego Morris, y ya sabe lo que digo?

—Estaba como un queso, madame, y a nadie le amarga un dulce.

—¿Tuvo algo que ver con la *señorita*?

El duende me miró atónito, dolido y aun furioso, y, dando aquella pregunta por no hecha, cambió de tema y me mandó picar dos cebollas y una cabeza de ajo, yo creo que como penitencia. Después, glotonamente, se bebió el coñac que guardaba en su barriga el *pollo del maestro Barbieri*. Al empinar el codo observé que la cicatriz de su muñeca izquierda se había puesto roja como el trasero de un papión.

—Estaba pensando, mi querida niña —murmuró más tranquilo y animado por el líquido que venía de las tripas del pollo de granja—, que es lo mismo, pero al revés.

Yo le miré de reojo, tratando de entender su mensaje, porque hacía mucho tiempo que no hablaba en aquel tono ni me llamaba *querida niña*.

—La señorita con el pollo, y yo en labores de pinche. Ahora es al revés: la diferencia es que mi señor aguardaba en la biblioteca.

CAPÍTULO XXII

—¿Dónde cenaron?
—En el *office*; la señorita no quería pisar el comedor.
—Nosotros también cenaremos en el *office*, Mateo.

Abrí la nevera, saqué la botella de fino y colmé dos generosas copas, añadiendo que los buenos cocineros, para trabajar como Dios manda, tienen que beber de continuo. Mateo Carrasco aceptó la regla, y yo apenas me humedecí los labios, obediente a la conocida costumbre de las señoritas de alterne, que hacen beber a los caballeros sin mojarse ellas jamás.

—Cuando llegué a casa mamá ya estaba muerta. Aquel domingo fue al cine, al cine Pavón, creo —dudé intencionadamente—. Usted iba a decir el nombre de la película, pero se tapó la boca.

—*Viaje de ida*.

Asentí. Mateo Carrasco dedicaba toda su atención al pollo del *maestro Barbieri* mientras yo hablaba mirándole con inocente amor, pero con tiento y sin exagerar, como si recordara algo olvidado, sin importancia. En un libro de cuentos hay una entrada del cine Pavón, fila 11, número 4; está sin usar. Yo tengo la otra, la de mamá: fila 11, número 2, la guardo junto a su recordatorio. Este último dato es falso, pero no creo que Mateo viera nunca la entrada del cine Pavón, y mucho menos que supiera fila y butaca. Ya casi andando de puntillas me pregunté, perdida, por qué fue sola al cine y en domingo, que es un día muy familiar. Al mismo tiempo —y en razón de picar cebolla— se me llenaron los ojos de lágrimas, efecto irresistible que Mateo Carrasco acusó de pleno. No iba a ir sola, mi querida niña: yo mismo saqué las entradas, dejé una en taquilla y la otra era la de mi señor; pero no pudo llegar a tiempo, estaba en Suiza por algo de la federación de esquí, cerraron el aeropuerto y no vino hasta el día siguiente. Tuve que bajar los ojos porque se me habían encendido y notaba ardores en las mejillas: este era su cómplice, su encubridor, su esclavo. Sentí entonces el deseo de ofender, aun a costa de faltar a la verdad.

—Eso es mentira: mamá fue al cine con otro hombre.

Mateo me miró escandalizado y negó en silencio.

—Tú no conoces a las mujeres: había otro hombre y mamá estaba decidida a romper.

Volví a llenar las copas. El pollo temblaba entre las manos de Mateo Carrasco, en torno mío sonaban trompas de guerra, yo tenía la seguridad de que andábamos cerca del final y de que era llegado el momento del ataque por sorpresa, incluso del navajazo traidor. La primera palabra que encontré en la biblioteca fue confesión; luego, abandono, renuncia, familia, ingratitud, felicidad, engaño, muerte, veneno, suicidio, amor; la palabra confesión se repite docenas de veces. Ya tenía en mis manos el cuento terminado, y así le dije a Mateo lo que él sabía y lo que ignoraba: de los amores de mi madre y de su señor en la embajada argentina, sus encuentros en San Sebastián, la primera renuncia de mamá y la resurrección de papá, enterrado vivo en Madrid. La reaparición gloriosa del adulterio —un nombre que odiaba pronunciar, pero que me servía bien— y de cómo mamá fue la mantenida, la puta de su amo, que tiró a la basura por inservible o porque, a su vez, le engañaba. Yo creí que me estaban contando una historia de amor, hasta que descubrí que RGC confesaba un crimen: el señor tuvo a bien asesinar a su querida. Mateo Carrasco, atosigado, seguía negando, y apenas le entendí que don Ramón era incapaz de matar a nadie y menos a la señorita, que yo me había creído protagonista de un cuento que no me cuadraba, que tenía celos y no aceptaba el papel que me habían repartido. Pero nadie se puede enamorar de un fantasma.

—Usted, sí, madame, usted quisiera estar muerta para ocupar el sitio de la señorita en la biblioteca; pero usted no vale un duro, madame, ni viva ni muerta.

Y con inesperada paz volvió a entenderse con el pollo de granja.

—Hay mujeres que no merecen gastar bragas.

Entonces me bebí de un trago la copa de jerez. Mateo Carrasco no podía desarmarme ni con desprecios ni con insultos, era servil, despreciable y mentiroso, un criado marica que en sueños se creyó anarquista, pero yo necesitaba la prueba de mi sospecha y le ofrecí una tregua:

—Él me confundió, Mateo, con el falso damero maldito... —suspiré abriendo mucho los ojos para que se llevaran la luz.

CAPÍTULO XXII

—Nunca debió abrir el armario; ya le dije que mi señor tenía siete gatos en la barriga..

Cuánta inocencia, cuánta simpleza: mamá murió sola en el cine y no de embolia cerebral, como firmó el médico don Antonio Firma Ilegible. Volví a llenar las copas y Mateo recuperó la compostura perdida.

—Retiro lo dicho y le pido perdón, madame.

—¿Incluso lo de las bragas?

Mateo Carrasco, el gnomo errante, el fiel servidor del asesino, volvió a enrojecer, y yo le tendí la mano —que olía a cebolla— para que me la besara.

Ya firmada la paz, me cambié de ropa en el cuarto de baño —donde Mateo había puesto toallas de color rosa—, me prendí una flor en el pelo y acudí al *office*. El duende Carrasco llevaba un traje de rayadillo, camisa salmoncito y discreta corbata azul turquesa. Sobre un mantel de hilo crudo —según él, bordado por la abuela de la señora Tornabous— colocó un ramo de margaritas y luego me sirvió, sin dejarme intervenir, el riquísimo pollo *del maestro Barbieri*, acompañado de una ensalada que no desmerecía del plato principal. Con los aperitivos —elegidos por Mateo— bebimos un recio vino del Duero, y con el pollo, un rioja alta, destacada cosecha del 77. A los postres, después de dar cuenta de la tarta de yema, Mateo —que ya había archivado batallas anteriores— levantó la mano izquierda haciendo tintinear una pulsera de oro casi perruna. Me dijo que leyera la inscripción, y yo le respondí que había olvidado las gafas irrompibles. El duende recitó de memoria: *Si alguien encontrara a este heroico animal perdido, llame al teléfono 254-10-78. Se gratificará expléndidamente.* Por el otro lado ponía: *RGC*.

—No sé si *expléndidamente* fue broma de mi señor o errata del joyero, pero a mí me gusta.

Después bajó unos centímetros la pulsera de oro, pasó sus dedos sobre la cicatriz de la muñeca y por último se levantó. Trajo entonces una caja de madera aromática y me ofreció un cigarro, que no dudé en aceptar: aquello era como el principio de un cuento de Mary Shelley o la evocación atrasada de un relato de Alarcón.

—La señorita Rosa María Miranda murió el domingo 14 de noviembre de 1954 entre las nueve y las diez de la noche a la salida del cine Pavón; mi señor don Ramón Gimeno Coes y O'Neil no supo la desgracia hasta las siete de la tarde del lunes 15, hora en que yo mismo le comuniqué el fallecimiento de la señorita. No dijo nada, se limitó a cerrar los ojos y a juntar las manos.

Aquella era la versión número tres de Mateo Carrasco, la más refinada de su catálogo: hablaba despacio y cuidaba las palabras como si estuviera dando una conferencia o una clase, no tenía el menor acento ni atropellaba las frases, y hubiera jurado que, al menos mentalmente, la historia que me contaba —mentira o verdad— la había repetido cientos de veces. Envuelto en humo, se sentía víctima o protagonista o las dos cosas juntas. A mí me picaba la garganta, porque no tengo costumbre de fumar cigarros, pero no quería toser, ni mucho menos interrumpirlo.

—Mi señor me mandó que fuera derecho al domicilio de la señorita, y yo me asusté, porque aquello podía ser un papelón. Al llegar al portal me dijo que siguiera hasta María de Molina y que no le molestara, y él se bajó del coche. Yo aparqué en una calle próxima y volví: estaba pegado a la pared de enfrente, como si formara parte del edificio. Desde allí podía ver la casa de la señorita, que tenía media puerta cerrada y algún movimiento, digo yo que serían las visitas del duelo. Yo me lo quise llevar, y él me empujó, a saber si estaba pagando una deuda, cuando la señorita pasó la noche frente a la ventana del hospital. Ya no me oía, ni quiso comer, ni parecía sentir frío, y yo tiritando, que se me helaban los huesos, mucho más que en el frente de Teruel en el tiempo de la guerra.

Aquel Mateo, que se humanizaba, iba perdiendo el tono redicho del principio.

—Así estuvimos hasta la hora del entierro, que no quiso ni mear, y yo tampoco sentía el cuerpo. Luego, nos metimos en un taxi y hasta el cementerio, que desde un rincón íbamos viéndolo todo; yo tenía una lápida en las narices, una lápida con un ángel de piedra y un letrero que decía *Sergio Arroyo Jarrín, 1878-1952. Nunca te olvidaremos. RIP.* Fíjese usted cómo sería la barbaridad

CAPÍTULO XXII

de la cosa, que le prometí misas a don Sergio, y desde aquella fecha le llevo flores a don Sergio Arroyo Jarrín el día de difuntos.

Mateo Carrasco, mirándome, pero como si no me viera, murmuró:

—Eso es amor, madame.

Tal vez fuera amor, quizá amor tardío, pero en ninguna parte está escrito que los asesinos no se enamoran; además, yo siempre he leído que los criminales vuelven al lugar del crimen y entonces caen en manos de la justicia.

—Yo le daba de comer, sólo papillas y purés, y lo bañaba y lo afeitaba, que nunca me he sentido más niñera, hasta que poco a poco se fue valiendo, y un día me pidió que le llevara las cotizaciones de bolsa: fue un día hermoso, mi querida niña, y yo no pude por menos de gritar ¡ya salió el sol! Claro que luego no leyó las cotizaciones de bolsa.

El cigarro se le había quedado seco y a la vez húmedo y chupado, y yo apagué el mío en un cenicero y me liberé de la carraspera incipiente. Me parecía un mundo la biblioteca, y aquellos dos meses y pico, tiempo infinito, y hubiera dado media vida por estar con las chicas en la isla de la Reunión, y pensé entonces una y otra vez: yo renuncio, no quiero dinero, no quiero oír más, no quiero que me revuelvan las tripas, no quiero saber si mi madre es puta o enamorada, y además no me importa. Y una voz repetía: asesino, asesino, y otra, imbécil, márchate.

—Una noche me dio un sofoco y sentí que algo mu gordo estaba ocurriendo, porque yo tengo pálpitos y veo cosas que no ve nadie. Así que corrí a la biblioteca y entré sin llamar: mi señor estaba sentao en su butacón, y en la mesita, donde el ordenador, había un escrito y la pistola de la guerra. Estuve a punto de perder los sentidos, pero me repuse, aunque no pude hablar porque tenía la lengua seca. Mi señor, ya desde el otro mundo, me dijo: Mateo, tú me has visto en pelotas muchas veces, pero no quiero que me veas con los sesos esparramaos, así que te largas. Y yo caí de rodillas y le dije que no, que la vida era sagrá y no sé cuántas cosas, y él me dijo: no me cuentes penas, Mateo, no me cuentes penas, que te llevo por delante. Y me enchufó el nueve largo. A mí no me iba a matar, eso seguro, pero en un jesús lo volvía y al otro mundo don Ramón, así que saqué un cortaplumas, que siempre llevo encima por si hay que apretar un tornillo o se me clava una astilla, cerré los ojos y sin pensarlo, porque si lo pienso me cago, madame, me corté las venas de la izquierda y me costó lo suyo, que me tuve que pegar tres tajos por lo menos, y salió un chorro p'arriba como de corná mortal, y mi señor dio un salto y se olvidó del nueve largo.

Yo seguía en silencio, ahora como si estuviera viendo una función de teatro.

—Mi señor me cogió en brazos y decía: no te mueras, Mateo, que en cuanto te cures te voy a cortar los huevos por cabrón y chantajista, y yo pensaba amor mío, amor mío, y le juro por mi madre, madame, que sin quererlo la mano me colgaba por delante y la sangre me iba empapando la braqueta, como a los toreros buenos.

Entonces me sorprendió mi voz:

—Eso es amor.

—Ya ni se sabe.

—Pero a mí no me sirve: miles de asesinos se han matado después de matar.

Mateo Carrasco, con infinita paciencia, murmuró:

—Hay que joderse, madame.

Se puso en pie, ceremoniosamente abrió la puerta del *office* y me pidió que le siguiera.

Como el día de la foto, cuando Mateo me vistió de flamenca, atravesamos el vestíbulo hasta llegar al patio, mal alumbrado por una bombilla de cuarenta vatios, pero, en vez de entrar en el estudio fotográfico *Naranja y Oro,* me abrió la puerta vecina y encendió las luces, esta vez sabiamente colocadas. Aquel recinto —el último de los secretos del duende Carrasco— era el más sorprendente de todos: cueva del recuerdo, túnel del amor, museo de cera, nicho de RGC. La pieza reina era un maniquí descabezado, vestido con un barroco uniforme azul y oro ennegrecido por el tiempo, que, según me dijo Mateo, fue usado por su señor al presentar las cartas credenciales al presidente de la República Argentina. Otro maniquí vestía toga, lucía puñetas amarillentas

CAPÍTULO XXII

y se coronaba con birrete apagado de brillos: con aquella toga debutó RGC en los tribunales de justicia. Una mesa con tapa de cristal mostraba las grandes cruces, las condecoraciones, las bandas y fajines y las medallas deportivas de Gimeno Coes.

—Si no hubiera sido por mí, todo esto acaba en el Rastro, madame.

En la mesita —sutilmente cubierta de polvo— estaba la pistola del nueve largo y otra mucho más pequeña, lo que se llama un arma de señora —cachas de nácar y oro de Éibar—, regalo del mismísimo general Perón a la embajadora de España. Por las paredes había fotos del gran hombre, diplomas —uno de ellos nombrándole hijo adoptivo de Llanes—, certificados de estudios e incluso algún menú secreto. Me abrió un armario, donde se guardaban trajes de distintas épocas: alpinista 1920, smoking 1945, luto del 54, sport de los 60. Y luego un armario mucho más modesto del que sacó un terno *pie de poule,* en grises, con manchas ennegrecidas:

—Este es el traje que yo vestía el día en que me corté las venas y esta es la sangre que vertí para salvarle la vida: puede usted observarla en la bragueta, madame.

Estuve a punto de preguntarle si se licuaba en ciertos aniversarios, como la de san Genaro, mientras él abría un fichero y yo pensaba: cobarde, no te atreviste a disparar. Mateo extendió ante mí una docena de pasaportes de RGC, desde aquellos que advertían *válido para todos los países del mundo, excepto: Albania, Bulgaria, Checoslovaquia, Hungría, Mongolia Exterior, Polonia, República Popular China, Rumania, URSS, Yugoslavia, República Democrática Alemana, República Popular de Corea, República Democrática de Vietnam,* hasta el último, ya sin águilas imperiales y con derecho a viajar.

—Los he ido guardando todos, los de mi señor y los míos.

Y como si presentara la prueba definitiva —así fue—, puso ante mis ojos uno de tapas azules, diplomático y seleccionador, con foto relamida de RGC. En una de las hojas había un sello de entrada en el aeropuerto de Ginebra, 11 de noviembre de 1954, y otro de salida, 15 de noviembre de 1954. Mamá murió el domingo 14.

—¿Es suficiente, madame?

Aquella noche me atreví a vestirme de verde, que quien de verde se viste con su hermosura se atreve. Iba como Kim Novak en *De entre los muertos,* porque de entre los muertos salía. Hombros al fresco, espalda desnuda, perfumada y sola entré en el bar Chicote y en la barra pedí dos *rose cocktails* al antiguo barman, que me miró atónito. Unas gotas de kirsch, media copita de Dubonnet o Birrh, media copita de vermut y unas gotas de granadina.

—Es lo más bonito que he escuchado en los últimos treinta años. ¿Con guinda o sin guinda, señora?

—Con guinda, naturalmente.

Puse a la disposición del antiguo barman mis magníficos ojos azules, especialmente caídos modelo Kay Francis, y después miré hacia la puerta, esperando que entrara don Ramón Gimeno Coes o, en su defecto, William Powell.

> *Sus ojos se cerraron...*
> *y el mundo sigue andando,*
> *su boca que era mía*
> *ya no me besa más,*
> *se apagaron los ecos*
> *de su reír sonoro*
> *y es cruel este silencio*
> *que me hace tanto mal.*

Pero nadie abrió la puerta; ni William Powell ni don Ramón Gimeno Coes.

Me pareció entonces que estaba en la fila once del cine Pavón viendo *Viaje de ida,* ya con la música que anuncia el final de la película. Al término de la travesía prometen verse en un bar sabiendo que ninguno de los dos acudirá a la cita. Pero a la hora exacta en que se deben encontrar los amantes, para no volver a separarse nunca jamás, dos copas de cóctel se rompen en el mostrador.

El antiguo barman colocó ante mí las dos copas de cóctel, yo choqué los cristales, las copas se hicieron añicos y el mostrador se cubrió de rosa.

—Felicidades —me dijo el antiguo barman.

—Un *dry martini* —le dije yo.

XXIII

Final

Si en mi niñez escribía cartas a los Reyes Magos, con mayor motivo debía ponerle unas letras al chico que fue el amor de mamá. Y así lo hice, sin mostrar ningún tipo de rencor, pero afeándole alguno de los trucos que me llevaron por mal camino: Ramón, déjate ya de cuentos, a ver si a estas alturas vamos a seguir castigando la supuesta curiosidad de las mujeres. B.s.p., María Rosa Arana. Un beso de Mateo Carrasco, a quien no mereciste nunca.

El martes 7 de enero de 1986 volví al número veinte mil de la biblioteca: *Sobre el Polo Norte en dirigible,* de Roald Amundsen, Madrid, Espasa-Calpe, 1927, y recordé la postal de la señora vestida de negro y la advertencia de RGC, nunca archivada porque pertenece a la sección correspondencia íntima: *no haga usted trampas, las prisas son para los delincuentes y los malos toreros.* La verdad es que me temblaban un poco las manos. Saludé con respeto a las *Confesiones* de san Agustín, el número uno, el tomo que guarda el damero maldito, luego pedí disculpas a *Moby Dick, la ballena blanca,* de Herman Melville, libro injustamente maltratado por mi soberbia e irascible carácter, y por último llegué al centro de la biblioteca, que fue mi territorio durante año y medio. Aquel olor era el mío, otra vez se mezclaban los colores, el verde, el ocre, el rojo y el azul, y yo no podía hablar: me hubiera gustado echar un discurso florido y emocionante, ajustar cuentas y dar las gracias, por su inestimable colaboración, uno a uno a los veinte mil ejemplares, pero no podía hablar, así que bajé la cabeza y aguardé. Tras una pausa de peligroso silencio, percibí algún carraspeo, una risita provocativa, después un leve murmullo, que fue creciendo en intensidad y un ligero estremecimiento, que venía de los módulos de arriba y llegaba hasta los estantes de abajo, como si se tratara de un educadísimo temblor de tierra. Entonces vibraron los cristales de las ventanas y de *Hablaba con las bestias, los peces y los pájaros,* de Konrad Lorenz, me llegó un suspiro, porque también suspiran las bestias, los peces, los pájaros y los libros. Luego, escuché algo así como el ruido que producen miles de hojas de papel movidas por un viento interior y sentí que me estaban diciendo adiós los libros. Entonces, como hace muchísimo tiempo, llegué al pupitre y le pasé la mano por encima, me fui a la butaca *chippendale* y acaricié su respaldo negro y agrietado.

El *Mercedes* de la Fundación me llevó a casa, y en la bolsa de la muda, recién lavada y planchada por Mateo Carrasco, envuelto en una toalla rosa, encontré un libro: *El Practicón. Tratado completo de cocina y aprovechamiento de sobras,* con una dedicatoria que me sabía de corrido. RTQ. SS octubre de 1936.

Joaquín Muñoz, por fin liberado de mi presencia, volvió a ponerse calcetines blancos y yo invité a las niñas a cenar en *Casa Lucio.*